Pippo Pollina • Der Andere

Pippo Pollina
Der Andere

Roman

Aus dem Italienischen
von Christine Ammann

KEIN∞ABER
POCKET

Die Übersetzerin dankt dem Übersetzerhaus Looren sehr für den
inspirierenden Arbeitsaufenthalt

Covergestaltung: Hannes Aechter, Berlin
Satz: Dörlemann Satz, Lemförde
Druck und Bindung: CPI books GmbH, Leck
ISBN 978-3-0369-6180-4
Auch als eBook erhältlich

www.keinundaber.ch

Camporeale, Januar 1988

FRAGMENT EINS

Im sanften Abendlicht nahm ich Kurve um Kurve, der Monte Iato rückte unaufhaltsam näher, und als es plötzlich nach Eukalyptus roch, wusste ich, dass es bis nach Hause nicht mehr weit war. Ich zuckelte hinter einem Traktor her, der Rauchwölkchen in den Himmel stieß, und hatte Zeit, die Hügellandschaft zu betrachten, Korn und Melonen sprossen neben nackten Rebstöcken, selbst im Winter tanzten Grün und Braun über die Felder, und sehnsüchtig dachte ich an den Kaffee, den ich mir gleich bei Don Calogero an der Piazza genehmigen würde.

Über den Kaffee in Palermo konnte man nicht meckern, aber an den in Maciddaru − wie Camporeale im Dorf genannt wurde − kam er nicht heran. Don Calogeros Arabica-Mischung duftete einmalig und spielte gekonnt mit der Note des Abgangs. Manchmal träumte ich von einem kleinen, typischen Wiener Kaffeehaus, mit runden, schwarzen Holztischchen, Jugendstilstühlen wie im alten Caffè Caflisch in Palermo, Kellnern mit Fliege und cremeweißem Frack.

In Wahrheit arbeitete ich als angehender Arzt in einer Praxis im Zentrum von Palermo und konnte mich wirklich nicht beschweren. Ab und zu kam ein Rentner vorbei, der auf der Treppe gestürzt war, oder ein Zwölf-jähriger mit gebrochenem Arm, der das Moped seines großen Bruders stibitzt hatte. Klar, Unangenehmes gab es auch. Etwa der junge Mann mit der Schussverletzung und durchtrenntem Bizeps, der hereingerannt kam und rief: »Los, dalli, dalli.« Ich sagte kein Wort, aber unser Blick erzählte die Geschichten und Schicksale von Generationen.

Mamma hatte es schon immer gesagt: »Such dir ne Stadtwohnung, jetzt, wo du verdienst.« Vielleicht hatte sie recht. Das dachte ich jedenfalls, als der Traktor weiter stur vor mir hertuckerte, statt auf den Seitenstreifen auszuweichen.

Doch dann kamen links der Wasserturm und das alte Dorf, soweit es das Erdbeben von 1968 überstanden hatte. Obwohl der Staat ein paar Kilometer weiter talabwärts moderne Mehrfamilienhäuser gebaut hatte, wohnten alle noch immer hier. Dort unten jagten die streunenden Hunde der Stille hinterher.

An der Piazza saß Don Calogero vor der Tür, auf einem alten Holzstuhl, und sog begierig an seiner filterlosen Zigarette. Als er mich sah, erhob er sich, mit schmerzverzerrtem Gesicht, wie immer. Zu viele Jahre schon stand er hinter dem Tresen, vor sich wie einen Hochaltar die alte rote Gaggia für drei Portionen.

»Ristretto oder normal?«, fragte er mich. Das war unser Ritual.

Ob ich den Kaffee stark oder weniger stark trank, hing davon ab, wie viel ich zu Hause noch arbeiten musste. In einigen Wochen standen mir die schwierigen Facharztprüfungen bevor, die raubten mir den Schlaf. Heute war ein Ristretto-Tag.

»Wie gehts, Don Calogero, alles gut?«, fragte ich.

»Warum tu ich mir das überhaupt noch an? Mein Sohn ist in Bologna, meine Tochter in Vigevano, und ich bin bald dreiundsiebzig. Und wenn du wegziehst, für wen mach ich dann überhaupt noch Kaffee?« Flüsternd fügte er hinzu: »Es gefällt mir nicht, was hier momentan passiert. Es stinkt zum Himmel.«

»Nun übertreibt mal nicht, Don Calogero«, beschwichtigte ich ihn. »Das sagt Ihr schon seit mindestens fünf Jahren, und Ihr seht, ich bin noch da. Und Ihr genauso, mit ein paar Zipperlein. Ich häng an unserem Dorf. Palermo ist schön, aber zu groß, der viele Verkehr, ich geh nicht weg, keine Sorge.«

Don Calogero schwieg, ich blickte nach draußen. Die Piazza von Maciddaru lag halb leer in der Dämmerung. Nur ein paar Autos krochen den Hügel zum Friedhof hinauf. Dort lag mein Vater schon seit fünf Jahren. Meinen Uniabschluss hatte er nicht mehr erlebt. Ich war sein einziger Sohn, meine Schwester hatte nicht viel mit der Schule am Hut.

»Sagt mal, Don Calogero, habt Ihr meinen Vater eigentlich gut gekannt?«

Don Calogero blickte mich überrascht an.

»Niemand hier hat deinen Vater wirklich gekannt. Als er damals aus Deutschland zurückkam, war er einfach nicht mehr derselbe. Don Vincenzo, kann ich dir irgendwie helfen?, hab ich gefragt. Er antwortete immer nur: Nein, wieso?«

Offenbar wunderten sich im Dorf viele, warum Don Vincenzo Conigliari erst ins Land von Volkswagen emigriert und kaum ein Jahr später wieder zurück war.

»Ich weiß noch genau, wie wütend Zio Rocco über seine Auswanderungspläne war«, sagte Don Calogero. »Jeden Morgen hörte ich: Was will der denn in Deutschland? Hier gibts doch Arbeit für Enzuccio! Aber auf dem Ohr war dein Vater taub, und eines Tages ist er einfach weggegangen, nach Wolfsburg.«

Ich malte mir gerne aus, dass ihn die Sehnsucht in die Arme der Familie zurückgetrieben hatte, meine Schwester war noch klein, meine Mutter mit mir schwanger.

»Man kann keinem in den Kopf schauen«, sagte Don Calogero. »Er war wieder da und basta. Wenn wir gefragt haben, wie es in Deutschland war, hat er nur gesagt: Kalt, das Essen schmeckt nicht. Vom Kaffee ganz zu schweigen.«

»Tja, der Kaffee«, sagte ich und schaute Don Calogero an.

»Wieso fragst du das jetzt, Nanà? Du kanntest deinen Vater doch?«

Die Frage überraschte mich, ich überlegte, die Antwort fiel mir schwer. Nein, ich hatte meinen Vater nicht wirklich gekannt, auch mir gegenüber hatte er sich in düsteres Schweigen gehüllt.

»Ich hab meine Zeit mit Lernen verbracht, Don Calogero, erst hier, dann am Gymnasium und später an der Uni in Palermo. Wie hätte es ihn gefreut, mich als Arzt zu sehen, aber er hat nicht mal mehr meinen Uniabschluss erlebt. Dabei hätte ich früher fertig sein können. Das werde ich mir nie verzeihen.«

Don Calogero blickte mich wortlos an. Schließlich räumte er meine Tasse weg.

»Der geht aufs Haus«, sagte er.

»*Salutamu*, Don Calogero, und danke.« Den Kaffeegeschmack noch im Mund, schlenderte ich durchs Dorf nach Hause.

Eines Morgens hatte mein Vater, mit blassem Lächeln auf den Lippen, tot im Bett gelegen … Das Herz, hieß es, nicht mal meine Mutter hatte etwas gemerkt. Ich erinnerte mich noch genau, wie er jeden Abend von unserem Getreideacker oder vom Weingarten nach Hause gekommen war. Die Coppola auf dem Kopf, die Hände so faltig wie Baumrinde, die Finger geschwollen, die Handflächen rissig, mit sonnengegerbtem Gesicht, dunkel wie Ebenholz, die Augen klein und unruhig. Nie ein einziges Wort, nie ein Lächeln zu viel. Ab und zu holte ihn sein Bruder, Zio Rocco, nach dem Abendessen ab, und sie spazierten zur Bar. Als Kind durfte ich sonntags manchmal mit, im Sommer sprang sogar ab und zu ein *Ascaretto* dabei heraus, mein Lieblingseis. Mein Vater und Zio Rocco hatten ein kompliziertes Verhältnis. Zio Rocco war Junggeselle geblieben und betrachtete mich als seinen Sohn. Aber Papa zog eine klare Grenze: Er durfte uns nicht in seine Angelegenheiten hineinziehen. Rocco Conigliaro gehörte zum Tacco-Clan in Camporeale, der zur Corleone-Mafia hielt. Damit wollte Papa nichts zu tun haben. Wenn die Sprache auf die Mafia-Mitglieder im Dorf kam, konnte allerdings selbst er seine Hochachtung nicht verhehlen. Irgendwann hatte er sich wohl entscheiden müssen, ob er seinem Bruder auf dem gesetzeswidrigen, riskanten Weg folgen oder Frau und Kinder vor einer Welt bewahren wollte, aus der es kein Zurück gab. Zur großen Enttäuschung von Zio Rocco und zur großen Erleichterung meiner Mutter entschied sich Papa für Letzteres, was seinem friedfertigen, zurückhaltenden Charakter entsprach. Zu seiner Entscheidung hatte vermutlich auch Donna Maria, meine Mamma, beigetragen. Sie stammte aus Ganci, einem Dorf in der Madonie, auf tausend Metern Höhe. Im Winter lag dort Schnee. Als Kinder hatten Francesca und ich oft die Sommer bei den Großeltern verbracht. Mammas Vater, Opa Giuliano, war in der Jugend Hirte gewesen. Er war zwar Analphabet, erzählte uns aber noch als Neunzigjähriger minutiös vom Zweiten Weltkrieg: Wie er sich nach der Kriegsgefangenschaft in Jugoslawien mit den anderen Soldaten zu Fuß, ohne Wasser, Lebensmittel oder warme Kleidung nach Hause durchschlagen musste. Er erinnerte sich haargenau an die achtunddreißig Tage Fußmarsch von Triest nach Ganci, an die Kameraden aus Molise und Kalabrien.

Als Kinder verbrachten meine Schwester Francesca und ich die Sommer bei unseren Großeltern in Ganci, wo wir abends Wollpullis überziehen mussten, weil es so kühl wurde. Ich liebte meine Großeltern, aber langweilte mich dort unsäglich. In Maciddaru konnte ich mit Gaetano, Michele und Antonio durch die steilen Gassen streifen, in Ganci kannte ich keinen. Mit den Jahren besuchten wir das Heimatdorf meiner Mamma dann seltener. Als meine Großeltern starben, wurde ihr Häuschen erst verrammelt und später verkauft.

An diesem Abend saß Donna Maria wie gewohnt am Fenster und wartete auf mich.

»Nanà, die *Polpette al sugo* sind noch warm«, empfing sie mich. Ich setzte mich an den Tisch. Francesca fläzte auf der Couch und sah fern. Der Wandel der Generationen hätte nicht sichtbarer sein können. Während Mamma stickte, schielte sie immer wieder ungläubig zu Francesca hinüber, die auf den Röhrenfernseher starrte, gefesselt von zwei jungen, knapp bekleideten Tänzerinnen, die lasziv in die Kamera blinzelten.

Tagein, tagaus saß sie vorm Fernseher, und wenn meine Mutter oder ich Kritik äußerten, verfiel sie in Schimpftiraden.

Ich machte mir Sorgen, und sie tat mir auch leid. Sie hatte sich in Pietro Marino verliebt, einen Handlanger des Tacco-Clans. Er saß im Ucciardone-Gefängnis in Palermo, weil man ihn beim Drogenhandel erwischt hatte. Jeden Samstagmorgen besuchte sie ihn und strahlte danach den Rest des Tages. Donna Maria hatte ihr Leben lang darum gekämpft, dass ihr Mann sich von Verbrechern fernhielt, und jetzt hatte ausgerechnet ihre Tochter einen Narren an einem Kleinkriminellen gefressen. Dennoch hütete sie sich davor, sich einzumischen. Das Verhältnis zu ihrer Tochter war ohnehin schwierig.

An diesem Abend schaltete Francesca den Fernseher früher aus als sonst und verschwand wortlos in ihrem Zimmer.

»Wie weit bist du, Mamma?«, fragte ich und zeigte auf die Decke, die sie seit Wochen bestickte. All ihre Wünsche und Sorgen flossen mit der emsigen Bewegung ihrer Hände in die Arbeit ein.

»Ich werde wohl noch ein paar Wochen brauchen. Schau dir die Vorlage an, alles haarfein, der Adler wird perfekt. Aber ich werd mir noch die Augen verderben. Und mir fehlt die Zeit.«

»Dann nimm sie dir doch einfach! Oder gibt es ein Problem?«

»Ob es ein Problem gibt? Schau dir deine Schwester an. Was sollen wir bloß mit ihr machen?«

»Wenn ich meinen Facharzt hab und die Praxis im Dorf aufmache, kann Francesca die Verwaltung übernehmen. Pietro muss doch drei Jahre sitzen. Glaubst du wirklich, sie fährt so lange zum Ucciardone, nach Palermo?«

»Aber er ist doch in ein paar Monaten schon wieder draußen, Nanà. Zio Rocco hat das in die Hand genommen.«

Verblüfft blickte ich meine Mutter an.

»Hat Francesca ihn darum gebeten?«

»Ja. Er setzt über die Taccos alle Hebel in Bewegung, bis nach ganz nach oben. Polizeibeamte und sogar Richter.«

»Mamma, wir müssen uns da raushalten! Ich will nichts mit diesen Leuten zu tun haben!«

»Dann sag das mal deiner Schwester.« Mamma ließ ihre Stickerei nicht aus den Augen. »Es ist eh zu spät, Nanà!« Nichts konnte sie von dem gespannten Stück Stoff in dem runden Holzrahmen, über das ihre flinken Finger mit der Nadel auf- und abfuhren, ablenken. Die traditionelle Stickkunst hatte sie von ihrer Mutter gelernt.

»Geh schlafen, um halb sieben klingelt dein Wecker«, beendete sie das Gespräch.

Von meinem Schlafzimmerfenster aus überblickte ich fast ganz Maciddaru. Das Dorf klebte an einem steilen Hang, ich schaute von oben darauf. Ich lehnte im Fenster und rauchte meine tägliche Zigarette, im schwachen Licht einer Laterne.

Die feine Linie des Horizonts war in der Dunkelheit

nur zu erahnen, und während ich der nächtlichen Stille lauschte, dachte ich, dass die Zeit hier stehen geblieben war. Die Moderne mit ihrem Eroberungsdrang bevorzugte die Städte, auf dem Land war es immer noch wunderbar einsam. Zwischen Camporeale und Palermo lagen nur fünfzig Kilometer, aber dreihundert Jahre.

In den Gassen von Maciddaru roch es noch genauso wie vor Jahren: Ein kräftiger Geruch nach Pferdeäpfeln mischte sich mit dem zarten Duft von frisch gebackenem Brot. Es roch nach den Jahreszeiten, nach dem starken, böigen Winterregen, der manchmal auch in Hagelkörnern fiel. Im Frühling kündete ein würziger Blütenduft von langen Tagen mit strahlendem Sonnenschein, satt an Freud und Leid.

Von meinem Fenster aus schien mir die Welt, die im Dunkeln vor mir lag, wunderschön. In der Einsamkeit der Gassen, der absoluten Stille wirkte sie so unversehrt und vollkommen wie sonst nur in den Vorstellungen von Kindern und Träumern.

Nürnberg, Januar 1988
FRAGMENT ZWEI

Frank hatte ein grünes und ein braunes Auge. Wenn die Leute ihn anschauten, stutzten sie erst und merkten erst kurz darauf, warum. Es passierte oft, dass jemand rief: »Du hast ja zwei verschiedene Augen!«

Er hatte sich daran gewöhnt. In der Schule zogen ihn die anderen damit auf, aber mit der Zeit entpuppte sich die Auffälligkeit als Vorteil. Frauen waren fasziniert und blickten ihm tief in die Augen, während sie versuchten, auf die Gründe seiner Schweigsamkeit zu schließen.

Mareike waren seine Augen jedenfalls sofort aufgefallen, als sie sich damals auf der Demo gegen die neuen Rechtsextremen zum ersten Mal begegnet waren. Der Hauptmarkt in Nürnberg war relativ leer, vorn auf der Bühne trat ein routinierter Mitte-Links-Politiker nach dem nächsten auf und hielt eine Rede, aber der Funke sprang nicht über.

»Wer wohl zuerst einpennt? Die Redner da vorn oder wir?« Mit diesen Worten hatte Mareike ihn angesprochen. Er hatte sich umgedreht, gelächelt, aber nichts gesagt. Eine Stunde später tranken sie ihren ersten Glühwein zusammen.

»Du bist nicht von hier, oder?«, fragte Mareike, als das Schweigen langsam unangenehm wurde.

»Bist du ein echtes Nordlicht?«, rätselte sie. »Du sprichst nicht wirklich fränkisch, bist auch nicht so redselig, und auch nicht so herzlich wie die Rheinländer ...«

Frank machte es Spaß, Mareike ein wenig zappeln zu lassen. Ihr Interesse schmeichelte ihm. Er war nicht umsonst Journalist: Normalerweise stellte er die Fragen. Als er merkte, dass Mareike sich unwohl fühlte, sagte er: »So richtig fränkisch hörst du dich aber auch nicht an?«

»Anders verstehst mi fei ned«, antwortete Mareike lachend. »Aber stimmt, meine Familie stammt aus Sylt, meine Großeltern hatten dort ein Hotel. Mein Vater wollte es nicht übernehmen, sein Bruder führt es weiter. Aus allen Zimmern schaut man auf den weißen Strand, das Hotel ist wirklich toll. Kennst du Sylt?«

Frank schüttelte den Kopf. »Ich war noch nie da. Aber was machst du dann in Nürnberg?« Mareike lachte erneut.

»Ich bin hier geboren und aufgewachsen, jetzt arbeite ich hier. Mein Vater ist nach Nürnberg gezogen und hat hier meine Mutter kennengelernt. Ab und zu fahren wir noch nach Sylt, vor allem in der Nebensaison, ohne Touristen. Und du?«

»Ich komme ursprünglich aus Wolfsburg: plattes Land, so weit das Auge reicht, Industrie. Kultur und das Schöne spielen nur eine untergeordnete Rolle. Als mir die Zeitung *Franken Aktuell* eine Redakteursstelle anbot, habe ich nicht einen Moment überlegt. Ich wohne jetzt seit einem Jahr hier, kenne aber noch kaum jemanden.«

»Wundert mich nicht«, sagte Mareike. »Wenn du immer so dreinschaust, wenn dich einer anspricht!«

Da musste sogar Frank lachen und vergaß den Artikel, den er eigentlich schreiben sollte. Als Mareike vorschlug, noch ein wenig durch die Altstadt zu schlendern, sagte er Ja.

Es war ein kalter Winter, nachts fielen die Temperaturen unter minus zehn Grad, es schneite nicht mal mehr. Ein eisiger Wind fegte durch die Straßen.

Die gotischen Kirchen und anderen historischen Gebäude der Altstadt waren nach dem Krieg neu aufgebaut worden. Wenn man Fotos vom zerbombten Nürnberg sah, fragte man sich, wie aus den Schuttbergen und Steinhaufen wieder so eine zauberhafte mittelalterliche Stadt werden konnte.

»Du bist also Journalist?«

»Kann man so sagen. Ich habe in Berlin Italienisch und Französisch studiert und bei der Zeitung *Die Fakten* ein

Praktikum gemacht, als Italienkorrespondent in Rom. Leider nur kurz, ich habe mich dort wohlgefühlt. Das Essen ist super, man kann das Leben echt genießen. Dann kam das Angebot von *Franken Aktuell* aus Nürnberg, und jetzt kümmere ich mich um bayrische Innenpolitik. Aber eigentlich interessiere ich mich mehr für die internationalen Themen.«

Ab und zu erhielt er von den *Fakten* noch immer Aufträge zu den Themen, wegen derer er ursprünglich Journalist geworden war, erzählte er weiter. Das war Teil seiner Vereinbarung gewesen.

»Letztes Jahr war ich in Moskau. Der Kreml von innen ist echt beeindruckend. Und Gorbatschow hält bestimmt noch einige Überraschungen für uns bereit. Wie schnell er Ronald Reagan ein Abrüstungsabkommen abgeluchst hat, mit der Vernichtung von Atomwaffen! Die DDR-Kader haben garantiert einen Riesenbammel, dass sich andere Ostblockländer von der Tauwetterpolitik anstecken lassen …«

Mareike hörte Frank überrascht von seiner Redseligkeit zu, dann antwortete sie: »Ich habe mit anderen eine Theater- und Konzertagentur. Wir betreuen eine irische Band und einen Kabarettisten hier aus der Gegend.«

Ihr kleines Team habe mehrere Künstler unter Vertrag, an die sie wirklich glaubten. Bei der Arbeit hätten sie jede Menge Spaß, erzählte sie, wenn es ihnen gelänge, einen Auftritt zu organisieren, legten sie eine Kaffeepause ein und freuten sich gemeinsam. »Unsere Nachbarin Gertrud, eine sympathische ältere Frau, macht sich schon Sorgen, wenn sie kein Plaudern und Feiern von drüben hört. Dann kommt sie mit einer Apfeltorte und einer

Kanne Kaffee ins Büro spaziert. Maadla, sagt sie, auch wenn ihr heute keinen Erfolg habt, essen müsst ihr trotzdem!« Mareike lächelte, doch plötzlich wurde sie ernster. »Kennst du das Burgtheater?«

»Den Namen schon, ich war aber noch nie drin«, gab Frank zu.

»Es ist ein kleines Theater, ganz hier in der Nähe, meine Wohnung ist genau gegenüber. Hast du Lust, noch auf ein Glas Wein zu mir zu kommen?«

Vom Vorplatz der Kirche St. Sebald aus folgten sie der leicht ansteigenden Straße und bogen dann links in die Gasse ein, in der Mareikes Wohnung lag.

Ihr kleines Wohnzimmer war sehr gemütlich, mit dunklem Holzboden und Reispapierlampen in den Ecken. Überall verstreut standen oder lagen Bücher. *Momo* von Michael Ende, *Ganz unten* von Günter Wallraff, *Der Name der Rose* von Umberto Eco, *Der kleine Prinz* von Saint-Exupéry, ein wildes Durcheinander.

»Ich hab einen italienischen Wein, den mir Freunde empfohlen haben, echte Weinkenner. Aus Sizilien, ein Regaleali. Kennst du den?«

»Nein«, gab Frank zu, der sich noch immer umschaute. »Ich kenne eher norditalienische Weine, aber ehrlich gesagt, verstehe ich nicht viel davon. Man muss nicht alles verstehen, um es zu genießen.«

Nun musterte er Mareike nochmals heimlich. Sie hatte einen wachen, eindringlichen Blick, war kräftig gebaut, mit fülligem Busen, in ihrem ungeschminkten Gesicht saß eine Stupsnase, und wenn sie lächelte, strahlte sie übers ganze Gesicht.

»Hast du einen Freund?«, fragte er. Bei seiner Arbeit

als Journalist hatte er sich eine gewisse Direktheit ange-
wöhnt. Mareike lachte. »Dann hätte ich dich doch nicht
angesprochen. Bis vor zwei Monaten hatte ich allerdings
noch einen.«

»Und?«

»Ich habe ihn verlassen. Er ist zum Spießer mutiert.
Kinder, nach der Arbeit in die Pantoffeln, die Frau am
Herd, am besten in fränkischer Tracht. So stellt er sich
das vor. Dabei war er so fröhlich und unbekümmert,
ein Träumer irgendwie. Wir waren schon auf demselben
Gymnasium, meine erste große Liebe. Und du?«

»Meine Beziehungen gehen immer nach ein paar Wochen auseinander, ich weiß nicht mal, warum. Ich versteh die Frauen einfach nicht.«

Er hielt kurz inne.

»Wahrscheinlich war ich einfach noch nie richtig verliebt – oder hing noch zu sehr an meiner Mutter. Elke.
Sie ist vor drei Jahren gestorben, mit gerade mal fünfzig,
das hab ich wohl noch nicht überwunden.«

Mareike blickte Frank an und griff nach seiner Hand.

»Ich habe keine Geschwister und auch kaum Verwandte«, fuhr er fort. »Meinen Vater kenne ich nicht
mal. Die Begeisterung für den Journalismus habe ich
von meiner Mutter. Sie war in der bleiernen Zeit, als der
Terrorismus das große Thema war, leitende Journalistin
bei der *Berliner Alternativen Zeitung*, immer an vorderster
Front. Sie hat über das Unbehagen der Jugend und den
Idealismus berichtet, von dem selbst die gewalttätigen
Aktivisten beseelt waren. Sie war unbequem und wurde
überwacht. Man hielt sie für einen Stasi-Spitzel.«

Sie habe sich dem revolutionären Geist verbunden gefühlt, erzählte Frank weiter, aber keiner Fliege etwas zuleide tun können. Ob der Befreiungskampf der Frauen, die Studentenunruhen oder südamerikanische Politiker, die vor dem amerikanischen Imperialismus fliehen mussten, immer war sie zur Stelle und er, Frank, mit dabei.

»Wie oft hat sie mich als Kind mitgenommen, um Demoluft zu schnuppern. Einmal hat die Polizei eine Einzimmerwohnung gestürmt, in der eine politische Gruppe, zu der sie gehörte, gerade eine Versammlung abhielt. Ich erinnere mich noch, wie man uns in Polizeibullis gezerrt und dann auf enge Gefängniszellen verteilt hat. Ich war das einzige Kind und hab verzweifelt geweint. Eigentlich hat die Polizei aber Ulrike Meinhof gesucht, viele aus der Gruppe sympathisierten mit ihr, auch meine Mutter.«

»Woran ist sie denn gestorben?«

»Sie hat wohl zu viel geraucht. Lungenkrebs, nichts mehr zu machen.«

»Und was war sie für ein Mensch?«, beeilte sich Mareike, das Gespräch in eine angenehmere Richtung zu lenken.

»Sie war lebhaft, begeisterungsfähig und stürzte sich unbekümmert in jede Gefahr. Beim Schreiben lebte sie in einer Welt aus Utopien. Heute gibt es diese Mischung aus Recherche und literarischem Schreiben im Journalismus gar nicht mehr. Heute soll alles schnell erzählt werden …«

»Trotzdem bist du Journalist.«

»Tja. Der Journalismus verändert sich, wie alles, aber ich geb mir Mühe, dagegenzuhalten. Die Leserinnen und Leser sollen in die Zeit und den Ort der Geschichte eintauchen. Darum muss ich immer mittendrin sein. So wie heute bei der Demo ...«

Franks Begeisterung beeindruckte Mareike. Er war so anders als ihre anderen männlichen Bekannten.

Auf die vielen Worte folgte dann das lange Schweigen der Nacht. Als sich Haut und Haut berührten, verschmolzen die Körper im Kerzenschein zu einem. Frank wollte etwas sagen, aber Mareike legte ihm lächelnd den Zeigefinger auf die Lippen.

Mit dem ersten Morgenrot schlief Mareike ein. Frank lauschte auf ihren Atem, blickte an die fremde Zimmerdecke und fragte sich, ob auch diese Bekanntschaft nur ein Abenteuer sein würde. Dann erhob er sich vorsichtig vom Futon, schob Mareike sanft zur Seite, um sie nicht zu wecken, und zog sich leise an.

Er hinterließ ihr einen Zettel mit seiner Büronummer und daneben: »Ruf mich an, falls du Lust hast. Frank.«

Palermo, April 1988
FRAGMENT DREI

Die Oper muss von innen gigantisch sein, dachte ich, als ich an dem verrosteten, schmiedeeisernen Zaun stand und zu dem halbrunden Gebäude, das wohl die Größe eines Fußballfelds hatte, aufschaute. Das Teatro Massimo an der Piazza Verdi erwartete mich Morgen für Morgen. Reglos und ungerührt. Seit Jahren schon war es wegen Sanierungsarbeiten geschlossen, und niemand konnte erklären, warum sie nicht vorankamen.

Wie lange würde ich noch die Löwen passieren müssen, ohne jemals hineinzugehen? Durch die Gänge bis zu meinem Platz Parkett Mitte im überwältigenden Opernraum? Vor den immensen Säulen warteten heruntergekommene Kutschen. Die Pferde ließen resigniert die Köpfe hängen, schienen Tag für Tag älter und müder. Pinuzzu, einer der Kutscher, Sohn und Enkel von Kutschern, kannte alles und jeden im Viertel. Zur Begrüßung lüftete er die schwarze Coppola, die seinen kahlen Kopf bedeckte. Um uns herum toste der Verkehr, und das Hupkonzert der Autos versetzte dem eigentlich barocken Flair in der Via Maqueda den Todesstoß.

»Wie wärs mit nem Kaffee?«, fragte ich Pinuzzu im Dialekt.

»Sehr gern, Dottore!«

Wenn ich keinen Parkplatz fand, stellte ich mein Auto in zweiter Reihe auf der Piazza ab und gab Pinuzzu die Schlüssel, der es gegen einen kleinen Obolus bei Bedarf umparkte.

»Heute hatte ich Glück, ich hab direkt vor der Banca d'Italia geparkt. Bei den vielen Carabinieri kann mein Auto kaum geklaut werden.«

»Bei denen weiß man nie, Dottore!«

»Aber Pinuzzu!«

»So isses doch, Dottore. Aber keine Sorge, ich pass schon auf!«

Die Bar degli Artisti war hauptsächlich für ihren Mittagsimbiss bekannt, aber auch jetzt drängelten sich die Büroangestellten für ihren morgendlichen Espresso an der Theke.

»Guten Morgen, der Herr« – »Mit der allerhöchsten

Achtung, Herr Anwalt« – »Bitte schön, Ihr Cappuccino, gnädige Frau«, wieselten die Kellner mit Fliege hin und her, in der Hoffnung auf üppiges Trinkgeld von der zahlungskräftigen Kundschaft.

»Ohne Euch würde ich hier nie einen Fuß reinsetzen, Dottore!«

»Wieso, Pinuzzu? Kannst du dir etwa keinen Kaffee leisten?«

»Nicht den. Schuster, bleib bei deinen Leisten, sagten meine Eltern immer. Das hier ist nicht meine Welt.«

»Pfeif einfach drauf, Pinuzzu! Das waren andere Zeiten, der Kaffee geht auf mich. Sag mal, hat es gestern wirklich schon wieder einen Mord gegeben? Bei der Olivella-Kirche?«

»Es is kaum auszuhalten, Dottore! Die Mafia hält sich fürs Gesetz. Die Geschäftsleute wissen nicht mehr, wem sie gehorchen sollen. Wenns früher ein Problem gab, hat man mit der richtigen Person geredet und die Sache war gelöst. Heute bringt man die eingesessenen Familien um, und die Neuen machen Geschäfte mit Fremden und Drogen. Man wird reich, klar, aber die haben den Anstand verloren. Da is zu viel Geld im Spiel!«

Wir tranken unseren Kaffee, der im Vergleich zu Don Calogeros wässrig schmeckte, verließen die Bar, und ich machte mich zu Fuß zur Praxis in der Via Dante auf, vorbei an der sagenumwobenen Villa Whitaker, wie immer bewacht von einem livrierten Wärter.

Mit ihrem weitläufigen Park konnte nicht mal der Botanische Garten von Palermo mithalten. Ich sah englischen Rasen, weiter hinten ragte ein dichter, üppiger Tropenwald mit Palmen und Gewächsen aus Java und

Sumatra in die Höhe. Eines Tages, dachte ich, sollte ich über den Zaun klettern oder den Wärter bestechen.

Die Villa gehörte angeblich der letzten Whitaker, einer uralten, einsamen Frau ohne Kinder. Sizilien war bei den Engländern eine Zeit lang sehr beliebt gewesen. Die Whitakers hatten als Wein- und Gewürzhändler ein Vermögen verdient, ihnen hatten wir den Marsala zu verdanken. Ihre Geschichte beeindruckte mich.

Die Vergangenheit besaß für mich ein unergründliches Flair, unwiderstehlich wie die Liebe.

Die Sekretärin der Arztpraxis, in der ich arbeitete, umwehte für mich ebenfalls der faszinierende Zauber vergangener Zeiten. Annamarias schwarze, weit auseinanderstehende Augen, mit denen sie mich spitzbübisch anblickte, ihr dunkelbraunes Haar, so kurz wie das französischer Schauspielerinnen, ihre Stupsnase. Sie kam aus einem Städtchen in der Provinz Caltanissetta, sprach mit energischem Ton und hartem »t«, wie die Kalabresen aus Cosenza. Sie war selbstsicher, ganz anders als mein gewohntes weibliches Umfeld, das sich gegenüber Männern eher unterwürfig verhielt. Peu à peu hatte ich mich in sie verliebt. Während ich einmal mit einer heftigen Erkältung im Bett lag, fiel mir plötzlich auf, dass ich meine Arbeit vermisste, wegen Annamaria. Sie hatte sich in mein Leben geschlichen, was mich erst an meinen Gefühlen zweifeln ließ, denn ich glaubte an Liebe auf den ersten Blick. Entsprang mein Verliebtsein vielleicht nur dem Wunsch, wieder mal Schmetterlinge im Bauch zu haben? Oder war es, schlimmer noch, nur eine Folge des gesellschaftlichen Drucks, erwachsen zu sein, Geld zu verdienen und eine Familie zu gründen?

Annamaria hatte mit knapp vierundzwanzig Jahren schon eine eigene Wohnung im »besseren Palermo«, weit weg von Eltern und ehemaligen Freunden.

Sie war ein paar Jahre vor mir in die Stadt gekommen, zum Studium an der Kunsthochschule. Damit ihr Unterhalt sichergestellt war, hatte ihr Vater, ein alteingesessener Notar in Caltanissetta, ihr die Stelle in der Arztpraxis verschafft.

Nachdem ich sie wochenlang beobachtet hatte, fasste ich Mut.

»Guten Morgen, Dottore«, begrüßte sie mich.

»Annamaria, wenn du mich so nennst, fühle ich mich alt. Nenn mich doch bitte Leonardo.«

»Ja, aber Leonardo, das klingt nach Leonardo da Vinci.«

»Dann eben Nanà, so nennen mich meine Freunde.«

»Nanà?«

»Wieso?«

Annamaria lachte.

»Bei uns auf dem Dorf werden alle Namen verkürzt!«

»Meinst du, bei mir zu Hause nicht? Cicciu. Pinu. Enzu, aber Nanà hab ich noch nie gehört!«

Ein Arzt im Praktikum ist ein Arzt zweiter Klasse. Meine Tage in der Praxis waren eher langweilig, doch ich liebte meine Arbeit. Nicht wegen der Aussicht auf ein gutes Gehalt. Die ärztliche Tätigkeit hatte für mich etwas beinahe Heiliges. Wenn ein kranker Mensch voller Vertrauen zu mir kam, spürte ich Verbundenheit. Ein befriedigendes Verantwortungsgefühl spornte mich an, mein Bestes zu geben.

Ich wusste, dass nicht jeder Patient auf dieselbe Weise

gesundete, manche blieben für immer krank, die menschliche Verletzlichkeit kam bei ihnen körperlich zum Ausdruck. Andere, oft die kulturell gebildeten, vertrauten nur auf Medikamente und verstanden die Medizin als unumstößliche Wissenschaft. Am wichtigsten waren aber Disziplin und der Wille zur Zusammenarbeit. Doch auch das reichte leider nicht immer.

Heute also verlangte ich von mir dieselbe Entschlossenheit wie sonst von meinen Patienten. Nach der Arbeit fragte ich darum so locker und beiläufig wie möglich:

»Annamaria, hast du auch Hunger? Sollen wir irgendwo was essen gehen?«

»Möchtest du mit mir ausgehen?« wäre mir zu voreilig und fordernd erschienen.

Sie war einverstanden. Kurz darauf saßen wir in einem kleinen Restaurant im Park der Villa Sperlinga. An den kleinen Tischen mussten wir uns direkt anblicken. Aus der Nähe erschienen mir ihre getuschten Wimpern sehr lang.

»Du bist komisch, Nanà, weißt du das?«, sagte sie und zündete sich eine Zigarette an.

»Wieso?«, fragte ich verwirrt.

»Du hast Monate gebraucht, um mit mir auszugehen. Immer wieder hast du dich im letzten Moment umentschieden: Signorina Onorato, haben Sie die Patientenakte von Ingenieur Mancuso schon auf den neuesten Stand gebracht?«

Ich lachte verlegen.

»Man merkt, dass du nicht aus Palermo kommst«, sagte ich. »Du nimmst kein Blatt vor den Mund.«

»Andere Männer hätten das einfach abgestritten«, sagte

Annamaria. »Sie denken, ihre Schwächen verstecken zu müssen.«

»Das tue ich nicht«, versicherte ich.

»Und dass du jeden Tag pendelst, ist auch komisch«, sagte sie. »Oder nicht. Vielleicht wartet in Maciddaru ja deine Freundin auf dich.«

»Auf mich wartet niemand«, antwortete ich. »Außer meiner Mutter. Sie steht am Fenster, bis ich mit dem Auto um die Ecke biege, und stellt mir dann ein warmes Essen auf den Tisch. Mich hält vieles im Dorf. Jeden, den ich auf der Piazza treffe, kenne ich seit Kindertagen. Es gibt keine Geheimnisse. Außerdem mag ich die Ruhe. Spätabends ist keine Menschenseele mehr auf der Straße. Und bei Don Calogero gibt es den besten Kaffee der Welt.«

»Und wer ist Don Calogero?«

»Ihm gehört die Bar an der Piazza. Er kennt mich seit meiner Geburt. Abends macht er erst zu, wenn ich meinen Ristretto getrunken habe. Wenn ich nicht komme, macht er sich Sorgen. Darum ruf ich dann an und sage: Don Calogero, heute nicht. Macht ruhig zu, wenn ihr wollt.«

Annamaria hatte mich noch nie Dialekt sprechen gehört. Sie lachte laut, und ich nutzte die Gelegenheit, um auch eine Frage zu stellen.

»Und du? Du wohnst in einem Neubauviertel, oder?«

»Genau. Als ich für das Studium nach Palermo gezogen bin, war mir klar, dass ich hier nicht so schnell wieder weggehen würde. Was sollte ich im sterbenslangweiligen Santa Caterina Villarmosa? Mein Freund Attilio ist bald mit dem Studium in Florenz fertig und kommt wahrscheinlich nächstes Jahr zurück. Dann werden wir sehen.«

»Du hast einen Freund?«, fragte ich, und die Worte versetzten mir einen Stich in die Brust.

»Seit Langem. Attilio ist anständig, unsere Eltern waren schon immer befreundet. Wir sind noch nicht verheiratet, aber so gut wie.«

Unser Schweigen schien mir endlos. Annamaria wusste genau, was ich dachte.

»Und jetzt fragst du dich bestimmt, warum ich überhaupt mit dir ausgegangen bin?«, fragte sie schließlich in die Stille hinein.

»Ach, kein Problem«, log ich. »Wir sind Kollegen, da kann es nicht schaden, sich auch mal außerhalb der Arbeit kennenzulernen.«

Annamaria sah mich an, mit ihren Augen so schwarz wie Ebenholz. Sie wusste, dass ich ihr etwas vorspielte und mich anstrengte, meine Enttäuschung zu verbergen. Ich blickte in den Park und sah hinter einem Magnolienast ein Gebäude hervorlugen.

»Dort drüben im fünften Stock wohnt übrigens Leonardo Sciascia«, lenkte ich ab.

»Der Autor von *Der Tag der Eule*?«

»Ja, er hat den Park berühmt gemacht. Früher hingen hier die Drogensüchtigen ab, reiche Bürgersöhne, ihre Eltern waren hauptsächlich damit beschäftigt, ihr Sozialleben in den besseren Kreisen von Palermo zu pflegen. Haschisch, LSD-Trips, Heroin. Einige meiner Mitschüler vom Gymnasium kamen auch hierher. Einmal haben sie mich mitgenommen. Wenn man dazugehören wollte, musste man sein wie sie, dieselbe Kleidung tragen, sich für dasselbe interessieren und die Sprache sprechen, die man nur an den höheren Schulen in Palermo lernt. Ich wollte nichts damit zu tun haben, ich war stolz darauf, vom Dorf zu kommen und abends in Maciddaru wieder mit normalen Leuten über meine Jungenträume zu reden.«

Annamaria blickte mich schweigend und plötzlich verunsichert an. Ich versuchte, ihre Gedanken zu erraten, und hätte sie am liebsten in den Arm genommen.

»Es ist spät geworden, lass uns nach Hause gehen«, sagte ich mit abgewandtem Blick.

»Ja, es ist spät geworden«, wiederholte sie.

Schweiz, April 1988
FRAGMENT VIER

»Ihre Papiere bitte.«

»Pass und Führerschein?«

»Ja, warten Sie bitte einen Moment.«

Frank lehnte sich in den Autositz seines alten, orange-roten Audi-Kombis zurück. Lola nannte er ihn liebevoll, er hatte umlegbare Rücksitze, zur Not konnte er mit einem Schlafsack auch gut darin übernachten.

»Sie sind ja Deutscher«, sagte der Schweizer Grenzbeamte, als er ihm die Papiere zurückgab. »Sie sehen nicht so aus.«

»Sein Aussehen kann man sich nicht aussuchen, oder?«

»Nein«, stammelte der Grenzbeamte unangenehm berührt. »Aber es gibt gerade so viele Saisonarbeiter aus

Südeuropa. Es ist mein Job, die Grenze zu überwachen. Kommen Sie als Tourist?«

»Ich bin Journalist und fahre zu einem Interviewtermin nach Zürich. Keine Sorge, morgen bin ich wieder weg.«

Hinter Schaffhausen erstreckten sich sanfte Hügel mit kurvigen Straßen, der Rhein markierte noch immer die Grenze, die schon Napoleon vor über zweihundert Jahren überschritten hatte.

In Kürze würde er in Zürich einen wichtigen Gesprächspartner treffen, aber nicht deshalb war er heute aufgeregt. In seiner Tasche steckte ein altes Foto aus den späten Sechzigern, es zeigt ihn und seine Mutter bei einem ihrer seltenen Urlaube. Er würde sich einen kleinen Umweg erlauben.

Schon tauchte das Schild »Neuhausen« auf, er bog ab, die Kurven führten ihn abwärts, bis zu einem großen Parkplatz. Mit seinem Fotoapparat und der alten Aufnahme in der Hand stieg er aus und folgte den Schildern.

Zuerst nahm er nur ein fernes Murmeln wahr, wie von einem kleinen Bächlein. Schnell wurde das Murmeln zum stolzen Rauschen, entfaltete sich auf den letzten Metern zu einem ungestümen Getöse, und plötzlich stand er unter dem mächtigen Wasserfall. Genau dort, wo vor zwanzig Jahren das Bild mit Elke entstanden war. Um ihn strudelte das kühle Nass, stürzte hinab, aber er blieb trocken.

Er griff nach dem Fotoapparat, nahm dieselbe Haltung ein wie damals vor zwanzig Jahren, als seine Mutter ihn umarmt hatte, und drückte ab.

Nach einer Weile stieg er die Stufen wieder hinauf.

Wie bei den Songs der Siebziger und Achtziger, die mit Gitarren- oder Saxofonsolos ausklangen, verstummte das Tosen des Rheinfalls nach und nach.

»Bitte setzen Sie sich, Herr Fischer«, sagte der Chefredakteur der Tageszeitung *Neuste Zürcher Nachrichten,* in deren Räumlichkeiten er das Interview führen durfte. »Ueli Zuberbühler wird jeden Moment hier sein.«

Aus dem großzügigen Konferenzraum sah man auf den Seitenflügel des Opernhauses, den Zürichsee und den Bellevueplatz. Der große Platz sowie die Brücke über die Limmat waren mit Fahnen geschmückt.

Der Konferenzraum hingegen war nüchtern gehalten. In der Mitte ein langer, blitzblanker Tisch. Nicht einmal ein Aschenbecher. An den weißen Wänden hingen abstrakte Gemälde. Durch die schalldämmenden Fenster drangen Autoverkehr und Straßenbahnen nur als leises Echo.

Schließlich kehrte der Chefredakteur zurück, mit einem Mann um die fünfzig, im dunkelgrauen Anzug, mit scharlachroter Krawatte. Kurzer Haarschnitt, schmallippig.

»Doktor Zuberbühler«, stellte der Chefredakteur vor. Der Mann betrat den Raum, der wache, Blick hinter der Brille verriet, dass er mit den Mitteln der Rhetorik bestens vertraut war.

»Da bin ich, Herr Fischer. Hatten Sie eine gute Fahrt?«, sagte er mit schriller, unangenehmer Stimme, reichte Frank die Hand und setzte sich. »Wie ich gehört habe, kommen Sie aus unserem nördlichen Großkanton.« Er grinste und fuhr, ohne eine Antwort abzuwarten, fort: »Sie sind ja noch sehr jung. In Anbetracht unserer heutigen Themen nahm ich an, man würde einen erfahrenen Journalisten schicken.«

Frank tat, als überhöre er die unterdrückte Abfälligkeit, die sich hinter der höflichen Fassade des Bankiers verbarg.

»Ich würde vorschlagen, wir fangen an«, sagte er.

Zuberbühlers Miene wurde sofort ernst und konzentriert, wie bei einem Tennisspieler, der auf den gegnerischen Aufschlag wartet.

»Sie leiten die größte schweizerische Bank. Momentan werden Sie von allen Seiten unter Beschuss genommen, denn die Öffentlichkeit verlangt endlich Klarheit. Das Schweizer Bankensystem wird unumwunden angegriffen. Viele sind der Meinung, in schweizerischen Tresoren würden die Gelder von Mafia, Diktatoren, zwielichtigen Geschäftemachern und anderen Kriminellen lagern.«

»Wir halten uns gewissenhaft an das Bankenrecht, an alle Gesetze. Unsere Dienstleistungen genießen weltweit den allerbesten Ruf. Unsere Wirtschaft ist stark, unsere Währung gehört zu den stabilsten der Welt. Unsere Kunden sind anspruchsvoll; dass alle mit uns zusammenarbeiten wollen, ist nicht unsere Entscheidung.«

»Aber laut Ziegler öffnen die Banken Steuerhinterziehung und Geldwäsche Tür und Tor. Nach dem Motto: Geld stinkt nicht.«

»Bei einem begründeten Verdacht stellen wir Nachforschungen darüber an, wer der Kontoinhaber ist, wir gehen Auffälligkeiten nach. Wenn wir auf mangelnde Transparenz stoßen, trennen wir uns ohne Probleme von Kunden.«

Frank spürte, dass ihn die ausweichenden Antworten reizten.

»Herr Zuberbühler, kommen wir zur Sache. Irgendwelche Strohmänner kommen mit Geldern zu Ihnen, deren Herkunft vollkommen rätselhaft ist. Mitarbeiter von Scheinfirmen, in denen einzig und allein Schwarzgelder geparkt werden, können bei Ihnen Konten eröffnen. Die Staatsanwaltschaft hat dafür genügend Beweise.«

»Wir halten uns an Recht und Ordnung. So funktioniert der Kapitalismus, und den meisten gefällt er.«

»Augusto Pinochet und Ferdinand Marcos, um nur zwei zu nennen«, bohrte Frank hartnäckig nach. »Diktatoren, oder etwa nicht? Die kommen höchstpersönlich nach Zürich, um sich um ihre Milliarden zu kümmern.«

»Meines Wissens wurde Marcos mehrfach gewählt. Und Pinochet hat letztes Jahr sogar Besuch vom Papst erhalten. Ich denke, ein Urteil darüber steht Ihnen nicht zu. Halten wir uns doch an die Fakten. Warum sollten Kunden, die mit sämtlichen Staaten Beziehungen unterhalten, bei uns kein Bankkonto eröffnen dürfen?«

»Eine Bank sollte sich also nicht von ethischen Überlegungen leiten lassen?«

»Wir verwalten fremdes Kapital und legen es hochprofessionell und offensichtlich sicherer als andere an. Wir überprüfen unsere Kunden, aber müssen niemandem gefallen, weder Ihnen noch anderen.« Zuberbühler blickte Frank ungerührt an.

»Die USA und Deutschland werfen den hiesigen Banken vor, auch den amerikanischen und deutschen Steuerzahlern den roten Teppich auszurollen.«

»Wenn den Amerikanern und Deutschen wirklich daran gelegen wäre, dass ihre Bürger die Steuern zahlen, würden sie sich selbst darum kümmern«, antwortete Zuberbühler mit zynischem Lächeln.

»Und was sagen Sie dazu, dass laut anonymen Dokumenten noch immer Gelder von Nazis in Schweizer Tresoren liegen?«, fragte Frank, wohl wissend, wie heikel dieses Thema war.

»Wir haben den Nationalsozialismus nicht erfunden. Vielleicht ist es erst einmal an den Deutschen, sich mit der Vergangenheit zu beschäftigen.«

Zuberbühler blickte auf seine teure Armbanduhr. »Unsere Gesprächszeit ist um«, bemerkte er und stand abrupt auf.

Nach dem Gespräch verließ Frank hastig das prächtige Gebäude der *Neusten Zürcher Nachrichten*. Seine Parkuhr war abgelaufen, und die schweizerischen Politessen kannten kein Pardon. Als er im Laufschritt bei seinem Auto ankam, steckte hinter dem Scheibenwischer schon der grüne Zettel. »Na klar«, murmelte Frank, stieg ein und nahm die Ausfallstraße Richtung Süden.

Sein nächstes Ziel war die Altstadt von Luzern, zuletzt war er vor zwanzig Jahren mit Elke hier gewesen. An eine der Brücken über die Reuss erinnerte er sich besonders: die überdachte, hölzerne Kapellbrücke mit den dreieckigen Gemälden im Giebel, mittelalterliche Ritter, mit Speer und Helm in den Altstadtgassen.

Er parkte in Bahnhofsnähe und spazierte Richtung Brücke.

Luzern kam ihm vor wie Zürich im Miniaturformat. Banken, Werbetafeln, Geschäfte und Restaurantketten mit nichtssagender internationaler Küche waren hier wie dort dieselben. Nur wimmelte es hier von Touristen. Japaner und Amerikaner liefen durch die Straßen, in der Altstadt reihte sich ein Souvenirladen an den nächsten. Zürich war der Finanzplatz, Luzern eine Touristenattraktion.

Als er in der Ferne die Reuss im Licht der untergehenden Sonne sah, wurden seine Schritte länger. Am Flussufer warteten Schwäne und Enten darauf, gefüttert zu werden. Die Erinnerung an den Urlaub mit seiner Mutter wurde mit jedem Schritt Richtung Brücke präsenter. Damals hatte es nicht so viele Läden und am Fluss keine Restaurants gegeben. Selbst an den Kiosken hingen nun Tageszeitungen aus ganz Europa und sogar den USA, das fiel ihm sofort ins Auge, Berufskrankheit. Vieles in der Welt hatte sich verändert, aber manches blieb. Elke hatte vielleicht andere Verzerrungen gesehen als er, aber genau wie sie hatte er einen Blick dafür. Oder versuchte es zumindest.

Ein Straßenmusiker mit seiner Gitarre am Eingang zur Kapellbrücke riss ihn aus seinen Gedanken. Frank kannte das italienische Lied, das er spielte. Spontan setzte er sich zu ihm, schloss die Augen und ließ sich von der Melodie wegtragen. Als die Musik verstummte, sprach er ihn auf Italienisch an: »Eins war von Lucio Dalla, eins von Edoardo Bennato, das dritte kannte ich nicht.«

»Das war von mir«, sagte der Musiker zögernd. »Aber wenn ich über die Runden kommen will, muss ich die Gassenhauer spielen, sonst bleibt keiner stehen. Auch du hast dich wegen Dalla und Bennato hingesetzt.« Ein wenig herausfordernd fügte er hinzu: »Und mir noch nichts gegeben.« Frank kramte in den Taschen.

»Hier, ich habe leider nur D-Mark. Aber es ist ja nicht weit nach Deutschland.«

»Ja, ich bin oft in Stuttgart oder Freiburg, da leben viele Italiener, und die italienischen Cantautori werden immer beliebter. Bob Dylan, Cohen, die Beatles oder Simon & Garfunkel singen viele, da heb ich mich mit meinen Liedern ab.«

»Bist du gerade unterwegs oder wohnst du hier?«, fragte Frank.

»Sowohl als auch. Ich habe hier in der Nähe ein Zimmer. Die Schweiz liegt günstig, und Luzern ist genau in der Mitte zwischen Italien, den deutschsprachigen Ländern und Frankreich, und die Schweizer sind großzügig. Alte Leute bringen mir belegte Brote, Frauen laden mich zum Kaffee ein. Den kriegt man zwar kaum runter, aber was solls.«

»Kommst du aus Süditalien?«

»Ja, aus Palermo. Kennst du die Stadt?«

»Noch nicht. Aber Goethe hat so viel Werbung für Sizilien gemacht, dass man als pflichtbewusster Deutscher gar nicht drumherum kommt.«

»Ohne Goethe kämen wohl nicht mal die Deutschen. Ein Desaster, diese Stadt …«

»Ja, die Mafia, das wird sich vermutlich nie ändern.«

Der Musiker sah ihn forschend an. »Was weißt du denn davon?«

»Ich schreibe politische Reportagen. Ich war ein Jahr als Korrespondent in Rom, bei den *Fakten*.«

»Oh, gut recherchierter und mutiger Journalismus.«

Jetzt blickte Frank den erstaunlich jungen Musiker neugierig an. »Was machst du überhaupt auf der Straße? Ist die Polizei hinter dir her?«

»Kann man so sagen. Ich musste mich verpissen. Das war nicht schwer, ich schlaf auch unter der Brücke, kein Problem. Daheim ängstigt mich ganz anderes.« Er legte die Gitarre vorsichtig in den Koffer, drückte ihn zu und schulterte ihn.

»Tat gut, mit dir zu reden«, sagte er und gab Frank die Hand. »Wie heißt du? Dann lese ich in den nächsten *Fakten* zuerst deine Artikel.«

»Frank Fischer.« Und in einer plötzlichen Eingebung setzte er hinzu: »Nächste Woche kannst du ein Interview von mir mit einem bekannten Schweizer Bankier lesen.«

Wenn der Musiker den Mut hatte, mit nichts als der Gitarre auf der Schulter von zu Hause wegzugehen, wollte er genauso mutig schreiben, was er wusste.

»Ich heiß übrigens Pippo«, sagte der Musiker im Umdrehen. »Ich werds lesen.«

Camporeale, Oktober 1988
FRAGMENT FÜNF

»Michele, haste nen Trumpf?«, fragte ich leise.

»Nein, bleib niedrig«, flüsterte mein Spielpartner.

Gaetano grinste: »Ah! Wusst ich's doch! Die haben nix mehr. Spiel ein Ass, Anto!«

»Jungs, ihr habt einfach zu viel Glück. Mit euch kann man nicht spielen!«, rief ich und hob enttäuscht die Arme.

Don Calogero saß auf einem Holzhocker dabei, spickte uns belustigt in die Karten und wusste schon vorher, wie das Spiel ausgehen würde.

Die Briscola-Runde in der Bar war unumstößlich. Komme, was wolle, am Donnerstagabend wartete der Holztisch auf uns, mit Gaetanos Aschenbecher, weil er eine MS nach der nächsten rauchte. In den Pausen zelebrierten wir Calogeros Kaffee.

»Für mich heute schön stark, Don Calogero, Kaffee des Hauses, wie sichs gehört«, rief ich.

Michele hob seine Tasse.

»*Picciotti*, ohne euch wüsst ich gar nicht, wie gut Kaffee schmeckt«, sagte er. »Wie man so ein bitteres Zeug trinken kann, hab ich nicht verstanden! Und heut brauch ich drei am Tag, sonst krieg ich Kopfschmerzen.«

»Don Calogero, erzählt doch noch mal, wie das damals war, als Ihr die Bar aufgemacht habt!«, bat Antonio, der sich für die Geschichten der Familien von Maciddaru interessierte.

»Damals gabs euch alle noch gar nicht«, setzte er bereitwillig an. »Nach dem Krieg war hier im Dorf tote Hose, die Jungen gingen weg, nach Alcamo oder Palermo. In Camporeale konnte man nur Bauer sein. Die Männer gingen in der Früh um sechs aufs Feld und kehrten im Dunkeln heim. Ich auch, aber konnte mir nie wirklich vorstellen, für immer Bauer zu sein. Die Arbeit machte mir keinen Spaß, und ich war auch nicht kräftig genug. Ich half einfach nur meinem Vater, mit den Melonen, dem Wein, dem Getreide. Es war noch nicht mal unser Feld, es gehörte einem Adeligen aus Poggioreale, der bekam die halbe Ernte.«

»Ihr ein Bauer, Don Calogero? Oh je«, sagte Gaetano und lachte.

»Eines Tages sagte ich zu meinem Vater: Papa, im Dorf gibts keine Bar, keinen Treffpunkt. Nullkommanichts. Der Krieg ist aus, bald ist wieder Schule. Was hältste von ner schönen Bar an der Piazza? Es gibt nen leer stehenden Laden, den kann ich für nen Appel und n Ei mieten. Mein Vater war Analphabet, aber nicht blöd. Gute Idee, fand er. Aber warte ein paar Tage, ich besprech das noch.«

Don Calogero machte eine Pause.

»Er besprach sich mit Don Vanni Tacco«, fuhr er dann fort, »und der war zufrieden, endlich eine Bar im Dorf. Ich musste nur das Schutzgeld zahlen, und zum Dank bekamen Don Tacco und seine Freunde jeden Morgen einen Kaffee umsonst. Das war 1950. Doch eines Tages, ich glaube 1957, tauchten Taccos Handlanger auf und sagten: Nächsten Sonntag bleibst du schön zu Haus, die Bar bleibt zu. Ich wollte nicht, sonntags hab ich am besten verdient, aber es blieb mir nichts anderes übrig. Die Erklärung kam dann schnell. Ihr habt bestimmt davon gehört. An jenem Sonntag spazierte der Bürgermeister Pasquale Almerico mit seinem Bruder seelenruhig über die Piazza, als ein paar Typen angeritten kamen und sie über den Haufen schossen.«

Ich kannte die Geschichte: Angeblich hatte er Tacco und seinen Kumpanen das Parteibuch verweigert. Das Dorf stand unter Schock.

»Seit 1950 schließe ich meine Bar jeden Morgen auf. Ich hab das halbe Dorf aufwachsen sehen, hab gesehen, wie die Besten weggezogen und vornehme Herren, Mörder und Politiker gekommen sind. Ich liebe Maciddaru.

Obwohls hier rein gar nichts gibt, was einen jungen, ehrgeizigen Menschen, der woanders blendende Aussichten hätte, halten könnte.«

Beim letzten Satz blickte Don Calogero zu mir, aber ich tat so, als merkte ich es nicht. »Don Calogero, Eure Bar ist doch die Seele des Dorfes!«, sagte ich. »Ohne Euch würde uns etwas fehlen! Ohne Euch wäre Maciddaru um vieles ärmer.«

»Unsinn!«, unterbrach er mich schroff. »Ohne mich hätte ein anderer die Bar aufgemacht.«

»Das wär nicht dasselbe!«, sagte Gaetano und zog an seiner Zigarette.

»*Picciotti*, Camporeale ist nicht mehr, was es mal war. Ich geh bald in Rente, aber ihr seid jung und habt das Leben noch vor euch. Das Dorf ist stehen geblieben. Von der Landwirtschaft kann längst keiner mehr leben, wer was auf sich hält, haut ab oder schickt zumindest seine Kinder in der Stadt auf die Schule oder Uni. Was hätten sie hier auch für eine Zukunft? Heute leben hier nur noch halb so viele Menschen wie 1970, nur das Gesindel ist geblieben.«

Wortlos erhob er sich, ging mit schweren Schritten zur Eingangstür und schloss ab. Wer jetzt hineinwollte, musste anklopfen. Schweigend zog er eine filterlose Zigarette aus der Packung, auf sein Nicken hin entflammte Gaetano ein Streichholz.

»*Picciotti*, spürt ihr nicht, welcher Wind hier weht? Arbeiten, eine Familie, eine richtige Zukunft, das ist kein Spaziergang. Arbeitsstellen sind rar, und selbst Freunde von Freunden können nicht mehr helfen, so wie früher. Das Geld wird mit Kriminalität verdient, und ihr wisst so gut wie ich, welche zweifelhaften Beziehungen die Mafia-Clans von Camporeale pflegen. Das Blutbad in Palermo vor einigen Jahren hatte auch für uns Folgen.«

Keiner von uns sprach ein Wort.

»Vor zehn Monaten ist in Palermo der Maxi-Prozess zu Ende gegangen. Fast alle kommen lebenslang hinter Gitter, auch welche von hier.«

Im Dorf hatte ich munkeln gehört, an passender Stelle strecke man schon die Fühler aus, erledige alles Notwendige, und dann gebe es hoffentlich bald für alle einen Freispruch.

Der Ärger unter den Leuten im Dorf wuchs. Von den gefährlichsten Mafiosi, die noch auf freiem Fuß waren, ganz zu schweigen. Offenbar wusste Don Calogero noch mehr.

»Die Bosse von Maciddaru haben schon eine Lösung gefunden. Sie schließen sich den Siegern an, der Mafia aus Corleone und San Giuseppe Jato. Deswegen haben wir wieder Frieden. Aber was für einen. Ich mach nachts kein Auge mehr zu. Das sind doch alles Verbrecher, und sie werden uns alle mit in den Abgrund ziehen!«

Wortlos blickte er von einem zum anderen.

»Nanà, du willst nächstes Jahr im Dorf eine Praxis aufmachen? An der Hauptstraße? Herzlichen Glückwunsch! Gaetano, dein Bruder hat vor ein paar Wochen in einem Geschäft in Palermo Arbeit gefunden? Und wisst ihr auch, wie? Sags schon, Gaetano, du weißt es doch! Und du, Antonio? Du musst noch ein bisschen warten, aber nächstes Jahr kriegst du einen Posten im Zementwerk von Mazara del Vallo. Dann wird man dir schon sagen, wem und wie du dafür danken musst.«

Don Calogero zögerte einen Moment. »Glaubt ihr etwa, damit ist es getan? Ihr habt Arbeit und gut ists? Dass ihr nur Danke, mein Herr, meinen allergrößten Dank, sagt?« Wir schwiegen. »Als ich die Bar aufgemacht habe, hat uns Don Vanni Tacco vorgeschrieben, wen wir wählen sollen. Das Schutzgeld war niedrig. Aber die Mafia aus Corleone gibt heute keine Ruhe. Wenn man ihr einen Gefallen schuldet, verlangt sie Dinge, die ihr euch nicht vorstellen könnt. Vielleicht bin ich altmodisch, aber das ist für mich keine Mafia mehr! Hier ist keiner mehr frei. Für alles braucht man jetzt eine spezielle, sehr spezielle Genehmigung. Und dafür wird man ein Leben lang zahlen, und irgendwann wühlt man so tief im Dreck, dass man da nie mehr rauskommt. Ich sag euch nur eins: Macht euch schleunigst vom Acker!«

Im Raum herrschte eine fast unwirkliche Stille. Ich blickte verstohlen zu Gaetano, dann auf den Boden, inspizierte die Tischbeine und war mir sicher, die anderen machten es genauso.

»Don Calogero, es wird alles gut werden«, murmelte Antonio schließlich. »Vielleicht seid Ihr einfach ein bisschen zu pessimistisch. Ich danke Euch trotzdem sehr für Euren Rat. Unsere Väter leben nicht mehr, wir wissen Eure Ratschläge, Eure Erfahrungen sehr zu schätzen. Wir vergessen das nicht.«

Die Straße war menschenleer, unsere Schritte hallten auf dem Asphalt, die Hausmauern spielten ihr seltsames Echospiel, der Herbstwind fegte durch die Gassen, wir schlugen den Jackenkragen hoch. Wie immer, wenn uns keiner hören sollte, schlenderten wir die Straße abwärts, bis zum Ende des Dorfes. Bedächtig setzten wir einen Fuß vor den nächsten, jeder hoffte, ein anderer würde den Anfang machen.

»Wollen wir eine Münze werfen, oder sagt doch noch einer was?«, rief ich, als ich die Spannung nicht mehr aushielt. Ich blieb stehen, ungläubig und wütend sah ich Gaetano und Antonio an. Don Calogeros Worte hatten mich nachdenklich gestimmt, aber mehr noch verstörte mich, was er über meine Freunde gesagt hatte. Wieso hatten sie mir das alles nicht längst selbst erzählt?

Wir vier hatten uns vor einiger Zeit feierlich geschworen, keine Empfehlung, keinen Gefallen anzunehmen, der uns in die Nähe der Mafia bringen könnte. Nicht einmal aus Höflichkeit. Wie konnten sie dieses Versprechen vergessen?

»*Picciotti*«, seufzte Antonio schließlich, den Blick auf den Boden geheftet, »ich bin seit zwei Jahren arbeitslos, höchstens bei der Weinlese verdiene ich mal was. Für zehntausend Lire am Tag rackere ich mich dann drei Wochen lang ab. Ohne Mammas Rente und unser eigenes Haus säßen wir längst auf der Straße. Was hätte ich denn deiner Meinung nach tun sollen, Nanà?«

Ich schwieg, was Antonio verärgerte. »Nein, du kannst es mir nicht sagen, Dottore?«, rief er und starrte mich an. »Zwei Jahre, kapierst du das überhaupt? Seit zwei Jahren bewerbe ich mich in jedem Drecksbüro dieser Welt, ob beim Staat oder in der Privatwirtschaft. Soll ich etwa vor Hunger krepieren? Oder stellst du mich vielleicht als Putzmann an, wenn du erst deine Praxis hast? Doktor Conigliaro, dürfte ich kurz durchwischen? Doktor Conigliaro, dürfte ich schnell den Schreibtisch abstauben?

Doktor Conigliaro, einen Moment noch, ich muss die Fenster putzen!«

»Was redest du da für eine Scheiße!«, schrie ich zurück. »Was soll der Doktor Conigliaro! Glaubst du, du bist der einzige Bedauernswerte auf dieser Welt? Wenn wir klein beigeben und uns bei jedem Problemchen an diese Typen wenden, ist es bald aus mit uns! Dann passiert genau das, wovor Don Calogero uns gewarnt hat!«

»Das nennst du Problemchen, Nanà?«, zischte Antonio und packte mich an der Jacke. »Kapierst du's nicht? Wir haben nichts zu essen!« Er lockerte den Griff und versetzte mir einen Stoß vor die Brust, ehe er ganz losließ.

»Was verstehst du schon davon?«, rief er. »Du kommst nach Hause, und deine Mamma stellt dir die *Minestra* auf den Tisch. Seit du fünfzehn bist, hast du in Palermo ein feines Leben, bist Schüler und Student, in Watte gepackt. Und du kommst mir mit Moral, weil mir einer eine Arbeit besorgt?«

Er starrte mich eindringlich an. »Hast du überhaupt eine Ahnung, wie das ist, wenn man sich nicht mal samstagabends eine Pizza mit Freunden leisten kann? Wenn man Rom und Paris nur aus Erzählungen oder dem Fernsehen kennt? Wenn man keine Freundin hat, weil mit einem armen Schlucker wie mir keine Frau etwas zu tun haben will? Nein, du hast nicht die leiseste Ahnung. Und dabei sind wir Freunde, wie oft haben wir darüber gesprochen.«

Als er verstummte, war ich froh, dass die Dunkelheit meine Scham verbarg.

»Ich durfte keinem was verraten«, erklärte Antonio, als er sich etwas beruhigt hatte. »Aber im Dorf wussten es trotzdem alle, sogar Don Calogero. Wenn die Arbeit losgeht, ziehe ich dorthin. Von Maciddaru nach Mazara braucht man mit dem Auto fast zwei Stunden. Tut mir leid, *Picciotti*.«

Gaetano, der bisher geschwiegen hatte, kaute eine Weile verlegen auf seiner Zigarette herum und sagte schließlich: »Ich will meinen Bruder nicht in Schutz nehmen, aber er ist Vater und schon lange arbeitslos. Als Don Ciccio Tacco ihm die Stelle angeboten hat, wär er ihm vor Freude fast um den Hals gefallen. Jeden Morgen fährt er nach Palermo und abends wieder zurück, genau wie du, Nanà. Und endlich kommt er nicht mehr mit leeren Händen nach Hause. Ich weiß nicht mehr, was ich denken soll, jedenfalls ist es nicht der Staat, der uns hilft. Und auch wenn mein Bruder seine Schuld bei Don Ciccio Tacco irgendwann tilgen muss, weiß er immer, dass sein Sohn sonst nichts auf dem Teller gehabt hätte.«

Auch Michele hatte bisher still zugehört, die Hände in den Taschen, den Blick auf die dunkle Straße geheftet. Das Dorf hatten wir hinter uns gelassen. Als ich mich umdrehte, sah ich die gelben Lichterreihen der Straßenlaternen, gespickt mit einigen Neon-Küchenlampen, in den Himmel ragen.

»Ich würde es an eurer Stelle wahrscheinlich genauso machen«, sagte Michele, der den Lebensmittelladen von seinem Vater geerbt hatte und damit leidlich über die Runden kam.

»Und ehrlich gesagt, Nanà, frage ich mich, wieso du dich zum Moralapostel aufschwingst, aber uns nicht erzählst, was bei dir zu Hause los ist.«

Ich blieb abrupt stehen. Antonio und Gaetano waren

ebenfalls stehen geblieben und warfen sich einen schnellen Blick zu. Offenbar sagte Michele, was alle dachten. Ich wusste nicht, worauf er hinauswollte. Meinen Uniabschluss verdankte ich allein meinem Fleiß, auch mein Vater hatte bis ans Lebensende hart geschuftet. Und von Zio Rocco hatte ich mich immer ferngehalten.

»Was soll das heißen, Michele?«, fragte ich verwirrt.

»Tust du nur so oder bist du so blöd, Nanà?«, fragte Gaetano scharf. »Weißt du nicht, wer heute Morgen das Gefängnis verlassen hat? Dein Schwager Pietruzzu Marino. Sie haben sich ganz schön ins Zeug gelegt: Statt nach drei Jahren ist er schon nach zehn Monaten wieder draußen, im Hausarrest. Und wir reden hier ja nicht nur von einem Dealer, er stand wegen Mord vor Gericht.«

»Und warum ist er wohl draußen?«, fuhr Michele fort. »Er wurde erwischt, weil er sein eigenes Ding machen wollte, dabei hatte ihm der Corleone-Clan doch gesagt, wie gefährlich es in bestimmten Gegenden ist. Und als man Don Totò Riina um einen winzigen Gefallen bat, fand der, Pietruzzu könne seine Strafe ruhig absitzen! Doch dann hat sich dein Onkel Don Rocco eingeschaltet. Und jetzt hockt dein Schwager gemütlich zu Hause und kann nach Lust und Laune Verwandte treffen, vor allem natürlich deine Schwester.«

Die Worte bohrten sich wie Pfeile in meinen Körper. Meine Schwester Francesca hatte Onkel Rocco tatsächlich erfolgreich angefleht, Pietro zu helfen.

Ich setzte mich auf das Mäuerchen am Straßenrand. Dahinter fiel die Böschung leicht ab und ging in Weingärten über. Fassungslos blickte ich meine Freunde an, erst jetzt begriffen sie, dass ich wirklich überrascht war.

Auf einmal fühlte ich mich in Maciddaru fremd. Ich liebte das Dorf, hatte mich immer zugehörig gefühlt, aber plötzlich empfand ich ein tiefes Unbehagen, das mir Angst einjagte.

Ich erhob mich, wortlos stiegen wir die Gasse wieder bergan, in Richtung Dorfstraße. Meine Freunde gingen schweigend neben mir. Wo der Mauerbogen ins Hauptdorf führte und Don Calogeros Bar schon in Sichtweite war, verabschiedete ich mich, drehte mich aber noch einmal um und rief: »*Picciotti*. Es tut mir so leid. Entschuldigt.«

Ich lief weiter bis zur Dorfmitte. An den Ecken der Gassen warfen die gelben Laternen bizarre Schatten auf den Asphalt. Als Kind hatte es mir Spaß gemacht, alles Mögliche darin zu sehen: Frauen- und Männergesichter, riesige Raubkatzen, Elefanten, Wolkenschlösser und sogar Dinosaurier.

In dem Gässchen, das an der Kirche von Camporeale entlangführte und an einem Fels endete, gab es viele hübsche Balkone mit Geranien und Rosen.

Dort, in einem zweistöckigen, ockergelben Häuschen, wohnte Zio Rocco. Aus dem Küchenfenster im Zwischengeschoss drangen weißes Neonlicht und das bunte Flackern seines Fernsehers. Als ich Zio Rocco vor einigen Wochen zufällig bei Don Calogero getroffen hatte, hatte er mir vorgeworfen, ihn nie zu besuchen. Unschlüssig stand ich vor seiner Tür und fragte mich, ob ich wirklich klingeln sollte. Ich schaute in den Himmel, dann zum Küchenfenster und überlegte, was ich ihm sagen wollte. Und vor allem wie.

Zio Rocco neigte zu Wutanfällen. Ein einziges falsches Wort ließ ihn an die Decke gehen.

Ich setzte mich auf die Stufe vor der Haustür und schlug den Jackenkragen hoch. Zeit für meine tägliche Zigarette.

Nürnberg, Oktober 1988
FRAGMENT SECHS

Eigentlich hatte Frank Bier noch nie gemocht. Und das ganze Gewese, das darum gemacht wurde: hell, dunkel, Malz, Doppelmalz. Neuerdings boten einige Lokale sogar Bier in verschiedenen Variationen und Geschmacksrichtungen an, und in Gläsern, die fast so edel waren wie Weinkelche. Aber Bier war nun mal kein Wein, dachte er. Es löschte den Durst, befriedigte ein Grundbedürfnis, hatte jedoch nichts von der Kunst des Weintrinkens. Man trank es in großen Schlucken, atmete anschließend tief und zufrieden durch. Wie anders der Wein. Man nippte, prüfte und sann über den Geschmack nach. Ein Getränk für Genießer, auch wenn er sich nicht besonders gut damit auskannte. Eigentlich war Bier wohl der Proletarier und Wein der Aristokrat unter den Getränken.

Die Gaststätte Bärleinhuter lag in der Altstadt, nahe dem Sebalder Platz. Die Zeit war an den robusten Holztischen nicht spurlos vorübergegangen, und es gab noch Fenster aus Buntglas und Butzenscheiben. Hans-Peter, der Wirt, sprach dem Alkohol offensichtlich gern zu und verachtete auch die Nürnbergerli nicht.

Dr. Seeberger, der Chefredakteur von *Franken Aktuell* war pünktlich wie immer.

»Grüß Gott, Herr Fischer, entschuldigen Sie bitte die Verspätung.«

»Grüß Gott, Herr Dr. Seeberger. Sie sind doch gar nicht zu spät. Ich glaube, das waren Sie noch nie.«

»Ein gutes Zeichen, dass Ihnen das auffällt. Ein wacher Geist ist für Journalisten wichtig. Ich hasse die Zerstreuung, die sich heutzutage in unserer Gesellschaft breitmacht.«

»Ich gebe mir alle Mühe …«

»Das haben wir gemerkt. Herzlichen Glückwunsch zu Ihrer Reportage über die Schweizer Banken. Das war wirklich mutig.«

Frank wusste nur zu gut, dass Dr. Seeberger seine Nebentätigkeit für *Die Fakten* nur ungern sah, darum schwieg er lieber. »Ich verstehe Ihr Interesse für internationale Politik, für die Veränderungen, die Europa gerade in ein Versuchslabor verwandeln«, fuhr Seeberger fort, »aber unsere Zeitung muss die Stimmung vor der Haustür auffangen. Das politische Tauwetter lässt die alte Nachkriegsordnung dahinschmelzen, und wir wollen wissen, was die junge Generation in Franken und Bayern bewegt. Das ist genauso wichtig wie die internationale Politik, denken Sie nicht auch, Herr Fischer?«

»Doch, natürlich«, murmelte Frank.

»Sie wissen, warum ich mich mit Ihnen im Bärleinhuter treffen wollte?«, fragte Seeberger.

Frank schüttelte den Kopf.

»In den Siebzigern traf sich hier die politische Jugend, aber da kennen Sie sich vermutlich besser aus als ich.«

Wieder schüttelte Frank den Kopf.

Noch vor zehn Jahren hätten im Bärleinhuter, so

Seeberger, linke Studenten, engagierte Christen, bissige Kabarettisten, Liedersänger und künftige sozialdemokratische Abgeordnete hitzige Diskussionen geführt, eine neue Gesellschaftsordnung entworfen und mit der Baader-Meinhof-Bande sympathisiert, wovon sie später allerdings nichts mehr hätten wissen wollen. »Heute hat sich der Wind gedreht, man denkt ans Geschäft, in der Altstadt gibt es keine unangemeldeten Demonstrationen mehr. Nur dieses Lokal ist anscheinend unverändert. Ich würde gern wissen, was aus all den Leuten geworden ist. Wie reagieren sie auf die jetzigen Veränderungen, was geht in ihren Köpfen vor, wieso hört man nichts mehr von ihnen? Wo sind die alle geblieben?«

Frank nahm einen Schluck von seinem Bier. »Vielleicht sind sie einfach umgezogen?«

Seeberger ließ sich nicht provozieren. »Die können nicht alle in Indien Yoga praktizieren oder in der Toskana biologische Landwirtschaft betreiben. Enttäuschen Sie mich nicht, Herr Fischer. Und schreiben Sie nicht über Kreuzberg oder Hamburg-Altona. Mich interessieren die Geschichten vor unserer Haustür, hier in Franken. Nehmen Sie die Leute genauso ins Kreuzverhör wie den Schweizer Bankier.«

Mit diesen Worten stand Seeberger auf und verabschiedete sich. Sein Bier ließ er stehen. Frank trank sein Seidla gemächlich aus, aber als er auf die Straße trat, verspürte er noch keine Lust, nach Hause zu gehen.

Der Nürnberger Herbst ist trostlos, dachte er, als er durch die Altstadtgassen lief. Grau in grau. Und wenn ausnahmsweise mal die Sonne scheint, sind die Tage so kurz, dass es kaum auffällt.

Im Drogeriemarkt Müller herrschte trotz der fortge-
schrittenen Stunde noch reges Treiben. Aus dem Eingang
strömte warme Heizungsluft und wirbelte durch die Ok-
toberkälte. Frank strebte der Fußgängerzone zu, die vom
Hauptmarkt abging. Dort stand Rainers Imbisswagen.
Rainer verkaufte die besten Fleischküchle, Würstli und
Nürnbergerli der Gegend. Nirgendwo schmeckte der
Kraut- und Gurkensalat besser.

»Wie läuft das Geschäft?«, fragte er und hoffte, endlich
die schlechte Stimmung nach dem Gespräch mit seinem
Chef abzuschütteln.

»Welches Geschäft? Das hier ist Kultur, aber des ist heut
schwierig.« Frank blickte ihn fragend an. »Fränkische
Gastronomiekultur«, erklärte Rainer. »Unsere Metzger
galten als die besten, unsere Würstli schätzte man überall
in Westdeutschland und sogar in Österreich. Wo könnten
wir heut stehen, wenn die Politik nicht wäre … die ist
unser Ruin.«

»Das ist die Globalisierung, Rainer«, sagte Frank, während Rainer seine Würstli fertig briet. »Die Dinge ändern sich, da kann man nichts machen. Zeitung lesen die
Leute auch immer weniger.«

Rainer gehörte zu den wenigen Menschen, bei denen
Frank das Gefühl hatte, ehrlich sein zu können.

»Ach, hör doch auf, Frank«, sagte Rainer. »Ich hab die
Nase voll von der modernen Welt. Seitdem McDonald's
hundert Meter weiter seinen Riesenladen aufgemacht
hat, verkauf ich nur noch die Hälfte. Und was meinst du,
woher das Fleisch für die ekelhaften Hamburger kommt?
Man schmeckts ja auch. Und der Preis und die Hunger-
löhne sprechen für sich. Als ob es nicht reicht, dass halb

Nürnberg plötzlich vegetarisch isst. Muss jetzt auch noch amerikanisches Fast Food kommen? Sollen sie doch in Kalifornien bleiben! Und was machen unsere Politiker? Statt unsere lokale Gastronomie zu schützen, erlauben sie solchen Drecksläden, den Markt zu versauen. Da müsstest du mal recherchieren. Was dahintersteckt, würd ich gern wissen!«

»Das ist der freie Markt, Rainer«, erwiderte Frank. »Wahrscheinlich hat McDonald's doppelt so viel gezahlt wie andere. Es gibt kein Gesetz, das die Ansiedlung amerikanischer Ketten verbieten würde. Der Stadt bleibt nichts anderes übrig, zumindest solange es keinen Brauchtumsschutz gibt.«

»Verstehe. Du findest das also auch okay …«

Frank lachte und biss in sein Würstli. »Wirklich köstlich«, sagte er. Vielleicht war Lokalpolitik doch nicht so uninteressant. »Als ob ich das okay finden würde«, fuhr er fort. »Aber die linke Revolution und das konservative Lager haben offenbar einiges gemeinsam. Der Neoliberalismus vergöttert das Unternehmertum und ignoriert gern die eigentlichen Bedürfnisse des Menschen. Das Ziel rechtfertigt alles. Und damit könnte sich die historische Linke bald im selben ideologischen Lager wie die Rechte wiederfinden.«

Rainer blickte Frank verblüfft an.

»Das ist für mich zu kompliziert, Frank!«, knurrte er. »Ich will einfach Qualitätsprodukte verkaufen. Und Qualität hat ihren Preis, so wie die Arbeit all derer, die sich tagtäglich krummlegen und in diesem Land die Steuern zahlen. Verstehst du? Ob das nun rechts oder links ist, ist mir egal!«

Rainer musste sich um neue Kunden kümmern, und als er sich wieder an Frank wandte, war die Politik vergessen. »Eins frage ich mich«, sagte er. »Du bist jung, hast einen interessanten Job. Wieso hast du keine Freundin?«

»Woher willst du das denn wissen? Ich binds eben nicht jedem auf die Nase ...«, sagte Frank augenzwinkernd.

»Echt, du hast eine?«, murmelte Rainer.

»Schön wärs«, seufzte Frank. »Alles verläuft sofort im Sand, keine Ahnung, warum.«

»Du bist zu ernst«, sagte Rainer. »Mit deinem komplizierten Kram vertreibst du die Frauen.« Eigentlich hatte er Rainer an diesem Abend fragen wollen, was er von dem Vorschlag seines Chefs hielt, sich mehr um das Lokale zu kümmern, aber das Gespräch hatte sich in eine andere Richtung entwickelt.

»Aye, aye, Sir«, verabschiedete sich Frank und legte die Finger zum Soldatengruß an die Stirn.

Nürnberg war eine stolze, störrische Stadt. Trotz tiefer Kriegswunden zeigte sie noch Spuren ihrer einstigen Schönheit: mittelalterliche Bauten, die Seitengassen querten kanalisierte Bäche, gotische Kirchtürme ragten prachtvoll in den Himmel. Großzügige Plätze, eine alte Stadtmauer mit Zinnen. Nürnberg war so ganz anders als Wolfsburg, das man am Reißbrett entworfen hatte und wo sich die Kriegstrümmer in rasender Geschwindigkeit in das einträchtige deutsche Wirtschaftswunder verwandelt hatten. In dem Viertel, in dem er groß geworden war, wohnten fast ausschließlich türkische, griechische und italienische Gastarbeiterfamilien. Man hatte es in aller Eile in Nähe der Fließbänder hochgezogen.

Frank überquerte den Sebalder Platz und bog in die Gasse gegenüber der Kirche ein. Am Burgtheater dachte er an Mareike. In den Schaukästen warben Plakate für den bayrischen Kabarettisten Gerhard Polt, seine Vorstellungen waren lang im Voraus ausverkauft. Bayern besaß eine ganz eigene Kulturszene, dachte er, nicht selten waren ihre Musiker und Schriftsteller in München umjubelt und in Berlin hatte noch keiner von ihnen gehört.

Es war mittlerweile zehn Monate her, dass er Mareike das erste und einzige Mal getroffen hatte. Beim Abhören des Anrufbeantworters morgens im Büro hatte er immer auf eine Nachricht von ihr gehofft. Erst als ihn seine Recherche in der Schweiz vollkommen in Beschlag genommen hatte, hakte er ihre Begegnung als eins der vielen Strohfeuer der letzten Jahre ab. War er zu offen gewesen und hatte sie damit abgeschreckt?

Reglos stand er vor ihrem Haus gegenüber dem Burgtheater, schließlich suchte er die Klingelschilder nach ihrem Namen ab, Mareike Falkensteiner. Klingeln oder nicht? Und wenn sie sich gar nicht mehr an ihn erinnerte?

Fast unwillkürlich legte er den Finger auf den Klingelknopf und drückte ihn so vorsichtig, als wollte er seine Unentschiedenheit kundtun.

»Ja bitte?«, fragte eine Frauenstimme.

»Ich möchte zu Mareike«, murmelte er in die Gegensprechanlage.

»Das bin ich. Wer ist da?«

»Frank. Ich weiß nicht, ob du dich noch an mich erinnerst. Wir haben uns vor ein paar Monaten am Hauptmarkt kennengelernt. Der Journalist.«

Mareike schwieg.

»Ich komm runter«, sagte sie endlich.

Frank mochte diese Momente, in denen noch alles offen war. Wie würde es sein, wenn sie sich gleich wiedersahen? Würde sie ihm noch immer gefallen? Würden sie den Abend miteinander verbringen?

Langsam öffnete sich die Haustür. In einem dunklen, langen Kleid und mit einem Lächeln auf den bleichen, runden Wangen trat Mareike auf die Straße. Frank blickte sie schüchtern, aber glücklich an. Es war ein windstiller Oktoberabend und fast dunkel. Im Trubel der Leute, die in der Pause aus dem Burgtheater strömten, blickten sie sich tief in die Augen und sagten sich wortlos alles, was es zu sagen gab.

Camporeale, Oktober 1988
FRAGMENT SIEBEN

»Setz dich, Nanà. Was möchtest du trinken? Kaffee hattest du wahrscheinlich gerade bei Don Calogero. Hier, den musst du mal kosten, aus dem Weingarten deines Vaters.« Zio Rocco hielt mir die Flasche hin und redete schon weiter. »Fast vierzehn Prozent. Bessere Mosttrauben findest du kaum, sollten die mal international vermarktet werden, werden wir heulen. Chianti oder Barolo sind nichts dagegen. Champagner, vergiss es. Weißt du, dass die Franzosen schon seit fünfzig Jahren unseren Most importieren? Und ihn in ihre Plörre kippen? Zum Chardonnay! Wann scheint in Frankreich schon mal die Sonne? Im Sommer ein paar Tage und basta. Regen, Regen, Regen, das merkt man den Trauben an.« Zio Rocco goss mir ein. Offensichtlich freute er sich tatsächlich über meinen Besuch.

Obwohl sein zweistöckiges Haus geräumig war, hielt er sich am liebsten in der Küche auf, wo sein 32-Zoll-Fernseher selbst dann lief, wenn niemand hinschaute. Wer allein lebt, dachte ich, fürchtet wohl die Stille, die Einsamkeit, die in einem leeren, stummen Zimmer haust.

»Sag mal, Nanà, wie stehts mit den Prüfungen? Da möcht ich nämlich dabei sein, wenn dein Vater das schon nicht mehr erlebt …«, sagte Zio Rocco, den Blick zur Küchendecke gewandt.

»Das läuft schon«, sagte ich. »Wenn ich sie in einem Monat bestehe, kann ich in einem Krankenhaus in Palermo den Facharzt machen. Ich werds in der Kardiologie versuchen: Das Herz, Zio Rocco, ist der Schlüssel zu allem! Nicht der Kopf«, sagte ich und nippte am Wein.

»Nun übertreib mal nicht. Wer mit dem Herzen denkt, ist schnell verloren. Man schwärmt und merkt zu spät, dass es das gar nicht wert war.«

Wie meine Mamma erzählte, hatte Zio Rocco dem Heiraten ein für alle Mal abgeschworen, nachdem er sich Hals über Kopf in die Tochter eines Notars verliebt hatte. Die beiden trafen sich heimlich, doch ihr Vater kam dahinter und schickte seine Tochter auf die Schule nach Palermo. Einige Jahre später heiratete sie einen Rechtsanwalt aus Mailand und kehrte nie mehr nach Maciddaru zurück.

»Hast du dich etwa verliebt, Nanà? Bloß nichts überstürzen! Wenn du die Praxis im Dorf hast, werden die

Frauen bei dir Schlange stehen, aus Roccamena, San Cipirello und sogar aus Corleone. Du musst dir nur noch eine aussuchen.«

»Ich hab keine Eile. Und was die Praxis betrifft, da schauen wir mal«, antwortete ich.

»Wie? Da schauen wir mal? Du weißt doch, was sich die ganze Familie wünscht. Dein Vater, Gott hab ihn selig, soll stolz auf dich sein können. Und du wolltest das doch auch, oder täusche ich mich?«

»Man muss heute einfach bei zu vielen um die Zulassung betteln«, sagte ich und hoffte, er würde verstehen. Er verstand. Auf seine Weise.

»Das lass mal meine Sorge sein«, sagte er. »Du machst deinen Facharzt, und wenn du den hast, warten an der Dorfstraße schon die passenden Räumlichkeiten, mit Liegen, Labor, Schreibtisch und sogar Sprechstundenhilfen!« Zio Rocco kicherte.

»Und Pietruzzu Marino macht dann mit Francesca die Buchhaltung, oder was?«, entfuhr es mir.

Plötzlich war nur noch der Fernseher zu hören. Zio Rocco stand auf, zündete sich eine Zigarette an und schritt, hastig Rauchwölkchen ausstoßend, um den Tisch.

»Leonardo«, rief er, ohne mich anzublicken. »Als du klein warst, hat deine Mamma dich Leonardo genannt. Aber hier in Camporeale sind wir einfache Bauern. Nanà ist besser, hab ich zu deinen Eltern gesagt. Dann gehört er dazu, und die Rotzlöffel im Dorf haben ihn nicht auf dem Kieker. Weißt du, Kinder können grausam sein. Wenn sie dir eine Ohrfeige geben wollen, tun sie's auch. Wenn sie dich ausschließen und demütigen wollen, kennen sie kein Erbarmen, das ist der Instinkt. Boshaftigkeit ist so natürlich wie Regen oder Hunger. Weißt du, was der Moderator sagt, wenn ein Fußballer das Tor nicht trifft? Nicht, er hat daneben gezielt oder schlecht geschossen, er sagt, ihm fehlte der letzte Biss. Nanà, du willst den Ball doch im Tor versenken, oder? Nach dem Spiel erinnern sich alle nur an die Torschützen. Merk dir das! Das Leben ist ganz einfach, Nanà. Nur die Wissenschaftler und Philosophen machen es kompliziert. Das macht denen Spaß. Genau wie den Anwälten und Juristen, die unsere Gesetze basteln. Die verdrehen gern die Tatsachen und verfassen sinnlose, unverständliche Texte, nur um uns zu beherrschen. Irgendwo in ihren endlosen Sätzen findet sich immer eine Spitzfindigkeit, die ihnen recht gibt. Und wenn nicht, erfindet man sie eben. Und das soll Gerechtigkeit sein? Wach auf, Nanà, das ist nichts als Macht. Aber zum Glück nicht die einzige. Wir hatten weder Wissen noch Besitztümer oder Kultur, nicht einmal einen Schutzheiligen im Paradies, und durften auf nichts hoffen. Da haben wir uns den Heiligen eben selbst geschaffen. Mit Heiligenschein, langem Gewand und sogar dem langen Bart. So können auch wir Schutzlosen ein würdiges Leben führen. Und wir haben ihm eine Wolke gekauft, direkt neben Jesus Christus. Damit nicht mal die Pfaffen was dagegen haben konnten.«

»Was soll das, Zio Rocco? Sprechen die vielleicht auch noch den Dialekt von Corleone und setzen auf die unfeinen Methoden, mit denen man dort kurzen Prozess macht?«, fragte ich.

»Wie kommt dieser Mist in deinen Kopf?«, fragte Zio Rocco, sichtlich aufgebracht. »Reden die in deiner Praxis in Palermo so? Das braucht dich nicht zu interessieren.

Dein Vater war mit manchem nicht einverstanden, das stimmt, aber er wusste, dass der Staat uns nichts schenkt. Don Vincenzo Conigliaro hat seinen Sohn in Palermo auf die Schule geschickt und Medizin studieren lassen. Natürlich, weil du klug genug dafür warst. Du bist der Erste in der ganzen Verwandtschaft, der das geschafft hat, sonst gabs nur Pflichtschulzeit und ab aufs Feld.«

»Zio Rocco«, unterbrach ich ihn. »Weißt du, dass gegen Pietruzzu wegen Mord ermittelt wird? Dass er mit Drogen dealt? Warum hast du auf Francesca gehört und ihn, ohne mich zu fragen, aus dem Gefängnis geholt? Meinetwegen hätte er im Gefängnis verschimmeln können. Was haben wir mit solchen Leuten zu tun?«

»Pietruzzu kommt immerhin aus Camporeale. Wir helfen uns hier gegenseitig. Ja, der Junge hat einen Fehler gemacht, aber die Sache mit dem Mord ist nur ein übles Gerücht, um vom wahren Mörder abzulenken. Du wirst sehen, er wird vollumfänglich freigesprochen. Und was steckst du überhaupt deine Nase da rein? Dich hat doch keiner um irgendwas gebeten!« Mein Onkel warf mir einen vernichtenden Blick zu.

»Die holen ihn aber doch nicht umsonst aus dem Gefängnis! Die in Corleone waren doch angeblich sogar froh, dass er einsaß. Wir alle müssen uns also irgendwann revanchieren. Oder etwa nicht? Und mit denen willst du über meine Praxis verhandeln? Zio Rocco, ich will mit dem Tacco-Clan und allen anderen nichts zu tun haben!«, erwiderte ich heftig, obwohl ich mich eigentlich gar nicht so aufregen wollte.

Mein Onkel setzte sich wieder hin und drückte wortlos die noch rauchende Kippe aus. »Du kommst nach deinem Vater. Und das ist gut so«, sagte er ruhig und bestimmt. »Auch er war mit einem bescheidenen Leben zufrieden. Freiheit, hat Enzuccio gesagt, ist das Wichtigste im Leben. Zwölf Stunden am Tag, für ein Stück Brot, das durch vier ging, das hat er Freiheit genannt. Ja, er hat seine Familie satt gekriegt, trotz Problemen. Aber du konntest deinen eigenen Weg gehen. Du hast kein Recht, die zu verachten, die dir das ermöglicht haben. Was verstehst du schon vom Leben? Du bist in Palermo zur Schule gegangen. Du weißt nicht, was wir hier durchgemacht haben, um zu überleben und uns Respekt zu verschaffen. Eines Tages sind die aus Corleone bei deinem Vater aufgetaucht und wollten ein Drittel der Ernte. Ihre Ernte sei schlecht gewesen, man müsse jetzt zusammenhalten. Enzuccio hat sie zum Teufel gejagt und mir davon erzählt. Ich hatte keine Wahl, wenn ich sein Leben retten wollte. Ich musste mit Don Vanni Tacco reden, fast wäre es zu spät gewesen. Ich hab eine Woche nicht geschlafen, doch dann ließ mich Don Vanni Tacco wie durch ein Wunder rufen und sagte, in Corleone würde man noch mal ein Auge zudrücken, Maciddaru läge ihnen sehr am Herzen. Aber das nächste Mal müsse Enzo Conigliaro sich dankbar zeigen. Im Jahr darauf stiegen die Steuern um zwanzig Prozent, dein Vater musste Ackergeräte verkaufen und sich bei mir Geld leihen, um über die Runden zu kommen. Die Politiker versprechen uns das Blaue vom Himmel, aber wenn wir sie brauchen, sind sie nicht da. Was sollen wir mit so einem Staat? Mit seinen Regeln? Seiner Demokratie? Wieso sollten wir einem System die Treue halten, das uns wie eine Zitrone auspresst und danach auf den Müll schmeißt? Du bist noch jung, Nanà, aber bald kommt auch für dich der Moment der Wahrheit. Und dann werde ich zu alt sein, um dich zu verteidigen. Dann musst du die richtigen Entscheidungen treffen. Doch noch bin ich für dich und Francesca da. Deine Schwester ist anders als du. Sie hat sofort kapiert, wie alles läuft. Was hätte ich denn tun sollen? Sollte ich sie leiden und ihren Freund im Gefängnis vergammeln lassen, nur weil er in seiner Jugend einen Fehler gemacht hat? Auch Francesca ist Blut von meinem Blut, Nanà. Du darfst sie nicht verachten, nur weil sie in der Schule schlechter war als du. Siehst du diese Hand hier? Schau sie dir gut an, alle fünf Finger. Jeder ist anders, jeder hat seine eigene Aufgabe und Bedeutung. Aber jeder ist wichtig, und es wäre schlimm, wenn einer fehlen würde.«

Verwirrt und niedergeschlagen verabschiedete ich mich. Das sollte das Leben sein? Hatte ich wirklich keine Wahl? Meine Schritte hallten in den leeren Gassen wider.

Zwischen Maciddaru und dem Meer, dachte ich, lagen Luftlinie nur fünfundzwanzig Kilometer, doch das Meer schien den meisten Dorfbewohnern sehr weit weg. Der Geruch von salziger Luft und die Atmosphäre der großen Hafenstädte blieben ihnen fremd. Fisch kam in der dörflichen Küche nicht vor. In Camporeale waren die Gesetzmäßigkeiten an Land das Maß aller Dinge, die Welt an der Küste beunruhigte nur. Fast niemand konnte richtig schwimmen, höchstens im Sommer leistete man sich mal einen Strandausflug.

Man könnte annehmen, dass sich alle Inselbewohner automatisch stark mit dem Meer verbunden fühlten. Aber hier im Hinterland empfanden wir höchstens Respekt davor. Seine Größe und seine Launen schüchterten uns ein. Wenn ich im Sommer mit meinen Unifreunden an den Strand ging, erkannte man sofort, wer woher kam. Die Palermitaner waren braun gebrannt, mit den Gepflogenheiten des Strandlebens bestens vertraut und stürzten sich in die Wellen, ohne sich um die Wassertemperatur zu scheren. Wir vom Land waren käsig, entkleideten uns verlegen, fast widerwillig, man hatte uns beigebracht, den Körper vor neugierigen Blicken zu schützen. Schließlich tasteten wir uns Schritt für Schritt ins Wasser, bibbernd, weil es uns immer, selbst in der stickigsten Hitze, viel zu kalt war.

Ich schaute zum Polarstern auf, der an diesem Abend genau in der verlängerten Achse des Großen Wagens stand, und überlegte zum ersten Mal, wie es wäre, von hier wegzugehen. In eine Küstenstadt, wo die großen Schiffe anlegten und die Restaurants sich bei Sonnenuntergang mit Menschen in leichter, fröhlicher Stimmung füllten. Wo die Rauheit des bäuerlichen Lebens nichts weiter war als eine blasse Erinnerung an die Leiden und Erzählungen früherer Generationen. Nein, diese Freiheit war uns verwehrt.

Die Kirche von Camporeale schlug drei. Nicht einmal Silvester war ich so spät schlafen gegangen.

»Und wann?«, fragte Frank leise, während die Theaterbesucher um sie herum weiterredeten, lachten und rauchten.

»Ungefähr Ende Dezember.«

»Ein Christkind?«

»Genau.« Auf Mareikes klarem Gesicht erschien ein Lächeln.

»Es tut mir wirklich leid, dass ich mich nicht mehr gemeldet habe«, sagte sie. »Ich habe oft an dich gedacht, wollte dich anrufen, aber das ist alles einfach so passiert ...«

Eine Woche, nachdem sie Frank kennengelernt hatte, hatte ihr ehemaliger Freund Peter Sachen aus der Wohnung geholt. Sie hatten noch mal über ihre Beziehung geredet und nach stundenlangem Reden gemerkt, wie viel noch ungeklärt war. Also trafen sie sich weiter, es schien ihnen seltsam, sich nicht mehr zu sehen. Sie wollten es noch mal versuchen. Peter hatte sich offenbar verändert, war aufmerksam und fürsorglich, brachte Blumen mit, stand morgens als Erster auf und machte Frühstück. Alles nur Kleinigkeiten, aber sie fanden zu einem gemeinsamen Rhythmus zurück. Und als Mareike schwanger wurde, hielt sie das für ein Zeichen. War Peter doch der Mann ihres Lebens? Die Schwangerschaft, dachte sie, würde sie noch enger zusammenschweißen.

»Aber ab dem Moment, als Peter wusste, dass er Vater werden würde, hat er sich kaum noch um mich gekümmert«, erklärte Mareike. »Er hat nur noch gearbeitet, ist morgens früh aus dem Haus gegangen, abends spät heimgekommen und sofort ins Bett gefallen. Erst hat er sich beschwert, weil ich nachts öfter rausmusste und er nicht genug Schlaf bekäme, dann ist er wieder in seine Wohnung gezogen.«

Mareike wirkte bei diesen Worten verletzlich und schutzlos.

»Ich war vollkommen verblendet«, sagte sie. »Eigentlich war es zwischen mir und Peter längst aus. Die Schwangerschaft hat endgültig gezeigt, dass wir nicht zusammenpassen, und unseren Gefühlen ganz den Garaus gemacht. Wir werden Eltern, aber als Paar haben wir uns getrennt.«

Zögernd griff Mareike nach Franks Hand und drückte sie, die Tränen mühsam zurückhaltend, sanft auf ihren Bauch. Fragend blickte sie ihn an: »Was hast du die ganze Zeit gedacht? Falls du überhaupt an mich gedacht hast.«

Frank überlegte, wie offen er sein sollte. »Eigentlich hatte ich mit dir das Gefühl«, sagte er schließlich, »diesmal würde nicht schon wieder alles vorbei sein, ehe es richtig angefangen hat. Aber du hast dich nicht gemeldet.«

Er sei zu dem Schluss gekommen, dass sie ihn vergessen habe und er sein Liebesleben überdenken müsse. »Eins hat mich nicht losgelassen«, fuhr er fort. »Ich dachte, ich hätte dich verschreckt, weil ich mit dir offen war und dir mein Leben erzählt habe. Und obwohl die Erinnerung an dich mit der Zeit verblasst ist, habe ich weiter an dich gedacht. Deshalb habe ich geklingelt.«

Mareike fischte einen Zettel aus ihrer Handtasche und schrieb ihre Nummer auf.

»Hier.« Sie blickte Frank an. »Jetzt kannst du mich

auch anrufen.« Zum Abschied drückte er Mareike an sich. Als sie im Hausflur verschwand, blickte er ihr lange nach.

Ziellos lief Frank danach durch die Gassen und dachte über die Liebe nach. Seine Mutter hatte ihn mit Aufmerksamkeit und Liebe überschüttet, ihn an ihrem Berufsleben teilhaben lassen, von klein auf zu Redaktionskonferenzen und Recherchen mitgenommen. Sie war fürsorglich, holte ihn, wenn möglich, von der Schule ab und half ihm bei den Hausaufgaben. Und für Musik- und Fremdsprachenunterricht, ein Theaterabo oder eine Reise fand sich immer Geld. Musik, Museen, Bücher: Er hatte es gut gehabt.

Irgendwann hatte ihm das nicht mehr gereicht. Er wollte wissen, wer sein Vater war, doch Elke wollte nicht darüber sprechen. Wenn er nachbohrte, wich sie aus, versprach, es ihm irgendwann zu erzählen. Dann kam die Krankheit, die verzweifelte Suche nach einer Behandlung, die wenigstens eine winzige Hoffnung ließ. Er hatte nicht weiter gefragt.

Was also war Liebe? Seine eigenen Bedürfnisse hintanzustellen? Über schmerzhafte Ereignisse zu schweigen? Stolz zu überwinden und lieber anderen zu helfen? Gab es einen Zusammenhang zwischen Selbstliebe und Nächstenliebe? War Liebe der Wunsch, einen anderen besitzen zu wollen? Oder die eigenen Wurzeln zu kennen, um sich im verwirrenden Labyrinth des Lebens zurechtzufinden? Oder war es Liebe, wenn man Schweigen akzeptierte?

Manchmal dachte Frank, er habe sich für einen intellektuell einfachen Weg entschieden. Die politischen und gesellschaftlichen Ereignisse zu analysieren und zu beschreiben schien ihm leicht, da die Ziele und Absichten der Mächtigen über die Jahrhunderte dieselben geblieben waren.

Sollte er Mareike wirklich anrufen? Könnte er noch mal von vorn anfangen, würde er Philosophie und Psychologie studieren, um mehr über die Seele und inneren Beweggründe der Menschen zu erfahren.

Mittlerweile hatte er die alte Stadtmauer hinter sich gelassen. Seine Wohnung, die ihm der *Franken Aktuell* zur Verfügung stellte, lag am südlichen Stadtrand, in Hasenbuck. Er durchquerte die Bahnhofsunterführung, lief durch anonyme Straßen, auf Kriegstrümmern errichtet, und stellte fest, wie trostlos die Gegend war. Nur hie und da gab es Geschäfte für den täglichen Bedarf, schmucklose Restaurants, auf der Karte Spaghetti Carbonara und Gulaschsuppe, oder traditionelle Gaststätten mit Wiener Schnitzel und den unvermeidlichen Nürnbergerli. Von einer coolen Bar, Kabarett, Theater oder Fitnesszentrum keine Spur. Zwischen den grauen, eilig hochgezogenen Arbeitersiedlungen ragte höchstens die schlichte Fassade einer evangelischen Kirche hervor.

Die fränkische Subkultur und Kunstszene hatten anderswo ihren Platz gefunden. Seit Mitte der Siebziger Jahre hatte die Politik zur Neubelebung der Städte die alten Industrieanlagen entdeckt. Junge, friedliche Aktivisten besetzten verlassene Fabrikgebäude und leer stehende städtische Immobilien und legitimierten sich durch kulturelle Veranstaltungen als rechtmäßige Nutzer. Viele der Gebäude lagen in Randbezirken, in denen sich das kulturelle und studentische Leben entfalten konnte, ohne das übrige bürgerliche Leben zu behelligen. Aber dieselbe Politik, die die kulturellen Initiativen ermöglichte, ließ auch Raum für den kommerziellen Ehrgeiz einer neuen Veranstaltergeneration. Diskotheken und Clubs gab es immer mehr, Theater immer weniger. Frank nahm das halb interessiert, halb resigniert als Zeichen der Zeit zur Kenntnis. Konnte auch er sich verändern?

Ehe er die Straße überquerte, hinter der seine Wohnung lag, wanderte sein Blick wie jedes Mal nach links. Weiter vorn, hinter der Großen Straße, erhob sich die finstere, gigantische Kongresshalle des Dritten Reichs, die die Alliierten nicht bombardiert hatten. Sie sollte als ewiges Mahnmal stehen bleiben. Einst stand das teutonische Kolosseum mitten auf dem enormen Reichsparteitagsgelände für Hitlers Militärparaden. Als Frank es zum ersten Mal gesehen hatte, war er schockiert gewesen. Aus der Ferne wirkte es tatsächlich ein wenig wie das berühmte Amphitheater in Rom, aber wenn man davorstand, überwältigte einen die schier unglaubliche Größe. Der reine Größenwahn, dachte Frank. In seinem Berufsleben hegte ja auch er manchmal gern große Träume, im Privatleben eher weniger.

Zu Hause fiel er müde ins Bett, aber ihm war noch nicht nach Schlafen zumute. Er dachte an Mareike. Sie besaß etwas, was er nicht kannte: innere Zufriedenheit. Zum ersten Mal in seinem Leben empfand er Zärtlichkeit, Lust und Nähe.

Er wunderte sich, dass sein Bedürfnis, ihr nahe zu sein, auch nicht dadurch geschmälert wurde, dass sie ein Kind von einem anderen erwartete. Er dachte an Elke und wie sie sich gefühlt hätte, wäre sie als werdende Mutter nicht allein gewesen. Sein Blick fiel auf den Wecker, er löschte das Licht. Morgen früh würde die Welt schon wieder anders aussehen.

Palermo, Dezember 1988
FRAGMENT NEUN

»Was hast du gesagt, wie heißt der Laden?«

»Ich habs noch gar nicht gesagt, Nanà. Aber schreibs dir besser auf: Ouroboros. Wie die Schlange aus der Mythologie, die sich in den eigenen Schwanz beißt. Wegen der genauen Adresse ruf ich dich an. Und dass du dich nicht verläufst! Wir sind nicht in Camporeale.«

Gianluca, den ich vom Studium kannte, machte sich gern über mein Dorfleben lustig, aber das gehörte zum Spiel. Im feinsten Dialekt gab ich zurück: »Die Männer aus Camporeale setzen die Hörner auf, die aus Palermo sind die Gehörnten.«

Wir hatten das Treffen unserer Mediziner-Truppe schon lange geplant, mussten es aber immer wieder verschieben. Doch nun endlich würden wir zu sechst sein, und es würde spannend werden, der eine oder andere wollte Freund oder Freundin mitbringen.

Ich legte schnell auf, in der Praxis telefonierte ich nicht gern privat, und im nächsten Moment kam auch schon Annamaria herein. Sie war etwas zu spät, blickte sich um, ohne sich zu setzen, und als sie sicher war, dass uns niemand hörte, sagte sie leise: »Guten Morgen,

Nanà. Hast du das Chaos in der Innenstadt gesehen? Ich habe heut fast eine Stunde gebraucht! Und dann noch die Parkplatzsuche! Wo lässt du dein Auto denn eigentlich stehen?«

»Vor dem Teatro Massimo, dort überlasse ich die Schlüssel einem Parkwächter meines Vertrauens. Von da gehe ich zu Fuß. Das tut gut, besonders wenn ich eine Stunde Autofahrt hinter mir habe.«

»Eigentlich würde ich viel lieber mit dem Bus kommen«, sagte Annamaria und stand immer noch unschlüssig an der Garderobe. »Aber der fährt nur einmal die Stunde und ist dann natürlich pickepackevoll. Heute war noch dazu eine Schülerdemo, da war kein Durchkommen.«

»Ach, die Schulstreiks. Da denke ich gern dran zurück. Eigentlich ging es um politische Fragen, aber ehrlich gesagt wollten wir vor allem die Schule schwänzen. Fußballspielen in Mondello war, und da konnten manche noch so politisiert sein, so viel spannender als fünf Stunden Mathe oder Latein. Worum gings heute bei der Demo?«

»Dahinter steht vermutlich die Initiative *Coordinamento antimafia*«, sagte sie und legte ihren Schal ab. »Die Proteste richten sich gegen Außenminister Andreotti. Anscheinend laufen die Dinge für ihn nicht mehr so rund, nachdem Palermos christdemokratischer Bürgermeister Giuseppe Insalaco von der Mafia ermordet und Andreottis Freund Ignazio Salvo im Maxi-Prozess verurteilt wurde.«

Mir war schon länger aufgefallen, dass sich Annamaria in der Tagespolitik gut auskannte. Plötzlich hatte ich eine

Idee. Glücklicherweise waren wir noch immer allein in der Praxis.

»Sag mal, Annamaria, hast du heute Abend Zeit?«, fragte ich.

»Eigentlich bin ich mit meiner besten Freundin verabredet, wieso?«

»Meine alte Uni-Truppe trifft sich in einem Lokal in Palermo, und ich habe keine Lust, allein hinzugehen«, sagte ich. Möglichst beiläufig fügte ich hinzu: »Es kommt wohl fast keiner allein.«

»Ach so. Ich dachte schon, du wolltest mit mir ausgehen!«

»Ja, natürlich«, versuchte ich zu korrigieren. Offensichtlich hatte ich sie vor den Kopf gestoßen. »Natürlich würd ich gern mit dir ausgehen.«

»Heute Abend bin ich leider verhindert«, beendete sie das Gespräch, schlüpfte aus ihrem beigen Mantel, richtete sich die braunen, schulterlangen Haare, zog die Brille aus der Tasche und nahm, ohne mich noch eines Blickes zu würdigen, an ihrem Schreibtisch Platz.

Ehe ich noch überlegen konnte, wie sich das wiedergutmachen ließ, stand schon Professor Perricone, dem die Praxis gehörte, in der Tür. »Guten Morgen allerseits. Doktor Conigliaro, ich möchte Sie bitten, vor dem Mittag kurz bei mir vorbeizuschauen, vielen Dank.«

Professor Perricone war fast im Rentenalter, beabsichtigte aber keineswegs, bald aufzuhören. Seine Patienten würden noch lange von seiner Erfahrung und Zugewandtheit profitieren. Wie er mir kürzlich mal vor Feierabend erzählt hatte, hätte er die Praxis gern seinem einzigen Sohn überlassen, aber der fühlte sich nicht zum

Arzt berufen. Sein Sohn sei großer Fußballfan und strebe eine Laufbahn im unsicheren Sportjournalismus an, wo er keinerlei Kontakte habe und ihn nicht im Geringsten unterstützen könne, hatte er mir nicht ohne Bitterkeit erzählt.

»Nehmen Sie bitte Platz, Doktor Conigliaro«, sagte er jetzt mit seiner etwas altmodischen Höflichkeit. »Ich möchte Ihnen sehr für Ihre Arbeit in diesem Praktikumsjahr danken. Ich habe in meiner Praxis schon viele frischgebackene Medizinabsolventen gesehen und muss sagen, Chapeau! Ich kenne Ihre beruflichen Pläne nicht, aber in einem Monat werden Sie die Aufnahmeprüfung zur Facharztausbildung machen. Mit Bravour, ich bin mir sicher.«

»Vielen Dank, Herr Professor«, sagte ich leicht verlegen. Er erhob sich, und da ich das Gespräch für beendet hielt, stand ich ebenfalls auf.

»Aber das ist noch nicht alles«, sagte er und bedeutete mir, mich wieder zu setzen.

»Wie ich weiß, pendeln Sie jeden Tag, Sie fühlen sich Ihrem Heimatdorf offenbar verbunden und kommen, wenn ich richtig gehört habe, nicht aus einer Arztfamilie. Wie Sie sicher bemerkt haben, müssen wir in unserem Beruf ein offenes Ohr haben für unsere Patientinnen und Patienten. Bei uns geht es immer um den Menschen, seine Ängste und Hoffnungen, auch seine Einsamkeit. Ein Chirurg muss vielleicht nichts über den Menschen wissen, den er gerade operiert, aber bei uns Allgemeinärzten ist das völlig anders. Und Ihnen gelingt es, Herz und Verstand der Patienten zu berühren, weil Sie zuhören und Verständnis haben, wie ein geduldiger Psychologe.

Ich weiß nicht, was Sie nach Ihrer Facharztausbildung vorhaben, aber ich werde in einigen Jahren in Pension gehen. Ehrlich gesagt wollte ich die Praxis einfach schließen. Aber als ich Sie vor ein paar Tagen bei der Arbeit beobachtet habe, dachte ich, dass ich noch ein gutes Werk tun könnte. Wenn Sie wollen, kann diese Praxis eines Tages Ihnen gehören. Denken Sie einfach in Ruhe darüber nach und geben Sie mir nach der Facharztausbildung Bescheid, damit ich die notwendigen Formalitäten einleiten kann, Doktor Conigliaro.«

Mit diesen Worten reichte er mir die Hand und verabschiedete mich.

An diesem endlosen Nachmittag hatte ich Mühe, die Patientenakten auf den neuesten Stand zu bringen. Professor Perricones Vorschlag wirbelte durch meine Gedanken. Ich fühlte mich geschmeichelt, offensichtlich mochten mich unsere Patienten. Zum ersten Mal wurde mir bewusst, welche Verantwortung ich trug und dass andere meine Arbeit schätzten.

»Du redest gar nicht mehr mit mir«, sagte Annamaria in die Stille hinein. Offenbar war ich so sehr mit der Frage beschäftigt, was mir Professor Perricone eröffnet hatte, dass ich meine linkische Bemerkung vom Morgen ganz vergessen hatte.

»Eigentlich hätte ich nämlich gute Neuigkeiten für dich.«

Verwirrt blickte ich hoch. »Ich habe meine Verabredung heute Abend verschoben. In welchem Lokal trefft ihr euch denn?«, fragte sie. »Natürlich nur, falls du nicht schon jemand anders gefunden hast.«

Annamaria fuhr einen nachtblauen Kleinwagen, das typische Stadtauto. Klein genug für jede Parklücke und ein treues Gefährt, das alle Beulen geduldig ertrug. Wir parkten unweit des Lokals. Die Via Libertà war weihnachtlich geschmückt, überall sah man unzählige Lichter, unechtes Tannengrün, Kunstschnee.

»Kennst du das Lokal?«, fragte Annamaria.

»Nein, ich ziehe selten um die Häuser, aber mein Freund Gianluca ist da Stammgast. Offenbar haben sie manchmal sogar Livemusik.«

»Tja, zwischen Palermo und anderen italienischen Großstädten liegen wirklich Welten«, sagte Annamaria seufzend. »Das merke ich jedes Mal, wenn ich in Florenz bei Attilio bin. Da sind abends junge Leute unterwegs, es gibt Läden, Bars, Cafés, Kultur, da sprudelt das Leben. Immerhin ist es hier in den letzten Jahren etwas besser geworden. Und es wird nicht mehr jeden Tag einer umgebracht. Oder findest du das etwa normal, wie es hier aussieht? Bieg mal nach zwanzig Uhr von der Hauptstraße ab. Schon in der nächsten Querstraße kommst du dir vor wie in der Bronx oder den Favelas von Rio de Janeiro. Da kann man ja froh sein, wenn man lebend wieder rauskommt.«

»Ach ja?«, lachte ich. »Warst du etwa schon mal in New York oder Brasilien?«

Annamaria blieb stehen.

»Ach, du Depp!«, sagte sie. »Ich bin wegen der Kunsthochschule hergekommen und hab mich, wie man sieht, in Palermo verliebt. Die Stadt ist einfach einmalig! Aber du kennst sie ja nicht mal, Abend für Abend fährst du in dein Kaff zurück. Das hier ist die faszinierendste Stadt in ganz Italien, und was noch alles in ihr schlummert … das weiß keiner.«

Sie ging weiter und zog ihren Mantel enger um sich.

»Aber mit dir kann man darüber ja nicht reden.«

»Du hast recht, ich kenn mich nicht aus. Trotzdem interessiert mich die Stadt. Auch wenn mich bisher noch keiner überzeugen konnte, nach Palermo zu ziehen. Doch in ein paar Wochen fange ich meine Facharztausbildung im Krankenhaus an, und da brauche ich wohl einen guten Vorwand, um dich wiederzusehen. Wie gut, dass du dich mit Palermos architektonischen Geheimnissen auskennst … ich würde also einen festen Termin in der Woche vorschlagen …«, sagte ich und wunderte mich selbst über meine Kühnheit.

»Jetzt mal langsam«, sagte Annamaria lachend. »Privatstunden haben natürlich ihren Preis.«

Genau in dem Moment betraten wir das Ouroboros. Von einem Tisch in der Ecke rief Gianluca meinen Namen, seine kräftige Stimme übertönte Musik und Stimmengewirr. Gianluca, Francesco, Claudio, Federica und Giovanni: Wie lange hatten wir uns nicht mehr getroffen? Wir begrüßten uns stürmisch.

»Hey, ihr wolltet doch alle jemanden mitbringen!«, rief ich. Nicht dass Annamaria dachte, ich hätte das nur erzählt, um sie zum Mitkommen zu überreden.

»Wir dachten, du kommst allein«, sagte Gianluca lachend. »Darum haben wir uns umentschieden. Aber hey, toll, dass wir deine Freundin kennenlernen.« Er warf den anderen einen vielsagenden Blick zu.

»Wir arbeiten beide in der Praxis, in der ich mein Praktikum mache. Wir sind Kollegen«, sagte ich schnell.

An den Tischen des kleinen Ouroboros diskutierten Alt-Achtundsechziger mit dichten Bärten und ersten grauen Haaren, und junge Studenten versuchten, die wenigen Frauen mit ihrem intellektuellen Charme zu beeindrucken. Hier traf sich die junge Alternativkultur, ob experimentelles Theater oder Jazzband.

Alle in meiner Uni-Truppe außer mir stammten aus Palermos Bürgertum. Wir hatten im Studium hauptsächlich gemeinsam gebüffelt, aber das hatte uns zusammengeschweißt. Doch ich merkte schon bald, dass Annamaria unser oberflächliches Geschwätz langweilte.

»Das muss ganz schön öde sein, Annamaria, den lieben langen Tag mit diesem Landei ...«, frotzelte Gianluca.

»Ich komm auch vom Land«, erwiderte sie.

»Ohne die Landeier wären die Uni-Jahre eine lahme Angelegenheit gewesen«, sagte Federica lachend. »Wir hätten uns ohne das Studentenwohnheim San Saverio zu Tode gelangweilt. Abends hat sich doch keiner mehr vor die Tür getraut. Entweder ist man in eine Schießerei oder eine Polizeikontrolle geraten. Die haben ja immer was gefunden: kaputter Scheinwerfer, abgelaufener Führerschein, fehlende Plakette, die Versicherung ...«

Während ich der Plauderei lauschte, fühlte ich mich fremd. Was uns verband, war weniger geworden.

Annamaria und ich verabschiedeten uns früh. Auf dem Rückweg begegneten wir nur wenigen Leuten. Es war kalt, wir atmeten weiße Wölkchen aus.

»Wie konnte ich einen Abend mit dir nur so vergeuden«, sagte ich. »Sie sind alle sehr nett, aber die Unterhaltung war wohl eher langweilig für dich.«

Als wir den Parkplatz erreichten, blieb Annamaria mit

einem Gesichtsausdruck vor mir stehen, den ich nicht deuten konnte.

»Wir sehen uns morgen«, sagte ich. »Und danke, dass du mitgekommen bist.«

Sie blickte mich an, dann umarmte sie mich. Ihre Haare kitzelten mich im Gesicht. Als ich sie an mich drückte, flutete eine warme Welle durch meinen Körper. Wie lange standen wir so? Eine Sekunde? Eine Minute? Ich weiß es nicht. Zum ersten Mal seit Langem war ich wirklich glücklich. Oder meinte es zumindest.

Nürnberg, Dezember 1988
FRAGMENT ZEHN

Seit Anfang Dezember strömten die Franken in die Altstadt und gaben sich der Weihnachtsstimmung hin. Die Weihnachtsmärkte zogen Zimmerleute, Schmiede, Wirte und Tagelöhner an. Voller Vorfreude warteten die Marktbetreiber und umliegenden Läden jedes Jahr auf diese festlichen Tage.

Hartmut saß an seinem Stammplatz im Bärleinhuter und schlürfte so genüsslich wie gierig sein Seidla, ohne es, selbst wenn er es absetzte, auch nur einen Moment loszulassen. In der Wirtschaft, die nur ein paar Hundert Meter von seinem Antiquariat Excalibur entfernt lag, verbrachte er gern seine Pausen oder traf sich mit Freunden und Kunden. Sein roter Schnauzer und Kinnbart hatten ihm den Spitznamen »Barbarossa« eingebracht, und wegen seiner Leidenschaft für deutsche

Geschichte und deutsches Kulturgut kannte man ihn in ganz Franken.

Ein Kollege hatte Frank den Buchhändler empfohlen: »Wenn du mit den Banken durch bist, könnte er ein interessanter Gesprächspartner sein.«

Nach und nach hatte er Hartmuts Vertrauen gewonnen. Sie trafen sich regelmäßig. Frank teilte nicht unbedingt seine Meinungen, im Gegenteil, aber es beeindruckte ihn, wie klug und mit welcher Belesenheit er argumentierte. Noch dazu machte er ihn bereitwillig mit seinen Freunden und Ideenwelten bekannt. Sein journalistischer Spürsinn sagte ihm, dass er über ihn auf Storys und Themen stoßen könnte, die auf die Titelseite einer Zeitung gehörten.

Normalerweise hielt Barbarossa mit seinen Ansichten hinterm Berg, aber Franks Interesse schmeichelte ihm. Vermutlich genoss er die Gratwanderung, einem jungen Journalisten seine Ansichten zu erläutern, ohne zu viel von sich preiszugeben.

Frank setzte sich an den dunklen Holztisch, der mit den Ritzereien der letzten Jahrzehnte übersät war, und begrüßte Barbarossa mit einem breiten Lächeln.

»Dass du mal gut gelaunt bist«, bemerkte dieser. »Aber du wirst schon deine Gründe haben. Dein Privatleben kannst du gern für dich behalten, aber wenn du die *Parzival*-Ausgabe gefunden hast, die ich schon seit Jahren suche, dann immer her damit.« Hartmuts Suche nach der seltenen Ausgabe war Franks Vorwand gewesen, ihn zu kontaktieren. Doch Hartmut lag richtig. Seit einigen Monaten traf sich Frank regelmäßig mit Mareike und war glücklich.

»Leider gestaltet sich die Suche nach dem Buch

schwierig«, sagte Frank. »In Deutschland sammeln zu viele. Aber wir geben nicht auf. Mein Kollege kümmert sich auch darum.«

»Hoffentlich. Ich habe mehrere Kunden, die dafür ein Vermögen bezahlen würden!«

»Ach ja, ich vergaß, hinter dem belesenen Philologen steckt auch ein Geschäftsmann ...«, sagte Frank.

Nach kurzem Zögern beugte sich Hartmut vor und flüsterte: »Auf seinem berühmten Englandflug hatte Rudolf Heß angeblich genau diese *Parzival*-Ausgabe dabei.«

Frank erwiderte mit Unschuldsmiene: »Wieso ist sie überhaupt so wertvoll?«

»In den alten Ausgaben lebt der Geist ihrer Epoche weiter. Und der Wille, eine Botschaft an die Richtigen weiterzugeben. Stell dir einfach das Gegenteil vom heutigen Kapitalismus vor. Der will alles in aller Welt verbreiten. Der Erfolg von Produkten oder Ideen ist in Wahrheit nur eine Metapher für ihre Degradierung zur Ware: Wer viel verkauft, verdient viel. Aber es gibt Dinge, die dürfen nicht in die Hände der Massen gelangen.«

Frank hörte aufmerksam zu.

»Weißt du überhaupt, warum wir Deutschen erst im neunzehnten Jahrhundert, sogar nach den Italienern, zu einem Staat geworden sind?«, fragte Barbarossa unvermittelt.

»Du wirst es mir sicher gleich erklären.«

Hartmut trank noch einen Schluck und setzte zur Antwort an, als plötzlich Rainers mächtige Statur vor ihnen auftauchte.

»Na, schau mal an, wer da ist!«, rief er. »Darf ich mich dazusetzen? Ich hab beschlossen, mal ne Stunde Pause zu machen. Heike und Michaela schaffen das auch ohne mich. Hält der Herr Antiquar mal wieder einen Vortrag über die sonderbare Welt der Bibliothekare?«, erkundigte sich Rainer dann. »Barbarossa, die Welt hat wahrlich genug Probleme. Meinst du, sie braucht da auch noch deine Rittergeschichten mit den ganzen alten Symbolen? Ich versteh natürlich, jeder muss seine Waren an den Mann und die Frau bringen, aber wir sind hier nicht in deiner Buchhandlung, sondern in der Kneipe!«

Er nickte der Bedienung zu, die übliche Bestellung.

»Ihr kennt euch?«, fragte Frank überrascht.

»Wer in meinem Alter und aus Nürnberg würde Barbarossa nicht kennen? Da sieht mans wieder, du bist nicht von hier.«

Rainer hatte sich von den linken Diskussionen, die die Gemüter der Jugend seit den Siebziger Jahren erhitzten, stets ferngehalten. Er verbuchte das als ideologisches Geschwätz und konzentrierte sich lieber auf die Arbeit. Genauso wenige Sympathien hatte er für die Neonazis übrig. Als Rainer Hartmut jetzt anblickte, entstand eine unbehagliche Stille.

»Kennst du den Mann überhaupt, mit dem du hier sitzt?«, fragte er Frank. »Kennst du seine Geschichte?«

»Jetzt reichts aber, Rainer!«, unterbrach ihn Barbarossa. »Was weißt du denn von mir? Nichts als Klatschgeschichten und Schnee von gestern! Ihr Würstelverkäufer horcht eure Kunden doch aus!« Er erhob sich. »Die Dummheit gebiert Monster, das ist das Elend unserer Zeit«, rief er. »Und solche wie du verbreiten sie wie eine ansteckende Krankheit.« Und zu Frank gewandt: »Du weißt ja, wo du mich findest.«

Aufgebracht stürmte er aus dem Lokal.

Frank schwieg. Er wollte sich nicht in Dinge einmischen, die er nur vermuten konnte.

»Weißt du, Frank«, erklärte Rainer ihm beinahe flüsternd, »als 1945 die Nürnberger Prozesse gegen die Nazigrößen begannen, war Barbarossa gerade volljährig und hing ständig mit Gerhard, meinem Bruder, ab. Die beiden kamen auf die brillante Idee, die Nazi-Ideologie zu hegen und zu pflegen, und gründeten eine Art Sekte, die Thule-Gesellschaft, die es wohl immer noch gibt. Diese Spinner denken, am deutschen Wesen soll die Welt genesen. Sie wollen die Moderne vor dem angeblichen Sittenverfall retten. Ihrer Meinung nach geht Deutschlands Geschichte bis auf Atlantis zurück, den versunkenen Kontinent aus der Mythologie.« Frank schwieg ungläubig. »Irgendwann Ende der Fünfziger Jahre stand plötzlich die Polizei bei uns vor der Tür, mit einem Durchsuchungsbeschluss. In Gerhards Zimmer fand man Schriften über die Thule-Gesellschaft und die angeblich esoterischen Ursprünge des Nationalsozialismus. Mein Bruder, Hartmut und ein paar andere wurden festgenommen und im Schnellverfahren wegen Volksverhetzung und Verherrlichung des NS-Regimes verurteilt. Meine Eltern waren geschockt. In unserer Familie hatte keiner je Sympathien für die Nazis gehegt. Damals war ich zu jung, um überhaupt zu verstehen, in was sich mein Bruder da hineingeritten hatte. Als Gerhard, Hartmut und die anderen ihre Strafe abgesessen hatten, hatte sich die Welt verändert. Die Polizei war vollauf damit beschäftigt, die Achtundsechziger-Bewegung in Schach zu halten, Barbarossa und seine Freunde hat man einfach vergessen.

Hartmut interessierte sich mittlerweile für antiquarische Bücher und eröffnete Excalibur, aber in Wahrheit ist die Buchhandlung ein Treffpunkt für dubioses Gesindel. Unter dem Deckmäntelchen germanischen Schrifttums gedeihen dort rechte Ideen. Diese Leute warten nur darauf, im richtigen Moment aus der Deckung zu kommen.«

Rainer blickte Frank forschend ins Gesicht. »Ich weiß nicht, ob du und Barbarossa Freunde seid«, sagte er. »Doch so weit ich dich kenne, habt ihr rein gar nichts gemeinsam. Ich will dich einfach warnen.«

»Ich bin Journalist, Rainer«, erklärte Frank. »Barbarossa erlaubt mir Einblicke in eine fremde Welt.« Er zögerte, doch fuhr er fort: »Barbarossa weiß genau, dass er mich nicht missionieren kann, aber er möchte mich unbedingt beeindrucken. Die anderen ›Eingeweihten‹ sind vermutlich ziemlich betagt, und er freut sich über einen jüngeren Zuhörer, weil er glaubt, er müsse sein wohlgehütetes Wissen zum richtigen Zeitpunkt, wie eine kostbare Reliquie, weitergeben.«

Dass er auch mit einer Reportage liebäugelte, sagte er nicht, aber es war unschwer zu erraten. »Pass auf, dass dir das nicht über den Kopf wächst«, meinte Rainer seufzend. »Das sag ich dir als großer Bruder. Ich bin ein einfacher Mann, aber Gefahr rieche ich sofort. Sei bloß vorsichtig.«

Zum Abschied klopfte er Frank freundschaftlich auf die Schulter. Als die beiden zur Theke gingen, um zu bezahlen, waren keine Getränke mehr offen, Barbarossa hatte alle übernommen.

Die winzige Epiphyse mitten im Gehirn sei eine besondere Drüse, sagen manche. In einigen Religionen nenne man sie »das dritte Auge«. Mir schien das eher Hokuspokus. Auch wenn sie und die Funktion des Melatonins, das sie produzierte, noch nicht endgültig erforscht waren, zweifelte ich an dieser Lesart. Seit ich mit meiner Facharztausbildung in der Endokrinologie des Cervello-Krankenhauses in Palermo begonnen hatte, waren die Drüsen mein tägliches Brot. Facharztstellen wurden zugeteilt, die persönlichen Wünsche konnten nur manchmal berücksichtigt werden. Der Herzmuskel wäre mir zwar lieber gewesen, aber wenigstens war ich nicht in der Onkologie gelandet.

Durch den tagtäglichen Anblick von Schmerz, Abschied und Leid beschäftigten mich vor allem Fragen zu Gesundheit, Krankheit und zum Leben. Als Arzt musste ich dem Patienten die Gewissheit vermitteln, dass er geheilt würde. Trotzdem durfte ich nicht lügen oder einfach behaupten, die Medizin wisse alles oder könne in die Zukunft schauen.

Der Leiter der Endokrinologie-Abteilung bot mir sofort das »Du« an. Gaspare kam aus dem hundert Kilometer entfernten Trapani, war also genauso wie ich in Palermo fremd. Vielleicht war ich ihm deshalb besonders sympathisch. Mittags setzten wir uns mit unseren Tabletts an denselben Tisch der Krankenhauskantine. Er erzählte mir gern von seiner Zeit als Moderator bei einer freien Radiostation, die in den Siebzigern wie Pilze aus dem

Boden geschossen waren. Er hatte am liebsten über die angloamerikanische Rockszene berichtet und Underground-Musik gespielt.

»Wann suchst du dir endlich eine Wohnung in Palermo, Nanà?«, fragte er und stocherte, wie ich, in der faden Pasta. »Was willst du überhaupt noch in deinem Dorf? Geht dir das Pendeln nicht auf die Nerven? Investier die Benzinkosten doch lieber in die Miete!«

Wie immer sprach er laut und unverblümt. Mir war das unangenehm, weil die Umsitzenden offensichtlich genervt oder peinlich berührt waren. Ob er es nicht merkte, es ihm egal war oder er einfach daran gewöhnt war, wusste ich nicht.

»Ich weiß, Gaspare, ich weiß«, antwortete ich leise. »Sogar meine Mutter sagt das tagein, tagaus. Aber ich käme mir wie ein Verräter vor.« Wenn ich einmal eine Wohnung in Palermo hätte, würde ich wohl nie wieder nach Camporeale zurückkehren. »Ging es dir mit Trapani nicht genauso?«

»Jeden Tag pendeln? Spinnst du? Nein, ich hab mir schon im ersten Semester ein WG-Zimmer gesucht.«

Er sei dadurch selbstständiger geworden, sagte er. »Ich brauchte eine Zeit lang, um zu begreifen, was ich mir von dem, was mir meine Eltern gaben, leisten konnte. Aber du hast dein Gehalt. Oder wohnt deine Freundin im Dorf, und du denkst an Familie?«

»Nein, nein. Wenigstens das Problem hab ich nicht!«

»Ich hab vor Kurzem geheiratet«, seufzte Gaspare. »Nach zwanzig Jahren offizieller Verlobung, Austausch von Geschenken und Ringen und Höflichkeitsbesuchen bei den künftigen Schwiegereltern. Mit kirchlicher

Hochzeit, allem Drum und Dran, dreihundert geladene Gäste. Und was ist dabei rausgekommen? Drei Monate später bekam Raffaela ein Angebot aus der Lombardei. Sie hatte so lange darauf gewartet und viel investiert. Jetzt hängen wir jeden Abend eine halbe Stunde am Telefon. Die Telefonrechnung kannst du dir ausmalen. Wie lange das wohl gut geht? Ich bin schon ein paar Mal bei ihr gewesen. Bei Nebel siehst du nicht mal fünf Meter weit, eine Trostlosigkeit von hier bis Sferracavallo … Aber was solls! Hast du Lust, die Tage mal ins Kino zu gehen?«

Seit ich nicht mehr bei Professor Perricone arbeitete, hatte ich Annamaria nicht mehr gesehen. Jeden Tag nach dem Abendessen starrte ich zu Hause das Telefon an und hoffte, endlich den Mut zu finden, sie anzurufen. Eigentlich hatten wir ja verabredet, gemeinsam nachts Palermo zu erkunden, ich konnte mich also ruhig bei ihr melden. Andererseits hatte sie einen Freund.

Eines Abends schob ich meine Zweifel tatsächlich beiseite und wählte ihre Nummer.

»Sollen wir uns nicht treffen?«, schlug Annamaria sofort vor. »Parkst du noch immer auf der Piazza Verdi? Ein Freund von mir hat dort ganz in der Nähe eine Pizzeria.«

Natürlich sagte ich Ja.

Am Teatro Massimo herrschte der übliche Feierabendverkehr mit Hupkonzert.

»Pinuzzu, alles gut?«, fragte ich »meinen« Parkwächter, der mit der Zigarette in der Hand auf Kunden wartete.

»Dottore, lang nicht gesehen! Welche Überraschung! Was macht Ihr hier um diese Zeit? Und wie is die neue Arbeit?«, antwortete er.

»Es geht, ich gewöhn mich dran. Kannst du ein wenig auf mein Auto achten?«

»Natürlich, Dottore, gebt mir einfach die Schlüssel.«

Die Pizzeria von Annamarias Freund Modesto lag gleich am Anfang der Via Bara all'Olivella.

Unschlüssig stand ich davor. Doch noch bevor ich mir ausmalen konnte, wie unsere Begrüßung sein würde, hielten mir schon zwei schmale Hände von hinten die Augen zu.

»Kuckuck!«, rief Annamaria in die kühle Abendluft. Ich versuchte, möglichst cool zu wirken, und hielt ihr die Tür auf.

Drinnen war es brechend voll, aber wir bekamen einen ruhigen Platz in der Ecke.

»Professor Perricone wüsste so gern, wie es dir im Cervello geht«, sprudelte Annamaria los. »Besuch ihn doch mal, er hält so viel von dir!«

»Aber ich arbeite da doch erst seit ein paar Wochen«, wandte ich ein.

»Und mir fehlst du auch«, sagte Annamaria. »Wenn du wüsstest, was für ein Langweiler dein Nachfolger ist! Aus einer reichen Familie, ständig redet er von seinem Boot in Mondello. Zig Mal hat er mich schon zu einer Bootstour eingeladen und kapiert einfach nicht, dass ich kein Interesse habe. Aufdringlich wie eine Dampfwalze!«

Wir hatten uns seit drei Monaten nicht gesehen, aber ich fühlte mich ihr so nah wie noch nie. Ihr Haar war ein wenig länger geworden, es reichte bis auf die Schultern. »Wie geht es dir?«, fragte sie dann.

»Tja, wenn ich das wüsste … Also, ich überlege ernsthaft, nach Palermo zu ziehen. Meine Mutter streitet noch immer mit meiner Schwester, die nur vorm Fernseher sitzt und keinen Gedanken ans Geldverdienen verschwendet. Langsam gewöhne ich mich an die Arbeit im Krankenhaus. Mein Leben ist ganz normal und durchschnittlich.«

Weil Annamaria mich erwartungsvoll anblickte, fügte ich hinzu, dass mir manchmal doch etwas fehle. »Und damit meine ich nicht nur eine gemeinsame Zukunft mit einer Frau. Wir leben in seltsamen Zeiten, die Winter scheinen mir endlos, ich fühle mich träge und lustlos. Vielleicht sollte ich einfach mal verreisen.«

Annamaria blickte mich an, als wollte sie in mein Innerstes sehen, als interessiere sie nicht nur, was ich erzählte, sondern auch, wie es mir wirklich ging. Nach kurzem Schweigen antwortete sie:

»Man kann auf verschiedene Arten reisen. Zu Hause mit einem Buch oder einfach nur in der Fantasie. Man kann sich an seiner Umgebung erfreuen, es gibt so viel Schönes auf der Welt. Oder sich vom Reiz der Fremde betören lassen. Aber man darf nicht in seiner Trägheit gefangen bleiben. Wenn man nur einen Anflug von Lebensenergie verspürt, kann man nicht sein Leben lang zu Hause sitzen. Darum wiederhole ich meinen Vorschlag: Lass uns das unbekannte Palermo erkunden.«

»Gern, also wann?«, fragte ich.

»Jetzt gleich? Nach der Pizza? Allein würde ich abends nicht mehr in die Altstadt gehen. Aber mit einem Mann …« Sie zwinkerte mir zu.

Schon bald schlenderten wir in Richtung Quattro Canti. »Wie du sicher weißt, waren Palermo und das nordwestliche Sizilien nie unter griechischer Herrschaft«, erzählte Annamaria und hakte sich bei mir ein. »Und das merkt man bis heute. In Catania, Syrakus oder Messina, die griechisch waren, sind die Menschen ganz anders als hier, fröhlich, genussfreudig, sie lieben den Handel, das Volkstheater, die leichte Muse. Es gibt dort ein wenig Industrie, eine Arbeiterklasse, der Vulkan befeuert die Lebenslust. Wir wissen ja nicht mal, was das ist. Die Menschen in Palermo sind Phönizier, punisch durch und durch. Unsere Melancholie kann auch der schönste Sonnenuntergang im Meer nicht lindern. Und wir besitzen den aristokratischen Hochmut, das Selbstbewusstsein und die Anmaßung der Hauptstädter. Bei uns gibt es Bürokratie und Macht, keine Industrie, aber Kultur, Jazz und Neue Musik, und die, glauben wir, seien der leichten Muse überlegen. Wir haben Macht und setzen sie auch durch, wenns sein muss, mit Gewalt. Darum sitzt die echte Mafia bei uns, im westlichen Sizilien. Alle anderen sind nur Provinzpotentaten. Und im Grunde verachten wir alle Neureichen, weil wir glauben, wahrer Reichtum sei adelig, »von Gottesgnaden«, und werde vererbt wie Fürsten- und Grafentitel. Sollen sich die Industriekapitäne doch ruhig mit ihrem Geld brüsten und durch die großzügigen Maschen des freien Marktes nach oben schlüpfen, niemals werden sie die Klasse eines Gattopardo haben. Die Palermitaner sind von Natur aus träge. Jeder wartet, dass der andere den Anfang macht. Und dann hagelt es auf der Stelle Kritik. Wer sich zu weit aus dem Fenster lehnt, wird sofort einen Kopf kürzer gemacht.«

Annamaria hielt einen Moment inne. »So viel dazu, dass die griechischen Tempel woanders stehen. Hier gibts nur Mauern.«

»Mauern?«

»Klar, die Phönizier waren Seefahrer und hatten keine religiös fundierte Kultur wie die Griechen. Der riesige Hafen von Palermo, damals Zyz, musste von allen Seiten durch massive Mauern geschützt werden. Nicht von ungefähr heißt ›verschönern‹ im palermitanischen Dialekt ›azzizzare‹. Der phönizische Name der Stadt war Zyz, Blume, im Arabischen heißt ›aziz‹ schön. Überall finden sich noch Reste dieser phönizischen Stadtmauern. Beispielsweise hier.«

Annamaria blieb stehen und blickte mich erwartungsvoll an. »Hier?«, murmelte ich verwundert.

»Genau vor deiner Nase.«

Ich blickte mich um, im ersten Moment sah ich nur Autos, die kreuz und quer parkten, und Parkwächter, die herumliefen und die Autos in dritter, vierter, fünfter Reihe zur Ordnung pfiffen. Wir standen auf der Piazza Bellini, vor den arabisch-normannischen Kirchen Santa Maria dell'Ammiraglio und San Cataldo mit ihren aufgefädelten hellroten Kuppeln und dem Teatro Carolino.

»Ich sehe keine Mauern«, sagte ich.

»Da!«, sagte Annamaria und zeigte auf drei schlichte, mit Papier und anderen Abfällen bedeckte Steinblöcke. »Überreste der punisch-römischen Stadtmauer«, las ich auf einem zerkratzten Schild.

»Das da sind die phönizischen Stadtmauern von Palermo?«, lachte ich.

»Doktor Conigliaro! Schämen Sie sich! Die Mauern sprechen, sie haben uns etwas zu sagen, wir müssen es nur hören und verstehen. Und das ist nur ein Beispiel, weil wir gerade hier sind. Woanders gibt es noch gut erhaltene

phönizische Stadtmauern, sieben Meter hoch und dreißig
Meter lang. Aber die hast du gar nicht verdient!«

Annamaria ließ mich los und lief voraus. »Die Igno-
ranz des weltlichen Schülers ist in dem Maße verzeihlich,
wie er die Bereitschaft zeigt, zu lernen«, wagte ich mich
vor. »Und der Großmut des Lehrers erweist sich in seiner
Geduld und unendlichen Liebe zur Vulgata. Okay?«, rief
ich lachend.

Annamaria drehte sich um.

»Na gut«, sagte sie ebenfalls lächelnd.

Nürnberg, März 1989
FRAGMENT ZWÖLF

Frank lag mucksmäuschenstill. Sein Brustkorb hob und
senkte sich sacht, er bemühte sich, regelmäßig zu atmen,
die Luft langsam ein- und ausströmen zu lassen. Gerade
war Charlotte, an seine bloße Brust geschmiegt, eingeschlafen. So zu schlafen muss angenehm sein, dachte er,
von menschlicher Wärme umfangen, ganz geborgen.

Durch die halb offene Jalousie schien schwaches Sonnenlicht herein. Es war Frühlingsanfang, der einund-
zwanzigste März, Tag- und Nachtgleiche; die Atome,
sagten manche, würden dadurch in Unruhe versetzt, die
Elektronen auf ungewöhnliche Kreisbahnen geschickt,
die Gesetze der Physik durcheinandergebracht.

Mareike kam auf Zehenspitzen herein, mit nassen
Haaren, ein Duschhandtuch um den Körper geschlun-
gen. Sie sah Frank auf dem Futon liegen und bedeutete

ihm mit einem Lächeln, dass sie nun bereit fürs Frühstück sei.

»Sie schläft tief und fest in ihrer Wiege«, sagte Frank, als er sich kurz darauf zu Mareike an den runden Küchentisch setzte.

»Wie schön das ist«, murmelte Mareike. »Nie hätte ich gedacht, dass ich als Mutter so glücklich sein würde.«

Wochenlang hatte sie dieses Glück nicht empfunden. Die Kommode im Schlafzimmer schmückte eine bunte Wickelunterlage, in der Wohnung stapelten sich die Windeln, lagen winzige Schlafanzüge und selbst gestrickte Wollschühchen, aber sie hatte nur Leere gespürt, als hätte sie alle Lebensfreude verloren. Das sei vollkommen normal, hatten die Ärzte ihr erklärt, bei vielen Frauen würden die Hormonveränderungen eine Wochenbettdepression auslösen. Tatsächlich war das emotionale Tief vorbeigezogen.

Mittlerweile hatte sich Mareike gut von der Geburt erholt, sie strahlte Heiterkeit aus, ihre Brüste waren voller geworden, sie stillte die Kleine regelmäßig.

»Hast du heute Nacht wenigstens ein bisschen geschlafen?«, fragte sie.

Frank rieb sich die Augen.

»Was denn sonst!«, sagte er und verzog scherzhaft das Gesicht. »Weißt du, dass ich vorher noch nie ein Baby im Arm gehalten habe? Und lange nicht mal eins aus der Nähe gesehen?«

»Ich auch nicht«, sagte Mareike. »Als meine Schwester ihr Kind bekam, dachte ich, das würde mir wohl nicht so schnell passieren, ich würde meine Freiheit nicht aufgeben. Und jetzt? Es lebe Charlotte!« Sie lachte.

»Hast du eigentlich wieder mal was von Peter gehört?«
Er hatte lange mit dieser Frage gezögert.

Mareikes Miene wurde finster.

»Er hat sich nur dieses einzige Mal gemeldet, kurz vor der Geburt«, antwortete sie. »Und nach der Geburt einen Anstandsbesuch im Krankenhaus gemacht. Gestern Abend hat er mich angerufen, er will nächste Woche kommen. Angeblich war er auf Geschäftsreise. Abwarten. Das hätte ich nicht von ihm gedacht, doch man lernt wohl nie aus.«

Als das Klingeln des Telefons die Stille zerriss, sprang Mareike hastig auf, damit die Kleine nicht wach wurde, und während sie am Telefon von ihren Abenteuern als Mutter erzählte, zog Frank sich an. Charlotte schlief seelenruhig.

Wie winzig sie war. Ihr Teint war eher dunkel, auf dem Kopf wuchs erstes kastanienbraunes Haar. Er fragte sich, welche Augenfarbe sie wohl haben, wie sie als Jugendliche, als Frau einmal aussehen, wie ihre Stimme klingen würde.

Er ließ sich auf dem Futon nieder und dachte an Elke, die ihn in einer Zeit, als eine ledige Mutter noch ein Schimpfwort war, allein aufgezogen hatte.

Gegenüber seinem Vater hatte er trotzdem nie Groll gehegt. Vermutlich, weil er ihn nicht kannte. Er hatte sich damit abgefunden, nicht zu wissen, was damals passiert war.

Peter hingegen war in Nürnberg, sein Verhalten war nicht zu entschuldigen. Frank erhob sich, ging zum Spiegel, strich sich eine Haarsträhne aus der Stirn und schämte sich ein wenig für sein vorschnelles Urteil. Im

Grunde kannte er Charlottes Vater nicht. Wer weiß, wie die Sache wirklich gelaufen war? Auch Frauen konnten ungerecht sein. Und letztendlich ging ihn die Beziehung der beiden nichts an.

Als Mareike das Telefonat beendet hatte, kam sie leise ins Schlafzimmer. »Sollen wir eine Runde in den Park gehen?«, fragte sie gut gelaunt. »Dort wartet jemand auf uns.«

Sie nahm Charlotte vorsichtig hoch und legte das Tragetuch um. Frank lief mit dem leeren Kinderwagen nebenher und fühlte sich komisch. Vor nicht allzu langer Zeit hätte er sich das nicht mal im Traum vorstellen können.

Rund um den Wöhrder See wimmelte es von Menschen. Auf den Wiesen picknickten junge Familien, Kinder spielten Ball oder Frisbee, Jugendliche mit Walkman hörten Musik, auf den Bänken saßen alte Paare mit müden Augen und blickten auf eine Welt, die sie kaum mehr verstanden.

»Gertrud!«, rief Mareike, als eine ältere Frau lächelnd auf sie zukam, sich mit leuchtenden Augen zu Charlotte beugte und ihr zärtliche Worte zuflüsterte.

»Ich freu mich ja so für dich, mein Kind!«, begrüßte sie schließlich Mareike. »Ich musste die Kleine einfach sehen, in deiner Agentur reden sie über nichts anderes mehr. Und der Vater hat auch Zeit, wie schön!«, fügte sie mit einem Blick auf Frank hinzu.

»Er ist mein Freund, nicht der Vater«, kam Mareike Frank zuvor.

»Ach!«, rief Gertrud. »Ach, ihr jungen Leute habt eure eigenen Vorstellungen. Und wahrscheinlich habt ihr recht!« Sie zwinkerte Mareike zu.

»Ihr fehlt mir ja alle so!«, sagte Mareike, als sie im Café des Loni-Übler-Hauses einen Becher Kakao vor sich stehen hatte. »Ich muss mit Charlotte unbedingt mal in die Agentur gehen. Kriegst du was mit, Gertrud, wie läufts denn gerade? Ich freue mich so, bald wieder zu arbeiten.«

In dem Moment betrat ein junger Mann das Lokal, Gertrud sah ihn verblüfft an und setzte ihre Brille auf.

»Das gibts ja nicht, Murat!«, rief sie.

Der Mann drehte sich um, auf seinem Gesicht breitete sich ein ungläubiges Lächeln aus.

»Was für eine Überraschung! Gertrud! Wie lange haben wir uns nicht gesehen!«, rief er.

Gertrud stand auf und rückte, nach einer herzlichen Begrüßung, noch einen Stuhl an den Tisch.

»Ich kenne Murat, da war er noch so klein«, erklärte sie, den Arm vor sich ausgestreckt. »Wie oft bist du zu mir zum Essen gekommen?«, fragte sie. Nach der Schule sei er oft zu Gertrud gegangen, erzählte Murat, seine Eltern, aus einem kleinen Dorf in Ostanatolien, hätten Tag und Nacht gearbeitet. Gertrud habe ihm bei den Hausarbeiten geholfen, das seien schöne Nachmittage gewesen. »Sie ist wie eine zweite Mutter für mich.«

»Aber was machst du hier, wolltest du ins Kulturzentrum?«, fragte Gertrud.

»Ja, ich mag die Atmosphäre hier, momentan ist es für Menschen mit zwei Heimatländern nicht nur leicht.«

»Aber deine Heimat ist doch hier, du bist in Nürnberg aufgewachsen!«

»Wenn das so einfach wäre. In der Türkei bin ich ›der Deutsche‹. Und in Deutschland, wo ich aufgewachsen bin und arbeite, wo ich Steuern zahle und wo meine

Freundin wohnt, da bin ich oft immer noch ›der Türke‹. Man gibt mir zu verstehen, dass ich anders bin, und will mich ausschließen – oder greift mich sogar an.«

»Glaubst du«, fragte Frank, »Deutschland könnte wieder ausländerfeindlicher und intoleranter werden?«

»Was heißt intolerant? Was oder wen sollen die Deutschen denn tolerieren? In Deutschland leben fast fünf Millionen Einwanderer, ohne sie gäbe es zu wenige Arbeitskräfte. Die Argumentation gegen Ausländer geht vollkommen an der Realität vorbei, trotzdem glauben zig Leute diesen Quatsch.«

»Ja, Unzufriedenheit entlädt sich gern in rassistischer Gewalt.«

»Das macht mir echt Sorgen«, sagte Murat. »Die Politik unterschätzt das total.«

Am Tisch breitete sich Schweigen aus.

Im selben Moment schlug Charlotte die Augen auf und schien Frank zu mustern. Wie würde sie später als Erwachsene auf diese Welt blicken? Was würde sie beschäftigen, wo würde sie leben? Würde ihre Generation noch immer vor denselben Problemen stehen? Oder wäre in der Welt dann auf wundersame Weise Harmonie eingekehrt?

Wieder wurde Frank bewusst, wie stark Elkes Erziehung ihn geprägt hatte. Als er Charlotte den Finger hinhielt, umklammerte sie ihn, und er malte sich aus, was er ihr alles beibringen würde. Unwillkürlich griff er nach Mareikes Hand und spürte starke Dankbarkeit. Das Glück, dachte er, hat einen Ort, und jeder kann ihn finden. Mit Vertrauen, Geduld und Liebe. Wir müssen uns bloß auf die Suche begeben. So früh wie möglich.

Der Fernseher stand in einer Ecke der Bar, ein unheilvoller Jingle kündigte eine Sondermeldung an.

»Guten Abend! Vor wenigen Minuten hat sich vor den Toren Palermos ein furchtbares Verbrechen ereignet. Nach bisherigen Erkenntnissen handelt es sich um einen erneuten Racheakt der Cosa Nostra. Anders als sonst waren die Opfer diesmal Frauen, die Mutter, die Schwester und die Tante des ehemaligen Mafioso und Kronzeugen Francesco Marino Mannoia …«

Wortlos kehrte Don Calogero hinter den Tresen zurück, stellte die alte Gaggia an, nahm drei Tassen von der Maschine, erwärmte sie unter heißem Dampf und wartete geduldig: Intensives Maronenbraun, die ersten Tropfen beinah schwarz, wurde zu Haselnussbraun, dann zu einer wunderbar beigen Crema. Don Calogeros Kaffee war so stark und dick, dass der Zucker mindestens acht Sekunden auf der Crema liegen blieb.

Ich stellte den Fernseher leiser, griff nach zwei Hockern und rückte sie an die Theke. Michele trank seinen Ristretto mit einem Schluck aus.

»Hab ich's nicht gesagt! Die sind unser Verderben«, rief Don Calogero. »Die Handschrift ist klar, das sind die von nebenan.« Natürlich sprach er von Corleone. »Es gibt keine Regeln mehr, kein Erbarmen, nicht mal mehr für Frauen und Kinder!«

Gaetano und ich schauten uns an.

»Nichts für ungut, Don Calogero«, sagte ich. »Aber die Mafia hat Frauen und Kinder noch nie geschont …«

»Ausnahmen, Nanà!«, unterbrach er mich schroff. »Das war Pech! Ich will nichts beschönigen, überhaupt nicht, aber die denken eben, bei zufälligen Zeugen hätten sie keine Wahl. Das kommt von ganz oben. Nach der Ermordung vom Gewerkschaftler Rizzotto am Rocca Busambra hat Navarra, der Corleone-Chef, den Hirten in dem Gebiet höchstpersönlich umgebracht. Der war einfach zur falschen Zeit am falschen Ort!«

»Und was ist mit Claudio Domino aus Palermo, noch ein Kind?«, warf Michele ein. »Diese Dreckskerle machen alles kaputt, habt Ihr damals selbst gesagt.«

»*Picciotti*, das ist eine Wende«, sagte Don Calogero. »Die bisherigen Allianzen, Vereinbarungen, Traditionen und Verbindungen gelten nicht mehr. Und wir in Maciddaru sind leider von diesen Typen abhängig.«

Als Michele und ich die Bar verließen, fegte der Novemberwind durch die Dorfstraße, wir zogen unsere Wollschals fester um den Hals und liefen eine Weile schweigend nebeneinanderher.

»Warum willst du bloß unbedingt hierbleiben, Nanà?«, fragte Michele unvermittelt. »Hau ab nach Palermo, ehe es zu spät ist.« Er sah mich eindringlich an. »Ich habe hier ein Geschäft, das mich hält. Aber du? Du kennst doch in Palermo Leute, vielleicht sogar Frauen. Dort gibts Restaurants, Kneipen, den Strand von Mondello. Aber hier? Ohne Don Calogero gäbs nicht mal nen vernünftigen Kaffee. Ich versteh dich nicht.«

Verblüfft blieb ich stehen, aber ehe ich antworten konnte, fuhr er fort: »Ich und die andern wundern uns schon lange. Hier in Maciddaru hast du doch keine Zukunft!«

Der Kirchturm schlug zehn, wie immer um diese Zeit lag die Dorfstraße einsam vor uns, im Schein der Laternen huschten unsere langen Schatten übers Pflaster.

»Michè«, sagte ich, »ich bin eben ein Landei. Wenn ich am Wochenende vom Internat nach Hause kam, war ich froh, wieder den Pferdemist zu riechen. Mein Vater kam abends erschöpft vom Feld, sagte kein Wort, setzte sich an den gedeckten Tisch und aß selbst gebackenes Brot, ohne Rinde, weil er kaum noch Zähne hatte, Orangensalat, Pasta mit zerkochter Tomatensoße, dazu ein Glas Bauernwein. Ich glaubte jedes Mal, er sei wütend. Diese Erinnerung lässt mich nicht los.«

Michele schaute mich unsicher an. »Irgendwo in unserer Vergangenheit liegt unser Schicksal verborgen«, sagte ich. »Selbst wenn wir nichts davon wissen, zieht es uns an wie ein Magnet. Und nur mit einer ungeheuren Kraftanstrengung können wir uns von diesem vorgezeichneten Pfad lösen.«

Noch immer blickte Michele verwundert, aber er war seit jeher anders als ich. Die menschenleere Dorfstraße hatte mich auch diesmal in eine beruhigende Melancholie versetzt. Palermos glitzernde Lichter, seine Vergnügungen schienen mir trügerisch.

»Ich möchte meinen eigenen Weg erkennen, Michele. Ich warte ab. Ich möchte die Lügen entlarven, die mich davon wegführen, all die Trinksprüche, die unsere wichtigen Lebensereignisse begleiten. Ich horche in mich hinein, irgendwann wird mein Weg vollkommen klar vor mir liegen. Aber alles hat seine Zeit.«

Michele schlug mir freundschaftlich auf die Schulter und stieg, ohne etwas zu sagen, die Anhöhe hinauf, an der er schon immer wohnte. Ich blickte ihm nach, dann ging ich ebenfalls nach Hause.

Schon von unten sah ich, dass Mamma noch wach war. Als ich hereinkam, saß sie wie gewöhnlich in ihrem Sessel vor dem Balkon, mit Blick auf die Straße, und stickte. Francesca telefonierte offenbar in ihrem Zimmer, wahrscheinlich mit ihrem Freund, abends war es billiger.

Meine Mutter drehte sich zu mir um und reichte mir lächelnd eine Schale mit Ricotta-Plätzchen. »Probier mal, mit meinem Diabetes kann ich sie ja nicht essen, aber sie sind wohl lecker.«

»Köstlich, Mamma. Woher sind sie?«

»Zio Rocco war heute hier, er hat sie aus Piana degli Albanesi, die allerbesten, hat er gesagt.«

Ich spürte, dass sie noch etwas sagen wollte, und setzte mich.

»Stell dir vor, Pietruzzu arbeitet jetzt im Zementwerk in Mazara del Vallo. Meine Gebete wurden erhört«, sagte sie und bekreuzigte sich.

»Das Zementwerk ist ja offenbar eine Filiale des Arbeitsamts«, sagte ich. »Antonio und ein paar andere aus dem Dorf arbeiten auch dort. Ich frage mich, was sie dafür wohl tun mussten … oder noch müssen …«

Plötzlich stand Francesca auf der Türschwelle.

»Gar nichts«, rief sie. »Pietruzzu hat sich die Stelle verdient!«

Wütend setzte sie sich mir gegenüber.

»Du witterst hinter allem Schlechtes. Vor allem bei Pietruzzu! Er ist tüchtig und wurde vor zwei Monaten vollumfänglich freigesprochen. Man will nicht mal in Berufung gehen. Reicht dir auch das noch nicht?«

»Schön, dass er da sauber rausgekommen ist, aber er hat immerhin Drogen vertickt. Das hat er gestanden. Hat er dafür einen Orden verdient?«

Francesca und ich hatten uns noch nie gut verstanden und nach dem Tod unseres Vaters noch weiter voneinander entfernt. Finster starrte sie mich an.

»Gehörst du überhaupt noch zu unserer Familie? Ist dir die Universität zu Kopf gestiegen? Verkehrst du jetzt nur noch mit dem Hauptstadtadel? Wir müssen hier irgendwie klarkommen. Wir müssen nehmen, was die anderen für uns übrig lassen, und manchmal sind das nicht mal Krümel. Glaubst du, du kannst hier einen auf Moral machen, nur weil du studiert hast? Andere haben sich für dich abgerackert, damit du aufs Internat gehen und Arzt werden konntest. Sonst würdest du genauso auf eine Empfehlung hoffen, um irgendwo als Handlanger zu arbeiten!«

Mamma stand auf und wollte die Wogen glätten, aber ich schoss zurück: »Du hättest auch studieren können, wenn du gewollt hättest, Francesca. Ich hatte keine Extrawurst. Und damit du's weißt, ich werde meiner Familie immer dankbar sein.«

»Extrawurst, Nanà? Träum weiter! Nach deinem Facharzt fliegst du auf die Fresse, und dann wirst du um eine Praxis im Dorf betteln!«, rief Francesca. Sie stand auf, aber in der Tür drehte sie sich noch einmal um: »Ich kann dir sagen, an wen du dich wenden wirst. Wo wären wir denn alle ohne Zio Rocco? Bring ihm einfach den Respekt entgegen, den er verdient. Hoffentlich lebt er ewig!«

Mamma setzte sich mit einem lauten Seufzer wieder hin.

»So ist deine Schwester eben, und dass sie noch hier ist, hat die Sache nicht besser gemacht. Aber ich kann es ihr nicht verübeln. Du kennst Maccidaru. Bei dir war das etwas anderes. Dein Vater wusste, dass du woanders dein Glück machen würdest.«

»Was? Ich dachte, Papa wäre stolz, wenn ich an der Dorfstraße meine Praxis aufmache? Das jedenfalls sagt Zio Rocco.«

»Ja? Das hab ich von deinem Vater nie gehört. Aber wer weiß, schließlich sind sie Brüder.«

»Sag mal, stimmt es, dass Papa keine Freunde hatte und mit keinem geredet hat? War er auch mit dir so schweigsam?«

Donna Maria zögerte.

»Wir haben uns sehr jung kennengelernt«, sagte sie dann. »Ich hatte über Freunde der Familie eine Stelle in einem Supermarkt in Palermo bekommen. Und da spazierte plötzlich jeden Tag dieser Mann herein, mit verschmitztem Blick, und kaufte etwas. Irgendwann begriff ich, dass er wegen mir kam. Und eines Tages lud er mich auf einen Kaffee ein.«

Anfang der Fünfziger Jahre, sagte Mamma, war der Krieg gerade erst zu Ende, es herrschte Hunger, aber auch Aufbruchstimmung. Alle sehnten sich nach einem besseren Leben.

»Nach der Geburt deiner Schwester sind wir hierher gezogen, weil dein Vater das Haus geerbt hat. Die Arbeit auf den Feldern war hart, aber vor allem litt er unter dem Dorfleben. Zio Rocco wollte ihn in seine Geschäfte reinziehen. Ich hab gemerkt, dass zwischen den beiden etwas nicht stimmte, und als sie einmal sehr laut stritten, war klar, warum: Ich hab Familie, schrie dein Vater, setz unser Leben nicht aufs Spiel, nur damit ich besser dastehe oder mehr Geld hab. Du bist ein sturer Hund, schrie Zio Rocco zurück, an deinem mühseligen Leben bist du ganz allein schuld.«

»Wollte er wegen der Streitereien bei Volkswagen arbeiten, um der Mafia aus dem Weg zu gehen? Aber warum wäre er dann nach kaum einem Jahr zurückgekommen?«

»Dein Vater war erschöpft, es ging ihm in der Ferne schlecht«, erklärte meine Mutter. »Francesca war kaum drei, und ich mit dir im siebten Monat. Doch als er zurückkam, war er nicht mehr derselbe, immer nur niedergeschlagen und einsilbig. Warum sagst du mir nicht, was los ist, flehte ich ihn an, aber er antwortete nur, alles bestens. Nach deiner Geburt war ich mir sicher, dass etwas vorgefallen sein musste, ich ging zu Zio Rocco, der musste es doch wissen, aber er sagte nur: Der hat sich irgendwas in den Kopf gesetzt.«

Donna Maria traten die Tränen in die Augen, sie holte sich ein Taschentuch.

»Als Enzo über Weihnachten zurückgekommen ist, gab es unter den Mafia-Clans hier Streit«, fuhr sie nach einer Weile fort. »Es gab Tote, andere verschwanden spurlos. Und Zio Rocco war felsenfest davon überzeugt, dass dein Vater unwissentlich dabei war, als man eine Leiche beseitigte. Er hatte Angst, man würde ihn umbringen. Darum redete er mit Don Vanni Tacco, aber der fiel wohl aus allen Wolken. Enzuccio ist verrückt, aber kein Verräter, habe Don Vanni gesagt. Zio Rocco hat uns schließlich beruhigt, die Sache sei geregelt.«

»Und hast du das geglaubt?«, fragte ich, froh, dass meine Mutter endlich von früher erzählte.

»Nein. An dem Abend haben sich die beiden fürchterlich gestritten. Enzo verstand nicht, wieso sich sein Bruder in seine Angelegenheiten einmischte und mit einem Mafia-Boss sprach, ohne ihn zu fragen. Wir fühlten uns nie in Gefahr. Wir wussten, irgendetwas war vorgefallen, nur was, wussten wir nicht. Wir haben nie mehr darüber gesprochen.«

Ich hätte gern weitergefragt, doch Donna Maria erhob sich, um ins Bett zu gehen.

In meinem Zimmer öffnete ich das Fenster und zündete mir meine tägliche Zigarette an. Ein stürmischer Wind wehte den Rauch zurück ins Zimmer. In der Ferne schrien Esel. Ob der Sturm ihnen Angst machte? Morgen früh auf der Fahrt nach Palermo würde ich ja sehen, was die Böen angerichtet hatten. Hauptsache, ich käme problemlos ins Krankenhaus. Plötzlich erloschen alle Laternen, als wollten sie sagen, es sei Schlafenszeit. Und sie hatten recht.

Berlin, Oktober 1990
FRAGMENT VIERZEHN

Es war ein trister Herbstmorgen. Am Steuer von Lola, ein orangeroter Splitter im Grau, glitt er durch die hügeligen Wälder des nördlichen Frankens, schlängelte sich hinter der Pegnitz bergauf und bergab und fuhr weiter über ein gerades Asphaltband. Schon passierte er das Ortsschild

Bayreuth, wo Richard Wagner vor über hundert Jahren seine pompösen Opernfestspiele ausgerufen hatte.

Er näherte sich der ehemaligen deutsch-deutschen Grenze, ein seltsames Gefühl. Was später einmal Eingang in die Schulbücher finden würde, erlebte er jetzt hautnah mit, er wollte jede Einzelheit in sich aufsaugen, um später davon erzählen zu können. Geschichte zum Anfassen.

Vor ihm lag Hof, eben noch die letzte Stadt vor der Grenze, vor Wachtürmen und Stacheldraht, bedrohlichen Militärfahrzeugen, strengen Passkontrollen und oft grundlosen Leibesvisitationen.

Das war jetzt nur noch Erinnerung. Die Grenzhäuschen standen leer, die grauen Baracken, in denen Waren und Menschen bürokratisch abgewickelt wurden, lagen trostlos da, ein ewig mahnender Totem. Nicht einmal ein Schild zeugte noch vom ehemaligen Grenzübergang.

Unvermittelt ging der Asphalt in Kopfsteinpflaster über. Wenn er sein Auto, mit hunderttausenden Kilometern auf dem Tacho, nicht unnötig strapazieren wollte, musste er langsamer fahren. Er fuhr die Strecke zum ersten Mal, viele Orte erinnerten an historische Ereignisse, von denen er gelesen hatte. Als er Thüringen durchquerte, dachte er an die Begegnung von Schiller und Goethe in Jena, an Hegels Überlegungen beim Durchzug von Napoleons Truppen. Als er auf Leipzig und Halle zufuhr, klangen ihm die Toccata in d-Moll von Johann Sebastian Bach und das triumphale Barock der Händelopern in den Ohren.

Jetzt war es bis Berlin nicht mehr weit. Seit fast einem Jahr war die offene Wunde der Berliner Mauer verschwunden, die Stadt seit wenigen Tagen wiedervereinigt.

Strahlend neue BMWs überholten die Trabis, für Normalsterbliche im kommunistischen Deutschland das einzig erschwingliche Auto. Ein wenig ähnelten sie dem bei europäischen Großstadtlinken seit den Sechzigern beliebten niederländischen DAF. Der Kontrast faszinierte Frank. Das Nebeneinander von BMW und Trabi zeugte von einer kurzen Übergangsphase. Es würde wohl nicht lange dauern, bis der Kapitalismus nicht nur die Wirtschaft, sondern auch Herz und Verstand der knapp sechzehn Millionen DDR-Einwohner eroberte. Auf einmal verspürte er Hunger, auch die Tanknadel näherte sich der Reserve. Endlich ein Raststätten-Schild.

Nachdem er getankt hatte, konnte er in der tristen Raststätte nichts wirklich Essbares entdecken und entschied sich für ein Brötchen mit Schnitzel, aber als er beherzt zubiss, ließ sich das zähe Fleisch kaum kauen.

In Berlin bot sich ein ganz anderes Bild. Die Stadt katapultierte ihn in eine hochkapitalistische Welt, übersät mit riesigen Werbetafeln, beruhigend vertrauten Kaufhausmarken, Restaurants und Kneipen an jeder Ecke und dichtem Verkehr. Es wimmelte von Besuchern und Journalisten aus aller Welt, die erleben wollten, wie es den Berlinerinnen und Berlinern erging, seit Deutschland wieder eine Nation war.

Als er in den Ostteil der Stadt kam, veränderten sich Häuserfassaden und Straßenbelag. Plötzlich polterte er über Kopfsteinpflaster. Neben mehr schlecht als recht renovierten Altbauten erhoben sich graue, einförmige Plattenbausiedlungen. In trostlosen Läden mit halb herabhängenden Rollgittern wurden armselige Waren für die »Zonenbewohner« feilgeboten.

Am Prenzlauer Berg lag die KulturBrauerei, eine ehemalige Fabrik, seit dem Mauerfall beliebte Kultstätte linker Intellektueller, mit Theateraufführungen, Ausstellungen und Konzerten. Einmal in der Woche drehte ein Privatsender dort eine Talkshow, und heute Abend war er als Journalist geladen.

Schon kam ihm der Produzent mit ausgestrecktem Arm entgegen. »Frank Fischer?«, fragte er. »Hocherfreut. Darf ich Ihnen den Talkshow-Leiter vorstellen und die Garderobe zeigen?«

Mit dem zunehmenden Erfolg seiner Reportagen hatte sich Frank an diese Welt gewöhnt, wollte aber nicht zu viel damit zu tun haben. Die Redseligkeit eines Fernsehmoderators lag ihm ebenso wenig wie das Lächeln nach allen Seiten. Lieber wartete er allein in der Garderobe auf seinen Auftritt, als mit den anderen Gästen Small Talk zu führen.

»Herzlich willkommen, Herr Fischer!«, sagte der Talkshow-Leiter Erich von Draminsky, als er Franks Garderobe betrat. »Möchten Sie sich schon mit den Fragen vertraut machen?«

»Nicht nötig, ich antworte lieber spontan.«

»Wie Sie meinen. Vertreter aus Sport und Kultur aus Ost und West werden mit Ihnen auf der Bühne sitzen. Sie dürfen gern auch untereinander ins Gespräch kommen. Wir gehören zu den meistgesehenen Talkshows, wie Sie sicher wissen. Wir zählen auf Ihre klaren Analysen.«

»Ich werd mich bemühen«, sagte Frank trocken. Er wollte nicht zu vertraulich sein, um sich einen objektiven Blick zu bewahren. In der Ecke stand ein Telefon. »Darf ich kurz? Ein Ferngespräch nach Nürnberg?«

»Nur zu. Nur keine Auslandsgespräche. Es geht ja um die deutsche Wiedervereinigung«, sagte Von Draminsky lachend, ehe er die Garderobe verließ.

Frank hatte Mareike versprochen, sich nach der Ankunft zu melden. Sie hob gleich ab. »Bin ich froh, dass du gut angekommen bist. Die Autobahn muss ja schrecklich sein, voller Schlaglöcher«, sagte sie.

»Schön, deine Stimme zu hören«, sagte Frank.

»Weißt du überhaupt, dass heute halb Deutschland die Talkshow guckt?«

»Trotzdem werd ich kein Blatt vor den Mund nehmen. Darum hat man mich ja eingeladen. Elke dort oben wird hoffentlich ein bisschen stolz auf mich sein«, murmelte er.

Dann wurde er schon in die Maske gerufen. Er betrachtete die Wände, die mit Autogrammkarten von Berühmtheiten tapeziert waren, denen man mit Rouge und Wimperntusche zu Leibe gerückt war. Ihn hatte noch nie jemand um ein Autogrammfoto gebeten. In der Medienwelt galt Bekanntheit als Wert an sich, dachte er, unabhängig davon, womit man sie erlangt hatte, ob als Serienmörder, genialer Unternehmer, Wohltäter oder verarmter Künstler.

Als auf der Bühne die Scheinwerfer angingen und der Jingle ertönte, begrüßte Von Draminsky wortreich das wiedervereinigte Deutschland und stellte dann seine Gäste vor, einen Spieler des FC Bayern München, einen Schriftsteller aus Nordrhein-Westfalen, einen Schauspieler aus Hamburg und einen Politologen aus Dresden. Nachdem er Frank als aufstrebenden Stern des kritischen Journalismus präsentiert hatte, sagte er: »Herr Fischer, heute ist ein besonderer Tag für dieses Land. Sind Sie zufrieden?«

»Ja und nein«, antwortete Frank.

»Verraten Sie uns, weshalb?«

Durch das Publikum ging ein Raunen, es versprach, ein interessanter, streitlustiger Abend zu werden.

»Dass die DDR sich selber aufgelöst hat, ist historisch einmalig und geschah glücklicherweise ohne Blutvergießen. Aber es stellt sich doch jetzt die Frage: Wie wollen die Westdeutschen ihren ostdeutschen Schwestern und Brüdern gegenübertreten? Wollen wir den Osten annektieren? Soll es nur noch eine deutsche Identität geben? Bewegen wir uns hin zu einem Großdeutschland, wie man es vor wenigen Jahrzehnten noch erträumte?«

»Sie haben meine Frage nicht beantwortet, Herr Fischer!«, insistierte der Moderator.

»Ja, ich bin zufrieden, weil mir Mauern grundsätzlich nicht gefallen. Und nein, ich bin nicht zufrieden, weil die sozialen und politischen Entwicklungen in den neuen Bundesländern mehr Zeit bräuchten. Weil man vierzig Jahre deutsche Teilung nicht mit einem Federstrich beseitigen kann. Will die Mehrheit der Deutschen die Wiedervereinigung überhaupt? Oder war der deutsche Kanzler nur zur richtigen Zeit am richtigen Ort und hat die Gelegenheit ergriffen, in die Geschichtsbücher einzugehen?«

Nach kurzer Überleitung wandte sich der Moderator an den nächsten Gast. Insgesamt dominierte der Wille zu Einigkeit und Versöhnung, schließlich feierte Deutschland seine Wiedervereinigung, doch dann war die Reihe an dem Dresdner Politologen Gerhard Große, der dem Honecker-Regime nahegestanden hatte.

»Wir im Osten sind nicht an die kapitalistischen Lügen gewöhnt, in unserer Welt haben alle dieselben Verdienste, Rechte und Pflichten und dasselbe Geld in der Tasche«, begann er. »Wie werden die Leute reagieren, wenn sie reiche Politiker mit Leibwächtern sehen und daneben Arbeitslose, die nicht über die Runden kommen?«

Frank hob die Hand, um etwas zu sagen. Von Draminsky hoffte, Schwung in die Diskussion zu bringen.

»Der kapitalistische Westen ist nicht frei von Widersprüchen, das ist mir durchaus klar«, gab Frank zurück. »Doch was Sie sagen, ist purer Populismus, Sie schmieren den Leuten Honig um den Mund. Wo waren denn die Freunde des ostdeutschen Proletariats? Es musste in trostlosen, kalten Plattensiedlungen wohnen. Sie werden wohl kaum behaupten wollen, dass Parteifunktionäre, Professoren, Militäringenieure oder Offiziere unter denselben Bedingungen gelebt haben wie die Arbeiterklasse!«

»Was soll das heißen? Nennen Sie mir Beweise! Sie gehören doch auch nur zu den Speichelleckern der amerikanischen Imperialisten, die dieses Land fünfzig Jahre lang besetzt gehalten haben«, rief Große.

Der Moderator und die Gäste waren sprachlos. Bleierne Stille legte sich über den Saal.

»Jeder hat es gewusst«, sagte Frank schließlich. »Aber wir haben den Sozialismus idealisiert, mit RAF und Baader-Meinhof sympathisiert, Gewalt und Terror gerechtfertigt. Wir wussten von den Millionen, die in Stalins Gulag starben. Von Mao Tse-tungs Säuberungen. Dass selbst Fidel Castro bei Homosexuellen und Dissidenten keine Gnade kannte. Aber wir haben an eine bessere Welt geglaubt! Die Freiheit hatte für uns das Gesicht von

Che Guevara. Marx' Werke erzählten von der Gleichheit aller Völker. Wir haben Augen und Ohren vor der Wirklichkeit verschlossen. Aber Sie, Herr Große, beleidigen die Intelligenz und den Idealismus aller, die daran geglaubt und ihr Leben dafür gelassen haben. Wer wohnte denn in den Villen in Pankow? Oder in der Waldsiedlung Wandlitz? Mit Fitnessräumen, Schwimmbädern, Kinos und Theatern? Wollen Sie uns weismachen, das waren Tempel fürs Volk? Glauben Sie, wir wüssten nicht, dass Sie und Ihre Oligarchie fürstlich speisten, während die Bevölkerung darbte? Sie sollten sich schämen, Herr Große, weil Sie all das im Namen des Sozialismus gutgeheißen haben. Und ausgerechnet Sie wollen uns einen Vortrag über Gerechtigkeit halten? Im Westen kommen wir schon schmutzig auf die Welt. Und das Leben lehrt uns, dass keine Seife diese Flecken abwaschen kann. Aber in unserer unperfekten Demokratie dürfen wir das wenigstens denken und sagen. Sogar im Fernsehen.«

Ehe Frank geendet hatte, war Große aufgestanden, wortlos stürmte er aus dem Studio. Von Draminsky versuchte mit geheucheltem Bedauern, die Wogen zu glätten.

Frank kehrte in die Garderobe zurück und holte seine Sachen. Da hatte er wohl in ein Wespennest gestochen, dachte er auf dem Weg zu Lola, die Mauer in den Köpfen der Deutschen würde wohl noch lange fortbestehen. Als er in einiger Entfernung den Fernsehturm leuchten sah, fiel ihm ein Lied ein, dass er in Rom oft vor sich hin gesungen hatte: »Alexanderplatz, Auf Wiedersehen ...«

FRAGMENT FÜNFZEHN

Totò hatte uns ins Halbfinale geschossen. Bei der WM im eigenen Land. Die Wohnung von Totòs Eltern lag in einem Vorort, nicht weit vom Krankenhaus Cervello entfernt. Gianluca, Federica und Giovanni, die mit im Auto saßen, lachten wie die Verrückten. Ich wusste, dass wir jeden Moment von der Viale Regione Siciliana abfahren mussten. »Weiter geradeaus?«, fragte ich zum zigsten Mal.

»Fahr einfach, fahr, Nanà!«, antwortete Gianluca irgendwann.

»Wo sind wir überhaupt?«, fragte Giovanni. »Hier war ich garantiert noch nie!«

»Tja … du hängst nur in der Via Libertà rum. Woher sollst du die Vororte kennen!«, kicherte Gianluca.

Wir parkten in einer beinah unbeleuchteten, nichtssagenden Straße. Als wir ausstiegen, hörten wir die laut feiernde Menge schon, Leute strömten eilig an uns vorbei. Hundert Meter weiter stießen wir auf einen betonierten Platz ohne Bank oder Baum, ein großer, trostloser Hof zwischen öden, dreistöckigen Mehrfamilienhäusern mit winzigen Balkonen. In der Mitte verkaufte eine dreirädrige *Lapa* Knabberzeug, *Lupini*, *Calia* und *Simenza*.

Ein Mann mit Megafon zog die Aufmerksamkeit der Menge auf sich.

»Kommt näher, Leute, jetzt gehts zum Haus von Totòs Eltern, Totò, unser Fußballheld!«

Als sich die Menschen vor einem der Mehrfamilienhäuser versammelt hatten, hob der Mann das Megafon wieder an den Mund: »Alé, alé, alé, alé, Totò, Totò«, skandierte er, »alé, alé, alé, alé, Totò, Totò«, antwortete die Menge.

Der Platz war jetzt brechend voll, wir skandierten Fußballsprüche, sangen Hymnen, und endlich erhellte sich ein Fenster, ein älterer Mann trat auf den Balkon. Der Held. Alle schrien vor Begeisterung.

Eine Rede, eine Rede, wurde lautstark gefordert, aber der Mann wollte nichts davon wissen, ohne Mikrofon hätte man ohnehin nichts gehört. Er winkte den Leuten zu, deutete mit den Fingern ein Kreuz an und verabschiedete sich, wie der Papst nach dem *Urbi et Orbi* am Petersplatz. Anhaltender Applaus, dann löste sich die Menge langsam auf.

Die triumphalen Fußballabende dieser Weltmeisterschaft waren in Palermo noch triumphaler als in Rom oder Mailand. Das verdankten wir einzig und allein Totò Schillaci. Noch nie hatte die Stadt einen so strahlenden Fußballhelden gesehen. In den Siebzigern gab es nur noch Giuseppe Furino, den Juventus-Spieler, aber er war jung aus Palermo weggegangen. Schillaci war geblieben, er hatte die trostlosen Vorstadtgassen gerade erst hinter sich gelassen und war dank dem Fußball einem Milieu entkommen, das zweifellos ein anderes Schicksal für ihn bereitgehalten hatte.

»Leute! Jetzt ein Eis, ab ins Auto und mir nach!«, rief Gianluca.

Gianluca war der ungekrönte Chef unserer Uni-Truppe. Er hatte sich eine gewisse Allgemeinbildung angeeignet, die er mit einem Hang zum Narzissmus zur Schau stellte. Zu Anfang hatte auch ich ihn bewundert und mich gefragt, wann er bloß all die Philosophen und Wissenschaftler las, deren Namen er so wunderbar beiläufig fallen ließ. Doch dann begriff ich, dass er nur bluffte und sich mit kaum einem Werk, Gedankengebäude, historischen Ereignis oder Ort eingehender beschäftigt hatte. Er protzte mit seinem wenigen Wissen, ließ durchblicken, dass er sich auskannte, und profitierte von unserer Unwissenheit. Wenn er merkte, dass jemand das Spiel durchschauen könnte, gab er den Zurückhaltenden und schwieg. Seit er ahnte, dass mir seine Angeberei aufgefallen war, verzichtete er mir gegenüber auf eingestreutes Vorzeigewissen. Und bewies damit auf jeden Fall eine gewisse Intelligenz.

Um diese Uhrzeit legte der Verkehr eine Pause ein, wurde ruhiger, wir erreichten bald den Hafen und fuhren in Richtung Foro Italico.

»Nimm einfach den nächsten Parkplatz, Nanà«, wies mich Gianluca an, »wir sind praktisch da.«

Auf dem Gelände zwischen der breiten Fahrstraße und dem Meer befanden sich linker Hand eine Kirmes und ein riesiger Schrottplatz mit tonnenweise undefinierbarem Metall. Rechter Hand boten traditionelle Restaurants duftende Grillgerichte an.

»Da sind wir, Leute! In der Altstadt gibt es super Eisdielen, aber mit der hier gar nicht zu vergleichen.«

Wir setzten uns auf die Metallstühle an einem runden Tischchen. Die Schwüle kroch uns bis ins Innerste, die Juliabende machten faul und träge. Wie gut es uns ging, dachte ich. Mit der Sommerhitze begannen für das Bürgertum Müßiggang und Vergnügen. Man verzog sich in sein Haus am Meer und lebte nach einem anderen Rhythmus oder pendelte zwischen Stadt und Mondello, dem sagenumwobenen Strand der Belle Époque mit Jugendstilvillen und einem Zipfel Sand, wo man sich zu Tausenden drängte.

»Nanà«, sagte Federica, »du hast dich ja endlich entschieden. Das Stadtleben ist doch etwas ganz anderes.«

»Ja, ich hatte Glück und hab eine gute Wohnung gefunden. Die Via Dante kenn ich schon ewig, da hab ich mein Praktikumsjahr gemacht. In der Gegend hab ich mich immer wohlgefühlt.«

Der Kellner stellte das Silbertablett auf den Tisch, vier Mal Eiswasser und Maulbeersorbet mit Sahne. Von der Eisdiele blickte man auf ein verlassenes Barockgebäude. An den Tischen neben uns sah ich Arbeiter aus dem Kalsa-Viertel, Studierende aus der Mittelschicht, Freiberufler vom Land wie mich und städtisches Bürgertum. Aber alle begeisterten sich für das leckere Gelato.

Seit ungefähr drei Jahren machten meine Unifreunde nun ihren Facharzt und würden alle, so viel stand fest, eine Stelle finden. Sie stammten aus Arztfamilien, zumindest ein Elternteil besaß eine Praxis oder arbeitete selbst als Arzt. Dass ich einen anderen Hintergrund hatte, hatten sie mir nie unter die Nase gerieben. Im Gegenteil. Sie waren neugierig, vor allem Gianluca. Ihm hatte ich es auch zu verdanken, dass der Kontakt nicht abgerissen war. Immer wieder rief er mich an und mimte den Beleidigten, weil ich nichts von mir hören ließ. Aber meine alte Ausrede, »ich muss heute Abend noch zurück«, zählte nicht mehr. Seit zwei Monaten bewohnte ich eine Zweizimmerwohnung. Meine Mutter und Zio Rocco hatten mir zum Glück beim Einrichten geholfen. Aber ich vermisste den Spieleabend am Donnerstag mit meinen Freunden, unsere Gespräche über das Dorfleben. Mir fehlte der abendliche Spaziergang durch die einsame Dorfstraße mit den *Picciotti* aus Kindertagen.

Trotzdem verströmte Palermo einen unerklärlichen Zauber. Die Stadt war wie ein antikes Mosaik, das Zeit und Nachlässigkeit fast zerstört hatten, dessen einstige Schönheit aber noch zu erahnen war. Im Sommer, in den verwaisten Straßen, fiel einem ins Auge, was sonst hinter langen Autoschlangen unterging. Blickte man von Mussolinis marmorstrotzendem Postgebäude die endlose Via Roma hinunter, wirkte die mächtige Straße des neunzehnten Jahrhunderts auf einmal einer echten Hauptstadt würdig. Die vornehme Via Libertà aus der Belle Époque, mit ihren Jugendstillaternen und Modegeschäften für das aufstrebende Bürgertum, schien ein Salon unter freiem Himmel. Und das Gewirr der Altstadtviertel, einst von amerikanischen und englischen Bomben ausgeweidet, erinnerte mich an Tanger, Barcelona, Kairo oder Athen, die ich in Fotobüchern bewundert hatte. Dabei war es nur Palermo. Aber unwiderstehlich. Und ich war mittendrin. Hier, am Foro Italico, neben dem Musikpavillon, wo vor hundert Jahren die Kapellen spielten und wohlhabende Witwen angeblich beschwingt über den »Pfad der bösen Mädchen« schlenderten.

»Nicht schlecht, dieses Sorbet«, sagte ich.

Trotz der späten Stunde waren fast alle Tische besetzt. Die Schwüle hatte die Menschen nach draußen getrieben, viele genossen eiskalte Getränke und Zitronen-Granita. Auch in Maciddaru, dachte ich, werden jetzt viele auf der Dorfstraße flanieren oder bei Don Calogero etwas trinken.

Zufällig fiel mein Blick auf ein Paar, das sich eilig einem frei gewordenen Tischchen näherte. Als es aus der Dunkelheit in den Lichtkegel der Eisdiele trat, erkannte ich sie. Annamaria. Schön wie die Sonne, geheimnisvoll und unerreichbar. Mein Herz machte einen Satz, in mir tat sich ein Abgrund auf. Da saß ich und plapperte mit meinen Freunden wie in Maciddaru, wir blödelten herum und träumten uns aus der unbequemen, tristen und lauen Realität weg.

Und dort drüben saß Annamaria, mit einem Mann. Seit über einem Jahr hatte ich sie nicht gesehen. Ein paar Mal hatte ich mich überwunden und ihre Nummer gewählt, aber sie war nie zu Hause. Einmal sprach ich sogar eine Nachricht auf Band, wartete jedoch vergeblich auf den Rückruf. Ein beredtes Schweigen, hatte ich mir gesagt, ich sollte besser aufgeben. Doch jetzt tobten in mir die widersprüchlichsten Gedanken und Gefühle, mir wurde heiß in der Brust, ich glühte wie der Juliabend. Schließlich stand ich fast widerstrebend auf und schlenderte lässig, als ginge ich zur Toilette, an ihrem Tisch vorbei. Unsere Blicke trafen sich, sie lächelte, bemüht zurückhaltend.

»Nanà!«, sagte sie liebenswürdig. »Welche Überraschung! Wie lange ist das her ...«

»Annamaria, ich kanns kaum glauben. Wie geht es dir?«

»Das ist Nanà«, wandte Annamaria sich an den Mann neben ihr. »Er hat auch bei Professor Perricone gearbeitet. Nanà, das ist Attilio, mein Freund, ich habe dir von ihm erzählt. Er hat jetzt ein Architekturbüro in Catania.«

Attilios Blick verriet eine gewisse Genugtuung. Sah

er mich gelangweilt, gleichgültig, hochmütig oder mitleidig an? Schwer zu sagen. Jedenfalls sagte er kein Wort, zuckte als Zeichen der Zustimmung höchstens mal mit der Oberlippe. Annamaria wirkte nervös. Wir tauschten Höflichkeiten aus.

»Es hat mich sehr gefreut, Annamaria«, sagte ich schließlich.

»Ich wünsch dir einen schönen Sommer, Nanà«, antwortete sie und lächelte ein wenig offener.

Ich brachte die anderen nach Hause, parkte auf der Piazza Lolli und schlenderte noch eine Weile durch die Straßen. In dem Park hinter dem riesigen schmiedeeisernen Tor der Villa Whitaker war es stockdunkel. Ich bildete mir ein, zwischen den vielen Palmen einen Leoparden herumschleichen zu sehen.

Ich ging an der massiven, unüberwindbaren Steinmauer des Parks entlang weiter und bog auf Höhe eines Seitentors in ein Gässchen ein. Seltsamerweise war im Vicolo Malfitano schon nach wenigen Metern kaum noch ein Stadtgeräusch zu vernehmen.

Seit einigen Wochen hatte ich in dem ruhigen Vicolo Malfitano einen neuen Ort und Anker für meine nächtlichen Gedankengänge gefunden. Jetzt gab ich mich abends nicht mehr auf der Dorfstraße von Maciddaru meinen Gedanken hin und saß nicht mehr am Schlafzimmerfenster mit Blick auf die Landschaft. Aber wieder dachte ich an Annamaria. Wieso, fragte ich mich, kehrte sie wie ein höhnisches Schicksal immer genau dann zurück, wenn ich im Begriff war, sie zu vergessen? Es war tröstlich, dass es überall auf der Welt Orte gab, an denen man über das Leben nachdenken und womöglich begreifen konnte, wie sinnlos, absurd und trügerisch es war.

Charlotte lag eingemummelt im Kinderwagen, mit Wollmütze, die dicke Decke bis zur Nase hochgezogen. Wie drollig sie aussah, dachte Frank, aber sie verstand gar nicht, wieso fremde Menschen sie anlächelten oder ihr zärtlich etwas zuflüsterten. Nur Kinder, und manchmal Tiere, können Menschen wohl so rühren, dass sie sich über gesellschaftliche Normen hinwegsetzen. Charlotte strahlte jeden an. Wenn man sie freundlich anblickte, hatte man schon gewonnen.

Sie hing sehr an ihm, schon wenn sie ihn nur kurz aus dem Blick verlor, wurde sie unruhig. Peter, ihr biologischer Vater, beschränkte sich im Wesentlichen auf die monatlichen Unterhaltszahlungen.

Auf ein zweijähriges Kind aufzupassen war allerdings anstrengend. Charlotte lief mehr als sicher, und wenn sie irgendetwas Interessantes entdeckte, rannte sie, ohne nach rechts und links zu gucken, los. Sie konnte auch schon einiges sagen, und ignorierte man sie einen Moment, verlangte sie sofort lautstark nach Aufmerksamkeit.

Er war also gut beschäftigt.

Donnerstagvormittag besuchte er gern die multikulturelle Spielgruppe im Loni-Übler-Haus. Als er heute mit

Charlotte das Café betrat, nahm ihm der Unterschied zur Außentemperatur fast den Atem. Es war ungewöhnlich still. Kein lautes Stimmengewirr im Flur, keine Kinder, die schreiend umherrannten. Er ging zur Theke und fragte, ob die Spielgruppe ausfiel. Die Kellnerin blickte ihn verwirrt an. »Hast du es nicht gehört?«, sagte sie. »Der Irak wurde angegriffen. Bagdad wird von den USA und anderen bombardiert.«

»Das musste ja so kommen«, murmelte Frank kopfschüttelnd.

In dem Moment erschien ein Mann um die fünfzig, der Leiter des Zentrums. Mit der runden Brille und den schmalen Lippen erinnerte er an John Lennon, nur seine Haare waren kurz.

»Hallo, Ubald«, sagte Frank.

»Du kommst zur Spielgruppe, nehme ich an?«, fragte Ubald mit einem kurzen Blick auf Charlotte.

Wenn Frank sich um Charlotte kümmerte, wollte er sich auf sie konzentrieren und verzichtete auf Zeitung, Fernsehen und Radio. Seit gestern Abend hatte er nichts mehr über die schwierige Situation in der Golfregion gehört, wo Saddams Truppen vor wenigen Monaten in Kuwait einmarschiert waren.

»Ich organisiere mit Leuten aus dem Viertel eine Antikriegsdemo«, sagte Ubald. »Auch einige irakische Familien machen mit. Wir beschriften gerade die Spruchbänder für heute Abend. Willst du mal schauen?«

Im Saal, in dem normalerweise Konzerte und Theaterstücke aufgeführt wurden, knieten zahlreiche Jugendliche auf dem Boden und bemalten lange Stoffstreifen mit bunten Anti-Kriegs-Parolen. Charlotte verfolgte von

Franks Arm aus fasziniert, wie Fahnen und Transparente unter aufgeregten Diskussionen hin- und hergetragen wurden.

»Weißt du, Ubald, ihr macht wirklich einen super Job. Dieses Engagement ist so wichtig.«

Frank wusste nur zu gut, dass viele Jugendliche ohne Orte wie diesen auf der Straße herumhingen und leicht in die Fänge von Kriminellen gerieten.

»Danke«, sagte Ubald. »Wir können heute mehr denn je Unterstützung gebrauchen. Momentan streicht man uns die Gelder für Freizeitaktivitäten, unabdingbare soziale Projekte werden folgen. Wenn sich niemand laut dagegen wehrt, wird es uns vielleicht bald nicht mehr geben. Zu viele wollen uns loswerden, wir bekommen Drohbriefe, angeblich von Rechten. Weißt du, was die Polizei dazu sagt? Das könnten einfach Spaßvögel sein. Aber wir lassen uns nicht einschüchtern. Viele Jugendliche, die wir hier betreuen, studieren und werden Lehrer oder Führungskräfte in großen Firmen. Oder Künstler. Wir müssen uns nicht verstecken.«

Wieder ging die Schwingtür auf, ein junger Mann kam herein, grüßte nach allen Seiten.

»Er hier zum Beispiel«, sagte Ubald lächelnd. »Komm her, Murat, ich stell dir einen Freund vor.«

Murat sah Frank an, unsicher, woher er ihn kannte.

»Vor zwei Jahren«, sagte Frank und lachte. »Charlotte war gerade geboren, wir haben mit Gertrud, deiner früheren Nachbarin, im Café gesessen.«

»Ah ja! ... Wer weiß, was ohne Gertrud aus mir geworden wäre«, sagte Murat, »und ohne das Loni-Übler-Haus natürlich.« Er zwinkerte Ubald zu.

»Und heute sitzt Murat für die Sozialdemokraten im Rathaus!«, sagte Ubald. »Eine historische Wahl, und das gleich nach der Wiedervereinigung. Er macht den Republikanern und den Konservativen das Leben schwer.«

Murat lachte.

»Jetzt weiß ich, woher du mir so bekannt vorkommst«, wandte sich Ubald an Frank. »Aus dem Fernsehen. Du bist Journalist, Frank Fischer.« Er blickte Frank forschend an. »Du warst vor ein paar Monaten in dieser Talkshow mit Von Draminsky!«

»Ja«, murmelte Frank.

»Tut mir leid, Ubald, politisch kann ich euch bei der Demo nicht unterstützen, moralisch schon«, sagte Murat.

»Eine Friedensdemo ist immer richtig, oder?«, wandte Frank ein.

»Natürlich, aber manchmal hat man nur die Wahl zwischen Pest und Cholera.« Murat hob resigniert die Arme. »Der Friede allein kann das Recht nicht verteidigen. Und ohne Recht kein Frieden.«

»Und wer bestimmt bitte sehr, was Recht und Unrecht ist?«, fragte Frank.

»Die Gesetze. Wer sich nicht daran hält, kann rechtlich verfolgt werden. Saddam hat die Kurden im Irak vernichtet, seine Soldaten bis an die Zähne bewaffnet und sich zum Diktator aufgeschwungen. Wenn wir Saddam jetzt gewähren lassen, sind die nächsten Saudi-Arabien und Iran. Viele Sozialdemokraten sind da anderer Meinung, aber ich als Kurde kann nicht tatenlos zuschauen.«

Ubald verzog das Gesicht. »Sonst sind wir eigentlich immer einer Meinung«, erklärte er Frank. »Aber ich verstehe, dass er das als Kurde anders sieht.«

»Du meinst also, die Amerikaner verteidigen bloß ein hilfloses Land gegen seinen Aggressor?«, sagte Frank.

»So naiv bin ich nicht«, sagte Murat. »Aber wenn wir nichts tun, machen wir uns zu Saddams Komplizen. Wenn wir eingreifen, sagt auch mein pazifistisches Gewissen, fördern wir Gewalt und Krieg und unterstützen die amerikanischen Imperialisten, die unter dem Deckmäntelchen von Kuwaits Selbstbestimmungsrecht schmutzige Geschäfte betreiben. Doch wir müssen Saddam aufhalten, egal wie.«

Murat zündete sich eine filterlose Zigarette an.

»Im Gegensatz zu Künstlern und Philosophen müssen wir in der Politik konkret handeln«, erklärte er dann. »Illusionen haben da wenig Platz. Es gibt nur ein Rezept, um die Welt ein bisschen besser zu machen: sich zu engagieren.«

Charlotte beschwerte sich immer lauter. »Ich muss leider gehen«, sagte Frank. Vielleicht, dachte er, könnte er Murat interviewen, er erkannte in ihm die politische Leidenschaft seiner Mutter.

Als er die Haustür aufschloss, duftete es nach Essen. Nachdem er Charlotte gefüttert hatte, legte er sie zum Mittagsschlaf hin. Dann schloss er Mareike lange in die Arme. So viele Jahre hatte er sich fast ausschließlich mit der Arbeit beschäftigt, dachte er, aber jetzt, mit dreißig Jahren, erlebte er erstmals die Liebe und entdeckte die Geborgenheit der Familie. Lag nicht eigentlich hier der Sinn des Lebens? Schon bald lösten sich seine Fragen in der Wärme der sich umarmenden Körper auf. Die Dämmerung kam früh, Schnee legte sich über die Stadt.

Als Don Calogero aus Norditalien zurückgekehrt war, hängte er ein Foto seines ersten Enkels Domenico in den Schaukasten neben der Tür. Seine Tochter Lordana, Lehrerin für Literatur in Trentino-Südtirol, hatte ihn zum Großvater gemacht. In seiner Bar herrschte ein Kommen und Gehen, Freunde und Bekannte gratulierten und fragten, wann man das Enkelchen denn zu sehen bekäme. Noch jemand, der in der Schule von Camporeale fehlen würde, angeblich wollte man die Schule jetzt schließen und die Schulpflichtigen nach Partinico und San Giuseppe Jato schicken.

Mir machte es Spaß, die Prozession zur Bar zu beobachten. Zu sehen, wie Don Calogero Umarmungen und Wangenküsschen verteilte, allen erzählte, dem Jungen gehe es gut, er wiege dreieinhalb Kilo und sei ihm, dem Großvater, wie aus dem Gesicht geschnitten. Als der Ansturm gegen Mittag ausdünnte, konnte sich Don Calogero endlich vor die Tür setzen und eine filterlose Zigarette rauchen. Es war heiß, die Sonne brannte wie im Juli, die Luft stand, aber der Scirocco konnte jederzeit durch die Straßen fegen. Don Calogero schwitzte aus allen Poren. »Seht Ihr«, sagte ich, »Opa zu werden ist schlimmer, als den Rücken krummzumachen.«

Er lachte.

»Und Ihr habt immer noch nicht mit dem Rauchen aufgehört, das sag ich Euch schon seit zehn Jahren. Don Calogero, wenn Ihr tot seid, ists zu spät.«

»*Picciotto*«, sagte er. »Was hab ich denn dann noch vom

Leben, ohne Rauchen? Wie heißt es so schön? Besser ein Tag ein Held als hundert Jahre ein Feigling. Stimmt doch.«

»Was haben Helden und Feiglinge mit dem Rauchen zu tun? Besser hundert Tage ein Held. Und gesund!«

»Mein Vater ist siebenundneunzig geworden und hat geraucht wie ein Schlot!«

»Die Ausrede kenn ich. Jeder Raucher hatte wohl einen Vater, der zigarettensüchtig war und noch Garibaldi erlebt hat. Don Calogero, tut mir einfach den Gefallen. Ich will doch nur Euer Bestes.«

»Ich weiß, ich weiß …« Don Calogero schwieg einen Moment, dann sagte er: »Nanà, ich freu mich wirklich, dass du uns nicht vergessen hast und oft in die Bar kommst. Seit Antonio in Mazara ist, sitzen hier donnerstags zum Kartenspielen nur noch zwei, Gaetano und Michele. Sonst findet sich keiner. Die beiden reden oft von dir, sie sind stolz auf dich, ihr seid zusammen aufgewachsen, und heute bist du ein großer Arzt.«

»Ein großer Arzt, Don Calogero?«, sagte ich. »Ich muss erst mal den Facharzt machen.«

»Jawohl, groß! Vor ein paar Tagen kam dein Onkel Rocco reingeschneit. Er rührt schon die Trommel für deine Praxis auf der Dorfstraße. Natürlich freu ich mich, wenn du zurückkommst. Aber wenn ich an dich und deine Karriere denke, hoffe ich, du bleibst in Palermo. Ohne unsere Probleme.«

»Zio Rocco hat sich das in den Kopf gesetzt. Wieso überhaupt, frag ich mich. Und was soll das heißen, er rührt schon die Trommel?«

»Weiß nicht genau, Nanà. Aber die Zulassung kriegt

man ja nicht einfach so. Und Patienten auch nicht. Wir haben schon Doktor Vaccaro, eine zweite Praxis in Maciddaru wäre zu viel Konkurrenz. Sagen wir, dein Onkel weiß, wie man gewisse Hindernisse aus dem Weg räumt.«

Ich ließ es gut sein, aber auf dem Nachhauseweg hatte ich ein ungutes Gefühl. Doch an der Haustür lenkte mich der Geruch nach *Pasta al forno* schnell ab.

»Donna Maria, heute gibts aber was Feines!«, rief ich.

»Es ist Sonntag, und ein bisschen Tradition kann nicht schaden. Wenn du mich besuchen kommst, werd ich wohl was Gutes kochen. Schon als Junge hast du dir die Finger danach geleckt«, sagte Mamma. »Deine Schwester isst das sowieso nicht gern, und heut ist sie bei Pietruzzu in Mazara del Vallo, es ist also eine gute Gelegenheit.«

Wir setzten uns, als ich den Deckel abnahm, duftete es nach Erbsen, Hackfleisch, Eiern und Nudeln. Meine Mamma hatte das Rezept von einer Freundin aus Palermo. In Sizilien gab es unterschiedliche *Pasta al forno*-Rezepte. In Maciddaru gab man gern Auberginen und Basilikum dazu, ähnlich wie bei *Pasta alla Norma* aus der Gegend um Catania. Mamma verteilte den Auflauf und bekreuzigte sich.

»Weißt du etwas davon«, fragte ich beiläufig zwischen zwei Bissen, »dass Zio Rocco wegen meiner Praxis im Dorf schon die Trommel rührt?«

Donna Maria zögerte.

»Du kennst ihn doch«, sagte sie dann, ohne mich anzuschauen. »Er ist übereifrig, ungeduldig. Ich hab ihm gesagt, er soll erst mal mit dir reden, aber der ist stur wie ein Esel.«

»Das heißt?«

»Das heißt, dass Doktor Vaccaro seine Praxis bald zumacht und in Pension geht. Und dass er keine Verwandten hat, die die Praxis übernehmen wollen. Der Kampf ist in vollem Gange. Angeblich haben die Trusca aus San Giuseppe Jato aber schon einen Arzt ins Rennen geschickt. Das gefällt dem Tacco-Clan natürlich nicht, momentan liegt die Sache noch in Corleone auf dem Tisch. Zio Rocco jammert Don Vanni jeden Tag die Ohren voll, dass die Praxis von Camporeale in unserer Hand bleiben muss, weil wir im eigenen Haus ja wohl noch das Sagen haben. Aber San Giuseppe Jato zählt in Corleone mehr als Maciddaru. Ich will nicht, dass dein Onkel sich unnötig Feinde macht, aber ich red gegen eine Wand.«

»Aber was hab ich damit zu tun, wenn die sich wegen der Praxis von Doktor Vaccaro die Köpfe einschlagen?«, fragte ich.

»Manchmal glaub ich, du lebst auf dem Mond, Nanà. Für zwei Hähne ist kein Platz im Hühnerstall. Patienten kann man nicht herbeizaubern, und wenn man den Kuchen aufteilt, kriegt jeder nur Krümel. Verstehst du?«

Ich aß schweigend weiter. Erst beim Kaffee sagte ich: »Erinnerst du dich an Professor Perricone?«

»Ja, der, bei dem du gearbeitet hast. Ein feiner Herr.«

»Er hat mir angeboten, seine Praxis zu übernehmen, wenn ich den Facharzt habe. Ich denk drüber nach, hab ich gesagt.«

Mamma blickte mich verwundert an, stand auf und holte das Mandelgebäck aus dem Kühlschrank.

»Du musst machen, was du für richtig hältst«, sagte sie schließlich. »Wenn dein Weg dich nach Palermo führt, dann ist das eben so. Mach dir keine Sorgen. Dein Vater wollte nur, dass du glücklich wirst. Das ist das Wichtigste.«

Der Sonntagnachmittag plätscherte dahin, es wurde Zeit, wieder nach Palermo zu fahren. Ich ging in mein Zimmer, öffnete das Fenster und blickte auf Felder und Weingärten, so weit das Auge reichte. Der September duftete noch nach Sommer. In das klagende Zirpen der Zikaden hinein klingelte das Telefon.

»Für dich, Nanà«, rief Mamma.

»Eine Frau, ihren Namen hat sie nicht gesagt«, ergänzte sie, als ich erstaunt zum Telefon lief und den Hörer hochnahm. Wer konnte das um diese Zeit sein?

»Hallo? Nanà? Stör ich?«, fragte Annamaria. Unser Treffen in der Eisdiele in Palermo lag mittlerweile mehr als ein Jahr zurück. Seitdem zwang ich mich, ihr nicht hinterherzulaufen, nicht mal in Gedanken.

»Tut mir leid, wenn ich dich anrufe, ich hab deine Nummer aus dem Telefonbuch.«

»Ist schon okay, Annamaria, schön, deine Stimme zu hören. Wie gehts?«

»Ging schon besser, Nanà. Ich hab oft an dich gedacht. Ich weiß, ich hätte mich melden sollen, aber ich habs nie geschafft. Wenn du willst, können wir uns gern treffen und reden. Doch darum hab ich nicht angerufen. Professor Perricone hatte heute Morgen einen Herzinfarkt. Er ist tot.«

Das Schweigen zerschnitt die Nachmittagshitze wie ein kaltes Messer.

»Sein Sohn hat ihn gefunden. Er hatte sich Sorgen gemacht, weil er nicht ans Telefon ging. Sie mussten die Wohnungstür einschlagen. Da lag er tot im Wohnzimmer.

Ich dachte, du solltest das wissen. Die Beerdigung ist am Sonntag. Es tut mir so leid, Nanà.«

Einen Moment bekam ich keine Luft. Dann hörte ich meine bebende Stimme sagen: »Ich fahr sofort nach Palermo. Hast du heut noch Zeit? Ich glaub, Reden tät mir gut.«

»Ja, Nanà. Ich hab Zeit. Und würd dich gern sehen.«

Die Provinzstraße lag um diese Uhrzeit einsam da, ich fuhr durch sonnenbeschienene Weingärten, die Eukalyptuswälder von San Cipirello rochen wie immer, erklomm Kurve um Kurve die Hügel von Giacalone, wo im Winter Schnee die Ferienhäuser bedeckt, vorbei an der kristallklaren Quelle und einer mit Plastikkanistern bewaffneten Pilgerschaft, stürzte mich ins Tal von Altofonte, glitt lange abwärts bis nach Monreale und erreichte bei Rocca die Stadt. Diesen wunderbaren Tag, dachte ich, nutzten bestimmt alle für einen letzten Sonntag am Meer, und tatsächlich war Palermo wie ausgestorben. Auf dem Corso Calatafimi, der schnurgerade zur Porta Nuova hinabführt, begegneten mir nur vereinzelt Autos.

Nach dem Abendessen spazierte ich zur Piazza Castelnuovo. Am Teatro Politeama, in der Nähe, war ich mit Annamaria verabredet. In meinem Innersten kämpfte die Trauer über Professor Perricones Tod mit der Aufregung, Annamaria wiederzusehen. Unruhe erfasste mich, als würde mir endgültig bewusst, wie hilflos ich war, wie unfähig, mein Leben mutig selbst in die Hand zu nehmen. Ich dachte, ich hätte Zeit bis zur Facharztprüfung, um mich zu entscheiden, ob ich die Praxis übernehmen würde, doch der überraschende Tod des Professors nahm mir die Entscheidung aus der Hand. Nun würde die Praxis ausgeschrieben werden. Gegen die palermitanischen Bewerber aus gut vernetzten Arztfamilien hatte ich keine Chance. Offenbar entschieden in Schlüsselmomenten andere für mich.

Seit Jahren hatte ich keine Freundin mehr gehabt. Lange hatte ich dies für Zufall gehalten und dem Büffeln und hartem Arbeitsleben zugeschrieben, aber in letzter Zeit versuchte sogar meine Mutter, vorsichtig herauszufinden, warum ich alleine war.

Wäre ich ehrlich, müsste ich wohl sagen, dass ich mir mit keiner Frau, die ich kannte, eine engere Beziehung vorstellen konnte und meine Bequemlichkeit das ihre dazu tat. Und wäre ich ganz ehrlich, gab es in meinem noch unerforschten Reich der Liebe nur eine, so anders als alle anderen, Annamaria. Doch mit ihren Interessen und ihrer entwaffnenden Unabhängigkeit schien sie mir unerreichbar. Neben ihr fühlte ich mich fehl am Platz, nie auf Augenhöhe. Warum sollte ausgerechnet sie sich für mich interessieren oder Gefühle für mich hegen?

Ich hatte Angst, ihr näherzukommen. Als setzte ich mich an ein Feuer, das mich unweigerlich verbrennen würde. Lieber litt ich still und genoss, was mir meine Einbildungskraft vorgaukelte. Bisher hatte mich mein Leben höhnisch glauben gemacht, ich könne mit Vernunft, Anstrengung und Zuversicht all meine Träume erreichen, aber vergebens hatte ich versucht, etwas zu ändern. Vielleicht sollte ich besser versuchen, anzunehmen, was mir das Schicksal zugedacht hatte. Es würde schon alles seinen Sinn haben. Wie sollte ich den plötzlichen Tod von Professor Perricone anders interpretieren? Das Schicksal wies nun eindeutig in Richtung der Dorfstraße von Maciddaru. Dort könnte ich meine Fähigkeit als Arzt in den Dienst meiner Patienten stellen und abends bei Don Calogero mit meinen Freunden Karten spielen.

Ich sah Annamaria schon von Weitem und ging, die Hände in den Taschen, auf sie zu. Meter für Meter näherten wir uns, ein Spiel flüchtiger Blicke, dann nur noch Lächeln. Da standen wir, wenige Meter voneinander entfernt und blickten uns an, als wollten wir uns vergewissern, dass tatsächlich wir es waren, deren Wege sich aufs Neue kreuzten.

Wir umarmten uns lange. Unter ihrem Sommerkleid spürte ich ihr Herz gegen meines schlagen, ein magischer Moment, der ewig hätte dauern können. Annamaria löste sich von mir und schaute mir in die Augen.

»Sollen wir ein paar Schritte gehen?«, fragte sie.

Die Via Libertà war fast menschenleer, der laue Abend im Laternenschein noch schöner. Schweigend gingen wir die Straße hinab.

»Die Beerdigung von Professor Perricone ist am Sonntag um zehn«, ergriff Annamaria schließlich das Wort, »in der Kirche San Giovanni degli Eremiti. Es werden viele Familien kommen, die er jahrzehntelang behandelt hat. Du wirst einige kennen.«

»Und was machst du jetzt, Annamaria? Die Praxis schließt bestimmt.«

»Genau davor hab ich immer Angst gehabt. Mein Freund will schon lange, dass ich als Sekretärin und Buchhalterin in seinem Architekturbüro mitarbeite. Bisher konnte ich immer sagen, ich würde an Professor Perricone hängen und könne ihn nicht im Stich lassen.«

Schweigend ließen wir die Piazza Croci hinter uns und

spazierten am Giardino Inglese entlang. »Die Beziehung mit Attilio hat mir immer Stabilität und Sicherheit gegeben, natürlich haben wir auch etwas füreinander empfunden, aber vor allem war sie ein sicherer Fels in der Brandung, ein Zukunftsprojekt«, fuhr Annamaria fort. »Doch in den vielen Jahren unserer Fernbeziehung haben wir uns verändert, wir fühlen uns nicht mehr so zueinander hingezogen wie früher. Und jetzt kann ich mich nicht mehr hinter meinem Pflichtgefühl verstecken. Vor mir liegt plötzlich eine Einbahnstraße. Ich kann nicht so tun, als wenn nichts wäre. Aber wenn ich nicht nach Catania gehe, wird Attilio seine Schlüsse daraus ziehen. Er findet, es sei Zeit für bestimmte Entscheidungen. Arbeit, Ehe, Familie. Mit dreißig sollte man sich langsam darüber im Klaren sein. Denkst du nie darüber nach, Nanà?«

Ich schwieg, als würde ich mir meine Antwort reiflich überlegen, und sagte schließlich: »Nein.«

Hinter dem Giardino Inglese bogen wir rechts in die Via Duca della Verdura ein.

»Ich wohne ganz in der Nähe«, sagte Annamaria, »wir kommen direkt dran vorbei, ich zeigs dir. Vielleicht kommst du mich ja mal besuchen.«

Ihre Wohnung lag an einem kleinen betonierten Hof, der dem vorherrschenden Grau zum Trotz Largo Primavera – Frühlingssee – hieß, in einer von Bauspekulanten eilig hochgezogenen Sechziger-Jahre-Anlage. Ein paar Geschäfte mit aufwendig dekorierten Schaufenstern ließen vermuten, dass hier bürgerliche Angestellte und Selbstständige wohnten.

»Dann also bis Sonntag um zehn in der Kirche?«, sagte ich schnell, um ihr die Verlegenheit zu ersparen, mich heraufbitten zu müssen. Sie umarmte mich, ihr Herz schlug heftig, ihren Tränen ließ sie leise freien Lauf.

Als sie in der Eingangstür verschwand, blieb ich noch einen Moment stehen. Mein Blick fiel auf das angestrahlte neogotische Castello Utveggio, es wirkte auf dem finsteren Pellegrino-Felsen wie ein Komet. Den steilen Berg hatte ich ein paar Mal erklommen und auch das Santuario der heiligen Rosalia Sinibaldi besucht. »La Santuzza« aus dem Norden hatte Cristina, Ninfa, Agata und Oliva, Palermos frühere Schutzheilige, aus den Herzen der Bewohner verdrängt. Meine Mamma hatte sich in ihrer Jugend, so erzählte sie, sage und schreibe drei Mal zu einer *Acchianata* auf den Berg begeben, um die Gunst der Heiligen zu erflehen.

Auf dem Nachhauseweg gingen mir tausenderlei Gedanken durch den Kopf. Ich wurde immer bedrückter. Professor Perricone hatte mir zum ersten Mal in meinem Leben das Gefühl gegeben, etwas Sinnvolles zu tun und dafür geschätzt zu werden.

An einer Straßenecke stand ein Mann und verkaufte geeiste Wassermelone. Er erinnerte mich daran, in welchen Mengen ich als Junge die eiskalten Melonenstücke verputzt hatte. Ich biss in mein Stück rote, süße Melone, in Sonnenschein und Unbekümmertheit, das vertrieb meine trüben Gedanken, und gleich schien mir der Nachhauseweg viel leichter.

Die Straße am Rand von Hannover war genau so, wie
er sie in Erinnerung hatte, in einer Senke, mit schlichten grauen Häuschen, passend zum regengrauen Himmel
und dem Rauch der Fabriken in der Ferne. In der Gaststätte saßen Vertreter, Arbeiter, Stammkunden. Stimmengewirr mischte sich mit Küchengeräuschen, dem Rotie-
ren der Spülmaschine, der dampfenden Kaffeemaschine,
dem Pfeifen der Schnellkochtöpfe.

Die Kellnerin brachte gemächlich das Essen und
machte eine nette Bemerkung. Hatte sie ihn erkannt? Er
war ja jetzt ein Fernsehgesicht. Das Essen schmeckte besser als befürchtet.

»Ich hab dich noch nie hier gesehen, bist du neu in
der Gegend?«, fragte die Kellnerin, als sie sich mit der
Rechnung zu ihm setzte, um zu kassieren.

»Ich besuche nur jemanden«, antwortete er.

»Eine in meiner Klasse hatte auch ein braunes und ein
grünes Auge. Nicht schlecht.«

»Soll heißen?«, fragte Frank.

»Kann ich dir gern ein anderes Mal erklären. Jetzt muss
ich arbeiten«, sagte sie, riss ein Blatt aus dem Bestellblock
und schrieb ihre Nummer darauf.

»Denk nicht, dass ich die jedem gebe. Ich wohne um
die Ecke, Monika. Kannst dich ja melden, wenn du wieder in der Kante bist.«

Frank steckte das Blatt wortlos in die Tasche, zahlte
seine Rechnung und nickte ihr beim Rausgehen zu. Er
hatte Tante Gaby seit Jahren nicht gesehen. Das letzte

Mal an einem seiner Geburtstage als Kind, aber er erinnerte sich kaum daran.

Als Kinder hatten Elke und Gaby noch den Krieg erlebt. Ihr Vater musste an die Ostfront und war nicht zurückgekehrt. Jahrelang, so Elke, hätten sie das Christkind in ihrem Wunschbrief gebeten, ihren Vater nach Hause zu bringen. Aber er blieb vermisst. Als Hannover ausgebombt wurde, kamen sie nahe Bremen bei entfernten Verwandten unter. Bei Kriegsende fürchteten alle die fremden Truppen, die angeblich keine Mittel und Wege scheuten, um zu plündern.

Elke hatte zwar nur vage Erinnerungen an diese Zeit gehabt, doch manchmal stiegen Bruchstücke scheinbar längst vergessener Momente an die Oberfläche.

Unsere Vergangenheit vergeht nicht, dachte Frank. Manchmal reichte eine bloße Andeutung, und wie durch einen Dominoeffekt tauchten Personen, Situationen, verschüttet geglaubte Ereignisse wieder auf. Das faszinierte ihn, dadurch wurde die Vergangenheit für ihn zu einer Art objektiven, übergeordneten Instanz.

Gaby kam ihm schon im Vorgarten entgegen, umarmte ihn unter Tränen. Arm in Arm betraten sie die Wohnung.

»Setzen wir uns«, sagte Gaby schließlich und zeigte aufs Sofa. Sie griff nach seiner Hand, drückte sie an sich.

»Ich hatte immer ein schlechtes Gewissen. Das hat mich zerfressen«, sagte sie, immer noch schluchzend. »Und ich musste ständig an dich denken.«

Frank suchte vergeblich nach Worten, starrte auf abstrakte Bilder an den Wänden, auf Fünfziger-Jahre-Möbel, kleine Pokale, auf Schwarz-Weiß-Fotos seiner Großeltern und anderer, die er nicht kannte.

»Ich bin nicht gekommen, um dir irgendwas vorzu-werfen, Tante Gaby«, murmelte er schließlich.

Gaby stand auf.

»Ich mach uns einen Tee.«

Kurz darauf kehrte sie mit einer Kanne und zwei schlichten weißen Tassen zurück.

»Ich seh dich oft im Fernsehen, Frank, vor Stolz kom-men mir jedes Mal die Tränen. Wenn man älter wird, schämt man sich nicht mehr für seine Gefühle. Und glaub mir, das ist eine Befreiung. Ich habe viele Feh-ler gemacht, aber für Reue ist es nie zu spät. Bei deiner Mama kann ich nichts mehr wiedergutmachen, aber bei dir …«

»Alles hat seine Zeit, Tante Gaby«, sagte Frank, von Gabys Worten leicht verwirrt. »Als du damals nicht zu Elkes Beerdigung gekommen bist, dachte ich, vielleicht ist es besser so.«

»Als ich vor fünf Jahren aus Indien zurückgekommen bin, habe ich als Allererstes Blumen auf Elkes Grab ge-stellt. Ich kümmere mich darum, kein Grab auf dem Friedhof ist so gepflegt wie ihres«, sagte sie mit feuchten Augen. Frank schwieg, es war ihm unklar, warum sich die Schwestern so entzweit hatten.

»Elke hatte alles, was ich nicht hatte, Frank. Sie war tatkräftig, konnte schreiben, mit ihren makellosen, glasklaren Analysen hat sie das intellektuelle Leben der Siebziger mitgeprägt.« Gaby schnäuzte sich. »Trotzdem ist sie nicht wegen der Karriere nach Berlin gegangen«, fuhr sie fort. »Wer über den Krieg berichten will, muss im Schützengraben bleiben, hat sie immer gesagt. Sie hat dich überallhin mitgenommen. Ich sehe noch genau vor mir, wie du bei einer hitzigen Diskussion über den proletarischen Kampf ganz friedlich am Boden gesessen und mit deinen Plastikfigürchen gespielt hast.«

Frank nippte an dem heißen Tee. Natürlich hatte er damals nicht verstanden, worum es bei den Diskussionen ging, aber er hatte sich unter den Erwachsenen wichtig gefühlt und sich dadurch von Gleichaltrigen entfernt. Das hatte ihn vielleicht mehr geprägt, als er wahrhaben wollte.

Er hoffte, seine Tante würde weitererzählen, doch sie schwieg. Schließlich nahm er all seinen Mut zusammen: »Warum habt ihr euch überhaupt zerstritten? Warum wolltet ihr euch nicht mehr sehen?«

Gaby verschränkte die Arme.

»Weißt du, wie oft ich mir vorgestellt hab, dir das alles zu erzählen?«, sagte sie schließlich. »Irgendwann musste diese Frage kommen. Ich bin dir so dankbar, Frank, dass du mich besuchst. Du befreist mich von einer Bürde. Ich mochte deine Mama. Sehr. Aber ich fühlte mich von ihr erdrückt. Doch das lag an mir, an meiner inneren Unsicherheit.«

»Aber du bist doch gereist, nach Mailand gegangen, um dich selbst zu verwirklichen«, sagte Frank. Elke hatte ihm erzählt, dass Gaby als junges Mädchen am Piccolo Teatro angenommen wurde, einem innovativen Avantgarde-Theater, mit einem spannenden Regisseur. In Mailand gab es Kabaretts und Kleinbühnen, Dario Fo, Milva, Giorgio Gaber und Enzo Jannacci.

»Ja, ich war anfangs begeistert, ich glaubte, endlich meine Schauspielträume verwirklichen zu können«, sagte Gaby, »doch ich kam kaum über die Runden, kriegte nur kleine Rollen. Ich überlegte, wieder nach Deutschland zurückzugehen, an ein großes Theater, was schwieriger war als gedacht. Außerdem hatte ich jemanden kennengelernt, einen Schauspieler aus der Kompagnie, und mich Hals über Kopf verliebt. Doch ich wusste nicht, woran ich mit ihm war. Er ging zwar mit mir aus, verabschiedete sich aber immer schnell.«

Worauf wollte Gaby hinaus?

»Als ich zurückging, fragte ich ihn, ob er nicht mitkommen wollte nach Deutschland, wo es auch gutes, spannendes Avantgarde-Theater gäbe. Er wollte, aber behandelte mich weiterhin wie eine Freundin oder Kollegin, ich war enttäuscht. Eines Tages kam Elke zu Besuch. Sie hatte an der Volkshochschule Italienisch gelernt, und ich sah sofort, dass er sie mit den Augen verschlang. Es war Liebe auf den ersten Blick. Deine Mama besaß eine ganz besondere Ausstrahlung. Ich existierte quasi nicht mehr.«

»Das hat dich sicher sehr verletzt ...«

»Ja, ich hatte kein Recht, eifersüchtig zu sein, aber ich konnte ihr das nicht verzeihen. Wir stritten uns, irgendwann schrie sie, er liebt dich eben nicht. Da sah ich rot, beschimpfte sie wüst als Lügnerin und Egoistin, die nur anderen den Mann wegnehmen wollte. Mit deinem Vater sei es dasselbe, schrie ich, sie habe genau gewusst, dass er verheiratet war. Da wurde sie mit einem Schlag ganz still, ihren Blick werde ich nie vergessen. Sie stand auf, packte ihre Sachen und ging. Danach habe ich sie nie mehr wiedergesehen.« Gaby schlug weinend die Hände vors Gesicht, ihr Kopf sank auf die Knie, immer wieder flüsterte sie: »Das verzeih ich mir nie ...«

Frank legte den Arm um sie und streichelte ihr über den Rücken. Nach einer Weile stand sie auf, holte ein Taschentuch und trocknete sich die Augen.

»Es tut mir so leid«, murmelte sie.

Frank bemühte sich, ruhig zu bleiben. Gabys Worte hatten ihn verstört, aber er musste die Wahrheit einfach wissen. Das sei sein gutes Recht, hatte Mareike noch gestern Abend gesagt, man könne ihm die Vergangenheit nicht vorenthalten.

»Weißt du, wer mein Vater ist, Tante Gaby?«, flüsterte Frank fast unhörbar. »Kanntest du ihn?«

»Ich hab ihn nie gesehen«, sagte Gaby. »Ich weiß nur, dass er verheiratet war und Elke zur Abtreibung überreden wollte. Sie hat das vehement abgelehnt, aber ihm schließlich versprochen, seinen Namen niemandem zu verraten. Sie hat die Beziehung zu ihm abgebrochen.« Gaby schwieg. »Deine Mutter hatte ihre Prinzipien. Es wundert mich nicht, dass sie das Geheimnis mit ins Grab genommen hat.«

»Hat sie ihn wirklich nie wiedergesehen?«, fragte Frank.

»Nein«, sagte Gaby. »Aber eines Tages kam eine Mitteilung von der Bank. Seit deiner Geburt zahlte jemand auf ein Konto mit deinem Namen monatlich Geld ein. Offenbar dein Vater. Damit hätte Elke nie gerechnet, es wäre ihr auch nicht im Traum eingefallen, von deinem Vater etwas zu verlangen.«

»Und du hast nie versucht, rauszufinden, wer er war?«, fragte Frank.

»Nein.« Gaby schüttelte den Kopf. »Dein Vater ist von der Bildfläche verschwunden. Irgendwann würdest du

Fragen stellen, hab ich immer gedacht. Es tut mir leid, Frank, aber mehr weiß ich nicht.«

Die Sonne stand schon tief. Ihre Strahlen lugten zwischen den Wolken hervor, tauchten die Häuser in der Ferne ins milde Licht des Altweibersommers.

Als Frank die Autoschlüssel aus der Tasche kramte, zog er den Zettel mit der Nummer der Kellnerin mit heraus. Er blickte zur Gaststätte, sah hinter den Fenstern die vollen Tische und zerriss das Blatt.

Er stieg in sein Auto, drehte den Zündschlüssel um und fuhr los. Irgendwo, dachte er, gibt es einen Ort voller Ruhe und Harmonie. Wo, wie er heißt oder ob wir ihn eines Tages finden werden, müssen wir nicht wissen. Es gibt ihn, das reicht. Und beruhigt. Dort liegt der tiefere Sinn der Zeit, die uns gegeben ist, verborgen.

Palermo, März 1992
FRAGMENT NEUNZEHN

»Doktor Conigliaro, Besuch für Sie!«

Die Krankenschwester sprach das »r« sehr weich, als stamme sie aus dem Piemont oder Neapel, wo einst die Franzosen und Anjou herrschten, dabei kam sie aus Palermo. Die Rätsel der Sprache, dachte ich. Doch wer wollte so kurz vor der Mittagspause noch zu mir?

»Wenn der Prophet nicht zum Berg kommt, muss der Berg zum Propheten kommen. Heißt doch so, oder?«

»Gianluca! Was machst du denn hier?«, rief ich und breitete begeistert die Arme aus.

»Ich wollte gucken, ob du wirklich am Cervello-Krankenhaus arbeitest und nicht in der Bar von Camporeale abhängst, wie man munkelt. Aber das sind wohl nur die Gerüchte von Neidern«, sagte Gianluca lachend. Er schlug vor, gemeinsam mittagzuessen. »Ich dachte, du stellst mir jemand Netten aus deiner Abteilung vor …«, sagte er und zwinkerte mir zu.

»Da muss ich leider passen, aber Gaspare wartet bestimmt schon«, sagte ich und hakte ihn unter.

»Gaspare?«, fragte Gianluca.

»Mein Chef, der Primar der Endokrinologie, ein super Typ, begeisterter Fan von King Crimson und Led Zeppelin. Du wirst ihn mögen.«

In der Kantine wimmelte es von hungrigen Menschen. Gaspare saß schon an unserem Tisch.

»Da bist du ja doch noch, Nanà«, sagte er. Ich stellte ihm Gianluca vor.

»Ich hoffe, du hast ihn vorgewarnt«, sagte Gaspare, als wir uns setzten. »Das ist kein Sternerestaurant.«

Aber die *Penne al pomodoro* waren immerhin al dente. Wir hatten uns nicht umsonst beschwert. Wie oft hatte Gaspare den Köchen gepredigt, dass sie die Pasta vor der angegebenen Garzeit abschütten und noch mit der Soße auf dem Teller ruhen lassen mussten.

»Wo machst du denn deinen Facharzt?«, fragte er Gianluca.

»Am Poliklinikum, in der Kardiologie.«

»Dann bist du bei meinem Kollegen Antinoro. Ein fantastischer Arzt. Wären wir in den USA, wäre er mindestens so berühmt wie Barnard. Aber hier, Gott steh uns bei!«

»Gaspare ist ein echter Meckerpott«, sagte ich zu Gianluca. »Er hat an allem was auszusetzen. Vor allem an Sizilien. Als gäbe es woanders das Paradies auf Erden.«

»Mag sein«, sagte Gaspare, »aber was sagst du zu der Sache heut Morgen? Bald müssen wir uns zu Hause verbarrikadieren und können nicht mal mehr dem Briefträger aufmachen.«

Gianluca und ich schauten uns verwundert an.

»Vor ein paar Stunden wurde Salvo Lima ermordet.«

Der Christdemokrat, einer der mächtigsten Politiker Siziliens und Europaabgeordneter, war wiederholt beschuldigt worden, mit der Cosa Nostra in Verbindung zu stehen. Kronzeugen hatten ihn schwer belastet.

Mittlerweile waren wir beim Kaffee angelangt. Gaspare zündete sich eine Zigarette an.

»Ich hab ein Interview mit Falcone gehört«, sagte er. »Lima war wohl ein wichtiger Verbindungsmann zwischen Mafia und Staat. Sein Tod ist offenbar eine Botschaft an die Politiker in Rom. Vor ein paar Monaten hat man die Letzten im Maxi-Prozess endgültig verurteilt. Sie alle kommen nie mehr raus.«

Wie ich gelesen hatte, liefen aber die allerobersten Bosse noch frei herum. Der Mord war vermutlich eine Botschaft an Andreotti und Konsorten, die seit Jahrzehnten mithilfe der Cosa Nostra Stimmen einsackten.

»Mit Limas Ermordung sind alle Abmachungen zwischen Mafia und Politik ungültig geworden«, schloss Gaspare. »Wir können nur hoffen, nicht zur falschen Zeit am falschen Ort zu sein.« Seine Worte ließen mir keine Ruhe, bis ich am Abend den Arztkittel ablegte und das Krankenhaus verließ.

Zu dieser Zeit war der Verkehr einfach furchtbar, und sobald eine Ampel auf Grün umsprang, ertönte ein Hupkonzert, weil jeder meinte, seinen Vordermann über die Kreuzung scheuchen zu müssen. Weil viele in zweiter oder dritter Reihe parkten, mussten sich alle anderen durch enge Schneisen zwängen. Keiner war bereit, auch nur fünfzig Meter weiter weg zu parken und ein paar Schritte zu Fuß zu gehen. Wenigstens das blieb uns in Maciddaru erspart, dachte ich, dort fand man Parkplätze zur Genüge.

Annamaria hatte mich zu sich eingeladen, um mit mir einen Film über den belgischen Chansonnier Jacques Brel anzuschauen.

Bringe ich zu meinem ersten Besuch besser Prosecco oder etwas aus der Pasticceria mit, oder beides? Die Frage hatte mich im Vorfeld umgetrieben.

Nach der Beerdigung von Professor Perricone hatten wir häufig telefoniert. Annamaria hatte Probleme mit ihrem Freund, aber wenn sie die bei mir abladen wollte, wechselte ich das Thema. Ich hatte keine Lust, den Psychologen oder Tröster zu spielen.

Als ich vor der Gegensprechanlage stand, versuchte ich, meine Aufregung in den Griff zu bekommen, und klingelte. Der Türsummer ging, ohne dass sie überhaupt fragte, wer da war.

Die Wohnungstür stand offen. »Komm einfach rein, Nanà, und mach die Tür zu«, rief sie. Frisch geschminkt kam sie mir aus dem Bad entgegen. »Das wäre doch nicht nötig gewesen«, sagte sie etwas verlegen, als sie mir Prosecco und Gebäck abnahm. »Fühl dich ganz wie zu Hause.«

Wir ließen uns auf dem Wohnzimmerteppich nieder. Sie goss den Prosecco in zwei Sektkelche mit sehr langem Stiel und öffnete die Packung aus der Pasticceria.

»Woher wusstest du, dass ich *Sciu alla crema* über alles liebe?«, fragte sie.

»Sie sind doch ein Klassiker aus Palermo ...«, sagte ich.

»Stimmt, aber heute isst man libanesisch, Honiggebäck aus Tel Aviv, Käse aus dem Maghreb, Tajine-Gerichte aus Marrakesch, Fleisch vom Peleponnes oder Gemüse-Grissini aus Teheran. Stinknormale *Cannolicchi*-Nudeln sind heute doch der Gipfel des Exotischen.«

Sie meinte, was sie sagte, aber ich fühlte mich sofort wie ein Landei. Mit ihren weltoffenen, gebildeten Freunden aß sie offenbar Gerichte, von denen ich noch nie gehört hatte. Genauso wenig wie von dem belgischen Chansonnier. Gaspare hatte mir heute Morgen noch eine Schnelleinführung gegeben.

»Wie läufts im Krankenhaus?«, fragte Annamaria. »Weißt du schon, was du nach deiner Facharztausbildung machst? Es tut mir so leid, dass du die Praxis von Professor Perricone nun nicht übernehmen kannst.«

»Im Januar bin ich wohl fertig«, sagte ich mit einem tiefen Seufzer. »Ich würde gern in Palermo bleiben, aber bei den Hunderten frischgebackenen Fachärzten und Uniabsolventen aus alteingesessenen Familien hab ich null Chancen.«

»Also doch die Praxis in Camporeale?«

»Wenns klappt.«

»Wovon hängt das ab?«

Ich trank einen Schluck, lässig, als wäre ich Prosecco zwischendurch gewohnt, und starrte dann aufs Glas.

»Von allem Möglichen«, sagte ich. »Und du? Du studierst ja wieder. Ich dachte, das würde deine Beziehung gefährden ...«

»Nein, ich studiere, noch dazu Architektur. Das kann ich als kleine Auszeit rechtfertigen«, sagte Annamaria. »Wir müssen die Hochzeit um ein paar Jahre verschieben, aber als Paar mit Zielen und Ehrgeiz muss man solche Opfer eben bringen.«

Sie zögerte. »Ehrlich gesagt weiß ich nicht, ob ich Attilio wirklich noch liebe«, sagte sie dann. »Gestern hätte ich mich am liebsten in den Bus nach Catania gesetzt, aber heute langweilt mich schon der Gedanken an ein gemeinsames Frühstück. Dass ich so sprunghaft bin ...«

Ich wusste nicht, was ich sagen sollte, aber glücklicherweise guckte Annamaria auf die Uhr, der Film begann.

Ein Schwarz-Weiß-Film. Jacques Brel, ein echter Abenteurer, hatte weltweit Erfolge gefeiert, sich aber auf dem Gipfel des Ruhms, obwohl noch jung, aus der Öffentlichkeit und später auf eine Südseeinsel in Französisch-Polynesien zurückgezogen. Ich kannte kein einziges Chanson von ihm, verstand kein Französisch, war noch nie im nahen Frankreich gewesen.

Doch sein Schicksal faszinierte mich. Schon vom Krebs gezeichnet, kehrte er noch einmal nach Paris zurück, um seine letzte, lang ersehnte Platte aufzunehmen. Mit einer Handvoll unsterblicher Chansons huldigte er dem Leben, seinem Publikum, um kurz darauf, mit kaum neunundvierzig Jahren, zu sterben.

Annamaria sang die Chansons in perfektem Französisch mit. Wir saßen im dunklen Zimmer auf dem Teppich, ans Sofa gelehnt, rückten näher zusammen, bei schwungvollen Melodien wiegten wir uns im Rhythmus der Musik. Der Prosecco tat sein Übriges. Irgendwann legte ich meinen Arm um ihre Schultern und zog sie zu mir heran. Sie legte die Wange auf meinen Unterarm, ich strich ihr übers Haar und murmelte etwas über die Musik. Wenn ich sie jetzt nicht küsse, dachte ich, wenn ich bis zum Ende des Films warte, wird diese Chance nie wiederkommen.

Beim nächsten romantischen Chanson legte ich einen Zeigefinger unter Annamarias Kinn, drehte ihr Gesicht zu mir, und unsere Lippen fanden zueinander. Erst schüchtern, ängstlich, respektvoll, dann leidenschaftlich.

Das Ende des Films bekamen wir kaum mit.

»Gehen wir rüber«, sagte Annamaria.

Ich weiß nicht, wie wir vom Wohnzimmerteppich ins Schlafzimmer gelangten. Ein Sturm der Gefühle riss uns mit.

Frühmorgens, in der Stille der fremden Wohnung, als Annamaria eingeschlafen war, lauschte ich ihrem leichten, regelmäßigen Atem. Als würde ich ein Mantra auswendig lernen oder die Partitur einer rätselhaften Musik entziffern, prägte ich mir jeden Moment, all die Leidenschaft, die Zärtlichkeiten und süßen Worte der letzten Nacht ein, um sie nie zu vergessen.

»Wir müssen gehen, Frank«, sagte Mareike und wollte Charlotte die Jacke überziehen, aber die sträubte sich, wollte nicht raus, sondern lieber mit ihren Püppchen spielen. Frank nahm sie hoch, flüsterte ihr Koseworte ins Ohr, kitzelte sie. Sonst brachte er sie damit zum Lachen, und sie folgte. Doch diesmal blieb sie stur, protestierte laut und unter Tränen.

»Bestimmt treffen wir auf der Demo meine Eltern«, sagte Mareike. »Vielleicht können sie Charlotte für ein paar Stunden übernehmen.«

Ein paar Tage zuvor hatte es im norddeutschen Mölln einen Brandanschlag auf zwei Häuser gegeben, in denen türkische Familien lebten. Drei Menschen, darunter zwei minderjährige Mädchen, waren in den Flammen umgekommen. Kurz darauf bekannte sich ein anonymer Anrufer bei der Polizei zu dem Anschlag und verabschiedete sich mit »Heil Hitler«. Auch im wiedervereinigten Deutschland blieb die Vergangenheit präsent.

Mit Charlotte im Buggy machten sich Frank und Mareike zum Bahnhofsvorplatz auf. Der Demonstrationszug würde von dort durch die Altstadt zur Bühne am Hauptmarkt ziehen, wo Vertreter türkischer Verbände sprechen würden und Murat Demir als einziger Politiker.

Der sozialdemokratische Abgeordnete sollte von seinen Erfahrungen als Sohn türkischer Migranten berichten. In Deutschland geboren, war er perfekt integriert, der Vorzeigeausländer, den man sich als Nachbarn wünschte.

Als sie den Vorplatz erreichten, kam in der Menge Gertrud strahlend auf sie zu:

»Alle sind da!«, rief sie. »Weiter vorn habe ich Silke und Hanna gesehen. Ihr könnt euch nicht vorstellen, wie aufgeregt ich bin, dass Murat gleich spricht!«

Dann beugte sie sich zu Charlotte hinunter, die alles still beobachtete.

»Herr Fischer, Sie auch hier!« Seebergers Stimme war unverkennbar. »Alles andere hätte mich auch überrascht!« Sein tiefer Bariton versetzte die Luft in Schwingungen, deshalb war er in der Redaktion gefürchtet.

»Bisher bin ich privat hier«, sagte Frank, »aber ich kann auch gern darüber schreiben.«

»Was für eine Frage!«, rief Seeberger. »Überall in Deutschland gibt es heute Demos, da müssen wir berichten. Gerade aus Nürnberg sollte ein Signal kommen. Hier, schauen Sie, Familien, Rentner, Arbeiter und Migranten Arm in Arm! Ich erwarte einen Artikel, der Ihrem Ruf gerecht wird, Herr Fischer!«

Mit angedeutetem Kopfnicken verabschiedete er sich und verschwand in der Menge.

Mareike schob den Buggy mit Charlotte, ihr Blick durchkämmte die Menge auf der Suche nach ihren Eltern. Plötzlich wedelte Frank mit den Armen, er hatte sie entdeckt.

Der Hauptmarkt war voller Menschen, auch auf den Balkonen drängten sich Hunderte. Nur an der Stadtmauer war noch ein bisschen Platz.

»Ich bleib lieber hier hinten, vorn ist zu viel Gedränge«, sagte Mareike, »ich möchte Charlotte doch nicht allein bei meinen Eltern lassen.«

Frank küsste sie zum Abschied auf die Stirn, streichelte Charlotte über die Wange und näherte sich der Bühne. Den Anfang machte Hannes Wader, ein Politbarde, der schon seit Anfang der Siebziger aktiv war und, nur von der Gitarre begleitet, vor allem die Alt-Achtundsechziger begeisterte. Konstantin Wecker hatte als Bayer ein Heimspiel. Der ganze Platz sang die Ballade vom Willy mit, der wegen seiner politischen Haltung von Neonazis zu Tode getreten wird. Nach einem tosenden Applaus ergriff, sichtlich nervös, Murat das Mikrofon.

»Wir alle, ob Deutsche oder nicht, müssen diesen Auswüchsen entschieden entgegentreten. Hier steht unsere Zukunft auf dem Spiel. Wie soll ich meinem Sohn eines Tages erklären, dass ich zwar einen anderen Pass und eine andere Vergangenheit als die Deutschen habe, mich aber begeistert für die Entwicklung dieses Landes engagiere? Wie soll ich ihm erklären, dass wir uns gemeinsam mit den Deutschen für hochmoderne Schulen, Krankenhäuser und Theater einsetzen? Die feigen Attentäter von Mölln stehen nicht für das Land, wo ich aufgewachsen bin, lesen und schreiben gelernt habe, in dem man mir beigebracht hat, Würde, Ideen, Arbeit, Religion und Träume anderer zu achten. Das ist nicht das Land, das mich aufgenommen hat, wo ich Freunde und die Liebe gefunden habe, wo sich Identität durch Kultur ausdrückt. Mehr noch als die anderen europäischen Länder müssen wir wachsam sein, um nicht die Fehler der Vergangenheit zu wiederholen. Sagen wir unmissverständlich Nein zu Rassismus und Nationalsozialismus, Nein zu den Abwegen, die der Mensch in diesem so widersprüchlichen Jahrhundert ersonnen hat. Wir können Deutschland zu einem sicheren, friedvollen und gerechten Ort für alle machen, davon bin ich überzeugt. Und für diesen Traum werde ich bis zum letzten Atemzug kämpfen!«

Donnernder Applaus brandete auf. Die Menschen stimmten Lieder und Schlachtrufe an, die schon fast in Vergessenheit geraten waren, die Lieder einer Generation, die die Werte ihrer Eltern infrage gestellt, mit wunderbarer Naivität an Utopien geglaubt und die Revolte erprobt hatte.

Zu den Lautsprecherklängen von *Bella ciao* und anderen Freiheitsliedern zerstreute sich die Menge langsam. Frank kämpfte sich bis zu Rainers Imbisswagen, vor dem eine lange Schlange wartete. Rainer winkte ihm kurz zu, seine Zwillingstöchter, die sich zum Verwechseln ähnlich sahen, halfen heute mit. Frank stellte sich an einen der kleinen Tische.

»So ein Chaos!«, sagte Rainer, als er aus dem Wagen kam. »Ich bin gespannt, was jetzt passiert. Wahrscheinlich wieder nichts.«

»Wie meinst du das?«, fragte Frank.

»Ach, die Empörung ist doch schnell verflogen«, sagte Rainer. »Wenn keine politischen Maßnahmen folgen, werden wir bald den nächsten Anschlag erleben. Die probieren aus, wie weit sie gehen können.«

»Du meinst, hinter dem Attentat steckt ein größerer Plan?«

»Ja! Ein bewaffneter Arm findet sich immer. Mit dem Anschlag wollte jemand ein Zeichen setzen. Die Attentäter sind nur Werkzeuge, genauso Opfer.«

Als Frank sich von Rainer verabschiedet hatte, machte er sich auf in Richtung Norden, zur Johannisstraße mit ihren schmucklosen Mehrfamilienhäusern, türkischen Imbissstuben, Waschsalons, Pizza-Lieferdiensten, kleinen Supermärkten, Kiosken. Ein wenig abseits lag Hartmuts Buchhandlung Excalibur.

Es war kein Kunde im Laden, Barbarossa saß am Schreibtisch und studierte mit der Lupe ein altes Pergament. »Ich wusste, dass du kommen würdest«, sagte er und blickte kurz auf. »Hab dich hier lange nicht gesehen, Frank.«

Frank legte den Schal ab, knöpfte den Mantel auf und setzte sich wortlos dem Schreibtisch gegenüber.

»Ich hab ein gutes Bier im Kühlschrank«, sagte Barbarossa und ging in die Teeküche.

»Eine neue Brauerei«, sagte er, als er mit zwei Flaschen in der Hand zurückkehrte. »Aus der Gegend von Coburg. Probieren wir mal.«

»Was sagst du zu Mölln?«, fragte Frank nach dem ersten Schluck.

Barbarossa ließ den Blick über die Regale schweifen, in denen sich kreuz und quer Bücher stapelten und wo er trotzdem blind fand, was er suchte. Er strich sich über den Bart.

»Eins muss klar sein«, sagte er mit dem Ton eines selbstgefälligen Lehrers, »ich spreche jetzt mit Frank und nicht mit Herrn Fischer. Meine Sympathie für dich hat nichts mit deinem Beruf zu tun. Auch wenn wir in vielem unterschiedlicher Meinung sind, unterhalte ich mich mit dir lieber als mit vielen anderen, weil du dir wirklich Gedanken machst. Du bist intelligent.«

»Also?«

»Wir haben mit Mölln nichts zu tun. Das sind Schlächter, Einzelkämpfer, die wahrscheinlich einem Mädchen imponieren wollten, das auf Glatzköpfe steht. Warum ausgerechnet Türken?«

»Weil sie die größte Ausländergruppe sind, der Inbegriff des Einwanderers?«

»Eben. Sie treffen die Falschen. Unsere Gesellschaft ist das Ergebnis von Zuwanderung. Als Atlantis unterging, mussten wir die Insel verlassen. Auf unserer langen Wanderschaft haben wir uns natürlich mit anderen Völkern gemischt. Die Ottomanen standen uns immer nah. Im Ersten Weltkrieg haben sie an unserer Seite gekämpft, im Zweiten sind sie neutral geblieben. Ein paar Monate vor Kriegsende wurden sie dann genötigt, die Partei der Russen zu ergreifen, aber kein einziger Türke hat an Kriegshandlungen teilgenommen oder auf Deutsche geschossen.«

Barbarossa stand auf.

»Die Zeit ist noch nicht reif«, fuhr er fort, »doch unser Volk wird eines Tages verstehen, welches historische Schicksal ihm beschieden ist. Die Welt hatte immer Angst vor den Deutschen und will uns darum entzweien. Auch wir waren oft zerstritten, anstatt unsere Kräfte zu bündeln. Ich weiß nicht, wer hinter dem Attentat steckt, Frank. Aber es werden weitere folgen, aus Nachahmungstrieb oder Abenteuerlust. Wir haben eine andere Vorstellung vom Pangermanismus. Die Strippenzieher von Mölln denken nicht nach, sie wollen das Eisen schmieden, solange es heiß ist, wollen alles, und das sofort. Sie liebäugeln mit einer idiotischen, kurzlebigen Politik. Sie schaffen nur Probleme, mit ihrer Großmannssucht zerstören sie die jahrzehntelange Arbeit von anderen.«

»Welche anderen, Hartmut? Und wer ist wir?«, fragte Frank und blickte Hartmut direkt in die Augen.

Barbarossa legte eine Hand auf die Brust.

»Liebe kann man nicht erzwingen, oder? Wenn meine Kameraden im Geiste wüssten, dass ich mit dir rede, würden sie mir die kalte Schulter zeigen. Vielleicht zu Recht.« Er setzte sich wieder hinter seinen Schreibtisch. Das Gespräch war offenbar beendet.

Barbarossa wäre eine Recherche wert, eigentlich gehörte diese Geschichte an die Öffentlichkeit, dachte Frank, als er die Buchhandlung verließ. Aber dazu müsste er Hartmuts Vertrauen missbrauchen. Dieser Zwiespalt beschäftigte ihn den ganzen Nachhauseweg, doch als er die Haustür öffnete, beruhigte er sich mit dem Gedanken, dass es für eine Entscheidung noch zu früh sei und er im Grunde zu wenig wisse.

Mareike hatte Charlotte gerade schlafen gelegt, der Küchentisch war fürs Abendessen gedeckt. Es gab Lasagne, wie damals in Rom, stellte Frank erfreut fest. Im Viertel San Lorenzo, wo er gewohnt hatte, hatte er fast jeden Tag die Lasagne im Pommidoro gegessen.

Mareike zündete eine Kerze an.

»Ich frage mich, wo das einmal enden soll«, sagte sie, als sie saßen. »In welcher Welt wird unser Kind aufwachsen? In der Agentur glauben wir, wir könnten mit Kultur ein ziviles, friedliches Miteinander ermöglichen. Und jetzt das. Haben wir uns so geirrt?«

»Sei nicht so pessimistisch«, sagte Frank. »Die Menschen gehen auf die Straße, man setzt den Neonazis etwas entgegen. Und falls alles schiefläuft, können wir immer noch zu deinem Onkel auf Sylt!«

»So'n Quatsch«, lachte Mareike. »Aber apropos Umzug. Vielleicht sollten wir uns tatsächlich eine andere Wohnung suchen? Hier wird es ganz schön eng, und in Hasenbuck bist du kaum noch.« Frank griff nach Mareikes Hand.

»Wohnungen in der Altstadt sind zwar teuer und schwer zu finden«, fuhr Mareike fort. »Aber du könntest dich vielleicht mal in der Redaktion umhören?«

In dem Moment ertönte die Kuckucksuhr, elf Mal.

»Kein Wunder, dass ich so müde bin«, sagte Mareike.

Palermo, Januar 1993
FRAGMENT EINUNDZWANZIG

»Nanà, du wirst uns fehlen«, sagte Gaspare und strich mit der Hand über mein nagelneues Jackett, das ich mir am Vortag gekauft hatte. Wir standen in seinem kleinen Arztzimmer, es war der letzte Tag meiner Facharztausbildung. Die Krankenschwester mit dem weichen »r« und einige andere hatten Prosecco mitgebracht.

»Ich mag keine Abschiede«, sagte der Primar und goss Prosecco in Plastikbecher. »Aber ich tröste mich damit, dass du bald anderswo als Mensch und Arzt Spuren hinterlassen wirst. Und dein Bestes geben, so wie hier in den letzten vier Jahren. Wir danken dir, Nanà! Auf dich und deine Zukunft!«

Alle klatschten, Gaspare umarmte mich. »Andere feiern das letzte Abendmahl«, sagte er, »wir nehmen ein letztes Mittagsmahl, okay, Nanà?«

In der Kantine herrschte ein Kommen und Gehen. Unser Tisch war wie immer reserviert, und der Koch kam extra aus der Küche.

»Dottore, zum Abschied haben wir etwas ganz Besonderes gekocht, Ihr Lieblingsgericht«, sagte er und winkte einer Bedienung. Ein Servierwagen, mit einer großen Aluminiumhaube, wurde herangefahren. Der Koch lüftete die Haube, zum Vorschein kam eine riesige, dampfende *Pasta al forno*.

»Danke, danke«, lächelte ich.

»Heute wird gefeiert«, rief Gaspare und verteilte die Pasta.

»Sag mal, Nanà«, meinte er plötzlich ernst, als alle mit Essen beschäftigt waren. »Was hast du jetzt vor? Klappt das in Camporeale mit deiner Praxis? Gibt es da überhaupt genug Patienten? Das wird dauern, bis die Praxis läuft. Du darfst dich bloß nicht entmutigen lassen.«

»Ich hab alles für die Praxiseröffnung eingereicht. Der bisherige Arzt ist in Pension gegangen. Man kennt mich in Camporeale, und theoretisch müssten alle seine Patienten zu mir kommen. Aber man weiß natürlich nie.«

»Hast du Kontakte?«, fragte Gaspare, ließ die Gabel sinken und schaute mich an. »Normalerweise bleiben die Praxen in der Familie. Und sonst gibt es eine Art Versteigerung. Die Allgemeinarztpraxen werden meistens über Generationen weitergegeben, die Patientenkartei hat einen unschätzbaren Wert. Es geht da um zighundert Patienten.«

»Versteigerung?«, fragte ich. Vielleicht konnte mir Gaspare endlich erklären, welche Fäden Zio Rocco hinter den Kulissen zog.

»Man kann nicht einfach so eines schönen Tages Apotheker, Arzt oder Notar werden. Solche Geschäfte gehen vom Vater auf den Sohn über. Die Zahl der Apothekenzulassungen etwa ist gesetzlich begrenzt. Nur wenn eine Apotheke schließt, kann man eine neue eröffnen. Eine Apotheke hat also einen enormen Wert. Bei Arztpraxen ist das nicht ganz so, aber ein unerfahrener, unbekannter Arzt muss hart arbeiten, um genug Patienten zu haben. Darum hab ich gefragt, ob du Kontakte hast. Wenn du die Praxis in Camporeale übernehmen willst, musst du Kontakt mit der Familie aufnehmen. Andere haben das mit Sicherheit schon getan. Sonst eröffnest du deine Praxis auf eigene Kosten und Gefahr und trägst das Risiko ganz allein. Herrgott, Junge«, rief Gaspare, als er meinen verwirrten Blick sah. »Hat dir das denn noch keiner gesagt?«

Nach dem Mittag war der Viale Regione Sicilia normalerweise kaum befahren. Doch heute ging zwischen den Kreuzen Viale Michelangelo und Via Leonardo da Vinci nichts mehr. Kompletter Stillstand, mit einem wilden Hupkonzert als Soundtrack. Ich kurbelte das Fenster herunter und gab dem Fahrer im Kleinwagen neben mir ein Zeichen.

»Was ist los? Ein Unfall?«, fragte ich.

Der Mann zuckte mit den Schultern. »Anscheinend sind alle Ausfahrten gesperrt.«

Plötzlich ein gewaltiges Dröhnen. Über uns flogen Hubschrauber, drehten nach Osten ab oder kreisten.

Sofort dachte ich an die Mafia-Anschläge vom letzten Jahr. Im Mai hatte eine TNT-Bombe auf der Autobahn nahe Capaci den Richter Falcone, seine Frau und seine

Leibwächter getötet, kaum zwei Monate später wurde sein Kollege Borsellino vor dem Haus seiner alten Mutter von einer Autobombe zerfetzt.

Palermo war endlich aufgewacht. Zehntausende – Frauen, Männer, Familien, Schüler, Priester, katholische Gemeinden – waren lautstark protestierend durch die Altstadt marschiert, die Stadt bekam ein neues Gesicht. In den ersten Wochen nach den Attentaten hörte ich sogar, wie Menschen auf der Straße die Cosa Nostra verurteilten.

Erst eine geschlagene Stunde später setzten sich die Autos vor mir wieder in Bewegung. Am Kreuz Via Leonardo da Vinci bemühten sich Polizisten und Carabinieri sogar, den Verkehr zu regeln. Von einem Unfall oder heulenden Krankenwagensirenen keine Spur. Umso besser, dachte ich.

Als ich endlich im Dorf ankam und die Treppen zum Haus meiner Mamma hinauflief, hörte ich freudiges Stimmengewirr. Ich öffnete die Tür. Außer meiner Mutter waren Francesca, Pietruzzu und seine Eltern da.

»Besuch! Wie schön!«, rief ich.

Pietros Vater wollte aufstehen, um mich zu begrüßen. »Bleibt sitzen, Don Carmelo, bleibt doch sitzen«, sagte ich. Neben ihm saß Santina, eine zarte, kleine Frau, die ich nur in schwarzer Kleidung kannte. Seit ihr Ältester vor Jahren bei einem Verkehrsunfall umgekommen war, trug sie Trauer. Im Dorf hielt sich hartnäckig das Gerücht, der Unfall sei ein Mord gewesen. Francesca blickte erst Pietro, dann mich an: »Im Mai wollen Pietro und ich heiraten, Nanà«, sagte sie sanft lächelnd. »Wir würden uns riesig freuen, wenn du unser Trauzeuge wärst.«

Ich war wie betäubt. Aber eigentlich war es ja nur logisch, dass die beiden eines Tages heiraten würden.

»Dottore, die Kinder sind groß«, sagte Donna Santina, die meine Verlegenheit wohl bemerkt hatte. »Sie wollen eine Familie gründen. Wozu noch Zeit verlieren. Oder sind Sie anderer Meinung?«

Hilfesuchend schaute ich meine Mutter an.

»Was ich meine? Was soll ich meinen?«, murmelte ich.

»Wie, was sollen Sie meinen? Sie sind der Mann im Haus. Oder sollen wir Zio Rocco fragen?«, schaltete sich Don Carmelo ein.

»Nein, nein. Ich freue mich sehr, ich bin nur überrascht. Ich komme gerade aus Palermo, habe heute meine Facharztausbildung abgeschlossen …«

»Dann gibt es ja noch einen Grund zu feiern«, unterbrach mich meine Mutter und lief in die Küche, um den Sekt zu holen. Francesca nahm die Kristallkelche aus dem Wohnzimmerschrank.

»Wenn dein Vater das noch erlebt hätte …«, sagte meine Mutter, stellte, von Gefühlen überwältigt, die Flasche ab und schloss meine Schwester und mich in die Arme.

Donna Santina erhob sich, umarmte Mamma und Francesca, strich ihnen übers Haar.

»Das ist die Natur«, sagte Mamma leise. »Da kann man nichts machen. Aber Kinder bleiben Kinder.«

Pietro kam zögernd zu mir.

»Kannste mir helfen, Nanà?«, sagte er. »Ich hab ein ziemlich schweres Geschenk für deine Mutter im Auto.«

Wir stiegen die Treppe hinab, Pietro zündete sich eine Zigarette an, dann sagte er: »Hör mal, Schwager, ich würd gern nach Maciddaru zurück. Die Arbeit in Mazara ist okay, aber wenn Francesca bei dir die Buchhaltung macht, können wir nicht von hier weg. Kannst du mal mit Zio Rocco sprechen?«

»Ob Zio Rocco da was machen kann? Ich kanns versuchen.«

Pietruzzu öffnete den Kofferraum, in dem ein Bäumchen stand. Wir fassten den Tontopf, hoben es heraus und schleppten es hoch ins Wohnzimmer.

Die anderen hielten schon ihre Sektkelche in der Hand. »Das Geschenk kommt später«, rief Donna Maria und drückte uns ebenfalls ein Glas in die Hand. »Jetzt stoßen wir an! Herzlichen Glückwunsch, Francesca und Pietro! Alles Gute für eure gemeinsame Zukunft!«

»Herzlichen Glückwunsch!«, riefen alle. Klirrend stießen die Gläser aneinander.

»Und auf Nanàs Facharzt«, rief meine Mutter. Wieder klirrten die Gläser.

Später am Abend ging ich noch zu Don Calogero, um ihm die Neuigkeiten zu erzählen. Die Bar war ungewöhnlich leer. Don Calogero rauchte vorm Fernseher.

»*Salutamu*, Don Calogero. Wie gehts?«

»Wie solls schon gehen, Nanà? Wir könnens eh nicht ändern. Aber da kommt wohl noch was auf uns zu.«

»Hoffentlich nur Gutes«, lachte ich.

»Hast du es nicht gehört?«

»Was denn?«

»Sie haben Totò festgenommen.«

»Totò?«, fragte ich zerstreut.

»Totò Riina. Heute, in Palermo. Alle Welt redet davon.«

Ich konnte es kaum fassen. Der seit Jahren gesuchte

Boss der Cosa Nostra und sein Fahrer Salvatore Biondino waren am Kreuz Via Leonardo da Vinci geschnappt worden. Darum hatte man die Straßen gesperrt, darum war dort alles voller Polizei, Carabinieri und Hubschraubern gewesen.

Don Calogero verriegelte die Tür. »Sie haben den Mittelsmann Salvo Lima umgebracht, Falcone und Borsellino, den Unternehmer Ignazio Salvo mit Beziehungen in die Politik. Und jetzt wurde der Boss der Bosse geschnappt. Den haben sie ans Messer geliefert.«

Ich blickte Don Calogero verwundert an.

»Mit Riina haben sie sich ein bisschen Ruhe erkauft. Der Gewaltflügel der Mafia hat seinen Anführer verloren, und warts ab, am Ende wird der Corleone-Clan für alle zahlen.«

»Ihr glaubt, Riina wurde von seinen eigenen Leuten verpfiffen?«

»Seit dem Zeugenschutzprogramm gibt es immer mehr Kronzeugen. Vielleicht hat einer von denen gesungen. Und bestimmt sind viele froh, dass Totò weg ist. Er hat der Cosa Nostra geschadet«, sagte Don Calogero, ging an seine rote Gaggia, gab Pulver für zwei Ristretto in die Maschine, nahm zwei heiße, leicht bauchige Tassen unter dem Geschirrtuch hervor und wartete geduldig.

»Das ist der beste, eine exzellente Röstung«, sagte er, als er die Tassen auf die Theke stellte.

»Wie findest du ihn?«, fragte er. Ich nickte anerkennend, er kehrte zum Thema des Tages zurück.

»Sie mussten etwas tun. Die Leute haben angefangen, sich zu beklagen. Der Corleone-Clan hat es übertrieben, Riina hat für alle gezahlt. Aber was machen jetzt seine

Freunde, die noch draußen sind? Bagarella, Graviano und Konsorten? Riina wird im Gefängnis verrecken, aber das könnte für den Corleone-Clan noch nicht das Schlimmste sein.«

Bestürzt verließ ich die Bar. Es war ein kalter Januarabend, die Dorfstraße in Maciddaru ausgestorben. Sicher schauten alle gespannt die Nachrichten. Ich kam an dem Haus vorbei, wo schon im Sommer meine Praxis sein würde. Meine Zukunft war beschlossene Sache, endgültig besiegelt.

Wie so häufig, wenn ich in melancholischer Stimmung war, dachte ich an Annamaria. Wir trafen uns regelmäßig, doch ich hatte mich damit abfinden müssen, nur die Scherben ihres Seelenlebens aufzusammeln. Die Wochenenden verbrachte sie bei ihrem Freund in Catania. Jedes Mal nahm sie sich vor, die Situation zu klären, und jedes Mal kam sie noch konfuser zurück. Sie schaffte es nicht, eine offensichtlich brüchige Beziehung zu beenden. Unsere Geschichte war das Ergebnis und nicht der Grund ihres Problems. Ich fürchtete sie ganz zu verlieren, wenn ich sie zu einer Entscheidung drängte. Ich musste mich mit den kurzen Momenten an Aufmerksamkeit, Zärtlichkeit und Erotik begnügen oder sie aufgeben.

An der Anhöhe zum Friedhof blieb ich stehen. Wie gern hätte ich jetzt mit meinem Vater gesprochen. Ausgerechnet jetzt bist du nicht da, Don Vincenzo, dachte ich. Ich fühlte mich wie ein streunender Hund, der einsam und verlassen über die Provinzstraße lief und in Müllsäcken nach Essbarem suchte. Die Straßenlaternen strahlten in die Dunkelheit. Plötzlich musste ich weinen. Endlich wieder, nach langer Zeit.

Auf der Spanischen Treppe drängten sich die Touristen. Japaner, Amerikaner, Deutsche und Engländer posierten für Fotos, die sie zu Hause Freunden und Verwandten zeigen würden.

Reisegruppen, die die Sehenswürdigkeiten einer Stadt in einem halben Tag abhakten und meinten, alles gesehen zu haben, hatte Frank noch nie verstanden. Wie konnte man sich anmaßen, Forum Romanum, Piazza Navona, Pantheon, Kolosseum, Trastevere, den Vatikan und vielleicht sogar noch die Museen der Ewigen Stadt in ein paar Stunden besichtigen zu können?

Er tauchte beim Reisen gerne vollständig in fremde Orte und Kulturen ein. In den wenigen Urlauben mit seiner Mutter hatten sie alle Gewohnheiten abgelegt, Landschaft, Sitten, Küche und Sprache gewechselt.

Sein halbes Jahr als Korrespondent für *Die Fakten* in Rom hatte ihn nicht nur beruflich geprägt, es war auch eine sorglose, spannende Zeit gewesen. Darum kehrte er immer wieder gern nach Italien zurück. Für berufliche Treffen schlug er gern seine Lieblingslokale vor, etwa das Caffè Greco aus dem achtzehnten Jahrhundert in der Via dei Condotti. Obwohl die Innenräume für seinen Geschmack zu pompös und die Gäste zu gestylt waren, war es einfach ein Muss. Schriftsteller, Philosophen und Künstler jeder Couleur hatten sich dort getroffen, sich ausgetauscht und Pfefferminztee genippt. Wenn man die Augen schloss, konnte man sich vorstellen, wie man zwischen Geistesgrößen und Persönlichkeiten saß, die die

Geschicke des Kontinents mitbestimmt hatten. Als er das Lokal betrat, sah er den betagten Vittorio Cohen schon, an einem runden Tischchen etwas abseits. Kaffee schlürfend studierte er die Zeitung.

Seltsam, ihn so aus der Nähe zu sehen, dachte Frank, bislang hatte er nur seine Vorlesungen an der Sapienza gehört. Neben ihm lehnte ein Gehstock mit einem katzenförmigen Elfenbeinknauf. »Ein Geschenk von einem spanischen Anarchistenfreund«, sagte Cohen, als er Franks Blick bemerkte. »Seit zwanzig Jahren hab ich ihn überall dabei, wie einen Talisman.«

Vittorio Cohen, Jude und Enkel eines Rabbiners, der sich aber stets vom Judentum und anderen Religionen ferngehalten hatte, gehörte zu den herausragenden Persönlichkeiten Italiens. Frank war nervös. Zum ersten Mal würde er mit jemandem sprechen, der im Faschismus im Gefängnis gesessen und als Partisan gekämpft hatte. Das *Bel Paese* interessierte ihn, vielleicht auch, weil er so nicht an einen möglichen Artikel über Barbarossa denken musste.

Cohens dezenter Anzug mit großen, grauen Karos wirkte in dem barocken Ambiente fast nüchtern.

»Wie alt sind Sie, Herr Fischer?«, fragte ihn Cohen.

»Bald vierunddreißig.«

»Ich war im Krieg, als ich so alt war. Als man mich aus dem Gefängnis in der Emilia Romagna entließ, schloss ich mich der Resistenza an. Wissen Sie, bei dem Gedanken daran werde ich fast nostalgisch. In unserem Kampf ums Überleben und für die Freiheit spürten wir eine Kraft wie später nie wieder. Es ärgert mich, dass ich diese Welt verlassen muss. Ich wüsste so gern, wo das alles endet.«

Frank beugte sich vor. »Professor Cohen«, fragte er, »wie beurteilen Sie die aktuellen Ereignisse in Italien? In keinem anderen westlichen Land waren die Reaktionen auf den Mauerfall, die Erschütterung der Weltordnung, so scharf und blutig. Die Ermittlungen zu dem gigantischen *Tangentopoli*-Schmiergeldskandal haben ein Erdbeben ausgelöst. Man hat zig Spitzenpolitiker angeklagt, und wenn sie nicht geflüchtet sind, hinter Gitter gebracht.«

»Das war bloß eine Abrechnung«, antwortete Cohen. »Die Mailänder Ermittlungen *Mani pulite* haben nur ans Tageslicht gebracht, was eigentlich alle wussten, aber weil konkrete Beweise fehlten, hinnahmen. Erinnern Sie sich an Pasolini: ›Ich kenne die Urheber von zig Verbrechen, habe aber keine Beweise‹? Und jetzt schauen die Leute schadenfroh zu, wie die Mächtigen ins Straucheln geraten. Wenn die Leute Bettino Craxi vor einem Hotel mit Geld bewerfen, machen sie ihrer Wut nur endlich Luft. Jahrelang hat die arrogante, privilegierte politische Kaste das Volk schikaniert und hingehalten. Aber wie heißt es so schön, jedes Volk hat die Herrscher, die es verdient.«

»Wenn das so ist und man Tomasi di Lampedusa glaubt«, sagte Frank, »dann kann es wohl noch schlimmer kommen. Setzt man die Leoparden vor die Tür, kommen die Hyänen, heißt es in seinem Roman. Bleibt wirklich immer alles, wie es ist, auch wenn sich alles ändert?«

Cohen blickte Frank nachdenklich an. »Im Namen von NATO und Demokratie hat der Staat akzeptiert, dass Mafiosi, Geheimdienste und Freimaurerlogen die Schmutzarbeit machen«, sagte er und verzog den Mund. »Diese Ehrenwerte Gesellschaft hat das politische System gestützt und konnte dafür in Ruhe ihren Geschäften nachgehen. Durch das Gespenst des Kommunismus wurde jedes noch so skrupellose oder kriminelle Vorgehen gerechtfertigt. Nur das Resultat zählte, koste es, was es wolle. Das haben die Amerikaner von uns erwartet.«

»Die Attentate gegen die Antimafia-Richter im letzten Jahr sind also vor diesem Hintergrund zu sehen?«

»Genau. Falcone und Borsellino haben bei einem Spiel gestört, das weit über das hinausgeht, wogegen sie ermittelt haben. Natürlich hatte die Mafia ein Interesse an ihrem Tod, aber andere haben kräftig mitgeholfen.«

»Und was ist mit den Bomben in Florenz, Mailand und Rom?«

»Auch wenn man mündliche Vereinbarungen bricht, kann mancher sehr empfindlich reagieren. Der italienische Staat hat das Organisierte Verbrechen nie wirklich bekämpft, und jetzt bekommt er die Quittung dafür. Die sizilianische Mafia hat keine Lust, den Sündenbock zu spielen. Sie fühlt sich als Opfer und tut, was sie am besten kann, töten. Die Regeln der Vergangenheit gelten nicht mehr.«

Zwei Stunden später erhob sich Vittorio Cohen. »Ich habe die Deutschen immer bewundert, Herr Fischer, trotz allem«, sagte er und griff nach seinem Stock. »Wir werden uns vom Frieden in Europa verabschieden müssen. Fünfzig Jahre Frieden, das hat es noch nie gegeben. Aber die Waffen haben geschwiegen, weil wir unsere Konflikte woanders ausgetragen haben. Der Tod besitzt einen unschätzbaren wirtschaftlichen Wert, es wird immer Leute geben, die zynisch überlegen, wo, wie, wann und warum sie die nächste Bombe werfen. Das Leben muss immer wieder ein neues Gleichgewicht herstellen. Kennen Sie zufällig Silvio Rodríguez?«

Frank schüttelte den Kopf.

»Ein kubanischer Liedermacher, der Castro sehr nahesteht. Ein feinsinniger Poet. In einem Lied von ihm heißt es: Auf Geburt folgt unweigerlich Tod, weil unser Leben dem Stabilitätsgesetz unterliegt. Er findet dafür den genialen Ausdruck: ›Los muertos de mi felicidad.‹ ›Die Toten meines Glücks.‹ Jemand muss den Preis für mein Glück zahlen, denn sein Gegenspieler, das Unglück, trifft zwangsläufig jemand anderen. Herr Fischer, es hat mich sehr gefreut.« Cohen reichte Frank die Hand. »Ich wünsche Ihnen noch schöne Tage in Rom. Es würde mich freuen, Sie wiederzusehen«, sagte er verschmitzt lächelnd. »Natürlich aus purem Egoismus. In meinem Alter …«

Frank spazierte jedes Mal gern von der Via Condotti zum alten jüdischen Ghetto, vorbei an dem, was die Ewige Stadt zu einem berühmten Kunstjuwel machte. Der Platz vor der *Fontana di Trevi* quoll vor Touristen über, die unbedingt eine Münze in den Brunnen werfen wollten. Ganz in der Nähe befanden sich das halb verborgene antike *Teatro di Marcello*, das schwülstige neoklassische Monument für Vittorio Emanuele II. und der traurig-berühmte Balkon an der Piazza Venezia, von dem Mussolini dem jubelnden Volk den Eintritt in die Katastrophe des Zweiten Weltkriegs verkündet hatte.

In der Dämmerung wirkten das Dunkelorange und Ockergelb der niedrigen, anmutigen Häuser im Ghetto noch eindrucksvoller. In der Fußgängerzone reihte sich Restaurant an Restaurant, auf den Terrassen verliebte

Paare, Familien, eine friedliche Sommerstimmung. Alles war genauso, wie er es in Erinnerung hatte.

Das Restaurant Nonna Betta hatte damals zu seinen Lieblingsadressen gehört. Die jüdische Küche mit ihren typischen Aromen mischte sich sehr gelungen mit der arabischen Küche des Nahen Ostens. Die Vorspeisen mit Artischocken waren ein kleines kulinarisches Wunder. So etwas fand man in Deutschland einfach nicht. Er dachte an Rainers Nürnbergli und musste schmunzeln.

Schon von Weitem erkannte er Franco Carrera. Sie hatten sich seit Jahren nicht gesehen und begrüßten sich herzlich.

Der Journalist des *Il giornale di Roma* war zwanzig Jahre älter als er, hatte ihn damals quasi adoptiert und in die römische Kulturszene eingeführt.

»Endlich seh ich dich wieder, mein Freund«, sagte Franco, als sie sich setzten.

»Einmal Rom, immer Rom«, sagte Frank auf Deutsch.

»Ich habs kapiert«, lachte Franco. »Ich wollte Deutsch lernen, ich weiß, aber die Arbeit, und: deutsche Sprache, schwere Sprache. Außerdem ist die Geschichte mit Sabine vorbei, Deutsch macht mich jetzt traurig.«

»Oh, das tut mir leid«, sagte Frank.

»Aus heiterem Himmel hat sie beschlossen, dass es aus ist. Aber wir könnten Freunde bleiben ... du weißt schon.«

»Einfach so, ohne Erklärung?«

»Die kulturellen Unterschiede schienen ihr dann doch zu groß. Und sie konnte sich keine Fernbeziehung vorstellen, wenn sie irgendwann wieder nach München zurückkehren würde. Dabei ist sie immer noch hier.«

Die Kellnerin empfahl ihnen die Spezialitäten des Hauses und nahm die Bestellung auf.

»Eigentlich habe ich mir nie Illusionen gemacht«, erzählte Franco kopfschüttelnd weiter. »Dreißig Jahre Altersunterschied sind kein Pappenstiel. Das hab ich mir anfangs jeden Morgen vorm Spiegel gesagt. Doch Sabine hat immer behauptet, das sei ihr egal. Aber was ist mit dir? Du wirkst so entspannt. Erzähl schon.«

»Ja, es fühlt sich wie ein Wunder an«, sagte Frank. »Du weißt, dass ich als Einzelkind unter Erwachsenen aufgewachsen bin. Die Frauen merkten wohl, dass ich emotional unerreichbar war. Mareike ist ein Geschenk des Himmels. Wir sind uns langsam nähergekommen, als wäre es das Natürlichste der Welt.«

Frank zog einige Fotos aus dem Portemonnaie.

»Hier«, reichte er Franco lächelnd ein Foto. »Und das ist meine kleine Charlotte, sie ist bald fünf.« Er lehnte sich auf seinem Stuhl zurück. »Mit Mareike habe ich erfahren, was es bedeutet, eine Familie zu haben, eine Beziehung«, fuhr er fort. »Plötzlich fühle ich mich nicht mehr in meiner Freiheit eingeschränkt, ich möchte zu jemandem gehören, es bereichert mich. Mit Mareike habe ich gelernt, dass Liebe Geben ist, ein seelisches und geistiges Grundbedürfnis. Mein Leben hat sich geändert, Franco. Natürlich gibt es überall Probleme, aber mir kann jetzt nichts mehr Angst machen.«

Was er schon länger gedacht hatte, sprach er gegenüber seinem alten Freund zum ersten Mal laut aus. Als er das Restaurant verließ, hatte er das Gefühl, noch klarer zu sehen.

Es war ein lauer Sommerabend. Auf dem Weg zum

Hotel in San Lorenzo, vorbei am Kapitol, den Kaiserforen, an Barockkirchen, dachte er, er könnte sich auch vorstellen, mit Mareike und Charlotte in Rom zu leben. Die Ewige Stadt war im Krieg bombardiert worden, die Römer sprachen zu Recht von einem Unglück, aber verglichen mit Frankfurt, Hannover, Berlin, Hamburg, Dresden oder Nürnberg hatte der Krieg die Stadt verschont. Die Zeugnisse von dreitausend Jahren Geschichte, Taten und Missetaten, Glanz und Elend standen noch da, fast unversehrt. Kunst und Philosophie hatten sich in dem einzigartigen Schmelztiegel Rom prächtig entwickelt. Doch mit ihren preußischen und teils habsburgischen Wurzeln, ihrer Liebe zur irischen Folkmusik und ohne ein Wort Italienisch zu beherrschen, würde sich Mareike hier wie ein Fisch auf dem Trocknen fühlen. Er hörte schon, wie sie sich über den Verkehr, die sanitären Anlagen, die schwerfällige Bürokratie und die Schwüle beklagte. Er musste lächeln.

Am Himmel stand der Mond, sein kraftvolles Licht überstrahlte die Sterne. Eine vollkommene Nacht. Wenn er die Zeit doch anhalten könnte, dachte Frank. Natürlich nur für einen Augenblick.

Camporeale, Januar 1994
FRAGMENT DREIUNDZWANZIG

Kaum auf der Welt, ließ Carmelino einen dunklen, durchdringenden Schrei ertönen, als wollte er uns verkünden, er habe einen Hang zur Oper und sizilianisches

Temperament. Selbst die Hebamme war überrascht. »Pavarotti kann sich schon mal warm anziehen«, sagte sie, als sie ihn meiner Schwester Francesca auf der Geburtsstation vorsichtig in den Arm legte.

Bei den Worten konnte Donna Maria die Tränen nicht mehr zurückhalten, nur Pietruzzu sagte seltsamerweise nichts und schaute ernst. »Bist du nicht zufrieden, Schwagerherz?«, fragte ich.

»Wieso? Klar doch. Aber mit dem Kleinen wär ich lieber endlich in Camporeale. Ich will Francesca ja nicht allein lassen.«

»Verstehe. Aber sich ärgern hilft da nichts. Francesca und Carmelino sind bei meiner Mutter in guten Händen. Und dann gibts ja noch deine Eltern.«

Mit einer Kopfbewegung bedeutete mir Pietruzzo, ich solle mit nach draußen kommen, die Beine vertreten.

»Nanà«, flüsterte er schon im Treppenhaus, »hast du denn noch mal mit Zio Rocco gesprochen?«

»Ja, erst gestern Abend wieder. Er tut, was er kann, aber es ist nicht leicht, sagt er. Aber bis dahin könntest du die Felder von Bekannten bewachen. Wäre das okay?«

»Klar wär das okay.«

Ich blieb stehen und schaute Pietruzzu an. »Du bist jetzt Vater, Schwagerherz«, sagte ich. »Klar, vorbei ist vorbei, aber halt dich von deinen alten Freunden im Dorf besser fern.«

Pietruzzu zündete sich eine Zigarette an, nahm einen tiefen Zug, stieß ärgerlich den Rauch aus.

»Für wen hältst du dich eigentlich? Du redest doch auch mit deinem Onkel?« Er zog an seiner Zigarette. »Ich respektier dich, Nanà. Aber übertreibs nicht, sag mir nicht, was ich tun und lassen soll. Was meinst du denn, woher du deine Praxis auf der Dorfstraße hast? Oder verarschst du dich selbst? Zio Rocco ist mit dem Tacco-Clan verbandelt. Du hängst genauso drin wie ich, ob du willst oder nicht.«

Ich ließ Pietruzzu wortlos vorm Krankenhaus stehen, die Siestazeit war fast vorbei. Pünktlich um halb vier kam ich in die Praxis zurück, mein Assistenzarzt Girolamo di Gregorio und meine Sprechstundenhilfe Giovanna Cangemi warteten schon. Auf meinem Schreibtisch lag eine bescheidene Liste mit Terminen, unter anderem würde gleich Don Calogero kommen, der seit einiger Zeit unter Prostatabeschwerden litt.

Vor einem halben Jahr hatte ich die Praxiszulassung als Nachfolger von Doktor Vaccaro erhalten. Zio Rocco hatte sich gegen die Trusca durchgesetzt, weil ich aus Camporeale war, aber dafür durfte der Corleone-Clan meine Mitarbeiter bestimmen. Girolamo stammte aus San Giuseppe Jato, Giovanna aus Mezzojuso, einem kleinen Dorf am Wald von Ficuzza, in der Nähe von Corleone, beide waren mit Clans aus San Giuseppe Jato verwandt. Don Vanni Tacco sei einverstanden, ein Trostpflaster müsse schon sein, sagte Zio Rocco. Nach der Ausbildung würde Girolamo sowieso weggehen, und Giovanna sei tüchtig und außerdem hübsch.

Seit ich nach Maciddaru zurückgekehrt war, hatte ich jeden Widerstand gegen solche Logik aufgegeben, ich fühlte mich wie ein Soldat, der vor der allerletzten Schlacht erschöpft den Rückzug antrat. Ich hatte keine Ahnung, wie Zio Rocco die Konkurrenz ausgeschaltet, wen er bestochen, wie viel er gezahlt hatte. Wenn ich ihn fragte, sprach ich gegen eine Wand. Ich solle mich einfach um meine Patienten kümmern und müsse höchstens mal ein Auge zudrücken, wenn ein Freund eine Sonderbehandlung brauche.

Ich bat Giovanna um die Karteikarte von Calogero Mandalà. Hübsch war sie wirklich. Ihre Mamma kam aus Maciddaru, und seit sie bei mir arbeitete, wohnte sie bei Verwandten im Dorf. Es ging das Gerücht um, sie sei lesbisch. Dass ein schönes Mädchen, noch dazu tüchtig, keinen Freund hatte und lieber auf den Richtigen wartete, war in Camporeale undenkbar.

»Setzt Euch«, sagte ich, als Don Calogero pünktlich erschien.

»Du warst schon seit über einer Woche nicht in der Bar«, sagte er. »Muss ich einen Arzttermin bei dir machen, damit wir uns sehen?«

»Ach, Don Calogero, Ihr wisst doch, dass ich Onkel geworden bin!«

»Natürlich, Nanà. Zio Rocco war heute Morgen in der Bar, stolz wie Oskar.«

»Das denk ich mir«, sagte ich, während ich mir Don Calogeros Diagnoseergebnisse anschaute. »Der PSA-Wert ist noch immer sehr hoch. Ich werd Euch zu einem guten Urologen in Palermo überweisen.«

»Können wir das nicht hier machen?«

»Don Calogero, es ist wahrscheinlich nur eine Entzündung, aber ein MRT oder eine Biopsie kann nur ein Spezialist machen.«

Don Calogero schwieg, er machte sich wohl Sorgen.

»Ich begleite Euch nach Palermo, okay?«, sagte ich schnell, ehe er ärgerlich wurde.

Er erhob sich wortlos und schlüpfte in den Mantel.

»Komm sobald du kannst«, sagte er. »Ich muss mit dir reden, Nanà.«

Als ich erschöpft den letzten Patienten verabschiedete, war Girolamo schon weg, aber Giovanna suchte noch die Patientenakten für den nächsten Tag heraus. Ich setzte mich neben sie an den Schreibtisch.

»Dottore, ich habs gehört, allerherzlichste Glückwünsche«, sagte sie.

»Der erste Neffe ist eine riesige Freude, aber wir werden lieb gewordene Gewohnheiten ändern müssen. Alles dreht sich nur noch um den Kleinen. Carmelino hat Glück, seine beiden Großmütter kümmern sich um ihn.«

»Und Sie, Dottore? Denken Sie nicht an eine Familie?« Giovanna schaute mich offen, fast naiv aus ihren großen, hellbraunen Augen an. Die langen, glatten blonden Haare fielen ihr auf die Schultern. Ihre simple, nüchterne Frage überrumpelte mich. Ich schwieg einen Moment.

»Wenn ich eine Freundin oder Zukunftspläne hätte, würde ich an eine Familie denken, aber so?«, sagte ich dann lässig, wie ein Mann von Welt. »Und Sie, Signorina Cangemi?

»Was wir tun, entsteht zuallererst in unserem Kopf«, antwortete sie, als habe sie mit der Frage gerechnet. »Als Kind liebte ich Pferde über alles, las über Reitschulen, Rassen, Geschichte der Pferde, Pferderennen und natürlich Dressur. Mit dreizehn wollte ich dann Reitunterricht haben. Und durfte. In meiner Familie hatte es noch nie begeisterte Reiter gegeben, aber ich habs mir gewünscht.«

Ich wunderte mich, was ihre Liebe zu den Pferden mit meiner Frage zu tun hatte.

»Der Wunsch nach einer Beziehung, nach Ehe und Familie muss zuerst in uns entstehen«, fuhr sie fort. »Man verliebt sich, wenn es Zeit dafür ist. Natürlich kann man auch einem außergewöhnlichen Menschen begegnen, aber das ist eher selten. Was ich sagen will, ich bin noch nicht reif für eine Familie.«

Als ich die Praxistür hinter mir abschloss, fegte ein scharfer Nordwind durch die Straße. Das Laternenlicht zeichnete schon lange Schatten auf den Asphalt.

Wie auch jetzt verging kein Tag, an dem ich nicht an Annamaria dachte. Hatte ich mich aus Einsamkeit an die erstbeste Frau geklammert und kam nun nicht mehr von ihr los? Oder war ich wirklich der einen, für mich bestimmten Frau begegnet?

Dem Gedanken an Annamaria war stets ein dumpfer Schmerz beigemischt, den ich in meinem Tagebuch zu beschreiben versuchte. Ein Sehnen, ein Gefühl von Verlust oder Ungenügen, aber auch bittersüße Melancholie. Mein Leiden an der Welt, hinter dem sich eine unverständliche Leere verbarg, besaß ein Gesicht und eine Stimme. Annamaria schien mir der Lackmustest meiner Unsicherheit und der Weg zu neuen, begehrenswerten Gestaden zu sein.

Die Bar an der Piazza war noch offen, Don Calogero saß vorm Fernseher und wartete, aber die Gaggia war schon abgestellt, das Lokal aufgeräumt. Als ich ihn fragend anblickte, nickte er, nahm wortlos seine Zigarettenpackung, zog seinen schweren grauen Mantel über und setzte seine nussfarbene Coppola auf. Mit vereinten Kräften zerrten wir das Rollgitter herunter und liefen los, über die Dorfstraße und bergab zum Dorfende.

»Ich weiß nicht mal mehr, wann wir zum letzten Mal durchs Dorf spaziert sind«, sagte ich.

»Ich schon. Da warst du noch ein *Picciriddu*. Es war Stephani, der zweite Weihnachtstag, ich hatte die Bar gerade geschlossen, da kamst du mit deinem Vater, Zio Rocco und Francesca. Ich schloss wieder auf und holte zwei Packungen Kekse, als Proviant. Das ist wohl fünfundzwanzig Jahre her ...«

Don Calogero zündete sich eine Zigarette an.

»Jetzt bist du also in den Stall zurückgekehrt, Nanà«, sagte er. »Ich hätte es mir für dich anders gewünscht, aber ich freue mich natürlich, dass du Doktor Vaccaros Nachfolger bist. Das ging alles so schnell. Bist du zufrieden?«

»Einmal ja, dann wieder nicht«, sagte ich. »Manchmal sage ich mir, dass ich meine Familie glücklich mache. Francesca kann die Buchhaltung übernehmen, meine Mutter weiß mich in der Nähe, Zio Rocco konnte seinen Wunsch erfüllen. Doch was ist mit meinem Leben?, frag ich mich dann. Und manchmal schau ich in den Spiegel und träume. Aber in Palermo wär ich wohl jahrelang arbeitslos. Warum also nicht den leichteren Weg gehen. Obwohl ...«

Ich hoffte, Don Calogero würde etwas sagen. Aber er schwieg beharrlich.

»Obwohl ich keine Ahnung habe, was Zio Rocco dafür tun musste. Bürokratiekram, sagt er. Wisst Ihr was Genaueres?«

Don Calogero rauchte, den Blick fest auf die Straße

geheftet. »Keine Angst«, sagte ich. »Ich halte dicht, aber manchmal fühle ich mich wie eine Marionette, die nicht mal weiß, wer an ihren Strippen zieht.«

Don Calogero warf die Kippe weg und vergrub die Hände in den Taschen. Wir spazierten stumm weiter, schließlich erreichten wir das Ortsende.

»Ich bete jeden Tag darum, dass du nicht eines Tages dafür zahlen musst«, sagte er seufzend. »Und ich rede nicht von Kinkerlitzchen.«

»Das ist mir klar, Don Calogero. Aber was genau ist los?«

»Dein Onkel musste hohen Mafia-Tieren die Zähne zeigen und hat über Don Vanni Tacco unsere Territorialhoheit verteidigt. Doch in Corleone hat man keinen Hehl daraus gemacht, dass mit der Einstellung von Girolamo und Giovanna die Schuld noch nicht beglichen ist. Eines Tages wird jemand den Schuldschein einlösen wollen. Noch dazu haben sich die Kräfteverhältnisse geändert, man weiß nicht mehr, wer noch wie lange das Sagen hat. Und die Mafia-Bosse, die noch frei herumlaufen, wittern, dass sie wie Totò im Gefängnis verrotten werden, sollte man sie fassen. Sie sind wie tollwütige Hunde, die sich nehmen, was sie brauchen, sie wollen keine Kompromisse mehr oder warten. Alte Verbindungen zählen nicht mehr. Don Vanni Tacco aus Camporeale hat an Macht und Einfluss verloren. Wir können nur hoffen, dass sich die Wogen wieder glätten.«

»Was soll das heißen, die Schuld ist noch nicht beglichen? Was erwarten die von mir?«, presste ich hervor.

Don Calogero fasste mich am Arm, jetzt konnte er keinen Rückzieher mehr machen.

»Alles. Dass du und dein Onkel bereit seid, für alles«, sagte er und lächelte gequält. »Dein Onkel kann dich jetzt nicht mehr da raushalten. Hast du das verstanden?«

»Nicht wirklich.«

»Wenn eines Nachts jemand mit einer Schusswunde an deine Tür klopft, musst du ihn behandeln. Und wenn derselbe dir von einem Fahndungsplakat entgegenblickt, musst du den Mund halten, schon bist du zum Mitwisser geworden. Und das ist nur der Anfang. Im Rechnungsbuch der Mafia wirst du als offener Posten geführt. Erinnerst du dich noch an meine Warnungen? Genau das hab ich immer befürchtet. Dein Onkel Rocco hat einfach nicht begriffen, dass du aus anderem Holz geschnitzt bist. Aber er kann dir den Rücken nicht mehr lange freihalten, denn er ist alt, und seine Kontakte kann er bald vergessen.«

Der Wind fegte die Januarwolken hinweg, der Vollmond tauchte die Talstraße in fahles Licht. Unsere Schritte hallten durch die Stille, ein dumpfes Klack-klack-klack-klack. Dann legte sich der Wind, selbst das Raspeln und Reiben der Eukalyptusblätter verstummte.

»Und es gibt noch was, Nanà«, sagte Don Calogero nach einer Weile. »In ein paar Wochen geh ich weg, zu meiner Tochter ins Trentino. Jeden Morgen machts mir mehr Mühe, das Rollgitter hochzuziehen. Und es ist fast keiner mehr da, den ich wirklich kenne. Die meisten liegen auf dem Friedhof, die andern sind in Palermo und lassen sich kaum noch blicken. Seit Michele und Gaetano nicht mehr Karten spielen, ist die Bar sogar Donnerstagabend leer. Als Concetta, Gott habe sie selig, vor zwanzig Jahren starb, habe ich ihr versprochen, unsere

Kinder nicht allein zu lassen, wo immer sie hinziehen werden. Ich habe mein Versprechen nicht gehalten. Ich will meine Bar nicht schließen. Aber jetzt muss ich wohl akzeptieren, dass sich die Dinge ändern.«

Die Worte dröhnten in meiner Brust, ich versuchte, sie zu verdauen. Don Calogero hakte mich unter, wir kehrten um.

»Dein Onkel hat mitbekommen, dass ich weggeh«, fuhr er fort, »seit einigen Tagen taucht er ständig in der Bar auf und redet auf mich ein, ich soll sie Pietruzzu überlassen. Dein Schwager wolle zurück nach Maciddaru, und du würdest dich auch freuen, sagt er. Ich enttäusch dich nicht gern, Nanà, aber Antonio wird die Bar übernehmen, das habe ich auch Rocco gesagt. Antonio ist wie ein Sohn für mich. Ich dachte eigentlich, dein Onkel hätte es kapiert, aber heute Morgen war er wieder da. Er sei bitter enttäuscht, von mir habe er das nicht erwartet und so weiter. Du verstehst mich bestimmt, oder, Nanà?«

»Natürlich, Don Calogero. Das freut mich für Antonio, in Mazara del Vallo ging es ihm nicht so gut.«

»Schon allein bei dem Gedanken, euch zu verlassen, habe ich einen Kloß im Hals«, sagte Don Calogero, »im Trentino ist es immer kalt, die Leute gehen nicht mal im Sommer vor die Tür. Aber ich werde wenigstens meine Enkel aufwachsen sehen, so Gott will …«

Noch immer untergehakt stiegen wir bergan. Auf einmal schien mir der Weg ins Dorf lang und steinig. Neben mir hörte ich Don Calogero keuchen. Wir sprachen kein Wort, als könnten wir unseren Schmerz so bannen.

»Also bis morgen, noch bin ich ja da«, sagte Don

Calogero, als wir seine Haustür erreichten. »Und bitte ohne Trauermiene!«

Wider Willen musste ich lächeln. Doch als der Staub auf dem Mäuerchen aufgewirbelt wurde, schien mir die Kirche dahinter so starr und unerbittlich wie der Winter.

Nürnberg, Juni 1994
FRAGMENT VIERUNDZWANZIG

»Habt ihr es gespürt?«, rief Mareike strahlend. Sie saß auf dem Sofa, zwischen Frank und Charlotte, die ihre gespreizten Hände auf ihren Bauch gelegt hatten und begeistert nickten.

»Wieso merkst du, wenn sich das Baby bewegt, Mama?«, fragte Charlotte.

»Der Kleine strampelt, er will sich wohl bemerkbar machen!«

»Und woher weißt du, dass ich ein Brüderchen bekomme?«

»Das hat der Arzt gesagt, er weiß alles.«

»Auch, wie mein Brüderchen heißt?«

»Nein, das wissen nur Mama und Papa.«

»Aber ihr seid doch gar keine Ärzte!«

»Wir wissen es trotzdem«, lächelte Mareike.

Sie war sehr gespannt. Später am Tag würde Tante Gaby aus Hannover zum ersten Mal zu Besuch kommen. In der Wohnung in der Nürnberger Altstadt, die sie dank Franks Chef gefunden hatten, war genug Platz. Sie hatte das Gästebett bezogen, aufgeräumt und eingekauft, sie würde eine fränkische Spezialität kochen. Auch Charlotte war aufgeregt und wollte vieles fragen. Frank hatte ihr erzählt, dass er Tante Gaby als Kind oft besucht hatte oder sie nach Wolfsburg gekommen war, sie hatte immer eine Schokoladentorte mitgebracht.

Doch vorher musste Frank noch ins Bärleinhuter. Der Chefredakteur von den *Fakten* kam extra aus Hamburg, um mit ihm über einen heiklen Auftrag zu sprechen. Frank war wie immer zu früh, musste jedoch nicht lange warten.

»Guten Tag, Herr Fischer«, begrüßte ihn Blankemayer und stellte seinen Aktenkoffer neben dem Tisch ab. »Ist es hier im Juni immer so warm?«, fragte er, als er seine Goretexjacke über den Stuhl hing.

»Nürnberg bietet seinen Gästen eben nur das Beste«, antwortete Frank lachend.

»Ich will nicht lange um den heißen Brei herumreden«, sagte Blankemayer. »Wie gesagt, wir hätten einen neuen Auftrag für Sie, nicht ganz ohne Risiko. Wie Sie wissen, ist Deutschland mittlerweile ein attraktiver Finanzplatz für die organisierte Kriminalität. Das Parlament diskutiert momentan ein Gesetz, um die Wirtschaft vor Unterwanderung zu schützen. Die Cosa Nostra muss enorme Mengen Schmutzgeld waschen. Auch manche deutschen Politiker oder Verwaltungsbeamte drücken da gern mal ein Auge zu. Unsere Informanten haben uns eine Liste mit italienischen Geschäftsleuten zugespielt, die sizilianischen und kalabresischen Mafia-Clans in Deutschland als Vermittler dienen«, sagte Blankemayer und breitete mehrere Fotokopien auf dem Tisch aus.

»Das hier ist eine detaillierte Liste aller italienischen

Pizzerien und Restaurants, die in den letzten drei Jahren in Deutschland eröffnet wurden, zig Hunderte, in Mannheim, Duisburg, Frankfurt, den neuen Bundesländern, Dresden, Leipzig, Magdeburg. Weder die gute italienische Küche noch die Wiedervereinigung können diesen Boom erklären. Zudem werden in genau denselben Städten gehäuft italienische Geschäftsleute von Landsleuten erpresst. Sie müssten in Sizilien und Kalabrien recherchieren, wo das Geld herkommt, und in den deutschen Regionen, wo Beamte und Politiker allzu bereitwillig Genehmigungen ausstellen.«

Blankemayer bestellte einen Kaffee.

»Das ist ein ganz heißes Eisen. Und diese Leute verstehen keinen Spaß«, fuhr er fort. »In Italien wurden schon Journalisten ermordet oder brauchen Personenschutz. Aber in Deutschland steht die Öffentlichkeit hinter uns. Sie hätten also Gelegenheit, eine große Enthüllungsreportage zu schreiben.«

Als Frank nichts sagte, kam Blankemayer, wie befürchtet, auf den Rohentwurf über die Bewegung um Barbarossa zu sprechen. Frank hatte ihn vor einigen Wochen an ihn persönlich geschickt, mit der Bemerkung, er könne nicht daran weiterarbeiten, weil er die Informationen unter dem Siegel der Verschwiegenheit von einem Freund erhalten habe.

Blankemayer holte tief Luft. »Tun wir einfach so, als hätte es die Reportage über rechte Geheimgruppen nie gegeben«, sagte er. »Aber dafür bitte ich Sie, das Mafia-Thema in Angriff zu nehmen.«

Dann öffnete er seinen Aktenkoffer und reichte Frank einen Umschlag. »Ein Vertragsentwurf«, erklärte er. »Wir möchten Sie exklusiv für uns gewinnen, für das Ressort deutsche und internationale Politik. Sie könnten in Hamburg oder Berlin wohnen. Um eine passende Wohnung würden wir uns kümmern, natürlich auch um ein angemessenes Gehalt. Wir machen Ihnen ein Angebot, das Sie nicht ablehnen können.« Bei dieser Anspielung auf den *Paten* brach Blankemayer in schallendes Gelächter aus.

Die Hamburger Wochenzeitschrift umwarb ihn seit einiger Zeit, mehrmals schon hatte man ihm eine Festanstellung angeboten. Der Himmel war strahlend blau, als Frank, mit dem Umschlag in der Hand, schließlich das Lokal verließ. Alle Welt wollte offenbar das schöne Wetter genießen, die Menschen strömten durch die Gassen. Sogar die triste Johannisstraße wirkte im Sonnenlicht wie verwandelt. Der Verkehr, die türkischen Imbisse mit ihren rotierenden Kebabspießen, die bunten Kleider, die kurdische und afrikanische Musik aus den Lebensmittelläden verliehen der Stadt ein internationales Flair.

»Hallo Hartmut«, sagte Frank, als er die Buchhandlung betrat.

»Na, schau her! Wenigstens du! Beim kleinsten Sonnenstrahl kommt kein Mensch mehr her. Ich hasse den Sommer!«, sagte Hartmut, der hinter seinem Schreibtisch saß.

»Du schwimmst eben gern gegen den Strom, Barbarossa!«

»Genau. Die Sonne macht doch nur müde und faul, das Gehirn wird träge. Aber wenn es grau und regnerisch ist, will man den Tag sinnvoll nutzen.«

»Hast du was zu trinken?«, fragte Frank.

Hartmut hievte seinen massigen Körper vom Stuhl, ging in die Küche und kehrte mit zwei Flaschen Doppelmalz zurück.

»Was gibts?«, fragte Barbarossa. »Du bist doch nicht zufällig hier.«

»In ein paar Monaten werd ich Vater. Ein Junge diesmal.« Frank setzte sich gegenüber Hartmuts Schreibtisch.

»Herzlichen Glückwunsch! Wir können eine starke, kreative neue Generation gebrauchen.«

»Tja«, sagte Frank und trank einen kräftigen Schluck Bier, »aber es gibt noch was. Bei den *Fakten* wollen sie mich exklusiv, ich könnte in Hamburg oder Berlin wohnen.«

Hartmut hörte auf, die Bücher auf seinem Schreibtisch zu ordnen. »Und, willst du?«, fragte er ernst.

»Sie bieten mir vier Mal so viel Gehalt wie jetzt, aber ich müsste exklusiv für sie arbeiten. Seeberger hat an mich geglaubt, als ich noch ein Niemand war. Und lässt mich auch noch für andere arbeiten. Keine leichte Entscheidung also.«

Frank ließ seinen Blick über die überquellenden Regale schweifen. »Ehrlich gesagt habe ich keine Lust wegzugehen«, sagte er. »Hamburg ist schön, kulturell interessanter als Nürnberg, und Berlin wieder Hauptstadt. Aber mein Bauchgefühl sagt mir, nein. Die Aufträge für *Die Fakten* kann ich ja weiter machen. Aber natürlich muss ich erst mal mit Mareike sprechen.«

»Hast du schon ein neues Projekt?«, fragte Hartmut neugierig wie immer.

»Ja, in Italien, Sizilien. Es geht um die Cosa Nostra, nicht ungefährlich.«

In Barbarossas Augen trat ein Leuchten, das Frank verriet, dass nun ein längerer Vortrag folgen würde. Er blickte ihn gespannt an.

»Weißt du, was Goethe über Sizilien gesagt hat? ›Hier ist erst der Schlüssel zu allem.‹«

»Ja, die *Italienische Reise*.«

»Als ich das vor fast vierzig Jahren las, hab ich mich gefragt, was er damit sagen wollte«, sagte Hartmut. »Ich habe das Buch in meinen Rucksack gepackt, meinen Schlafsack genommen und bin losgetrampt. Im Frühling bin ich an der Stiefelspitze angekommen.«

»Der Schlüssel zu allem«, wiederholte Frank. »Das ist eigentlich typisch Romantik, typisch für Goethes Zeit.«

»Oder sie glaubten noch an das, was sie schrieben. Die Methoden der Vernunft reichen nicht aus. Die Aufklärung war eine Katastrophe, die die Menschheit erst in Illusionen wiegte und sie dann ratlos zurückließ.«

»Ich versteh den Zusammenhang nicht …«

»Sizilien ist ein magischer Ort, an dem sich unsere unterschiedlichen Wurzeln gekreuzt haben. Das wissen wir seit Jahrtausenden und geben es von Generation zu Generation weiter. Wer die Geschichte richtig lesen kann, dem fallen bestimmte Details ins Auge. Denk bloß an Friedrich II.«

»Kaiser Barbarossa? Deinen Urgroßvater?«, sagte Frank lachend.

»Was gibt es da zu lachen? Man nannte ihn ›Stupor Mundi‹. Ein Weltwunder. Der Papst wollte den König von Sizilien exkommunizieren. Es passte ihm nicht, dass Barbarossa seiner Zeit weit voraus war und Beziehungen zu anderen Kulturen unterhielt. Unser Schwabe ruht in der Kathedrale von Palermo.«

Hartmut holte kurz Luft, dann fuhr er hastig fort. »Denk an Wolfram von Eschenbach und seinen *Parzival*. Eschenbach verknüpft die Suche nach dem Heiligen Gral mit der Erfindung der Zauberei. Auf Sizilien. Unter arabischer Herrschaft, in dem kleinen Dorf Kalat al Ballut, heute Caltabellotta. Als Hitler nach Italien reiste, bat er Mussolini, sich wenigstens eine Nacht im Verlies des Kastells aufhalten zu dürfen. Der Duce hielt den Führer für verrückt.«

»Hitler auf Sizilien? Im Verlies? Wer schreibt denn so einen Schwachsinn?«, fragte Frank.

»Laut Eschenbach hatte Landolfo di Capua, der Hofnarr des Sultans von Sizilien, eine Affäre mit einer Haremsfrau, und als der Sultan davon erfuhr, ließ er ihn entmannen und ins Verlies von Kalat al Ballut sperren. Als Rache erfand di Capua die schwarze Magie. Sagt dir Aleister Crowley etwas?«

»Der Verrückte mit dem Satanskult?«

»Er hat den Golden Dawn gegründet, die wichtigste okkultistische Bewegung der Welt. Crowley kannte seinen *Parzival* und zog darum nach Sizilien. Und weißt du, wo Richard Wagner seine Oper *Parzival* beendet hat? In Palermo. Kurz vor seinem Tod schrieb er dort den dritten und letzten Akt. Alles passt.«

Barbarossa hielt inne.

»Die Mafia ist totaler Schwachsinn«, fuhr er fast verächtlich fort. »Nichts als der unbedeutende kriminelle Ausdruck des modernen Kapitalismus, der noch dazu durch die Filmindustrie mystifiziert wird. Die Bosse der

Organisation sind Idioten, die sich mit Gewalt nehmen, was sie kriegen können. Kein Volk ist ohne Makel, aber Sizilien ist eine Welt für sich.«

Barbarossa schaffte es doch immer wieder, sich in seine journalistische Arbeit zu schummeln, dachte Frank, als er sich verabschiedete.

Als er nach Hause kam, saßen Gaby und Charlotte auf dem Wohnzimmerteppich und spielten, Mareike kochte. Er umarmte seine Tante lange. Später setzten sie sich gemeinsam an den Balkontisch, vor sich Schäufele, Klöße und Spargel. Und natürlich die sagenumwobenen Würstli, von Rainer persönlich vorbeigebracht.

»Wie köstlich!«, sagte Gaby. »Und wie schön Nürnberg ist! So mittelalterlich hatte ich die Stadt gar nicht in Erinnerung. Die gotischen Kirchen, der Marktplatz und so viele Leute, so viel Jugend und Straßenmusik!«

»Es ist Sommer«, sagte Mareike. »Jetzt ist die Stadt voller Leben, mit Festivals, dem Bardentreffen, mit Musikern und Künstlern aus aller Welt. Aber wenn es kälter wird, ist Nürnberg ziemlich grau.«

»Meinst du, Hannover wär anders?«, sagte Gaby. »Oder Bremen? Von Dresden und Leipzig gar nicht zu reden. Ohne ihre Unis wären diese Städte doch trostlos.«

Später am Abend zeigte Mareike Gaby Fotos von ihrer Kindheit auf Sylt, ihren Eltern, ihrer zahlreichen Verwandtschaft.

»Wie toll, so eine große Familie, sicher auch mit einer langen Geschichte!«, rief Gaby. »Das war bei uns anders, was, Frank?«

»Ich finde Familiengeschichten wahnsinnig spannend«,

sagte Mareike. »Die Familie meiner Mutter lebt schon seit Generationen in Franken, aber mein Vater, der in der Weimarer Republik geboren wurde, hatte tirolerische Wurzeln. Sein Vater ist wegen der Arbeit nach Norddeutschland gegangen, hat auf Sylt ein Restaurant und später ein Hotel eröffnet. Aber ich bin mit Haut und Haar Nürnbergerin. Heimat ist immer da, wo man sich wohlfühlt.«

Mareike stand auf, holte die Apfeltorte aus der Küche, dazu Vanilleeis.

»Ich geh ins Bett«, sagte sie kurz darauf. »Es war ein langer Tag, und sicher habt ihr euch viel zu erzählen.«

Frank und Gaby blieben auf dem Balkon. Gaby nahm eine dünne, lange Zigarette heraus und steckte eine Zigarettenspitze aus Elfenbein auf.

»Wie nett du es mit deiner Familie hast, Frank«, sagte sie und zündete die Zigarette an. »Das hast du verdient.«

»Weißt du, was für mich das Schönste am Leben ist, Gaby?«, erwiderte Frank. »Dass wir nicht wissen, was kommt. Dass wir, egal ob jung oder alt, reich oder arm, das Morgen erst erkunden und jederzeit bereit sein müssen, die Gelegenheiten beim Schopf zu packen. Als ich Mareike kennengelernt habe, habe ich bestimmt nicht an eine Familie gedacht.«

Gaby rauchte hastig, dann nahm sie die Kippe aus dem Mundstück, drückte sie im Aschenbecher aus und stand auf. Kurze Zeit später kam sie mit einer Mappe zurück.

»Vor ein paar Tagen habe ich meinen Papierkram geordnet, und da sind mir Elkes Briefe in die Hände gefallen. Während ihrer Schwangerschaft und nach deiner

Geburt haben wir uns viel geschrieben. Es sind fast dreißig Briefe, über ihren Alltag, was sie gemacht und gedacht hat. Es gibt auch ein paar Andeutungen zu deinem
Vater. Du solltest die Briefe haben, denke ich. Elke wäre
jetzt Oma geworden und sehr glücklich.«

Frank nahm die Mappe mit zitternden Händen entgegen.

»Ich muss dir auch was erzählen«, sagte er nach einer
Weile. »Nach meinem Besuch bei dir habe ich alle Banken in Wolfsburg angerufen, um etwas über die Zahlun-
gen meines Vaters zu erfahren. Aber da ist nichts mehr zu
machen, die Daten von aufgelösten Girokonten werden
nach einigen Jahren gelöscht.«

Wortlos standen sie am Balkon und blickten in das
ockergelbe Laternenlicht der Straße. Aus der Ferne hörte
man Gitarrengeklimper und schiefe Simon-&-Garfun-
kel-Songs. Die Nacht legte sich wie ein leichtes Tuch
über ihre Worte und Gedanken. Über ausgesprochene
und unausgesprochene. Über flüchtige und ewige, die
die Menschen schon seit Jahrhunderten bewegen.

Camporeale, Oktober 1994
FRAGMENT FÜNFUNDZWANZIG

»Wie immer, Nanà?«

»Nein, heute nehm ich Gemüse mit Ofenkartoffeln.«

Manchmal ging ich in der Mittagspause nicht nach
Hause, sondern in die Bar am Platz. Weil ich erst um
zwei kam, leerte sich das Lokal bereits.

Unter ihrem neuen Besitzer Antonio hatte sich die Bar gründlich verändert. Man kam nicht mehr hauptsächlich zum Frühstück, Espresso, Cappuccino, Cornetto mit Marmelade oder Vanillecreme. Nun lockten in einer Glasvitrine die Mittagsgerichte: Nudel- und Fleischvorspeisen, *Arancino*-Bällchen mit Fleisch oder Butter, Pizzastücke und andere Köstlichkeiten.

Antonio brachte mein Essen und setzte sich zu mir.

»Wie läufts?«, fragte ich meinen Freund.

»Allein schaff ich es kaum mehr. Ich könnte glatt eine Hilfe einstellen. Vor allem in den Spitzenzeiten.«

»Das Mittagessen ist eine super Idee, Antonio«, sagte ich. »Das hat im Dorf gefehlt!«

»Stimmt, aber sie ist eigentlich nicht auf meinem Mist gewachsen. In Mazara del Vallo bin ich in meiner Mittagspause immer nach Hause gespurtet, hab was in die Pfanne gehauen, runtergeschlungen und dalli, dalli wieder ins Zementwerk zurück. Und abends stand dann noch das schmutzige Geschirr da. Irgendwann hab ich einen Laden mit kleinen Mittagsgerichten zu akzeptablen Preisen entdeckt.«

»Deine Bar ist perfekt hier! Mit der Schule, den Büros, dem Rathaus, Freiberuflern wie mir. Heute stehen Frauen ja nicht mehr am Herd und warten drauf, dass der Mann nach Hause kommt.«

»Wenn man überhaupt eine Frau hat …«

»Hör mal«, wechselte ich das Thema. »Hast du mal was von Don Calogero gehört? Ich hab versucht, ihn anzurufen, aber er war nie da. Na ja, vielleicht war er bei seiner Tochter.«

»Kaum«, sagte Antonio. »Manchmal frage ich mich,

wie er es da oben überhaupt aushält, nachdem er sein ganzes Leben lang hier war. Klar, er hat seine Tochter und das Enkelkind ... Vor einem Monat hab ich ihm Fotos geschickt, von der Vitrine, der neuen Kaffeemaschine und so, hier wurde ja vierzig Jahre lang kein einziger Stuhl erneuert.«

»Und?«

»Nichts. Kein Sterbenswörtchen. Keine Postkarte, kein Brief, mit einem Anruf hab ich gar nicht erst gerechnet.«

Antonio stand auf.

»An den von Don Calogero kommt er nicht heran«, sagte er, als er zwei Ristretti auf den Tisch stellte. Mein skeptischer Blick war ihm wohl nicht entgangen.

»Ehrlich, ich frag mich, wie Don Calogero das morgens hingekriegt hat, wenn zehn Leute gleichzeitig an der Theke stehen und alle Espresso, Cappuccino, Latte Macchiato wollen. Mit der alten Gaggia rossa wär unser Ristretto jetzt noch nicht fertig. Und dieser Kaffee ist ja durchaus trinkbar.«

»Tja, Qualität oder Quantität«, sagte ich. »Man muss sich entscheiden. Solange du die einzige Bar im Dorf hast, wirst du wohl ackern müssen, neue Maschine hin oder her ...«

Antonio blickte plötzlich ernst, stand auf, räumte die Tassen weg, suchte in der überquellenden Spülmaschine nach Platz. »Im Frühjahr wird eine zweite Bar aufgemacht«, sagte er, als er zurückkam.

»Was?«

»Als sich rumsprach, dass Don Calogero aufhören würde, hat der Tacco-Clan sofort Interesse angemeldet. Auch dein Onkel ...«

»Ich weiß.«

»Don Calogero hat allen gesagt, dass ich die Bar über-nehme. Er hat sich damit jede Menge Feinde gemacht, aber weil er die Bar nach dem Krieg wieder aufgemacht hat, brachte man ihm Respekt entgegen und ließ ihn in Ruhe. Aber jetzt ist er nicht mehr da.«

Antonio vergewisserte sich mit einem Blick nach draußen, dass wir allein waren.

»Als ich hier renoviert hab«, flüsterte er, »kam eines Tages Ignazio vorbei, ein Neffe von Don Vanni Tacco, schaute sich demonstrativ um und sagte dann: Lohnt sich die Arbeit überhaupt? Ob du das jemals wieder rein-kriegst …«

Antonio warf noch einen prüfenden Blick auf die Straße. »Eine Woche später wollten sie schon Schutz-geld«, fuhr er leise fort. »Angeblich musste die Kirche renoviert werden, die Pfarrer hätten ja kein Geld. Vor ein paar Tagen hat Ignazio mich dann gefragt, ob ich die Bar nicht seinem Freund überlassen will. Don Calogero will, dass ich die Bar führe, hab ich geantwortet. Er ist wortlos und ohne zu bezahlen gegangen, aber nach Ostern eröff-net der Tacco-Clan angeblich fünfzig Meter von hier ein nagelneues Eiscafé, das auch warme Gerichte anbietet. Dann kann ich dichtmachen. Alle werden da hingehen, um die Taccos nicht zu verärgern.«

Ich brachte kein Wort heraus.

»Zum Glück wird nichts so heiß gegessen wie ge-kocht«, fuhr Antonio fort. »Die Umbauarbeiten dauern wohl länger als gedacht. Ich arbeite wie ein Tier, Nanà, und spare. Wenns so weit ist, verkauf ich und geh weg. Ohne Rückfahrschein. Dein Onkel hat dafür gesorgt, dass du die einzige Praxis im Dorf hast«, sagte Antonio, legte mir die Hände auf die Schultern und schaute mich an. »Und deine Familie ist hier. Ich hab nur mich, und Don Calogero ist für alle nur noch Erinnerung.«

In der Praxis dachte ich noch lange an Antonios Worte, aber auch daran, dass ich zwar meine Mutter und meine Schwester im Dorf hatte, aber keine eigene Familie. Trotz Annamaria.

Als der letzte Patient ging, ordnete Giovanna noch Patientenakten, Girolamo war wie immer schon weg.

»Signorina Cangemi, darf ich Sie etwas fragen?«, überwand ich mich und setzte mich neben sie. »Etwas Privates, Sie müssen es für sich behalten?«

Giovanna nickte verwundert.

»Manchmal verstehe ich die Frauen einfach nicht«, sagte ich. »Sie wirken für Ihr Alter sehr erwachsen, vielleicht könnten Sie mir einen Tipp geben?«

»Wie die Männer sind auch die Frauen unterschiedlich, Dottore.«

»Aber manches entgeht mir als Mann vielleicht.«

Giovannas wacher Blick verriet einen kühlen Verstand und Neugier.

»Kann eine Frau zwei Männer lieben?«, fragte ich sie direkt heraus.

Sie blickte mich aus ihren schönen, braunen Augen an. »Ja«, sagte sie nach kurzer Überlegung. »Aber nicht beide auf dieselbe Art und nicht für lange Zeit.«

»Das heißt?«

»Dazu fragen Sie sich am besten, ob ein Mann zwei Frauen lieben kann?«

»Ich möchte Sex nicht mit Liebe verwechseln. Für eine Affäre braucht man keine echten Gefühle. Da reicht die körperliche Anziehung, oder?«

»Ich glaube, dass sich die meisten Menschen nach dem einen sehnen, der zu ihnen passt, der alle ihre Bedürfnisse erfüllen kann. Sicherheit, Zärtlichkeit, Leidenschaft, Lebendigkeit und manchmal auch Kinder. Aber natürlich hängt das auch vom Charakter ab, vom kulturellen Umfeld, den familiären Werten, der Schule und manchmal auch vom Zufall.«

»Vom Zufall?«

»Ja, die Frage ist doch: Welche Rolle spielt das Umfeld, in dem wir mehr oder minder zufällig leben, behält es die Oberhand über das, was wir im Innersten sind? Meiner Meinung nach lieben Frauen meist zutiefst idealistisch. Ihre Liebe entsteht zuerst im Kopf. In der ersten Verliebtheit gibt es keinen Platz für zwei Menschen. Wie bei einem Ohrwurm, der sich im Kopf festgesetzt hat. Doch später ist vieles möglich, und auch das hängt vom Zufall ab. Wenn Gewohnheit, Müdigkeit oder auch Gleichgültigkeit in einer Beziehung zu viel Raum einnehmen, öffnet sich eine Lücke, und dann kann man zwei Menschen lieben, aber nur so lange, bis man weiß, für wen man sich entscheidet.«

Ich schaute sie stumm an.

»Dottore, sind Sie der Feste oder der Liebhaber?«

Plötzlich bereute ich, dass ich sie um Hilfe gebeten hatte. Mit dieser Frage hätte ich rechnen müssen. Ich blickte aus dem Fenster.

»Der Liebhaber«, murmelte ich. »Und auch das nur dann und wann.«

»Ich nehme an, Sie wollen, wenn ich so sagen darf, Ihren Status ändern?«

»Genau«, seufzte ich.

»Da kann ich Ihnen nur Glück wünschen, Dottore. Das braucht man wohl in solchen Fällen.«

Zu Hause duschte ich, rasierte mich und entschied mich für mein bestes Aftershave. Schon stand Donna Maria in der Badezimmertür.

»Fährst du nach Palermo?«, fragte sie. Ich nickte. »Dann trink bloß nicht, sonst halten sie dich noch an.«

»Ich trink doch nie zu viel, Mamma.«

Ich hatte Annamaria vor einigen Wochen das letzte Mal gesehen, und heute würden wir uns nicht bei ihr, sondern in der Bar Roney treffen, in den Siebzigern und Achtzigern ein »In«-Lokal, das aber mittlerweile unter den neuen Pubs und Bars litt. Ich stellte den Wagen auf der Piazza Verdi ab, den jungen, muskulösen, dunkelhäutigen Parkwächter kannte ich nicht. Ich fragte ihn nach meinem Freund. »Pinuzzu nicht mehr hier«, knurrte er.

Ich gab ihm das Trinkgeld und schlenderte in Richtung Via Libertà.

Annamaria wartete schon vor dem Lokal, in einem hübschen roten Mantel, ihr anmutiges Gesicht ein wenig blass, aber perfekt geschminkt. Eine Strähne fiel ihr in die breite, hohe Stirn. Zur Begrüßung hielt sie mir nur die Wange hin. Sie wollte wohl diskret sein, jederzeit konnten Bekannte auftauchen. Wir setzten uns an ein Tischchen am Fenster.

»Hast du schon gegessen?«, fragte ich, um die Stille zu durchbrechen.

»Ich hab keinen Hunger«, erwiderte sie und zündete sich eine Zigarette an. Mir fiel auf, dass sie meinem Blick auswich, selbst wenn sie sprach, blickte sie auf die Straße.

»Wie läuft es in der Praxis?«, fragte sie. »Bist du zufrieden?«

»Was soll ich sagen«, murmelte ich. »Ich hab Arbeit, aber ehrlich gesagt bin ich nicht glücklich, wie das gelaufen ist. Hätte ich die Praxis von Professor Perricone übernehmen können, sähe meine Antwort wohl anders aus. Und du? Gefällt dir das Studium noch?«

Annamaria seufzte, als falle ihr jedes Wort schwer.

»Ich fühle mich unter den blutjungen Erstsemestern wie eine Glucke. Jeden Tag frage ich mich, ob meine Entscheidung richtig war.«

Plötzlich nahm sie meine Hand und schaute mich an, als wollte sie das Gespräch auf eine Ebene heben, die unserer Beziehung gerechter wurde.

»Du weißt, wie gern ich dich habe, Leonardo, oder?«, sagte sie. »Ich fand dich immer interessant. Du bist so anders als meine selbstsicheren, aufgeblasenen Bekannten, die nur von Jachten und exotischen Fernreisen erzählen, mit Kultur nur prahlen und in Kontakten allein künftige Jobchancen sehen. Ich habe dir immer gern bei der Arbeit zugeschaut, wie viel Aufmerksamkeit du deinen Patienten entgegengebracht, wie du mit ihnen gesprochen hast, niemals besserwisserisch. Mit einer Bescheidenheit, fast wie aus einer früheren Zeit.«

Mir war klar, das war das Vorspiel zum Abschied, und ich spürte einen tiefen Stich.

»Ich habe dich überhaupt nicht verdient. Und das sage ich nicht, weil ich für meine Krise und meine innere

Zerrissenheit eine bequeme Lösung suche. Wenn ich an uns beide denke, dann habe ich keine Zweifel. Aber ich bin nicht frei, ich kann gar nicht mehr aus der Rolle ausbrechen, die ich schon ein Leben lang spiele, für die ich anerkannt und geschätzt werde. Ich bin schon so lange mit Attilio zusammen, wir haben gemeinsame Freunde, unsere Familien verkehren seit Jahrzehnten miteinander, wir haben dieselben Interessen.«

Annamaria wandte den Blick ab, als sammle sie sich, ehe sie weitersprach.

»Leonardo, wir haben auf einer Trauminsel gelebt, in einer Enklave, wo es nur dich und mich gab. Auf dieser Insel war ich einfach Annamaria und niemand sonst. Ohne Vergangenheit und Zukunft. Es gab nur das Hier und Jetzt. Aber sobald du weg warst, war alles andere wieder da, eine Bürde aus Fragen und schlechtem Gewissen. Wer war ich überhaupt? Und was bedeutete mir mehr? Ich weiß es nicht und werde es vielleicht nie wissen. Verzeih mir, Nanà.«

Ich sah sie an, und sie erschien mir noch schöner als sonst. Ihre Augen, vom Schlafmangel gezeichnet, irrten verloren umher, auf der Suche nach Halt. Ich hatte keine Angst, sie zu verlieren, ich hatte sie schon längst verloren. Im Innersten hatte ich es immer gewusst. Ich strich ihr über die Wange. »Es war schön mit dir, Annamaria«, sagte ich. »Aber nun treffen wir uns wohl besser nicht mehr. Wahrscheinlich brauchst du genau das, es ist besser so.«

Tränen stiegen ihr in die Augen.

»Und was machst du jetzt?«, fragte sie mit bebender Stimme.

Ich stand auf, küsste sie auf die Stirn, schaute sie noch einmal an und ging ohne ein weiteres Wort.

Die Via Dante war wie immer um diese Zeit ausgestorben, aber heute Abend auch vollkommen dunkel, vielleicht ein Stromausfall. Ich ging an meiner früheren Wohnung vorbei, der kleine Balkon war begrünt. Sehr schön, dachte ich und stellte mir vor, wie sich der neue Mieter geduldig um die Töpfe kümmerte. Kurz darauf passierte ich die Praxis von Professor Perricone. Auf dem Klingelschild stand der Name eines Steuerberaters. Als ich die Straße überquerte, stand ich vor dem Tor zur Villa Whitaker. Wind kam auf, im Park schwankten die Eichen, die schlanken, hohen Palmen führten einen Herbsttanz auf. Wie oft hatte ich durch diese unüberwindbaren schmiedeeisernen Gitterstäbe geschaut? Als ich das Ende der Mauer erreichte, bog ich in den kleinen Vicolo Malfitano ein, wo der Lärm der Stadt nur noch ein schwacher Widerhall war.

Irgendwas am Leben entgeht mir, dachte ich. Und erst wenn ich herausgefunden habe, was, werde ich diesen Schwebezustand beenden können. Ich setzte mich auf die Stufe eines Hauseingangs und zog meine Zigarette für heute hervor. Don Calogero würde mir jetzt wohl eine ordentliche Standpauke halten, dachte ich und musste unwillkürlich lächeln.

Die Küstenfelsen wurden vom Al Gabbiano wie von einem Keil zerschnitten. Das Restaurant war so aufdringlich wie der Salzgeruch in der Nase. Kinder im Karnevalskostüm spielten trotz der frischen Februarluft an der Promenade Ball, Autos suchten einen Parkplatz, fliegende Händler präsentierten einen wilden Wirrwarr aus Waren. Hinter der Bucht die kahlen Felsberge, der einsame, weiße Strand vor blauem Himmel, die unbewohnten Jugendstilvillen der alten Aristokratie, die leeren Fünfziger-Jahre-Villen der Neureichen. An der Piazza die Cafés, die immer sonnengegerbten, lautstarken Verkäufer mit ihren Obst-und-Gemüsekarren, die bunten Stände der Tintenfischhändler. Ein ebenso großartiges wie trügerisches Mosaik.

Mondello war der äußerste Ausläufer von Palermo. Eine unfruchtbare Landschaft, einst nichts als Sumpf und Mücken, dann die Wonne der Belle Époque und bis heute ein beliebter Strand. Im Winter waren nur wenige Leute unterwegs. Doch der strahlende Sonnenschein verhieß schon den Frühling, verwies mit mediterranem Stolz Schals und Jacken in die Schränke.

Frank hatte den Bus genommen, den Settebello, und war auf der Piazza ausgestiegen. Wie Goethe, Guy de Maupassant oder Richard Wagner genoss er die Ankunft.

Ein Kaffee war jetzt ein Muss, er setzte sich an ein Tischchen im Schatten einer Markise.

»*Benvenuto al* Bar Renato«, begrüßte ihn der Kellner in weißem Jackett und schwarzer Fliege.

Während er auf den Espresso wartete, schaute er aufs Wasser, die laue Luft strich über seine bloßen Arme. Ob die Einwohner überhaupt noch wahrnahmen, welches Geschenk die Natur ihnen machte?

»Sie müssen nicht *Caffè espresso* bestellen, *Caffè* reicht«, sagte der Kellner, als er den Espresso, dazu ein Glas kühles Wasser, auf den Tisch stellte. »Nur *lungo, ristretto, macchiato* und *americano* müssen Sie dazusagen«, erklärte er.

»Ich vergess das einfach immer wieder. Wenn ich zu Hause Kaffee bestelle, kriege ich eine ungenießbare Brühe.«

»Sie sprechen Italienisch? Wo kommen Sie her?«

»Aus Deutschland«, sagte Frank, und schon erzählte der Kellner von einem Schwager in Stuttgart. Frank hörte nur mit halbem Ohr zu, sein Interviewpartner musste jeden Moment kommen.

Monatelang hatte er sich um diesen Termin bemüht, die internationalen Kontakte der *Fakten* genutzt. Antonino Barbacetto war seit seiner Pensionierung vor ein paar Jahren viel auf Reisen und hielt überall in Italien Vorträge. Er lehnte Interviewanfragen von Presse oder Fernsehen meistens ab, aber Franks Bekanntheit und die guten Kontakte hatten ihn wohl umgestimmt.

Frank wimmelte den Kellner ab, zog sein Notizbuch aus der Tasche, und als er wieder hochschaute, kam ein Mann auf ihn zu. Schlank, große Brille, wenige kurze, weiße Haare, Adlernase. Frank stand auf.

Antonino Barbacetto flößte Respekt ein. Er wirkte ernst, seriös und trotz seines Alters sehr energisch. Seit den Morden an Falcone und Borsellino war der Ermittlungsrichter aus dem Antimafia-Pool stark beschäftigt.

Da saß ihm also Ermittlungsrichter Barbacetto aus dem Antimafia-Pool leibhaftig gegenüber. Mit dem Maxi-Prozess gegen die Cosa Nostra und der Kampfansage an die organisierte Kriminalität war er weltberühmt geworden, aber er hatte dabei Giovanni Falcone und Paolo Borsellino, seine besten Mitarbeiter, verloren.

»Sind Sie allein gekommen?«, fragte Frank und schaute sich suchend um.

»Nein. Aber wissen Sie, was passiert, passiert.«

Barbacetto bestellte ein Mineralwasser und blickte Frank forschend an. »Im Ausland dichtet man der Mafia gern etwas Mysteriöses an«, sagte er. »Wenn Kriminalität ein gesellschaftliches Phänomen ist, tendieren Massenmedien und Kino oft zur Romantisierung. In Deutschland spielt man die Gewalt der Mafia ja geradezu herunter und pflegt ein sehr klischeehaftes Bild von Italien.«

»Stimmt«, sagte Frank, »Italien ist unser Lieblingsland. Wir sind schon immer gern nach Italien gereist, lieben und bewundern es, verachten es aber auch ein wenig. Die italienischen Einwanderer haben ein Stück Italien nach Deutschland gebracht. Italien scheint uns vertraut.«

Frank blickte Barbacetto an. »Wie leben Sie mit der allgegenwärtigen Bedrohung?«, fragte er dann.

»Ein Journalist hat Falcone kurz vor seinem Tod gefragt, warum er die Gefahr des Antimafia-Kampfs überhaupt auf sich nehme. Seine Antwort war, das gebiete ihm sein soziales Pflichtgefühl. Ohne dieses Pflichtgefühl kann eine Gesellschaft nicht funktionieren. Die Deutschen dürften das gut kennen. Ich habe Falcones Antwort nichts hinzuzufügen.«

»Sie gelten, wie die anderen Mafia-Richter, als Held.

Aber setzt diese Opferbereitschaft nicht vor allem einen starken, fast naiven Glauben an das Gute voraus? Wie alle Idealisten hatten Falcone und Borsellino doch etwas sehr ›Naives‹. Hätte bei ihnen sonst nicht der Schutzreflex eingesetzt, der uns instinktiv Gefahren vermeiden lässt?«

»Wenn das Recht auf Freiheit und Gleichheit permanent mit Füßen getreten wird, verhalten sich alle, die ungeachtet der Gefahr daran glauben, notgedrungen heldenhaft. Eigentlich haben Paolo und Giovanni nur ihre Pflicht getan. Obwohl sie wussten, dass ihre Tage gezählt waren.«

»Aber wie konnten Sie sogar noch weitermachen, als Ihnen klar war, dass in den Institutionen viele ein doppeltes Spiel spielten?«

»Das ist das Erschreckendste. Man muss ruhige Nerven bewahren. Man darf sich nicht davon entmutigen lassen, dass jeder korrupt sein oder mit der Mafia unter einer Decke stecken könnte.«

»Was war der Schlüssel zu Ihrem Erfolg? Wie ist es dem Antimafia-Pool gelungen, im Kampf gegen die Cosa Nostra Fortschritte zu erzielen?«

»Neben den Aussagen von Kronzeugen verdanken wir das vor allem dem Gesetz Rognoni-La Torre. Es hat uns Zugang zum Vermögen, zu den Kontobewegungen der Mafia ermöglicht. Plötzlich konnten wir die schmutzigen Geldströme nachverfolgen. Und das hat uns nach Deutschland geführt, wo die sizilianische und kalabresische Mafia Gelder parkt. Die Pizza-Connection eröffnet dort Pizzerien zur Geldwäsche, weil die Geldströme kaum reguliert und kontrolliert werden. Der deutsche Staat hat derzeit andere Probleme, die Wiedervereinigung, die erstarkende Neonazi-Szene und keine Erfahrung mit organisierter Kriminalität. Und offen gesagt hat die Politik nur ungern etwas gegen Leute, die die Wirtschaft in Schwung bringen. Aber wenn sich das Krebsgeschwür erst mal ausgebreitet hat, wird man es kaum wieder los.«

»Welche Rolle spielt Ihrer Meinung nach Deutschland?«

»Italien mit seinen harten Gesetzen und seiner wachsamen Öffentlichkeit ist für die Mafia ein schwieriges Pflaster geworden. Sie muss ihr riesiges Vermögen schlau anlegen, damit der Staat es nicht entdeckt. Durch Investitionen schleust sie ihr schmutziges Geld in den regulären Kapitalkreislauf ein. Anlagen im Ausland sind natürlich besonders gewieft.«

Es war also nicht mehr attraktiv, dachte Frank, die schmutzigen Gelder auf Schweizer Bankkonten zu parken.

»In Deutschland leben seit fast fünfzig Jahren italienische Emigranten, und mit ihnen löst die Mafia ein paar kleinere Bürokratieprobleme. Die sizilianische Cosa Nostra und vor allem die kalabresische 'Ndrangheta haben in manchen Bundesländern heute Außenposten, aber Politik und Verwaltung mussten dabei mitspielen.«

»Deutschland sollte also mehr Rückgrat beweisen?«, sagte Frank.

»Leider drängt sich der Eindruck auf, dass manche beim Geld schlecht Nein sagen können. Darauf deutet zumindest der Boom bei den italienischen Kleinunternehmen hin. Woher kommt das ganze Geld? Dem müssten die deutschen Ermittlungsbehörden nachgehen und mit Italien zusammenarbeiten. Und wenn die Gesetze fehlen, dann wird es allerhöchste Zeit. Sonst hat die Mafia bald allen Grund, die Sprache Goethes zu lernen.«

»Welche Partei hat die Cosa Nostra Ihrer Meinung nach letztes Jahr gewählt? Statt Berlusconi regiert seit kurzem Dini, aber das Parlament ist unverändert geblieben.«

»Ich bin Jurist, für mich zählt nur, was ich schwarz auf weiß sehe. Die organisierte Kriminalität macht mit manchen Politikern gemeinsame Sache, manchmal sind beide sogar ein und dasselbe. In der Vergangenheit hatte die Cosa Nostra eine Lieblingspartei, die Democrazia Cristiana. Nicht aus politischer Überzeugung natürlich. Für die Behauptung, dass Forza Italia die Wahl haushoch gewonnen habe, weil sie die neue Partei der Mafia sei, sehe ich nur dürre Beweise.«

Barbacetto erhob sich, machte ein Zeichen, und aus dem Nichts tauchten vier Männer auf.

»Die organisierte Kriminalität, die wir heute bekämpfen, Herr Fischer, hat eine lange, verzweigte Geschichte«, fügte er noch hinzu. »Unsere Ermittlungen dauern Jahre, und wenn es zum Prozess kommt, hat sich die Mafia schon wieder verändert. Sie ist uns immer einen Schritt voraus. Aber mir bleibt keine andere Wahl.«

Er verabschiedete sich, und Frank verließ das Lokal ebenfalls, sein nächster Gesprächspartner wartete schon.

Professor Bauer, der Leiter des Goethe-Instituts, parkte nahe der Ponte dell'Ammiraglio, sein Auto stand halb auf einer Kreuzung, er stieg aus.

»Herr Fischer, schauen Sie nicht so«, rief er. »Ziviles

Parken ist in Palermo absolut sinnlos.« Er zündete sich eine Zigarette an. »Seit ich in Palermo wohne, bin ich zu dem Schluss gelangt, dass hier nur Verrückte leben«, sagte er. »Aber Palermo ist eine ganz besondere Stadt. Gucken Sie 'mal hier, die Stele mit dem Bronzerelief ist fast dreihundert Jahre alt. Bei uns wäre das längst im Museum gelandet, hier könnte es jeder einfach mitnehmen. Es gibt so viel Archäologie und Kunst, dass man sich gar nicht um alles kümmern kann.«

Frank beugte sich neugierig zu dem Relief herunter.

»Es zeigt die Läuterung der *Anime Decollate*, der Seelen der Geköpften, die an diesem Platz von der Inquisition aufgeknüpft, enthauptet und verscharrt wurden. Wenn man zu Fuß hierhin pilgert, zur sogenannten Via dei Decollati, und die Seelen freitags Punkt Mitternacht um eine Gnade bittet, wird man angeblich erhört.«

»Und das funktioniert?«, fragte Frank.

»Ich war schon mindestens zehn Mal hier, aber außer den Ratten, die aus den Kanälen kommen und sich quiekend jagen, habe ich nichts bemerkt.«

»Wahrscheinlich haben die Seelen gemerkt, dass Sie skeptisch sind.«

»Jedenfalls hält sich der Mythos schon seit Jahrhunderten. In Sizilien ist die Zeit stehen geblieben, selbst in der Stadt fällt der Anschluss an die Moderne schwer. Aber es ist nicht alles schlecht. Die Pizza von Modesto ist zum Beispiel die beste in ganz Palermo«, sagte er. Frank pflichtete ihm bei, als er später in seine Holzofenpizza biss. Der Geruch von Asche und Feuer färbte auf die Kruste ab, beeinträchtigte aber nicht im Geringsten den aromatischen Geschmack der Zutaten.

»Herr Fischer, ich möchte Sie warnen«, wechselte Bauer abrupt das Thema. »Sie recherchieren über Deutschland, aber die Gelder kommen aus Sizilien. Es ist sehr gefährlich, sich mit diesen Themen zu beschäftigen. Ein Menschenleben zählt hier manchmal nichts. Die Situation in Italien ist völlig außer Kontrolle geraten, die Mafia hat ihre Mitarbeiter überall. An Ihrer Stelle wäre ich sehr vorsichtig.«

Frank nickte.

Als er später ins Hotel zurücklief, ging er vom Teatro Massimo bis zum Platz Quattro Canti und bog dann in die Straße mit der arabisch-normannischen Kathedrale ein. Kunst aus Barock, Neoklassizismus und Renaissance wechselte mit alten, von den Weltkriegsbomben ausgehöhlten Gebäuden, ein bizarres Wechselspiel aus Tradiertem und Ruinen. Wie in einem neorealistischen Film aus der Nachkriegszeit, dachte Frank, dabei sind wir bald im neuen Jahrtausend.

Der Eingang zu seinem Hotel war nur schwach erleuchtet, zum Glück war er bald wieder zu Hause. Wie schön es wäre, wenn Mareike jetzt oben auf ihn wartete, er sie fest in die Arme schließen und mit dem kleinen Johannes spielen könnte. Ehe er die Treppe hinaufstieg, warf er noch einen Blick auf die beleuchtete Kathedrale. Früher einmal eine Moschee, davor eine christliche Basilika. Und in tausend Jahren gab es sie vielleicht nicht mehr.

FRAGMENT SIEBENUNDZWANZIG

Unsere Verwandten kamen im Pulk. Ein Kleinwagen nach dem nächsten, aus Palermo oder der Madonie, zuckelte ins Dorf und suchte nahe unserem Haus einen Parkplatz. An der Hausmauer, von der strahlenden Julisonne beschienen, prangten Dutzende Blumengirlanden, auf Goldschleifen die Namen der Trauernden. Leise stiegen sie die Treppe hinauf, um sich von Donna Maria zu verabschieden, und genauso rücksichtsvoll wieder hinunter.

Erhobenen Hauptes hatte sie gegen die Krankheit angekämpft, die sich wie eine tückische Zecke in ihrem Körper festgesetzt hatte. Mit der ihr typischen Disziplin hatte sie keinen einzigen Chemotherapie-Termin ausgelassen und auf ganz Sizilien Alternativmediziner aufgesucht. Vergebens. Bauchspeicheldrüsenkrebs, es hatte von Anfang an wenig Hoffnung gegeben.

Die letzten Wochen waren äußerst schmerzhaft gewesen. Ich konnte nur zuschauen, wie der wichtigste Mensch in meinem Leben Tag für Tag dahinsiechte. Das ließ mich über vieles nachdenken.

Seit Mamma die Augen für immer geschlossen hatte, hingen Francesca und ich wie die Kletten aneinander. Stundenlang saßen wir neben dem hellen Holzsarg und betrachteten das glatte, heitere Antlitz unserer Mutter.

Der kleine Carmelino, mal auf Pietruzzus, mal auf Donna Santinas Arm, starrte mit aufgerissenen Augen seine schluchzende Mutter an, dann wieder blickte er zu mir, als wolle er mich fragen, was los sei.

Eine endlose Prozession durchquerte das Wohnzimmer, wo Donna Maria aufgebahrt lag, mit sorgfältig frisierter Perücke, in den gefalteten Händen ein dunkler Rosenkranz. Im Hintergrund das Flüstern von Freunden und Bekannten, von engen oder jahrelang nicht gesehenen Verwandten. Viele hatten sich für die nächtliche Totenwache angeboten, aber nachts wollten Francesca und ich unsere Mutter noch einmal für uns haben.

Es war ein heißer Sommertag, der strahlende Sonnenschein schien den Tod zu verhöhnen. In einer Ecke saßen Antonio, Gaetano, Michele und Gianluca, der extra aus Palermo gekommen war.

»Schade, dass wir uns bei einer so traurigen Gelegenheit kennenlernen«, sagte Gianluca. »Nanà hat mir viel von euch erzählt.«

Antonio nickte und schaute die anderen an, als ob er ihre Zustimmung einholen wolle. »Ja, es fühlt sich an, als würden wir dich seit Jahren kennen«, sagte er dann. »Nanà hat uns oft von seinem Studentenleben berichtet. Wir sind sehr stolz auf ihn.«

»Ob Don Calogero wohl kommt?«, fragte Michele.

»Na klar«, sagte Antonio, »und wenn es seine letzte Reise wäre.«

Im selben Moment stand Don Calogero in der Tür, in Schwarz, mit müden, feuchten Augen. Zögernd trat er näher, blickte auf die Verstorbene, deutete eine Verbeugung an und bekreuzigte sich. Er umarmte mich lange, zum ersten Mal sah ich ihn weinen.

»*Picciotti*, das Leben ist ungerecht«, sagte er. »Eure Mutter war noch jung, ich bin alt und verrostet, warum hat es nicht mich erwischt?«

»Was redet Ihr da, Don Calogero«, sagte Francesca und wischte sich die Tränen weg. »Alles hat seinen Sinn. Es ist uns eine große Ehre, dass Ihr diese weite Reise unternommen habt. Das werden wir Euch nie vergessen.«

»Ihr seid wie eigene Kinder für mich, eure Mamma war eine ganz besonders starke, mutige Frau. Sie hat euch immer mit Liebe und Strenge erzogen.«

»Danke, Don Calogero. Wann seid Ihr denn angekommen?«, fragte ich und versuchte, meine Rührung zu verbergen.

»Gerade eben. Mit dem Zug bis Verona, mit dem Flugzeug nach Palermo. Am Flughafen Punta Raisi hat mich jemand aus dem Dorf abgeholt.«

Don Calogero gab mir Kraft. Inzwischen stand Zio Rocco an der Tür und begrüßte die Freunde und Bekannten, die meiner Mutter die letzte Ehre erweisen wollten.

Das Wohnzimmer quoll mittlerweile vor Trauernden über, die in einem großen Kreis um den Sarg saßen, die meisten alt und in Schwarz. Pietruzzu, seine Eltern. Die Cousins meiner Mamma, die extra aus Ganci gekommen waren. Eine Freundin meiner Mutter aus der Zeit, als sie in Palermo arbeitete, und viele, die ich aus meiner Praxis kannte.

Ich lief treppauf und treppab, vom heißen Wohnzimmer zum Hauseingang und zurück. Zio Rocco sollte die Besucher nicht allein in Empfang nehmen.

Ein Raunen erfüllte den Raum, als trüge der Wind die Klagegebete der alten Frauen und die Erinnerungen von Verwandten und Freunden weiter.

Irgendwann bedeutete mir Zio Rocco mit einem Kopfnicken, ihm zu folgen. Im Eingang stand mein Assistent Girolamo, mit seinem Vater und mit Ignazio Tacco, der Antonio hatte zwingen wollen, ihm die Bar an der Piazza zu überlassen.

»Mein tiefes Beileid, ich habe meine Mutter auf dieselbe Weise verloren und verstehe Ihren Schmerz nur zu gut«, platzte mein Assistent mit ernster Miene heraus.

»Bei diesem Krebs kann man fast nie etwas machen«, sagte sein Vater.

Ignazio Tacco trug als Einziger der drei kein Schwarz. »Immerhin hat Ihre Frau Mutter noch erlebt, wie Sie die Praxis im Dorf aufgemacht haben«, sagte er nach einem Blick zu meinem Onkel. »Wenigstens das!«

Zio Rocco schwieg. Ich versuchte, mir vorzustellen, was Donna Maria jetzt wohl gern von mir gehört hätte.

»Meine Mutter hat sich vor allem gewünscht, dass Francesca und ich glücklich und zufrieden sind. Egal wo. Ob Müllabfuhr oder Arztpraxis. Die Praxis im Dorf bedeutete ihr im Grunde nichts. Donna Maria war aus anderem Holz geschnitzt, und so werden wir Kinder sie stets in Erinnerung behalten.«

Ignazio Tacco verzog kaum merklich den Mund, warf meinem Onkel einen kurzen Blick zu, dann stiegen die drei, nach einem angedeuteten Kopfnicken, die Treppe hinauf.

Zio Rocco schaute die Straße hinunter, und als niemand im Anmarsch war, hakte er mich unter und zog mich ein paar Schritte vom Eingang weg.

»Nanà«, sagte er und starrte mich an, »du musst jetzt endlich mal an dich und deine Zukunft denken. An deine

Schwester und den kleinen Carmelino. Beiß nicht in die Hand, die dich füttert!«

Er zündete sich eine Zigarette an und blickte die Straße unruhig auf und ab.

»Deine Mutter wäre überglücklich gewesen, wenn du endlich eine Frau an deiner Seite hättest«, sagte er dann. »Ist eine Familie vielleicht nichts? Und wann, wenn nicht jetzt? Mein Gott, Nanà, du hast doch die Richtige schon im Haus.«

Ich blickte Zio Rocco verwundert an.

»Was guckst du so? Giovanna Cangemi! Die perfekte Frau. Schön, intelligent, gebildet. Absolut auf Augenhöhe. Und aus der richtigen Familie.«

Ich konnte es kaum glauben. Ausgerechnet jetzt fing er damit an? Kaum hatte er seinen persönlichen Ehrgeiz mit der Praxis befriedigt, wollte er schon mein Privatleben planen?

»Jetzt reichts, Zio. Mamma hätte nie gewollt, dass du dich in mein Privatleben einmischst. Und auch dein Bruder nicht!«

»Deine Mutter, die gute Seele, hat sich Sorgen gemacht, weil du immer noch allein bist«, knurrte Zio Rocco. »Was weißt du schon? Sie wollte dich nicht damit belasten, aber der arme Nanà hier, der arme Nanà da, warum hat der *Picciottu* bloß keine Freundin? Im Übrigen war sie glücklich über die Praxis, da hat sie keinen Hehl draus gemacht. Nanà, ohne mich säßest du jetzt auf der Straße! Weißt du, wie viele Ärzte in Palermo Däumchen drehen?«

Aus den Augenwinkeln sah ich, dass Don Calogero aus dem Haus kam. Zum Glück, dachte ich, diesmal hätte ich mich nicht zurückgehalten. Ich schaute Zio Rocco fest in die Augen und zischte: »Wir sprechen uns noch, verlass dich drauf.«

Am Abend saßen nur noch Zio Rocco, Don Calogero, Francesca und Pietruzzu am Sarg. Pietruzzus Eltern hatten Carmelino zu sich genommen. Durch das offene Fenster wehte eine kühle Brise herein, die weißen Vorhänge, mit Mammas Stickereien, bewegten sich sacht. Mit einer Tüte in der Hand kam Antonio herein.

»Jetzt gibts was zu essen«, sagte er. »Gehn wir in die Küche?«

Er öffnete die Tüte, es roch köstlich.

»Alles selbst gemacht«, sagte Antonio. »*Arancino*-Bällchen, *Ravazzata*-Teigtaschen, *Iris-Brioche*, *Calzone*, Mini-Pizzen.«

Wir aßen schweigend, und mir fiel auf, dass ich noch nie mit all diesen Menschen, die zu meinem Leben gehörten, gemeinsam an einem Tisch gesessen hatte. Bei welchen Gelegenheiten sollten sie auch aufeinandertreffen? Diesen Glücksmoment verdankte ich noch meiner Mutter. Sie hätte sich gefreut.

Nach dem Essen stellte Francesca die große Espressokanne auf den Herd. Als wir hörten, wie der Kaffee aufstieg, es dampfte und duftete, hatte wohl jeder von uns das Gefühl, dass das Leben schnell vorbei sein konnte und man die kleinen Dinge genießen musste.

Noch hatte niemand wirklich begriffen, dass Donna Maria tot war. Dass wir nie mehr mit ihr sprechen, nie mehr ihre alltäglichen Bemerkungen hören, nie mehr ihren Erzählungen aus der Vergangenheit lauschen konnten.

Solange die sterblichen Überreste noch von ihrer Reise auf Erden zeugten, musste der Tod sich gedulden. Doch er wartete schon und ärgerte sich vermutlich über unseren sinnlosen, lästigen Abschied, über die erinnerungsseligen Rituale mit den zuckersüßen, nostalgischen, tränenreichen Worten.

»Ich würde gern noch ein wenig bleiben«, flüsterte mir Don Calogero zu, als sich Antonio, Zio Rocco und Pietruzzu verabschiedeten.

Es war dunkel geworden, im Licht der Kerzen und der Lampe wirkte Donna Marias Antlitz noch friedlicher. Eine Weile wachten Francesca, Don Calogero und ich schweigend über sie.

»Als mein Vater damals starb«, sagte Don Calogero schließlich, »war ich ungefähr so alt wie ihr. Ich hatte gerade die Bar aufgemacht und fand kaum den Mut, weiterzumachen. Aber meine Mutter, Gott hab sie selig, war mir eine große Hilfe. Ich erinner mich noch gut an Don Vincenzo, euren Vater. Jeden Morgen um sieben trank er in meiner Bar seinen Kaffee. Er war zehn Jahre jünger als ich, aber welche Tatkraft und welchen Freiheitsgeist er besaß. Kein Wunder, dass es ihm im Dorf zu eng wurde und er nach Palermo ging. Ich hab ihn beneidet, aber mein Platz war einfach hier. Eines Tages tauchte er mit einer hübschen, jungen Frau in der Bar auf und sagte: ›Darf ich dir die künftige Frau Conigliaro vorstellen?‹«

Don Calogero schaute Francesca an. »Dass sie nach deiner Geburt zurückgekommen sind, hat mich überrascht«, fuhr er fort. »Damals gingen immer mehr aus Maciddaru weg und gründeten woanders eine Familie. Aber das Leben in Palermo war teuer, und hier hatte euer

Vater ein Haus. Donna Maria hat sich sofort eingelebt. Man merkte, dass sie aus einer anderen, wohl noch unberührteren Welt kam. Sie kannte keinen Neid, redete nie schlecht über andere und schmeichelte sich bei niemandem ein. Dabei hatte sie mit eurem Vater bestimmt kein leichtes Leben.«

»Wie meint Ihr das, haben sie sich nicht gut verstanden?«, fragte Francesca.

»Nein, das nicht«, sagte Don Calogero zögernd.

»Sprecht ruhig, Don Calogero.«

»Euer Vater war nicht zu durchschauen«, sagte er, wobei er jedes Wort sorgsam abzuwägen schien. »Als Junge war er ausgelassen und fröhlich, aber als Erwachsener finster und mürrisch, grüßte kaum. Er hatte keinen einzigen Freund, besuchte niemanden. Es ging das Gerücht um, er liege mit eurem Onkel im Streit. Man sagte, er sei verrückt und wolle sich Don Vanni Tacco nicht unterordnen. Respekt ja, aber bloß keine Abhängigkeiten, das konnte ein Problem sein.«

Don Calogero setzte sich aufrecht hin.

»Ich mochte Don Vincenzo. Und wisst ihr, warum? Auch ich hatte etwas dagegen, wenn man mir auf die Füße trat. Die Machtansprüche der Mafiosi gefielen mir nicht. Aber ich hatte keine Mafiosi in der Familie.«

Don Calogero wandte sich nun mir zu.

»In mancher Hinsicht ähnelst du ihm, Nanà«, sagte er. »Ihr solltet darauf vorbereitet sein, dass Zio Rocco sich jetzt bei euch breitmachen will. Überlegt, ob ihr das wollt. Passt gut auf. Auf mich könnt ihr jedenfalls zählen.«

Francesca warf mir einen langen, besorgten Blick zu.

Don Calogero stand auf, um zu gehen, drehte sich aber noch einmal um.

»Noch was, *Picciotti*«, sagte er, »ich komm zurück. Das Leben da oben ist nichts für mich. Ich fühl mich wie im Exil. Wie man da leben kann. Die Leute reden nicht miteinander. Selbst im Sommer muss man mit Jacke rumlaufen. Das Dorf, wo meine Tochter lebt, ist größer als Maciddaru, aber dagegen kommt es mir hier vor wie in New York. Außerdem braucht Antonio Hilfe. Und wenn ich gebraucht werde, bin ich zur Stelle. Das ist vielleicht die letzte Herausforderung meines Lebens und könnte mir Spaß machen.«

Don Calogero trat an den Sarg und strich meiner Mutter über die Wange. »Auf Wiedersehen, Donna Maria.«

Ich begleitete ihn zur Haustür, der Tag war lang gewesen, endlich konnte ich abschließen.

Als ich das Wohnzimmer betrat, schauderte mich auf einmal. Francesca warf sich in meine Arme, wir ließen unseren Tränen freien Lauf, dann saßen wir still nebeneinander und fielen irgendwann erschöpft in einen erholsamen Schlaf.

Nürnberg, Januar 1996
FRAGMENT ACHTUNDZWANZIG

Frank legte den Arm um Mareike, nach dem Frühstück hatten sie es sich auf dem Teppich bequem gemacht. Sie schauten den Kindern beim Spielen zu. Wie gern wollten sie sich diese glücklichen Momente für immer einprägen um aus dem, was sie sahen, auf Neigungen, Charakter oder gar Wesen ihrer Kinder zu schließen. Charlotte zeigte dem kleinen Johannes in einem Bilderbuch die Urwaldtiere, aus einer Schublade zog sie einige Plastikfiguren hervor.

»Schau mal, das Bild, Johannes! Das ist ein Krokodil. Warte, gleich springts aus dem Zauberkasten. Da! Sag mal: Kro–ko–dil.«

Aber Johannes nahm nur wortlos die Figur, schaute sie einen Moment an und schmiss sie lachend in die Ecke.

»Was machst du?«, schrie Charlotte ihn an.

»Ob sie sich als Erwachsene wohl gut verstehen werden?«, fragte Mareike mit zärtlichem Blick.

»Charlotte scheint mir ganz schön streng«, sagte Frank und grinste.

Draußen hatte es deutlich unter null Grad, aber durch das große Wohnzimmerfenster fielen wärmende, tröstliche Sonnenstrahlen.

Mareike schaute auf die Uhr, stand auf, zog ihren Wollmantel an und wickelte einen Schal um den Hals.

»Meine Mutter ist gleich da, damit du pünktlich ins Büro kommst. Ich hab heute drei Sitzungen in der Agentur. Es gibt glaube ich gute Neuigkeiten, erzähl ich dir heut Abend«, sagte sie, gab Frank einen Abschiedskuss und verließ mit energischen Schritten die Wohnung.

Frank räumte die Küche auf, hörte die Kinder nebenan spielen und dachte darüber nach, wie gern er Geschwister gehabt hätte. Wie stark musste man sich verbunden fühlen, wenn man gemeinsam groß wurde. Trotzdem gab es in vielen Familien so viel Ungeduld, Misstrauen und Neid.

Die Dinge verloren an Bedeutung, sobald man sie besaß, dachte Frank. Schönes wusste man am ehesten zu schätzen, wenn man es nicht in Händen hielt. Das galt für materielle Güter ebenso wie für emotionale Bindungen. Wer seine Freizeit mit Vater, Mutter und Geschwistern verbrachte, hielt das für selbstverständlich. Einzelkinder versuchten jedoch oft lebenslang, eine gefühlte Lücke zu füllen. Genauso wurde einem Neid auf materiellen Reichtum erst bewusst, wenn man selbst reich war. Hart und ohne Rücksicht auf seine Gefühle für den sozialen und materiellen Aufstieg zu arbeiten entpuppte sich oft als selbstbezogene Strategie, die einen innerlich zerriss.

Als die Journalistinnen und Journalisten von *Franken Aktuell* an diesem Morgen in den Redaktionsraum strömten, fragten sie sich, warum die Sitzung einberufen worden war. Frank, der etwas zu spät hereinstürzte, nahm hastig grüßend neben Gerd Obermayer, dem Kulturchef, Platz. Der Chefredakteur ergriff gerade das Wort.

»Sehr geehrte Kolleginnen und Kollegen«, sagte Seeberger, »die Welt steht vor epochalen Veränderungen, die auch vor unserer Tür nicht haltmachen. Wir müssen mit den Kommunikationssystemen der Zukunft, der digitalen Technik, Schritt halten. Alles, auch die Nachrichten, sind schnelllebiger geworden, ich musste, teils gegen großen Widerstand, manche schmerzhafte Entscheidung treffen. Unser Stil ist dynamischer und oberflächlicher geworden, es gibt mehr Bilder, und die Hintergrundanalysen, das Aushängeschild unseres Blatts, sind einem lockeren Erzählton gewichen. Doch wir können nicht gegen Windmühlen ankämpfen. Seit einiger Zeit gibt es ein digitales Informationssystem aus dem Militär, das die Verbreitung von Nachrichten zweifellos revolutionieren wird. Man wählt sich mit seinem PC in das sogenannte Internet ein und kann in Echtzeit weltweit Nachrichten lesen. Ab sofort werden auch wir das Internet nutzen.«

Was kommt dann wohl nach dem Faxgerät?, fragte sich Frank.

»Ab nächster Woche wird es Einführungskurse ins Internet geben. Zuerst für die Chefredakteure, dann für alle«, sagte Seeberger. »Das wars von meiner Seite. Vielen Dank für Ihre Aufmerksamkeit.«

Im Redaktionsraum begann lautes Gemurmel, aber Frank hastete schon dem Ausgang zu. »Herr Fischer«, hörte er die unverwechselbare Stimme seines Chefs hinter sich, »hätten Sie einen Moment Zeit? Es geht ums Geld, leider«, sagte Seeberger, als sie sich in eine Ecke des Redaktionsraums zurückgezogen hatten, »aber ein betriebliches Handy für alle käme uns sehr teuer. Die Kosten für Ihr Handy würden wir uns gern mit den *Fakten* teilen.«

»Was spricht dagegen?«

»Und was ich schon lange gesagt haben wollte«, fügte Seeberger mit gesenkter Stimme hinzu. »Wir fühlen uns sehr geehrt, dass Sie sich für uns entschieden haben. Die Gerüchte über ein Angebot aus Hamburg gingen ja schon seit Monaten um. Und seien Sie sicher, wir tun für unsere Leute, was wir können.«

»Ich habe zu danken«, sagte Frank. »Sie haben sich mir gegenüber immer sehr fair verhalten und tolerieren sogar meine Mitarbeit bei den *Fakten*. Und jetzt, wo ich Familie habe, gehöre ich einfach hierher.« Seeberger lächelte.

Als Frank in sein Büro zurückkehrte, saß Obermayer schon wieder am Schreibtisch.

»Gerd, ich hatte dich vor einiger Zeit doch nach einer Ausgabe von Eschenbachs *Parzival* gefragt?«

»Einen Ansatzpunkt hab ich, aber das wird eine Menge kosten. Darf ich fragen, wer der Interessent ist?«

»Ein echter Büchernarr, aber ich darf nichts sagen, kann dir nur versichern, er meint es ernst und besitzt das nötige Kleingeld. Keine Angst, du wirst für deine Mühen ordentlich belohnt.«

Auf Franks Schreibtisch machten sich neben einem klobigen Computerbildschirm mit Tastatur, Faxgerät mit unentwegter Papierschlange und einem Kassettenrekorder wahllos verstreute Notizzettel und Stapel mit Musikkassetten, Geschichtsbüchern und Romanen breit. Dazwischen standen ein Foto von Elke und eins, das Frank mit Mareike, Charlotte und Johannes zeigte. Außerdem wartete dort die Post, die man ihm zur baldigen Erledigung auf den Schreibtisch gelegt hatte.

Neben beruflichen Schreiben befanden sich darunter manchmal Briefe von Leserinnen und Lesern, manchmal sogar Autogrammanfragen, denn mittlerweile war er regelmäßig im Fernsehen zu sehen.

Als er ganz unten auf einen schwarzen Umschlag stieß, der an ihn persönlich gerichtet war, fragte er sich besorgt, wer gestorben war. Eine deutsche Briefmarke, mit einem Poststempel aus Mannheim, doch der Brief, den er herausnahm, war auf Italienisch, handgeschrieben, in resoluten Großbuchstaben.

MAURO HAT GELEBT, JETZT LEBT ER NICHT
MEHR. MARIO HAT GELEBT UND LEBT AUCH
NICHT MEHR. OH JE, AUCH GIANCARLO UND
MINO SIND TOT. UND GIUSEPPE HAT UNS
VERLASSEN. WARUM ALSO WEITERMACHEN?
DU HAST, WIE WIR HÖREN, FAMILIE. ES WÄRE
DOCH JAMMERSCHADE, DIE EIGENEN KINDER
NICHT AUFWACHSEN ZU SEHEN.

»Ade, bis morgen. Ich mach Schluss für heute«, sagte
Obermayer und stand auf.

Frank starrte auf das Blatt.

»Alles in Ordnung?«, fragte Obermayer.

Frank nickte abwesend.

Sollte das ein Scherz sein? Wer waren Mauro, Mario
Giancarlo, Mino und Giuseppe?

Er lief auf den Flur und warf eine Münze in den Kaf-
feeautomaten, der sofort losrumpelte.

»Das ist ja ein ganz neuer Anblick«, rief ein Kollege,
der gerade über den Flur ging. »Dass Sie sich mal einen
Kaffee ziehen!« Er lachte. »Hat Ihnen das Internet so zu-
gesetzt?«

Frank zwang sich zu einem Lächeln, nahm den Plastikbecher aus der Maschine, streute aus einem Tütchen
Zucker in den Kaffee, kehrte ins Büro zurück und schloss
die Tür.

Einen Moment saß er einfach nur da, dann griff er erneut nach dem Schreiben und las es wieder und wieder.
Schließlich zog er die oberste Schreibtischschublade auf
und nahm sein rotes Adressbüchlein heraus. Es quoll vor
Telefonnummern über, aber endlich fand er die richtige.

»*Giornale di Roma*«, antwortete die Telefonzentrale am anderen Ende der Leitung.

»Carrera, bitte«, sagte Frank.

»Mit wem spreche ich?«

»Ich bin ein Kollege, Frank Fischer aus Nürnberg.« Ungeduldig lauschte er der Warteschleifenmusik.

»Bist du's, Frank?«, antwortete endlich jemand. »Was für eine Überraschung! Bist du in Rom?«

»Schön wärs. In Nürnberg, aber ich brauch deine Hilfe.«

Als Carrera gehört hatte, was passiert war, seufzte er tief.

»Gib mir ein paar Stunden. Mit Sicherheit hängt es mit deiner Mafia-Recherche zusammen. Keine Ahnung, was die Namen genau bedeuten, aber die Lage hier ist zum Zerreißen gespannt. Man hat ein paar Bosse geschnappt. Und der Prozess gegen Giulio Andreotti ist losgegangen. Mindestens fünf Kronzeugen belasten ihn schwer. Aber jetzt musst du dich erst mal beruhigen, und erzähl keinem davon! Nicht mal deiner Frau. Noch nicht, okay?«

Es war fünf Uhr, aber bereits dunkel. In seinen Wintermantel gehüllt, lief Frank in die Altstadt, an St. Sebald vorbei bis zum Hauptmarkt.

Rainer stand im Imbisswagen, seine Töchter Michaela und Heike unterstützten ihn. Er hatte alle Hände voll zu tun, es war Büroschluss.

»Fünf Minuten, dann bin ich da«, rief er herüber, als er Frank aus dem Augenwinkel erspähte.

Frank lehnte sich an einen Stehtisch neben dem Imbisswagen und beobachtete die Leute, die über den Hauptmarkt hetzten.

»Um diese Uhrzeit würde ich das ohne meine Töchter gar nicht schaffen«, sagte Rainer und stellte zwei Biere auf den Tisch. »Von zwei bis fünf ist Funkstille, und dann kommen alle gleichzeitig. Und wehe, wenn sie einen Moment warten müssen.«

»Kann ich dich mal was fragen, Rainer?«

»Wenn du kein Geld von mir willst, nur zu.«

»Ich wüsste gern, welche Rolle die Familie in deinem Leben spielt. Du bist seit fast dreißig Jahren verheiratet, hast Zwillinge. Hast du für die Familie auf etwas verzichtet?«

Rainer blickte ihn halb verwundert, halb spöttisch an.

»Ist das jetzt ein Interview? Machst du eine Umfrage zur Familientypologie in Franken?« Frank schüttelte den Kopf.

Rainer sog an seiner Zigarette, dann drückte er sie entschieden, erst halb aufgeraucht, aus. »Ich war mit meiner Familie immer glücklich«, sagte er, »aber ich hatte auch keine Flausen im Kopf. Ich war einfach zufrieden, und da liegt das Geheimnis. Viele sind nie zufrieden. Was erwarten sie vom Leben? Erfolg, Geld. Und am Ende, wozu das alles?«

»Und wenn es um Ideale ginge? Was ist, wenn man seiner Berufung folgen will, aber dadurch seine Familie oder sein eigenes Leben aufs Spiel setzt?«

Rainer runzelte die Stirn.

»Was für eine blöde Frage«, sagte er. »Das kann ich dir nicht beantworten, Frank. Ich bleibe mit beiden Füßen auf dem Boden. Im Beruf und auch sonst. Als ich jung war, sollte ich mich für die Roten oder Schwarzen entscheiden, aber das wollte ich nicht. Andere haben große

Reden geschwungen, für mich war das bloß Theater. Illusion. Man sollte ehrlich in sich hineinhorchen und sich selbst noch ins Gesicht schauen können, bei jeder Entscheidung, die man trifft.«

Frank nickte nachdenklich.

»Deine Frage verwundert mich nicht«, fuhr Rainer fort. »Ich kann mir denken, worauf du hinauswillst. Ich lese deine Artikel, aber ich bin nicht du und kann dir nicht raten. Du hast zwei kleine Kinder, das solltest du nicht vergessen.«

»Was, meinst du, ist besser?«, sagte Frank. »Ein lebender, unzufriedener Vater oder einer, der sein Leben aufs Spiel setzt, stolz auf sein Tun ist und seinen Kindern vorlebt, wie man Rückgrat zeigt?«

Rainer schwieg und schaute sich zum Imbisswagen um. Seine Töchter legten die Schürzen ab, der Ansturm war vorbei.

»Du kennst dich in vielem besser aus als ich«, sagte er schließlich. »Ich kann dir nur sagen, wenn du Hilfe brauchst, bin ich da. Auch wenn das ein Risiko bedeutet. War das klar genug?« Er klopfte Frank auf die Schulter und kehrte hinter die Theke zurück.

Als die Kinder nach dem Abendessen schliefen, konnten sich Mareike und Frank ungestört über ihren Tag unterhalten.

»Heut hab ich stundenlang geredet«, sagte Mareike zufrieden. »Aber es hat sich gelohnt. Weißt du, wen wir im Boot haben?«

Frank schüttelte den Kopf.

»Die wichtigste irische Band! *Dublin music!* Ihr Manager ist heute extra aus Dublin rübergeflogen. Wir haben einen Exklusivvertrag für Deutschland, Österreich und die Schweiz in der Tasche, für eine Tournee mit mindestens dreißig Auftritten.«

Die irische Folkmusik war schon immer Mareikes Steckenpferd gewesen.

»Vielleicht könnte die neue Tournee sogar in Nürnberg starten. In der Meistersingerhalle!«

In dem Moment klingelte das Telefon und Mareike hastete ins Wohnzimmer, damit die Kinder nicht wach wurden.

»Für dich«, sagte sie dann leise. »Carrera aus Rom.«

Frank tat verwundert und stand auf.

»Ich glaub, ich habs«, sagte Carrera. »Hör gut zu, Mauro De Mauro, Mario Francese, Giancarlo Siani, Mino Pecorelli und Giuseppe Fava.«

»Und wer sind sie?«, fragte Frank mit bebender Stimme.

»Wer waren sie, müsstest du besser sagen. Journalisten, und alle wurden von der Cosa Nostra oder Camorra ermordet. De Mauro ist 1970 spurlos in Palermo verschwunden, die anderen wurden zwischen Ende der Siebziger und Mitte der Achtziger Jahre erschossen. Das ist eine Warnung, Frank. An deiner Stelle würde ich sofort Anzeige erstatten, nimm das nicht auf die leichte Schulter. Auch nicht in Deutschland. Pass bloß auf. Diese Leute meinen es verdammt ernst.«

Als Frank auflegte, ging plötzlich das Licht aus. Mareike kam mit einer Kerze und zwei Sektgläsern ins Wohnzimmer. Im schwarzen Seidenhemd, mit purpurrotem Lippenstift, lächelnd.

»Wir haben heute einen Grund zum Feiern, oder?«

»Wie jung sie da waren. Ich wusste gar nicht, dass es diese Fotos noch gibt. Mamma hat sie schon ewig nicht mehr rausgeholt.«

Francesca blätterte begierig im Album, betrachtete es staunend und seufzend.

»Nicht ein Lächeln. Und das war ihre Hochzeit!«

Ich saß mit meiner Schwester am Boden, vor uns ein Stapel Fotoalben. Ich schaute mir das Foto näher an.

»Das war im Sommer fünfundfünfzig. Vielleicht wurden sie da zum ersten Mal fotografiert.«

»Aber trotzdem, bei ihrer Hochzeit! Papa sieht aus, als würde er zum Schafott geführt. Und wo das wohl ist?« Francesca reichte mir das Album.

»Ist das nicht die Palazzina Cinese in Palermo? Ich glaube, dort in dem Park haben damals alle Hochzeitspaare posiert.«

»Ach ja, sie haben in Palermo geheiratet, selbst das hab ich vergessen. Ich sollte mich wirklich schämen.«

Hunderte Fotos dokumentierten, erst in Schwarz-Weiß, dann in Farbe, längst vergessene Familienereignisse, die noch jungen Großeltern, unsere Mamma an der Supermarktkasse in Palermo, Papa in der deutschen Fabrik, mit seinem griechischen Freund Babis. Dann uns, die Kindergeburtstage. Donna Maria hatte gewusst, dass wir uns eines Tages an den Fotos erfreuen würden. Die Kinder wurden zu Jugendlichen, Mamma und Papa langsam älter, die Mode veränderte sich. Die Farbfotos katapultierten uns in die freiheitsliebenden Siebziger. Die alte rückständige Zeit mit ihren Traditionen war endgültig Vergangenheit, vor uns lag eine hochmoderne, schnelllebige, leuchtende Zukunft.

Unversehens ergriff Francesca meine Hand.

»Weißt du überhaupt, dass ich dich jahrelang beinah gehasst hab?«, fragte sie seufzend.

»Ja, aber ich hab das nie wirklich ernst genommen.«

»Nein? Dir fiel die Schule immer leicht, du warst gut, und ich eine Katastrophe! Dass ich den Abschluss überhaupt geschafft hab, grenzt an ein Wunder. Hätte Mamma mich nicht ständig angetrieben …«

»Aber am Ende hast du's geschafft, du hast einen starken Willen.«

»Immer warst du Mammas Liebling. Und Papa hat vor Freunden und Verwandten mit dir angegeben: Mein Sohn geht aufs Gymnasium, auf die Uni, der Kerl schafft das ganz allein. Ich konnte dich wirklich nicht ausstehen.«

Francesca wischte sich mit einem Taschentuch über die feuchten Augen.

»Und als Papa tot war«, fuhr sie fort, »wurde es noch schlimmer. Ich konnte seinen Tod einfach nicht überwinden, hab mich in meinem Zimmer verkrochen, bin nur zum Essen und …«

»… Fernsehen wieder rausgekommen, ich weiß. Man konnte wirklich kaum mit dir reden. Du warst wie ein wildes Tier, immer zum Angriff bereit.«

»Ich hab dich gehasst. Neben dir war ich immer nur ein Mängelwesen. Aber irgendwann hab ich kapiert, dass das gar nichts mit dir zu tun hatte. Durch Carmelino und meine neue Rolle als Mutter bin ich selbstbewusster geworden und konnte sehen, wie wichtig du eigentlich für mich bist.

»Jetzt überschätzt du mich aber ein bisschen, oder?«

»Nein. Ich hab kapiert, dass ich nie so sein wollte wie du. Du hast dir deine Rolle auch nicht ausgesucht. Du lebst seit Langem in zwei getrennten Welten. Deine Freunde in Palermo und hier. Städter und Landei. Trendige Bars und Don Calogero. Kultur und Bodenständigkeit. Aber du warst nie überheblich, du bist du selbst geblieben. Und das rechne ich dir hoch an.«

Offenbar hatte ich meine Schwester unterschätzt. Seit Mammas Tod war unsere Beziehung enger geworden, solche Überlegungen hatte ich ihr nie zugetraut.

Seit einigen Monaten wohnte ich über der Praxis in der Dorfstraße. Francesca und ich räumten unser Elternhaus aus, um es zu vermieten. Wir ließen es langsam angehen, sortierten aus, was wir behalten wollten, Erinnerungsstücke, Sachspenden für die Pfarrei. Gerade eben noch hatten in dem Haus drei Menschen gelebt, und die Dinge meines Vaters hatte schon seit Jahren niemand mehr angerührt. Wir gingen von Zimmer zu Zimmer, schätzten ab, welche Aufgaben und emotionalen Belastungen vor uns lagen. Manchmal dachten wir genau an dasselbe, umarmten uns voller Mitgefühl.

Die Kleidung von Donna Maria und Don Vincenzo räumten wir in große Kartons. Erstaunt stellten wir fest, wie viel sich über die Jahre angesammelt hatte. Unsere Eltern waren im Krieg aufgewachsen, ihre existenzielle Unsicherheit spiegelte sich in ihrer Wertschätzung für Alltagsgegenstände wider. Ob Kaffeetasse oder Hemd, sie hatten alles sorgfältig aufbewahrt, für schlechte Zeiten.

»Wie läuft es eigentlich mit Pietruzzu?«, fragte ich meine Schwester, als wir Schulter an Schulter Schubladen ausräumten.

»Geht so«, antwortete sie nach kurzem Zögern. »Pietruzzu ist lieb und aufmerksam wie immer, aber ich hab mich verändert und stelle in unserer Beziehung manches infrage. Manchmal wirft er mir vor, mich nicht wiederzuerkennen. Seit er wieder hier ist, hängt er außerdem ständig mit Ignazio Tacco und seinen Kumpeln rum. Ich hab Angst, dass er wieder in die alten Kreise gerät. Wenn Zio Rocco zum Essen kommt, versuche ich, mehr zu erfahren, aber er sagt nur, ich müsse an Carmelino und seine Zukunft denken. Und die sei nicht in Maciddaru.«

»Das sagt er?«

»Ja.«

»Er wollte unbedingt, dass ich die Praxis im Dorf aufmache, und für Carmelino sieht er nur woanders eine Zukunft? Ich versteh das nicht.«

Zio Rocco war kein böser Mensch, aber seine Welt war nicht meine und auch nicht Francescas.

»Oh, schon ein Uhr«, sagte Francesca plötzlich. Willst du bei mir essen? Es gibt *Pasta al forno*.«

»Danke, aber ich wollte zu Antonio, da kann ich gleich mit Zio Rocco reden.«

»Ich grüße Sie, Doktor Conigliaro«, rief Don Calogero von einem abgelegenen Tisch der Bar.

»Wie gehts?«

»Gut, gut, in meinem Alter darf man nicht klagen.«

»Was bekommst du zu Mittag, Nanà?«, fragte Antonio, der hinter der Theke stand.

»Huhn mit Pommes. Das brauch ich heute.«

Ich klopfte Don Calogero auf die Schulter.

»Wie gut, dass Ihr wieder da seid, hier, an Eurem Platz …«

»Ja, alle sollen wissen, dass ich noch da bin, hier auf meinem Stuhl«, unterbrach er mich, »dass die Bar bleibt, was sie war, auch mit Antonio. Seit die Taccos fünfzig Meter weiter sind, ist die Hälfte der Kunden vor Angst abgewandert. Säße ich nicht hier, würde gähnende Leere herrschen. Aber wir lassen uns nicht kleinkriegen, was, Antonio?«

»Auf keinen Fall. Don Calogero ist ein Held, Nanà. Übrigens, hast du nächsten Donnerstag zufällig Zeit?«

»Du willst nicht sagen …«

»Doch. Ab neun sitzen wir wieder hier, Michele, Gaetano, du und ich. Und Don Calogero macht Kaffee. Bist du dabei?«

»Und ob!«

Ich hatte meinen letzten Patienten verabschiedet, ein wunderbarer, langer Sonnenuntergang tauchte Maciddaru in sanftes, pastellfarbenes Licht. Girolamo war schon gegangen, und Giovanna öffnete die Balkontür, um frische Luft hereinzulassen.

»Was für ein Glück, *Dottore*, dass Sie über der Praxis einziehen konnten«, sagte sie, während sie ihren Kittel auszog.

»Oder ein Riesenfehler … Manchmal denke ich nach Feierabend noch über eine Diagnose nach, und dann fällt mir nichts Besseres ein, als hier runterzugehen und in die Unterlagen zu schauen.«

»Ja, man muss sich abgrenzen. Auch mir tut es gut, jetzt allein zu wohnen.«

»Sie arbeiten jetzt schon drei Jahre bei mir«, sagte ich. »Darf ich Ihnen das ›Du‹ anbieten?«

Giovanna riss ihre großen braunen Augen auf.

»Darauf warte ich schon lange«, sagte sie strahlend. »Aber wir müssen vorsichtig sein, die Leute reden.«

»Natürlich. Wenn Girolamo da ist, bist du Signorina Cangemi.«

Draußen lockte eine frische Brise. Nach dem Abendessen spazierte ich noch ein wenig durchs Dorf. Ab und zu fuhr ein Auto vorbei. Ich fragte mich jedes Mal, ob es sich verfahren hatte, um diese Zeit war eigentlich niemand mehr unterwegs, auch Antonio hatte das Rollgitter schon herabgelassen. Nur das Lokal der Taccos hatte noch geöffnet, obwohl keine Gäste mehr zu sehen waren. Ignazio stand rauchend an der Tür, als wolle er demonstrieren, wer der Herr über die Piazza war.

»*Salutami*, Dottore!«, begrüßte er mich.

»*Salutami*, Ignazio.«

»Alles klar mit der Praxis? Supermärkte und Ärzte brauchen ja alle.«

»Danke der Nachfrage. Ich geb mein Bestes.«

»Und was sagen Sie zu unserer Bar? Sie haben uns noch gar nicht besucht. Schmeckt Ihnen unser Kaffee etwa nicht?«

»Wenn man einmal verheiratet ist, kann man nicht einfach zu einer anderen gehen …«

»Man kann doch nur mal schauen?«

»Na gut, ich nehm einen Kaffee.«

Die Bar war für Camporeale völlig überdimensioniert. Marmor, teure Materialien, strahlende Lampen, hochprofessionelle Maschinen, ein überreiches und hochpreisiges Angebot.

»Das ist das neueste Gaggia-Modell«, sagte Ignazio. »Das allerbeste, für sechs Portionen. Das gibt es nicht mal in San Giuseppe oder Partinico.«

Tatsächlich hatte ich lange keinen so guten Kaffee mehr getrunken.

»Ihr Onkel kommt jeden Morgen hierher. Aber das wissen Sie bestimmt.«

»Natürlich, er kann ja tun und lassen, was er will.«

»Schön wärs. Alle zwei Tage gibts hier Kontrollen. Carabinieri, Polizei, Steuerfahndung. Was haben die hier zu suchen?«

»Wer suchet, der findet!«

»Hier gibts nichts zu finden. Wo haben sie den Sohn von Don Bernardo Trusca denn am Ende gefunden? In Agrigento. Hoffentlich geben sie bald Ruhe. Wir kommen ja nicht mehr zum Arbeiten, die treiben uns noch in den Ruin.«

An unserem alten Haus ging ich nur ungern vorbei, doch manchmal überwog die Sehnsucht. Ich bog in unsere Gasse ein und stand unter dem Wohnzimmerbalkon, hinter dem Mamma jahrelang am Fenster gesessen und auf mich gewartet hatte. Der laue Abend roch schon nach Sommer, das Haus schien mir etwas weniger traurig und verlassen als sonst. Ich schloss auf, stieg die Treppe hoch und stellte mir vor, dass mir der Duft nach *Polpette al sugo* entgegenwehte. In den Zimmern stapelten sich die Kartons. Ich nahm einen Kerzenleuchter, den

Aschenbecher, trat auf den Balkon, setzte mich auf den Boden und schaute in die Landschaft. Zeit für meine tägliche Zigarette. Und mir war nach einem guten Glas Wein. In der Küche fand ich eine Flasche von Zio Roccos Reben, goss mir ein, aber als ich auf den Balkon zurückkehren wollte, fiel mein Blick auf zwei große Schachteln. Francesca hatte sie beschriftet: Mammas Sachen, Papas Sachen.

Ich nahm die beiden Schachteln und stellte sie, neben Aschenbecher und Weinglas, auf den Boden. Ich spürte, das war der richtige Moment, so traurig es sein würde. Und plötzlich dachte ich an Annamaria. Mal wieder, nach Langem. Das letzte Treffen war fast zwei Jahre her, ich hatte mir alle Mühe gegeben, sie zu vergessen. Doch im Strudel der Gefühle hörte ich erneut ihre Abschiedsworte.

Ich nippte am Wein und öffnete Mammas Karton. Vor mir lagen persönliche Unterlagen, das Rentenheft, die Steuernummer, ein längst abgelaufener Personalausweis, Postkarten und Briefe ihrer besten Freundin aus Palermo. Und ein Tagebuch.

Instinktiv öffnete ich die Kladde, randvoll beschrieben in säuberlicher Handschrift, und schloss sie gleich wieder. Etwas in mir sträubte sich. Donna Maria sollte die Frau bleiben, die ich kannte und liebte. Selbst wenn das Tagebuch nur bestätigen würde, was ich von ihr wusste.

Ich legte alles zurück und nahm Papas Schachtel. In seinem Privatleben konnte ich seltsamerweise problemlos herumspionieren. Vielleicht war er schon lange genug tot, oder ich fürchtete nicht, dass mein Bild von ihm erschüttert werden könnte. Oder es fiel mir leichter, in der Vergangenheit eines anderen Mannes zu stöbern, mir seine Stimme und Verhalten ins Gedächtnis zu rufen, mich beim Lesen an seine Handschrift zu erinnern.

In der Schachtel herrschte ein Durcheinander: Sonnenbrillen, Feuerzeuge, auch alte, sehr schöne, aufgelöste Sparbücher. Ganz unten ein stabiler Ordner mit der Aufschrift »Wolfsburg«, mit winzigem Vorhängeschloss, der Schlüssel fehlte. Neugierig zog ich den eingestaubten Ordner heraus. Seit dem Tod meines Vaters hatte ihn vermutlich keiner mehr angerührt.

Ich starrte ihn an, blickte auf, sah in der Ferne den dunklen Horizont, lief in die Küche, fand eine Zange und knackte das Schloss im Handumdrehen.

Als ich den Ordner aufschlug, stieß ich auf ein Bündel Postkarten aus Wolfsburg, zusammengehalten von einem Gummiband. Unter jeder stand: »Dein Freund Babis, Gleich und Gleich gesellt sich gern.« Jahrelang hatte ihm sein griechischer Freund Babis Vasiliadis zu Weihnachten und Ostern geschrieben, in perfektem Italienisch.

Ich blätterte in dem Kalenderbüchlein von 1958, dem Jahr, als er nach Deutschland gegangen war, entdeckte alte Zugfahrkarten, handschriftlich eingetragene Arbeits- und Urlaubszeiten, eine Liste mit Ausgaben und dem, was er Monat für Monat zur Seite legen konnte.

Außerdem fand ich einen verschlossenen Umschlag. Ich öffnete ihn und zog einen Stapel Kontoauszüge heraus. Ab September 1959, dem Monat, in dem ich geboren wurde, hatte mein Vater Jahr für Jahr, Monat für Monat Geld überwiesen. An einen Empfänger in Wolfsburg. Anschrift, Kontonummer, Betrag und Name waren noch gut lesbar. Frank Fischer.

Stuttgart, Dezember 1996

FRAGMENT DREISSIG

Das Stuttgarter Gericht war ein modernes, gesichtsloses
Gebäude ohne historisches Flair. Nichts verwies auf die
Rolle der Gerichtsbarkeit als Bollwerk der Demokratie.

Frank parkte auf dem großen Parkplatz vor dem Eingang. Das war wohl jetzt endgültig die letzte längere
Fahrt mit seiner Lola, dachte er, und schon der Gedanke,
sie zu verschrotten, stimmte ihn traurig. Wie viele Kilometer hatten sie in den zwanzig Jahren gemeinsam zu-
rückgelegt, wie viele Abenteuer bestanden!

In der Eingangshalle meldete er sich beim Pförtner,
der ihm Flur und Zimmer nannte. Generalstaatsanwalt
Friedrich Koch würde auf ihn warten. Als Frank an-
klopfte und das Zimmer betrat, erhob sich ein Mann um
die sechzig mit Karl-Marx-Bart vom Schreibtisch und
reichte ihm freundlich die Hand.

»Setzen Sie sich bitte«, er wies auf eine Sitzgruppe.
»Was möchten Sie trinken? Tee oder Kaffee?«

»Nur ein Wasser, danke.«

»Manche Staatsanwaltschaft wäre froh, wenn es mehr
engagierte Journalisten wie Sie gäbe«, sagte Koch. »Leider glaubt unsere Gesellschaft, allein Ermittlungsbehörden und Staatsanwaltschaften wären für die Verfolgung
und Verurteilung von Rechtsbrüchen zuständig. Unsere
Institutionen funktionieren aber nur, wenn die Bürger
auch mithelfen.«

»Warum wollten Sie mich sprechen, Herr Staatsanwalt?«, fragte Frank immer noch leicht angespannt.

»Ich bin mir sicher, Herr Fischer, dass in Kürze eine

weitere Enthüllungsreportage von Ihnen erscheinen wird«, antwortete Koch lächelnd. »Ich erwarte natürlich nicht, dass Sie mir vorab Einzelheiten verraten. Aber wir haben Ihre Recherchen aufmerksam verfolgt und sind aktiv geworden. Wundern Sie sich also nicht, wenn Ihr Name in ein paar Tagen in den Zeitungen auftaucht, nicht nur in deutschen. Auch mit Fernsehanfragen werden Sie bestimmt überhäuft.«

»Was haben Ihre Ermittlungen ergeben?«

»Sagen wir mal so. Der Journalismus regt uns manchmal zu neuen Ermittlungsansätzen an. Der Boom an Pizzerien in Baden-Württemberg war uns aufgefallen, aber wir hatten das auf Beschleunigungseffekte nach den EU-Verträgen von Maastricht zurückgeführt. Ihre Reportage hat uns die Augen geöffnet. Wir haben in ein Wespennest gestochen.«

»Aber Sie haben mich doch nicht nach Stuttgart bestellt, um mir Komplimente zu machen?«

Der Staatsanwalt erhob sich, bereitete sich in einer Büroecke einen Kaffee zu und blickte aus dem Fenster, während er weitersprach.

»Vielleicht könnten wir uns gegenseitig helfen«, sagte er und nippte an dem Kaffee. »Ich könnte Ihnen Verschlusssachen anvertrauen, wenn Sie mir zusichern, sie in Ihren Artikeln nicht zu verwenden, und Sie könnten mich dafür über Ihre Recherchen auf dem Laufenden halten. Sie können schneller, flexibler und freier agieren als wir, Herr Fischer. Als Staatsanwaltschaft müssen wir vorsichtig sein, dürfen nicht auffallen und nicht in Verdacht geraten, politische Ziele zu verfolgen. Wir müssen Rücksicht nehmen, verstehen Sie?«

»Das Spiel gefällt mir, Herr Staatsanwalt.«

Koch nahm wieder Platz.

»Es geht um Schmiergelder auf höchster Ebene, für die Genehmigung von Restaurants und kleinen Supermärkten, um die Nichteinhaltung von Vergaberichtlinien und Ämtermissbrauch zugunsten neu gegründeter italienischer Baufirmen ohne Referenzen.«

»Aber das schreibt unsere Zeitung doch schon lange«, antwortete Frank.

Koch blickte ihn geradewegs an. »Wie wärs mit einem Spaziergang im Park?«

Es war ein kalter Dezembertag, aber die Wintersonne wärmte trotzdem. Friedrich Koch zündete sich eine Zigarette an. Vom Park aus blickte man auf das Gericht.

»Die Generalstaatsanwaltschaft von Baden-Württemberg ist nicht die Gifthöhle von Palermo, aber ich bin lieber vorsichtig«, sagte er. »Wenn etwas durchsickern würde, wäre das ein Skandal und wichtige Beweise würden schnell vernichtet werden.« Er senkte die Stimme: »Die Cosa Nostra investiert hier in großem Stil, sie profitiert von der Öffnung der europäischen Märkte, um Milliarden zu waschen und so illegale Aktivitäten zu kaschieren.«

»Aber an wen gehen die Schmiergelder? Und für was konkret? Eine Pizzeria zu eröffnen ist ja kein Verbrechen.«

»Die Schmiergelder sind dazu da, Gesetze zur Marktregulierung und Antigeldwäsche zu verhindern. Man bezahlt deutsche Politiker fürs Stillhalten. Und hier kämen Sie ins Spiel, Herr Fischer.«

»Aber was habe ich von dem Deal, wenn ich nicht darüber schreiben kann?«

»Ich sage Ihnen, wo Sie am besten recherchieren, aber Sie nennen keine Namen. Noch nicht. In ein paar Wochen könnten die Haftbefehle ergehen, dann haben Sie freie Hand. Haben Sie Informationen für mich?«

»Die sizilianische Mafia ist sich mit der 'Ndrangheta in Kalabrien einig geworden. Seit der sizilianische Boss, Totò Riina, im Gefängnis sitzt, trifft seine rechte Hand Bernardo Provenzana die Entscheidungen. Er wird per Haftbefehl gesucht, aber angeblich kennt die Polizei seinen Aufenthaltsort. Die Cosa Nostra hat in Italien neue politische Partner gefunden.«

Frank hatte gründlich recherchiert.

»Provenzana verfolgt eine andere Strategie als Riina und soll die Mafia ins neue Jahrtausend führen. Aber dafür braucht er Geld, er muss die Mafia-Gelder, die in den Siebzigern und Achtzigern im Drogenhandel verdient wurden, reinwaschen. In Deutschland gibt es keine Regulierungsgesetze. Außerdem interessiert sich die Cosa Nostra offenbar für Investitionen in europäische Projekte zur alternativen Energieerzeugung wie Solar- und Windenergie. Die Mafia schaut sich nach möglichen Ansprechpartnern um, korrumpiert, bedroht und kriegt, was sie will.«

Der Generalstaatsanwalt verzog das Gesicht.

»Das sind beunruhigende Entwicklungen, allerdings wäre dafür die Berliner Generalstaatsanwaltschaft zuständig.«

»Herr Staatsanwalt, ich gebe Ihnen mein Wort. Ich nenne erst Namen, wenn Sie diese offiziell bekannt gegeben haben ...«

»Die Spitzen großer Parteien stecken bis zum Hals mit

drin«, sagte Koch. »Konten, auf die enorme Summen überwiesen werden, lassen sich zum Sekretär der CDU von Baden-Württemberg, Michael Mayer, zurückverfolgen oder zu Scholl von den Liberalen ... Es ist ähnlich wie beim *Tangentopoli*-Schmiergeldskandal in Italien. Aber wer hätte das von Deutschland gedacht? Können Sie sich vorstellen, was das für das Kanzleramt bedeutet?«

Das konnte Frank sehr wohl, seine aktuelle Recherche entpuppte sich als immer heikler. Aber als er jetzt die Haustür aufschloss und Charlotte und Johannes kreischend auf ihn zurannten, wollte er nicht mehr daran denken.

»Wieso seid ihr noch wach? Solltet ihr nicht längst im Bett sein? Wo ist Mama?«

»Hier«, rief Mareike aus dem Wohnzimmer. »Du bist heute mit ins Bett bringen an der Reihe. Du hast versprochen, rechtzeitig da zu sein.«

Frank nahm die Kinder an der Hand, führte sie ins Kinderzimmer und kramte die Schlafanzüge hervor.

»Wenn ihr brav seid, denk ich mir noch eine Geschichte für euch aus.«

»Ja!«, schrien beide.

»Puh, sie sind eingeschlafen«, sagte Frank, als er ins Wohnzimmer kam.

Mareike saß auf dem Sofa und starrte vor sich hin, als denke sie angestrengt nach. Schließlich blickte sie Frank an.

»Bist du sicher, dass du mir nichts zu sagen hast?«

Franks schlechtes Gewissen meldete sich sofort. Seit Monaten schon verschwieg er den Drohbrief, den man ihm in die Redaktion geschickt hatte, weil er nicht wusste, was er davon halten sollte.

»Heute Nachmittag ist ein Anruf gekommen«, sagte Mareike. »Jemand hat auf Italienisch etwas gemurmelt, sehr bedrohlich. Und als er merkte, dass ich nichts verstand, radebrechte er auf Deutsch. Sie wüssten genau, wo du arbeitest, wohnst. Wenn du so weitermachst, würdest du dir dein eigenes Grab schaufeln.«

Mareike strich sich eine Strähne aus dem Gesicht.

»Das geht mich auch was an, Frank.«

Er setzte sich zu Mareike, nahm ihre Hand und erzählte. Von dem Drohbrief, seinen Recherchen, den Gesprächen auf Sizilien, in Deutschland, von Generalstaatsanwalt Koch.

»Kurz vor ihrem Tod wollte meine Mutter mich noch einmal sehen«, sagte er mit feuchten Augen. »Die Krankenschwester, die mich anrief, sagte, ich müsse mich beeilen. Ich raste ins Krankenhaus. Meine Mutter konnte nur noch mit Mühe sprechen. Als Journalist habe man eine Verantwortung, sagte sie, man müsse sich für eine Seite entscheiden und dürfe keinen Rückzieher machen. Die Geschichte dürfe sich nicht wiederholen. Nie wieder dürfe die Wahrheit durch Propaganda verraten und verfälscht werden. Sie flehte mich an, ihre Worte, das Einzige, was sie mir hinterlassen könne, nicht zu vergessen.«

Frank schlug die Hände vors Gesicht.

Mareike zog ihn zärtlich an sich.

»Vielleicht fahre ich mit den Kindern besser nach Sylt?«, fragte sie leise.

Frank nickte.

»Ab jetzt musst du mir alles sagen, hörst du? Wirklich

alles. Und dann entscheiden wir gemeinsam. Warst du mit dem Drohbrief schon bei der Polizei?«

»Ja, aber man hat ihn nicht wirklich ernst genommen. Beim nächsten Mal soll ich mich aber sofort melden. Gleich morgen beantrage ich eine Telefonüberwachung. Es tut mir leid, ich wollte dich nicht beunruhigen.«

Später schlief Mareike tief und reglos neben ihm, atmete ruhig und gleichmäßig. Frank blickte schlaflos in die Dunkelheit, gab es schließlich auf, tastete sich vorsichtig aus dem Bett und schlich auf den Flur.

Im Arbeitszimmer schaltete er die Schreibtischlampe an. Ein kreisrunder Lichtkegel erhellte Laptop, Notizen, Bücher. Er zog eine Schublade auf und nahm die Mappe heraus, die ihm Tante Gaby vor über zwei Jahren gegeben hatte. Oft war er kurz davor gewesen, die Briefe zu lesen, doch jedes Mal hatte ihn das Schamgefühl zurückgehalten oder die Furcht, auf etwas zu stoßen, das sein Bild von Elke trüben könnte.

Wie Elke ihre Entscheidungen, ihren Lebensweg, wohl empfunden hatte? Als schmerzlich oder war sie in erster Linie stolz gewesen? Hatten Kummer und Einsamkeit sie niedergedrückt oder, im Gegenteil, zu noch mehr Engagement angestachelt? War sie für ihre mühsame Suche nach dem Wahren und Guten oder was immer sie gesucht hatte, am Ende belohnt worden? Hatte sie gefunden, was sie suchte, oder wenigstens etwas, das sie trösten und fröhlich stimmen konnte?

Plötzlich zögerte Frank nicht mehr. Er las die Briefe zwischen Elke und Gaby, tauchte ein in die Atmosphäre von damals, die er eigentlich nie vergessen hatte, und hoffte, dass sich die Nebel endlich lichten würden.

Wolfsburg, Januar 1958

Liebe Gaby, heute bin ich mit E. und B. ausgegangen. Wir haben im Gastarbeiterverein ein paar Pils getrunken. Das sind wirklich fleißige Leute, aber ohne politisches Bewusstsein. Stell dir vor, ihre Arbeitgeber nennen sie, voller Hochachtung und Dankbarkeit, *Padroni*, Herren.

Wolfsburg, Juni 1958

Liebe Gaby, seit einigen Wochen gehe ich nun schon mit E. aus. Dank meinem Volkshochschulkurs können wir uns ganz gut auf Italienisch unterhalten. Wir sind sehr unterschiedlich, aber das ist eigentlich nicht das Problem. Vor ein paar Tagen hat er mir gestanden, dass er verheiratet ist, ich hatte es mir allerdings schon gedacht. Am Anfang trug er noch einen Ehering. Aber ich fand, das sei seine Sache. Und wollte es wohl auch nicht so genau wissen. Gestern Abend hat er mir eine Silberkette geschenkt und mir seine Liebe gestanden. Ich wusste nicht, was ich sagen sollte, aber ich glaube, ich fühle dasselbe. Doch ich will gar nicht so viel über Probleme und Schwierigkeiten nachdenken … man wird sehen …

Wolfsburg, Dezember 1958

Liebe Gaby, du wirst es nicht glauben, ich bin schwanger. E. weiß es noch nicht, er ist über Weihnachten bei seiner Familie auf Sizilien. Wie soll ich es ihm bloß sagen? Ich freue mich so auf das Kind. Aber ich setze ihm damit die Pistole auf die Brust, er ist Sizilianer, katholisch, vielleicht will er mich jetzt nicht mehr sehen.

Wolfsburg, Mai 1959

Liebe Gaby, mein Bauch wird immer runder, heute strampelt das Baby wie wild. E. ist nach Sizilien zurückgekehrt. Ich habe seit Monaten nichts von ihm gehört, aber beim letzten Treffen hat er mir gesagt, er wolle mir unter die Arme greifen, das Kind solle ein gutes Leben haben, auch wenn er es nicht aufwachsen sieht. Was immer er damit sagen will. Bisher habe ich jedenfalls noch keinem gesagt, wie der Vater heißt. Verzeih mir, Schwesterherz, dass ich es dir auch nicht sage. Nur B. weiß Bescheid, der Freund und Arbeitskollege von E. Ihm hat er sein Herz ausgeschüttet. Wolfsburg ist klein, mein Bauch nicht mehr zu übersehen, er brauchte nur eins und eins zusammenzählen.

Wolfsburg, September 1959

Liebe Gaby, ich habe endlich mal einen Moment Zeit und Ruhe. Ich hätte nicht gedacht, dass eine Geburt so schmerzhaft ist. Schön, dass du ins Krankenhaus gekommen bist. Ich bin so froh, dich als Schwester zu haben. Stell dir vor, heute ist ein Einschreiben von der Deutschen Bank gekommen. Jemand hat ein Konto auf den Namen des Kleinen eröffnet, es sind siebzig Mark darauf eingegangen, offenbar eine monatliche Zahlung aus Italien. E. hat tatsächlich Wort gehalten. Und er weiß sogar, wie das Kind heißt. B. hält ihn wohl auf dem Laufenden.

Im Licht der Lampe schien alles unwirklich. »Geh schlafen«, schien es zu sagen, »morgen früh liegt alles unter der glitzernden Schneedecke des Alltags begraben.«

Das Leben ist ein Traum, dachte Frank. Nichts existiert wirklich, außer dem Bewusstsein, dass alles fragil ist.

Er legte sich wieder ins Bett, lauschte Mareikes Atem.

»Wo warst du?«, murmelte Mareike im Halbschlaf.

»Schlaf ruhig weiter«, antwortete Frank. »Es ist noch nicht Morgen.«

Camporeale, März 1997
FRAGMENT EINUNDDREISSIG

»Entschuldigung, Doktor Conigliaro, Ihr Onkel möchte Sie sprechen.«

»Danke, Signora Cangemi.«

Eigentlich wollte ich gerade Rezepte für meine Patienten ausstellen, stattdessen erhob ich mich von meinem ledernen Drehstuhl, um Zio Rocco zu begrüßen.

»Bitte setz dich, alles in Ordnung?«

»Gesundheitlich ja, aber sonst …«

Seine schlechte Laune wunderte mich nicht, seine Besuche bedeuteten immer unangenehme Neuigkeiten.

»Wie läuft die Praxis?«

»Ich kann nicht klagen.«

Zio Rocco schaute sich um und vergewisserte sich mit einem raschen Blick, dass die Tür geschlossen war.

»Sind komische Leute bei dir aufgetaucht?«, flüsterte er. »Waren die Taccos da?«

»Sind sie krank?«

»Krank. Papperlapp. Hat dir einer von den Taccos, Truscas oder sogar aus Corleone komische Fragen gestellt?«

»Nein.«

»Falls doch, musst du mir auf der Stelle Bescheid sagen, okay?«

»Kein Problem, was ist denn los?«

»Das erzähl ich dir besser bei mir zu Hause. Komm heut Abend nach dem Essen«, sagte er und verabschiedete sich.

An diesem Morgen regnete es in Strömen. Girolamo hatte einen Tag frei, nachmittags hatte ich keinen Termin. Giovanna kam mit strahlendem Lächeln herein, was sie noch schöner aussehen ließ als sonst.

»Kann ich mir für den Nachhauseweg den Schirm leihen, Nanà?«

»Ich hab noch eine bessere Idee«, sagte ich. »Wir machen uns bei mir einen Teller Pasta.«

»Bist du sicher? Die Leute …« Sie runzelte die Stirn.

Aber ich wusste, dass sie neugierig war und gerne sehen würde, wie ich wohnte. Als ich lächelte, begriff sie, dass mir die Leute egal waren. Seit dem Tod meiner Mutter hatte ich keine Lust mehr, mir unnötig Gedanken zu machen.

Giovanna anscheinend auch nicht.

Meine geräumige Wohnung war auch an Regentagen hell, mit der Einrichtung hatte ich mir Mühe gegeben. Giovanna schaute sich bewundernd um. In Küche und Bad dominierten Holz und Fliesen, die rustikale Küche war gemütlich, im Wohnzimmer gab es eine Bücherwand, davor ein alter Schreibtisch, und in einer Ecke neben dem Sofa verströmte ein Kamin die unverwechselbare Wärme brennender Holzscheite.

»Das hätte ich ehrlich gesagt nicht erwartet.«

»Wohnen ist mein einziger Luxus«, sagte ich. »Ich pflege keine teuren Hobbys oder Laster, und Autos interessieren mich nicht. Ich würde gern reisen, aber das ist in meinem Leben wohl nicht vorgesehen.«

Mit dem Kochen kam ich zurecht, ich hatte mir einige Grundkenntnisse und vier oder fünf Gerichte angeeignet, mit denen ich bei Gelegenheit protzen konnte.

»Du kannst sogar kochen. Wo hast du das gelernt?«, fragte Giovanna.

»In meiner Zeit in Palermo war ich die Imbisskost irgendwann leid und hab mir ein Rezeptbuch gekauft. Ich beneide Leute, die einfach loslegen, ohne Angst, etwas falsch zu machen. Ich brauch für alles eine Anleitung.«

»Die *Bucatini alle sarde* sind sogar noch besser als die von meiner Mamma. Ansonsten ist sie allerdings keine großartige Köchin. Und ich komme leider ganz nach ihr.«

Giovanna zögerte.

»Weißt du, Nanà«, sagte sie dann, »als ich dich das erste Mal in der Praxis gesehen habe, dachte ich, ›da ist endlich einer wie ich‹.«

Mein Interesse war geweckt, und sie fuhr fort. »Du weißt, wie ich an den Job gekommen bin?«

»Sollte ich besser nicht?«

»Ein besonders gutes Licht wirft es nicht auf mich. Aber ich brauchte den Job unbedingt. Und darum hab ich Ja gesagt. Obwohl ich befürchtete, bei einem dieser eingebildeten Macho-Ärzte zu landen. Aber du bist ganz anders.«

Ich blickte Giovanna an, sie gefiel mir, und überraschenderweise spürte ich ein angenehmes Kribbeln im Bauch.

»Und welche Schlüsse hast du daraus gezogen?«

»Ich konnte es kaum glauben. Ich wollte mehr über dich wissen und hab erfahren, wem du die Praxis verdankst. Und dass du, so wie ich, mit der Ehrenwerten Gesellschaft eigentlich nichts zu tun haben willst. Dass man dich in Maciddaru als Fremdkörper betrachtet.«

»Das sagen die Leute?«

»Willst du es nicht hören? Oder bist du überrascht?«

»Weder noch. Es stimmt. Ich gehöre nicht dazu und bin froh darüber.«

Giovanna war jung, aber wesentlich klüger als ich.

»Das Problem ist nur, dass wir sehr wohl dazugehören«, sagte sie und blickte mich beinah zärtlich an. »Ich, und du genauso, Nanà.« Als ich schwieg, fuhr sie fort. »Aber weil sich Tradition, Familie, Gefälligkeiten und Ungesetzlichkeiten vermischen, können wir kaum noch erkennen, ab wann wir uns die Hände schmutzig machen und zur Rückzahlung plus Zinsen verpflichtet sind. Manchmal, wenn ich dich anschaue, erkenne ich in dir meine Zerrissenheit wieder. Aber vielleicht täusche ich mich auch.«

Giovanna hatte mit wenigen Worten die geheimsten Winkel meines Lebens ausgeleuchtet und wie auf einem Röntgenbild Brüche und Risse benannt.

Ich stand auf, reichte ihr meine Hand, zog sie hoch,

schloss sie in die Arme, spürte ihre Brust an meiner. Dann fasste ich sie zart am Kinn, um sie zu küssen.

»Bitte nicht«, flüsterte sie.

Einen Moment standen wir reglos da.

»Ich kann nicht, Nanà. Es gibt jemanden …«

Wie gern hätte ich die Zeit zurückgespult, wie lächerlich. Den Blick auf den Boden geheftet, murmelte ich: »Es tut mir leid, Giovanna. Das wusste ich nicht.«

»Das konntest du nicht. Es weiß keiner. Ich kann mir denken, was man im Dorf über mich redet.«

»Ja, du bist achtundzwanzig«, sagte ich schnell, um meinen Fauxpas zu überspielen. »In Camporeale hat ein Mädchen in diesem Alter konkrete Pläne.«

»Hab ich auch, aber es muss keiner wissen. Maciddaru ist für mich nur eine Zwischenstation, sobald ich kann, gehe ich weg.«

Giovanna besaß die Gabe, einem ein gutes Gefühl zu vermitteln. Eben erst hatte ich versucht, sie zu küssen, aber schon war es mir nicht mehr unangenehm.

»Wer ist es denn?«, fragte ich bloß neugierig.

»Jemand aus Rom, aus einer Anwaltskanzlei, fast zwanzig Jahre älter als ich. Als wir uns vor längerer Zeit kennenlernten, hat es einfach gefunkt. Aber es ist kompliziert.«

Ich hörte zu und merkte plötzlich, wie sehr ich das brauchte. Eigentlich war ich in dem Dorf genauso einsam wie sie. Oder noch einsamer.

»Erzähl ruhig weiter«, sagte ich.

»Meine große Liebe ist verheiratet, hat zwei Kinder und sagt mir schon lange, sie könne ohne mich nicht leben, würde sich scheiden lassen, ich solle nach Rom ziehen.«

»Tja, das kommt vor«, sagte ich. »Nicht hier natürlich, aber in den Städten, überall.«

»Wenn du wüsstest, wie konservativ meine Familie ist. Andauernd wollen sie wissen, wieso ich keinen Freund habe. Und mittlerweile fragen sie sich, was mit mir nicht stimmt.«

Ich sagte nichts.

»Und bei dir, Nanà? Was ist mit der Frau, von der du mir erzählt hast? Ich nehme an, es ist anders ausgegangen als gehofft.«

»Schnee von gestern, denke ich.«

Der Regen hatte aufgehört, zwischen den Wolken lugten die ersten Sonnenstrahlen hervor. Giovanna zog sich die Jacke an.

»Du darfst keinem was erzählen, hörst du?«

Ich nickte, schloss kurz die Augen, als Zeichen der Zustimmung.

Giovanna lächelte, öffnete die Wohnungstür und sagte, schon im Gehen: »Da ist noch was. Meine große Liebe heißt Flavia.«

Francesca hatte schon aufgedeckt, es roch nach *Polpette al sugo*. Carmelino schrie wie ein Verrückter, er suchte meine Aufmerksamkeit.

»Carmelino, lass Onkel Naná doch mal in Ruhe. Er hat den ganzen Tag gearbeitet.«

Der Kleine stiefelte wütend in sein Zimmer.

»Ist Pietruzzu nicht da?«, fragte ich.

»Er muss jeden Moment kommen. Aber damit du gleich Bescheid weißt, er ist momentan kaum zu ertragen.«

»Was ist los?«

»Keine Ahnung. Und wenn ich ihn frage, springt er mir an die Kehle.«

Im selben Moment ging die Tür auf. Mein Schwager kam herein.

»Pietruzzu, wie gehts?«

Er begrüßte mich förmlich und offensichtlich verstimmt. Wir setzten uns, schweigend, Francesca verteilte die *Polpette*, im Fernsehen liefen die Nachrichten.

»Gefällt dir die Arbeit? Ist alles in Ordnung?«, fragte ich.

»Ja, ja, aber in Ordnung ist nichts.«

»Wie das?«

»Wie das? Hier kann man nicht leben. Ich halts nicht mehr aus. Bald nehm ich meine Siebensachen und hau einfach ab. Sonst noch was?«

Ich blickte meine Schwester an. Pietruzzu stand auf, ohne das Essen angerührt zu haben, brummte etwas und knallte die Tür hinter sich zu.

»Das hat nichts mit dir zu tun, Nanà, im Gegenteil«, sagte Francesca. »Wahrscheinlich schämt er sich und ist darum gegangen. Wir leben wie zwei Fremde nebeneinanderher, ich hoffe nur, er hat sich nicht wieder auf irgendwas eingelassen. Kannst du nicht mal mit Zio Rocco reden, Nanà? Mit mir spricht er ja nicht, und er ist komisch geworden. Ich versteh nicht …«

»Francesca«, unterbrach ich sie. »Weißt du, ob Papa jemandem Geld schuldete?«

»Was? Da war er gar nicht der Typ zu. Wieso?«

»Beim Aufräumen hab ich ein Bündel Überweisungen gefunden. Ab Ende der Fünfziger Jahre hat Papa regelmäßig Geld nach Deutschland überwiesen.«

»Nach seiner Rückkehr? Vielleicht hatte er sich für die erste Zeit in Deutschland was geliehen?«

»Aber der Empfänger ist kein Italiener.«

Francesca zuckte mit den Schultern.

»Na ja, momentan haben wir wohl sowieso ein anderes Problem«, sagte ich und beschloss, Zio Rocco an diesem Abend auch nach Pietruzzu zu fragen.

Mein Onkel war genauso mürrisch wie am Morgen. Er stellte Kaffee auf den Herd, und der Fernseher lief so laut, dass man sich kaum unterhalten konnte.

»Er leistet mir Gesellschaft«, sagte er mit Blick auf den Fernseher, nahm die Fernbedienung und schaltete ihn endlich aus. »Ich merk fast gar nicht mehr, wenn er an ist.«

Er goss den Kaffee in zwei Tassen, rückte das Kohlebecken näher an den Tisch und setzte sich mir gegenüber.

»Der März macht, was er will. Dass es noch mal so kalt wird.«

»Hör mal, Zio«, legte ich gleich los. »Du weißt doch bestimmt, wieso Pietruzzu sich so komisch verhält.«

Zio Rocco gab Zucker in seinen Kaffee und rührte bedächtig um.

»Hat Francesca das gesagt?«

»Ich hab ihn grad gesehen, zu Hause.«

»Er sollte deiner Schwester und seinem Sohn mehr Respekt entgegenbringen.«

»Sag mir einfach, was los ist.«

Zio Rocco starrte in seine Tasse, so hatte ich ihn noch nie erlebt.

»Die Dinge haben sich verändert, Nanà«, sagte er, als er endlich aufblickte. »Seit sie Totò Riina geschnappt haben, läuft es schlecht für uns. Streitereien in Bagarella, mit den Söhnen von Don Bernardo Trusca. Jede Woche kreuzen die Bullen in Camporeale auf und setzen dem Tacco-Clan zu.«

»Aber was hat das mit uns zu tun? Mit Pietruzzu?«

»Alles! Wann kapierst du das endlich, verdammt noch mal?«

Rot vor Wut stand er auf.

»Das hat mit uns zu tun, egal, was du über die Mafia denkst. Dein Schwager war ein kleiner Fisch, ein Handlanger. Dann kam er wegen Drogen ins Loch, und wir haben ihn für deine Schwester rausgeholt. Weißt du noch?«

Ich schwieg.

»Natürlich«, fuhr mein Onkel fort, »und jetzt will er nichts mehr damit zu tun haben, weil er Familie hat, einen *Picciriddu*. Aber man kann nicht einfach so aussteigen, nachdem einen die Freunde aus dem Knast geholt haben.«

Zio Rocco lief um den Küchentisch.

»Es sind schwere Zeiten, die Geschäfte laufen schlecht. Wenn dich einer um etwas bittet, der dir vorher einen Gefallen getan hat, kannst du nicht Nein sagen. Aber Pietruzzu ist taub auf dem Ohr und bringt damit alle in Gefahr. Das nimmt kein gutes Ende. Bernardo Provenzano, der neue Boss aus Corleone, hat einen Auftrag, und den muss einer aus Camporeale erledigen. Pietruzzu.«

»Was für einen Auftrag?« Ich schluckte, jetzt musste ich mich der Wahrheit wohl oder übel stellen.

»Ich weiß es nicht. Ignazio Tacco gibt sich zugeknöpft. Und wenn Pietruzzu sich weigert, ist es wohl kein

Pipifax. Er will nicht mit mir reden, aber irgendwann wird er wohl müssen. Meiner Meinung nach ist Camporeale gar nicht für den Auftrag zuständig. Und darum bin ich heute in die Praxis gekommen, Nanà. Wenn jemand irgendwas von dir will, was dir komisch vorkommt, dann musst du sofort zu mir kommen. Zu mir, hast du das verstanden?«

Als ich mich auf den Nachhauseweg machte, war die Dorfstraße von Maciddaru verwaist, der Mond nicht zu sehen. Von Weitem sah ich, wie Antonio das Rollgitter herunterließ, der Märzwind spielte auf dem Asphalt mit Blättern, Staub und Papier. Das Dorf schien mir eine steinerne Bühne, auf der sich die Menschen ohne Ziel und Bewusstsein tummelten. Und eines Tages, dachte ich, wird es all das nicht mehr geben. Als ich den Gekreuzigten und den Kirchturm hinter mir ließ, schlug es elf.

Wolfsburg, August 1997
FRAGMENT ZWEIUNDDREISSIG

Hinter dem Schlosspark floss die Aller, gesäumt von einer mächtigen Allee. Die Hitze und der trockene Wind verwunderten Frank, er erinnerte sich eher an kühle Augustmonate, mit Regen, saftig grünen Wiesen, die den Herbst schon erahnen ließen.

Das Schloss ruhte in der Landschaft, und mit seiner norddeutschen Strenge dominierte es das Panorama, als wolle es sich gegen die Moderne behaupten.

Zaghaft durchschritt er das Eingangstor und betrat den Innenhof. Wie oft hatte er hier im Sommer Konzerte und Theateraufführungen besucht. Das Plakat mit den Veranstaltungen im Schlosshof kündete jedes Jahr wieder von den kulturellen Höhepunkten der Stadt, in der das Volkswagenwerk den Lebensrhythmus angab. Mit welcher Ungeduld hatte er als Gymnasiast darauf gewartet, dass die Veranstaltungen wieder losgingen. Was immer die Stadt organisierte, er und seine Klassenkameraden verpassten nichts davon.

Seine Heimatstadt war erst im Nationalsozialismus für Volkswagenarbeiter erbaut worden. Das Vorzeigewerk der Automobilindustrie versprach den Deutschen eine blühende Zukunft. Doch nach dem Zweiten Weltkrieg ersetzte man die lokalen Arbeitskräfte durch sogenannte »Gastarbeiter«, von denen viele, oft widerstrebend, blieben.

Elke wollte nicht weg von hier. Zum Arbeiten fuhr sie nach Hannover oder war unterwegs, abends kehrte sie nach Wolfsburg zurück. Als Frank älter war, suchte sie in den Gastarbeitervereinen nach der politischen Begeisterung und dem Freiheitsdrang, die die Menschen der westdeutschen Städte auf die Straßen trieben, erkannte aber bald, dass diese eine Illusion waren. Abseits der großen Städte, wo Universitäten und politische Zirkel das theoretische Futter für den ideologischen Kampf lieferten, würde der Widerstandsgeist keine neue Nahrung finden. Aber warum war seine Mutter trotzdem dageblieben? Das hatte sich Frank schon tausend Mal gefragt. Hatte es mit ihm zu tun? Gab es doch eine geheime Verbindung zu seinem Vater?

In seinen Gedanken tauchten solche Fragen regelmäßig auf. Notgedrungen suchte er in seinem Inneren nach Antworten, aber manchen Knoten würde er nur lösen können, wenn er sich auf Spurensuche in seine Vergangenheit begab. Darum traf er sich heute mit dem neuen Leiter des Volkswagen-Archivs. Herr Buchmann begrüßte ihn überschwänglich.

»Setzen Sie sich bitte, Herr Fischer. Welche Ehre, dass Sie uns besuchen!«

»Danke, sehr freundlich, Herr Buchmann.«

»Sie wissen hoffentlich, wie beliebt Sie hier in Wolfsburg sind. Ein Vorbild, auch wenn Sie nicht mehr hier wohnen. Was kann ich für Sie tun?«

»Ich brauche einige Informationen zu Ihren ausländischen Mitarbeitern in den Fünfziger Jahren«, erklärte Frank.

»Dafür müssen wir ins analoge Archiv«, meinte Buchmann. »Wir digitalisieren die Unterlagen gerade, aber das braucht natürlich Zeit.«

»Ich dachte mir schon, dass meine Anfrage nicht leicht zu beantworten sein würde.«

Der Archivleiter bedeutete Frank, ihm zu folgen. Über lange Flure gelangten sie in das Zentralarchiv, ein riesiger Raum mit deckenhohen Regalen.

»Was Sie hier vor sich sehen, ist die Geschichte von Volkswagen, mit allen Beschäftigten ab 1937, ungefähr sechzigtausend Personalakten. Wie durch ein Wunder blieben sie im Krieg verschont. Welche interessieren Sie denn genau?«

»Die Akten der Italiener.«

»Bis heute übrigens die größte ausländische Gruppe.«

»Genauer gesagt hätte ich gern eine vollständige Zusammenstellung aller italienischen Mitarbeiter, die Ihr Unternehmen 1959 verlassen haben.«

Buchmann runzelte die Stirn und nahm seine Brille ab.

»Ich kann Ihnen die Akten aller Mitarbeiter geben, die 1959 gekündigt haben oder gekündigt wurden, aber wir treffen keine Unterscheidung nach Nationalitäten. Doch der Name verrät Ihnen das natürlich. Nehmen Sie bitte Platz, Herr Fischer. Es wird einen Moment dauern.«

Eine halbe Stunde später kehrte Buchmann strahlend zurück, in den Händen eine dicke Mappe.

»Das hier sind die Unterlagen zu allen Verträgen, die 1959 endeten. Insgesamt siebenhundertzweiundachtzig.«

»Siebenhundertzweiundachtzig?«

»Es gibt immer Mitarbeiter, die das Unternehmen verlassen. Auch viele Italiener sind wieder zurückgegangen, das Klima, die Einsamkeit, Mentalitätsunterschiede, Heimweh nach der Familie. Ich nehme an, Sie möchten die Unterlagen durchsehen?«

»Ja, gern«, sagte Frank leicht verwirrt.

»Suchen Sie einen bestimmten Namen? Brauchen Sie Hilfe?«

»Nein, danke.«

»Jedenfalls, ich bin in meinem Büro, am Ende des Flurs. Wenn Sie Fragen haben, jederzeit ...«

Frank ging die Akten durch und legte alle mit offensichtlich italienischem Namen zur Seite, es waren immer noch über fünfhundert.

Er suchte die Stecknadel im Heuhaufen, aber schließlich ging es um seinen Vater. Jetzt musste er noch jene aussortieren, deren Vor- oder Nachname mit »e« anfing, damit würde er den Kreis erheblich eingrenzen.

Ettore Ferrari, geboren in Faenza.

Ermanno Russo, geboren in Catanzaro.

Evaristo Brambilla, geboren in Gorgonzola.

Matteo Esposito, geboren in Avellino.

Tarcisio Endrigo, geboren in Udine.

Renato Erba, geboren in Frosinone.

Emilio Poddu, geboren in Bortigiadas.

Ercoli Francesco, geboren in Grottammare.

Eliseo Giuseppe, geboren in Bisceglie.

Eugenio Bartoli, geboren in Ospedaletto.

Emanuele Costa, geboren in Grotte.

Enrico Sargenti, geboren in Gubbio.

Nur einer kam in Frage: Emanuele Costa aus Grotte in der Provinz Agrigento, geboren am vierten Dezember 1908. Als er Volkswagen verließ, war er einundfünfzig Jahre alt.

Frank trat ans Fenster, vor sich sah er die hohen Schlote des Werks. Zum ersten Mal hatte er einen konkreten Anhaltspunkt. Doch wenn sein Vater tatsächlich Emanuele Costa war, wäre er heute fast neunzig Jahre alt, höchstwahrscheinlich lebte er nicht mehr.

Ohne zu überlegen, griff er nach seinem Handy, wählte die Nummer vom *Giornale di Roma* und verlangte Franco Carrera. Seit Frank den Drohbrief erhalten hatte, rief sein Freund ihn jede Woche an.

»Hallo Frank, wie gehts? Alles gut, hoffe ich.«

»Ich habe eine große Bitte an dich. Es ist wirklich wichtig. Und ich schwör dir, eines Tages werd ich dir alles erklären.«

»Sag mir einfach, was du brauchst. Ich helf dir, wo ich kann.«

»Es geht um Emanuele Costa, geboren am vierten Dezember 1908, in Grotte, in der Provinz Agrigento. Könntest du das Meldeamt anrufen und herausfinden, ob er noch lebt? Wo er wohnt? Oder seine Familie? Würdest du das für mich machen?«

»Ich kanns versuchen.«

»Du bist ein echter Freund.«

Sein neues Auto fraß stumm Kilometer um Kilometer, die gute Federung dämpfte Buckel und Dellen. Die Hände am Lenkrad blickte er durch die große Windschutzscheibe, glitt sanft wie in einem Schiff dahin.

Er vermisste seine alte, orangerote Lola. Letzten Monat hatte er sie zum Schrotthändler gebracht, Johannes und Charlotte waren dabei gewesen. In ihr hatte er die Straße gespürt, sie sagte ihm, wann er schalten musste, warnte ihn ruckelnd, krachend vor Gefahren. Lola hatte ihre eigene Gangart; der Vergaser, ihre Lunge, stotterte, nahm Anlauf, japste und holte dann noch ein letztes Mal tief Luft.

Aus der Ferne wirkte Hamburg noch größer. Die Stadt rückte langsam näher, mit dem Hafen, dem Gewimmel aus Containern und Kränen, den riesigen Schiffen an den Piers. Dabei war das Wasser nicht mal das Meer, nur die Elbe.

Im dichten Verkehr fuhr Frank durch den Elbtunnel, raus aus der Stadt, dann weiter Richtung Norden. Rote Backsteinhäuser, ähnlich wie in Holland, Südengland und Skandinavien. Malerische Windmühlen warteten auf die nächste Brise. Die Landschaft faszinierte ihn, schien ihm aber zugleich fremd. Seitdem er wusste, dass er halb Sizilianer war, erklärte er sich seine emotionale Nähe zum Süden gern mit den Genen. Er erinnerte sich noch gut, wie begeistert Elke gewesen war, als er sich im Studium für Italienisch entschied. Unwillkürlich musste er lächeln. Der Himmel weitete sich und rückte noch näher, die Landschaft kündete vom nahen, endlosen Meer, das von einem kühlen Blau war.

An einer Raststätte machte er Pause, der Parkplatz war fast leer, drinnen kaum Kunden und keine Espressomaschine. Er bestellte eine Limonade und setzte sich nach draußen. Die Sonne stand schon tief.

Der Drohbrief und der Anruf hatten sein Leben auf den Kopf gestellt. Nie hätte er gedacht, je so feige bedroht zu werden. Jeder konnte der Mörder sein, überall konnte ihn jemand aus dem Hinterhalt töten, ganz gleich, ob er allein, mit Mareike, den Kindern oder Freunden unterwegs war. Jeder Fremde machte ihn misstrauisch. Auf Sylt, in der Natur, wollte er die bedrängenden Gedanken beiseiteschieben und zur Heiterkeit zurückfinden.

Sein Handy vibrierte, eine italienische Nummer. Franco.

»Hast du was rausgekriegt?«, fragte er mit bebender Stimme.

»Du hattest Glück, der Angestellte im Meldeamt kannte Herrn Costa gut, er war ein Verwandter seiner Frau. Also, der Mann, den du suchst, ist 1965 gestorben, lebte aber längst nicht mehr in Italien. Die typische Emigrantengeschichte. Ende der Vierziger Jahre nach Belgien ins Kohlebergwerk, nach dem Unglück in Marcinelle mit zweihundertzweiundsechzig Toten zu

Volkswagen in Wolfsburg. Ende 1959 nach Venezuela, wo Cousins von ihm lebten. Er ist nie nach Sizilien zurückgekehrt.«

»Bist du sicher? Und seine Familie?«

»Emanuele Costa hat nie geheiratet. Vielleicht stimmen deine Informationen nicht, oder er ist einfach nicht der, den du suchst.«

Als Frank auf den Autozug fuhr, war es schon Abend. Am Horizont trennte Meer und Himmel noch ein zarter Streifen Licht. Im Sommer war er noch nie auf Sylt gewesen. Mareike wollte nicht. In der Hochsaison wimmelte es von Touristen und reichen Ferienhausbesitzern, die gerne in traditionellem Umfeld Luxusurlaub machten. Die letzten Kilometer glitt der Zug über den schmalen Hindenburgdamm. Rechts und links das Meer, das der Küste mit seinen Gezeiten den Stempel aufdrückte.

Am Ziel verließen die wenigen Autos die Schienen, die einzige Straße führte westwärts, in Richtung der Orte.

Als Frank ankam, sah er Mareike schon auf der Terrasse des Hotels, direkt am Strand. Auch die Kinder waren an diesem langen, hellen Sommerabend noch wach.

Wie man auf dieser Insel wohl lebt, fragte Frank sich, als er ausstieg. Fühlte man sich in den stillen, langen Wintern eher einsam oder frei? Wurde man mit diesem gigantischen Horizont vor Augen manchmal von Unruhe gepackt? Empfand man die Abgelegenheit als Nachteil? Oder als Privileg, weil man die Macht der Natur, die Jahreszeiten, hautnah miterlebte, auf die Gezeiten wie auf einen Glockenschlag wartete?

Vielleicht war das das Leben, eine Bühne, auf der ein

gutmütiger Regisseur die Schauspieler ihrem Spiel überließ, ihnen einfach nur zusah, weil er wusste, alles würde sich von selbst fügen. Als er sich dem Strand näherte, winkte er Mareike zu. Sein Herz klopfte, endlich spürte er wieder Lebensfreude.

Valle del Belice, Februar 1998
FRAGMENT DREIUNDDREISSIG

Der Amtsarzt drängte sich durch die neugierige Menge, Carabinieri und Kriminalpolizei folgten, Zio Rocco redete auf einen Beamten ein. Der Leichnam war mit einem weißen Laken abgedeckt. Ich stand ein paar Meter weiter, mit Francesca im Arm. Pietruzzu war mit einer Kaliber 7,65 erschossen worden, die Waffe deutete ohne Zweifel auf die Mafia hin.

Er war in eine Falle gelockt worden. Auf dem Cretto, dem Hügel zwischen Camporeale und Castelvetrano, hatte sich der Mörder mit ihm verabredet, im ehemaligen Gibellina, das von Alberto Burri zum Kunstwerk erhoben worden war.

Ein Ziegenhirte hatte Pietruzzu am Morgen entdeckt. Eins seiner Tiere war über den leblosen Körper gestolpert. Ein dunkelrotes Rinnsal floss unter dem Laken hervor, die weiße Betongasse hinunter.

Einer der Kriminalbeamten lupfte das Laken, ein kurzer Blick.

»Wann haben Sie Ihren Mann zum letzten Mal gesehen, Frau Marino?«

»Heute Morgen gegen acht, er wollte zu einem geschäftlichen Termin«, antwortete Francesca, mit leerem Blick.

»Wirkte er besorgt?«

»Ja, nervös, aber das war er schon länger. Ich habe ihn zig Mal gefragt, was los ist, aber er hat nichts gesagt.«

»Danke, wir melden uns später noch mal. Mein Beileid, Frau Marino.«

Im selben Moment kam, begleitet von Polizisten, Donna Santina. Pietruzzus Mamma fiel auf die Knie und strich, schreiend und weinend, über das Gesicht ihres Sohnes. Sie murmelte etwas Unverständliches, das nach Rache klang. Als sie sich erhob, sagte sie zu Zio Rocco, laut genug, damit es jeder hören konnte: »Und du hast wieder keine Ahnung, stimmts?«, und dann zu dem Polizisten, der sie hergebracht hatte: »Bringen Sie mich nach Hause, ich kann meinen Mann nicht allein lassen.«

»Was wollte die Mutter des Opfers damit sagen?«, wandte sich der Beamte an Zio Rocco, als Donna Santina gegangen war. Zio Rocco zuckte mit den Schultern.

»Das müssen Sie sie schon selber fragen.«

»Aber jetzt frage ich Sie.«

»Keine Ahnung.«

»Sie kannten Pietro Marino?«

»Natürlich.«

Ein Polizist reichte dem Beamten ein Blatt.

»Verurteilt wegen Heroinhandel«, las der Beamte vor. »Vorzeitig entlassen wegen guter Führung. Steht im Verdacht, zum Cosa-Nostra-Clan von Camporeale zu gehören, vor einigen Jahren wegen der Ermordung der Quartararo-Brüder in Palermo angeklagt.«

»Und von allen Vorwürfen …«, setzte Zio Rocco an.

»… vollumfänglich freigesprochen«, beendete der Beamte den Satz.

»Halten Sie sich in den nächsten Tagen bitte zur Verfügung, wir melden uns.«

Es war schon dunkel, als eine Freundin von Francesca den ahnungslosen Carmelino nach Hause brachte. Weil er seinen Vater vor dem Zubettgehen oft nicht mehr sah, fragte er nicht nach ihm.

Meine Schwester stand in der Küche und putzte Gemüse. Sie hatte noch kein einziges Mal geweint, als wolle sie das auf später verschieben, wenn alles Notwendige erledigt war. Sie nahm ein Küchenbrett, legte es auf den Tisch, setzte sich und fing an, das Gemüse zu schneiden. Als sie aufblickte, schien sie aus ihrer Trance zu erwachen. Sie setzte das Messer ab und brach endlich in Tränen aus. Ich nahm sie in den Arm, bis sie sich beruhigte.

»Gut, dass du da bist, Nanà«, sagte sie, noch immer unter Schluchzen. »Ich fühle mich so verloren. Wie soll ich das bloß Carmelino erklären?«

Ich drückte ihre Hand.

»Sag ihm, sein Vater ist im Himmel bei den Engeln. Er ist noch zu klein für die Wahrheit. Du kannsts ihm später erklären und nur hoffen, dass er es vorher nicht von anderen erfährt.«

»Ich habs geahnt, Nanà. Pietruzzu war wie ausgewechselt, so hatte ich ihn noch nie erlebt. Dabei hat er mir doch versprochen, sich aus allem rauszuhalten. Hat Zio Rocco dir nichts gesagt? Er muss doch etwas wissen!«

»Zio Rocco hat mir vor einiger Zeit was erzählt«, sagte ich und berichtete ihr, was ich wusste.

»Und wer kommt als Nächstes, Nanà? Was ist, wenn sie es jetzt auf dich oder sogar auf Carmelino abgesehen haben?«

Ich strich meiner Schwester übers Haar.

»Ich weiß es nicht, Francesca. Aber ich denke, Zio Rocco muss jetzt dafür sorgen, dass sich die Wogen wieder glätten.«

Die Dorfstraße war um diese Zeit fast menschenleer. Nur ab und an kam mir jemand entgegen, lüftete seine Coppola und murmelte: »Mein Beileid, Dottore.« Pietruzzus Tod wurde resigniert zur Kenntnis genommen, das gehörte in Maciddaru eben dazu, man konnte nur hoffen, nicht selbst der Nächste zu sein.

Die Bar der Taccos hatte noch offen, Ignazio stand wie immer rauchend davor. Ich nickte ihm zu. »*Salutamu*, Nanà«, sagte er. Plötzlich sprach er mich wie früher, als wir noch zusammen spielten, mit Vornamen an, nicht wie sonst mit Doktor Conigliaro. Pietruzzus Tod erwähnte er mit keiner Silbe.

Antonio hatte das Rollgitter noch nicht heruntergezogen, er und Don Calogero erwarteten mich.

Als ich eintrat, kam Antonio hinter der Theke hervor, beide umarmten mich. Dann schloss Don Calogero die Tür und drehte wortlos den Schlüssel um.

»Zuerst wollte ich sie gar nicht anrühren«, sagte Don Calogero, als er drei Tassen unter die neue Kaffeemaschine schob. »Aber dann dachte ich, ich kanns ja mal probieren. Natürlich kein Vergleich zur alten Gaggia!«

Er nahm ein Metalltablett, stellte drei dunkelbraune Untertassen, frisch aus der Spülmaschine, darauf, legte drei Löffel dazu, den Zuckerstreuer und schließlich die heißen Ristretti. Wir saßen eine Weile schweigend am Tisch und schlürften den dunklen, starken Kaffee.

»Es ist einfach ein Rätsel, Nanà«, sagte Antonio schließlich. »Dein Schwager lebte doch ein ruhiges Leben. Hoffentlich werden jetzt im Dorf nicht noch weitere Rechnungen beglichen.«

»Nur dein Onkel kann wissen, was da los ist, Nanà«, sagte Don Calogero. »Offenbar haben die Taccos keinen Finger gerührt, um den Mord zu verhindern. Und sind nicht mal überrascht. Als hätten sie ihn abgesegnet oder wären sogar dafür verantwortlich. Pietruzzu wurde auf fremdem Territorium ermordet, als hätte jemand dem Mörder erklärt: Aber bitte nicht in Camporeale, wir wollen kein Blut an den Fingern.«

Es war schon zehn Uhr. Die Laternen schwankten an ihren Leitungen hin und her, der Mistral wehte über den Dorfplatz. An der Kirche nahm ich die Gasse, die zu Zio Roccos Haus führte. Auch diesmal wurde die Dunkelheit nur von Zio Roccos Neonlicht und flackerndem Fernseher erhellt.

Als mein Onkel die Tür öffnete, konnte er sich kaum auf den Beinen halten. Er wirkte müde, nicht wie sonst kampfeslustig oder mürrisch. Wir setzten uns auf sein abgewetztes Sofa.

»Du siehst nicht gut aus, Zio Rocco«, platzte es aus mir heraus, als ich ihn ansah. »Morgen früh seh ich dich in der Praxis. Blut, Urin. Eventuell auch ein EKG.«

Zio Rocco schwieg.

»Wenn du einen Kaffee möchtest, musst du ihn dir heute selber machen«, sagte er schließlich.

»Schon gut, ich hatte grad einen.«

Mein Onkel saß mit gefalteten Händen da, den Blick zur Decke gerichtet, als suche er nach den richtigen Worten.

»Die Dinge ändern sich rasant, Nanà«, sagte er zögernd. »Ich versteh die Welt nicht mehr, hat dein Opa Nicola immer gesagt. Er war ein friedliebender Mensch, aber ohne Rückgrat. Der ist eben alt, dachte ich. Als *Picciottu* fühlte ich mich stark und unbesiegbar. Nichts konnte mich beeindrucken. Dein Vater war immer schon vorsichtiger, vielleicht konnte er sich besser vorstellen, wie es im Alter sein würde.«

Dann fand er doch die Energie, aufzustehen und wie sonst den Küchentisch zu umkreisen.

»Ich hab viele Fehler gemacht, aber ich wollte immer nur das Beste für unsere Familie. Ich hab mich nicht bereichert, ich bin bescheiden geblieben, ein Bauer, und jetzt? Ich muss mich für nichts schämen, Nanà. Und auch dein Schwager ist als aufrechter Mann gestorben.«

Ich wollte nicht lange um den heißen Brei herumreden und hatte Francesca versprochen, nichts unversucht zu lassen.

»Zio Rocco, warum musste Pietruzzu sterben?«

»Das ist doch jetzt egal. Schlimm genug, dass es passiert ist, für Carmelino, für Francesca.«

»Wie lange willst du uns eigentlich noch im Ungewissen lassen?«, rief ich. »Hat Francesca kein Recht darauf, zu erfahren, wieso ihr Mann tot ist? Auch Carmelino wird sie eines Tages danach fragen. Was soll sie ihm dann sagen?«

Zio Rocco hielt sich am Tisch fest, setzte sich wieder und murmelte: »Als *Picciottu* fürchtete Pietruzzu weder

Tod noch Teufel, es schien, als könnte er der neue Tacco-Boss werden. Er war Maciddarus große Hoffnung. Damals herrschte Krieg innerhalb der Mafia, und alle Familien sollten sich dem Corleone-Clan, der unter Druck stand, bedingungslos unterwerfen. Wer das nicht tat, hatte bei ihnen keine guten Karten, aber dein Schwager war ein harter Knochen. Er dealte auf eigene Faust. Doch dann schnappte ihn die Polizei, und wir holten ihn da wieder raus. Aber die in Corleone machen nichts umsonst. Tja, und dann …«

Zio Rocco schwieg.

»Und dann? Was dann, Zio Rocco? Willst du damit etwa sagen, die aus Corleone haben Pietruzzu auf dem Gewissen?«

»Das geht dich nichts an. Kümmer dich nicht drum! Mach deine Arbeit als Arzt und erweis den richtigen Leuten Respekt!«

»Nein«, schrie ich ihn jetzt an. »Hör auf, mich wie ein Kind zu behandeln! Sie haben meinen Schwager ermordet, kapierst du das nicht? Und wenn morgen Francesca oder ich an der Reihe sind, wollen wir wenigstens wissen, warum!«

»Dich und deine Schwester werden sie niemals anrühren! Nicht über meine Leiche! Klar?«

»Wenn du uns aus allem raushalten willst, hättest du Pietruzzu nicht aus dem Knast holen und dich nicht um meine Praxis kümmern dürfen. Es ist zu spät! Wir stecken bis zum Hals mit drin. Du weißt genau, dass ich nie was mit den Taccos, Truscas oder anderen Mafia-Bossen zu tun haben wollte. Also erzähl mir jetzt endlich, wieso Pietruzzu sterben musste!«

Zio Rocco war wie versteinert. So einen Wutanfall hatte er von mir nicht erwartet. Sein Gesicht färbte sich dunkelrot, er holte tief Luft und schrie zurück: »Wie redest du mit deinem Onkel!«

»Jetzt hör mir mal gut zu«, sagte er dann, etwas ruhiger, und fuhr sich mit der Zunge über die Lippen. »Francesca soll wissen, dass ihr Mann sie geliebt und respektiert hat. Und dass er genau deshalb tot ist. Als Carmelino auf die Welt kam, wollte Pietruzzu ein neues Leben beginnen. Der Tacco-Clan konnte das akzeptieren, der Corleone-Clan nicht. Sie hatten einen Auftrag, ein Mord außerhalb des Territoriums, wohl außerhalb von Sizilien. Don Cicciu Tacco blieb nichts anderes übrig, als den Auftrag Pietruzzu zu erteilen, aber der wollte nicht einmal den Namen seines Opfers wissen. Monatelang haben die Taccos versucht, ihn zu überreden. Pietruzzu ist tot, weil er den Auftrag nicht erledigt hat.«

»Und jetzt?« war alles, was ich herausbrachte.

»Jetzt machst du dich vom Acker, es ist spät.«

Ich stand auf, drehte mich in der Tür aber noch mal um.

»Zio Rocco, wen sollte Pietruzzu umbringen?«

»Ich weiß es nicht. Und wenn, würd ich's dir nicht sagen.«

Im Dorf herrschte tiefe Dunkelheit. Stille kroch durch die steilen Gassen, drang durch jeden Fensterspalt, durch die halb geschlossenen Läden, eroberte die Dorfstraße, kletterte auf den Kirchturm und hallte im riesigen Tal wider, das zum Monte Iato führte. Wie mutig es von Pietruzzu war, sich der Mafia entgegenzustellen, dachte ich.

Carmelino würde einmal stolz auf ihn sein. Und plötzlich fühlte ich mich klein und unbedeutend, verletzlich und ängstlich. Ich schloss mich nur durch Schweigen vom Chor der Ja-Sager aus.

Auch dieser dunkle Moment, sagte ich mir schließlich, wird vergehen, wie alles, was uns in die Reihen der Mittelmäßigen verweist, die in ihrem kurzen Leben vergebens danach streben, die Zeit zu überdauern.

Berlin, Juni 1998
FRAGMENT VIERUNDDREISSIG

»Sehr geehrte Damen und Herren, ich darf Sie ganz herzlich in der Kulturbrauerei Berlin begrüßen – zur Freitags-Talkshow mit Erich von Draminsky! Es ist uns eine große Ehre, heute den leitenden Staatsanwalt der Stuttgarter Antimafia-Taskforce, Friedrich Koch, und den Journalisten Frank Fischer von den *Fakten* zu Gast zu haben. Beide werden uns sicher viel über den aufsehenerregenden Prozess gegen die *German Spaghetti Connection* erzählen können.«

Das Publikum applaudierte.

»Wir begrüßen außerdem Murat Demir, sozialdemokratischer Abgeordneter, einer der ersten Vertreter mit ausländischen Wurzeln im deutschen Parlament«, fuhr Von Draminsky fort, »und Gerhard Große, den bekannten Politologen aus Dresden.«

Frank hatte sich seine Teilnahme bis zum letzten Moment offengehalten, weil er befürchtete, durch den Fernsehauftritt ein zusätzliches Risiko einzugehen. Doch die Bundespolizei hatte ihr Okay gegeben.

Die Debatte versprach hitzig zu werden. Von Draminsky kam umgehend zur Sache.

»Herr Koch, in der Presse wirft man Ihnen vor, dass die rote Stadtspitze in Stuttgart die Regierungsparteien mit dem Prozess in Misskredit bringen wolle.«

»In einer Demokratie ist selbstverständlich jede Kritik erlaubt, solange sie überzeugende Argumente vorbringt und sich an zivile Umgangsformen hält. Aber als Staatsanwalt werde ich solchen Polemiken keine neue Nahrung geben. Meine Aufgabe ist es, bei Rechtsverstößen ohne Rücksicht auf die Person zu ermitteln.«

»Herr Staatsanwalt, wie sind Sie auf die geheimen Schmiergeldkonten der Politiker gestoßen, mit Hunderttausenden an Mafia-Geldern?«

Der Anstoß sei aus Italien gekommen, erklärte Koch. Man arbeite mit den erfahrenen Antimafia-Staatsanwaltschaften in Palermo und Reggio Calabria zusammen, wo es im Übrigen bessere rechtliche Regelungen als in Deutschland gebe.

»Als wir den Eindruck gewannen, dass die Cosa Nostra und die 'Ndrangheta bei uns beträchtliche Aktivitäten entwickelten, haben wir um Zusammenarbeit gebeten, und die italienischen Kollegen haben uns sofort unterstützt.«

Man sei Kontobewegungen in Sizilien und Kalabrien nachgegangen und habe schließlich die Empfänger ausmachen können.

»Ihre Ermittlungen haben einen Domino-Effekt in Gang gesetzt. Die Staatsanwaltschaften in Düsseldorf und Dresden ermittelt jetzt auch, es gibt dort ähnliche Prozesse. Was halten Sie davon?«

»Es lag offensichtlich ein konkreter Verdacht vor.«

Erich von Draminskiy sah ein, dass Staatsanwalt Koch sich nicht zu persönlichen Äußerungen hinreißen lassen würde.

»Herr Fischer«, wandte er sich an Frank, »Ausgangspunkt für die Ermittlungen waren mehrere Artikel von Ihnen, die bei den *Fakten* erschienen sind. Haben Sie mit diesem Erdbeben gerechnet?«

Frank räusperte sich. »Als Journalist frage ich mich nicht, ob meine Arbeit zu einem juristischen Verfahren führen wird. Ich will meine Leserschaft aufrütteln. Es gibt Dinge, über die sollte man sich empören. Leider tun wir das heute viel zu selten.«

»Das politische und juristische Erdbeben zieht ja immer weitere Kreise. Woran liegt das Ihrer Meinung nach?«

»Korruption gibt es überall, auch in der deutschen Politik. Bislang hat man das nur im Umfeld der italienischen Einwanderer aufgedeckt, weil die Mafia dort unvorsichtiger agiert. Sie hatte nicht damit gerechnet, dass man in Duisburg oder Mannheim gegen sie ermitteln würde, noch dazu, wo sie auf den ersten Blick gegen kein Gesetz verstieß. Ein Restaurant oder einen Supermarkt zu eröffnen ist ja kein Verbrechen.«

»Können Sie mir und unserem Publikum vielleicht näher erklären, was dort passiert ist?«

»Das organisierte Verbrechen profitiert davon, dass die politischen und wirtschaftlichen Beziehungen in Europa nach den Verträgen von Maastricht enger geworden sind. Die Restaurants und Geschäfte dienen als Deckmantel, um Mafia-Gelder zu waschen. Aber die Verwaltung, die die Genehmigung für Geschäftseröffnungen erteilt, müsste eigentlich auf das lokale Umfeld Rücksicht nehmen. Wenn es in der Nürnberger Altstadt fünfzig Restaurants gibt und ich erlaube weitere fünfzig, schaffe ich neue Konkurrenz. Aber die Politik ignoriert alle Klagen von alteingesessenen Unternehmen, überlässt alles dem Markt und freut sich, dass ihre Stadt für ausländische Investoren attraktiv ist. Von dem unverhofften Geldsegen profitieren alle, ist die allgemeine Devise. Aber das ist nur die halbe Wahrheit. Die Mafia macht sich die Politik gefügig, damit sie gar nicht erst auf die Idee kommt, die Gesetze zu ändern oder den Markt zu regulieren. Sie überweist Milliarden auf Nummernkonten von Landesministern.«

Man sah dem Politologen Große schon eine Weile an, dass er seine Messer wetzte.

»Deutschland befindet sich nach der Wiedervereinigung in einer schwierigen wirtschaftlichen Lage«, sagte er jetzt. »Soll ein Lokalpolitiker Investitionen etwa ablehnen? Oder kontrollieren, woher die Gelder kommen? Ist das die Aufgabe der Politik?«

Im Publikum kam Unruhe auf, Von Draminsky versuchte, die Gemüter zu beruhigen.

»Herr Demir möchte etwas dazu sagen. Bitte schön.«

»Es ist doch lächerlich zu behaupten, die Staatsanwaltschaft diene sich den linken Parteien an. Offenbar sind alle Parteien in den Skandal verwickelt. Herr Große spricht hier die entscheidende Frage an: Ist es Aufgabe der Politik, die Herkunft von Investitionen in unserem Land zu kontrollieren? Ich meine: Nein. Das ist Aufgabe von Polizei und Staatsanwaltschaft. Aber natürlich geht die moralische Frage auch die Politiker etwas an. Sie tragen die Verantwortung für die Glaubwürdigkeit unserer Institutionen, und in den letzten Jahren mussten zahlreiche Politiker und Verwaltungsbeamte wegen Korruption zurücktreten. Wir können nicht zulassen, dass die organisierte Kriminalität sich bei uns breitmacht, auch wenn wir dafür auf Investitionen verzichten müssen. Wir werden bald einen Gesetzesentwurf ins Parlament einbringen, um das zu regeln. Wir sollten Journalistinnen und Journalisten wie Frank Fischer dankbar sein.«

Das Publikum applaudierte, Große schüttelte entschieden den Kopf.

»Herr Fischer«, sagte Von Draminsky, »die Staatsanwaltschaft ermittelt nicht nur gegen korrupte Politiker, sondern auch gegen in Deutschland ansässige italienische Staatsbürger, die anscheinend zur Mafia gehören. Wie zu lesen war, wurden Sie bedroht. Macht Ihnen das Angst?«

»Wer sich in Gefahr begibt und keine Angst hat, ist nicht mutig, sondern naiv, hat der Richter Giovanni Falcone gesagt. Aber man darf sich nicht von der Angst diktieren lassen. Ich denke, ich bin es der Gesellschaft und meiner Familie schuldig, Rückgrat zu zeigen. Jeder von uns kann und sollte Vorbild sein. Meines ist meine Mutter, die als Journalistin echtes Engagement bewiesen hat. Es wäre auch in ihrem Sinne gewesen, dass ich für die Freiheit und Unabhängigkeit, die guten Journalismus ausmachen, Risiken auf mich nehme.«

Nach der Talkshow schlug der Staatsanwalt vor, in ein indisches Restaurant in der Nähe zu gehen. Frank und Murat schlossen sich an, Große verließ die Runde wortlos.

»Haben Sie Polizeischutz beantragt?«, fragte Koch. »Wir werden jetzt rund um die Uhr von Bundespolizisten bewacht.«

»Für Journalisten gibt es das nicht«, sagte Frank.

»Wirklich? Wäre das nicht ein Thema, Herr Demir?«

»Das ist leider nicht der richtige Zeitpunkt«, sagte Murat. »Wohl nicht einmal in meiner eigenen Partei.«

Der Staatsanwalt blickte Frank voller Mitgefühl an.

»Wissen Sie, dass ich die Arbeit Ihrer Mutter sehr geschätzt habe?«, sagte er. »Ich komme aus Göttingen und habe da auch studiert. Im September 1973 hatten wir einen Hörsaal besetzt. Wir wollten, dass Willy Brandt nach Pinochets Putsch die diplomatischen Beziehungen mit Chile abbricht. Wir haben eine Woche durchgehalten, obwohl uns die Polizei immer wieder zum Gehen aufforderte. Ihre Mutter hatte sich in den Hörsaal geschmuggelt und in der *Berliner Alternativen Zeitung* einen langen Artikel über unseren Kampf geschrieben. Ihr Artikel hat wilde Debatten ausgelöst. Das waren noch andere Zeiten.«

Andere Zeiten. Am Tisch diskutierte man noch lange, was für Zeiten genau, fand aber keine eindeutige Antwort.

Frank beschloss, nach Hause zu fahren, obwohl er mindestens vier Stunden unterwegs sein würde. Wenigstens verfügte sein Auto über eine gute Stereoanlage, er hatte gerade neue CDs gekauft. Unter anderem von

Falco, der vor ein paar Monaten bei einem rätselhaften Autounfall in Mittelamerika ums Leben gekommen war. »Alles klar, Herr Kommissar«, sang Frank lauthals mit, auch um nicht einzunicken.

Die Autobahn, durch Sachsen über Thüringen nach Franken, lag als dunkler Strich vor ihm. Um diese Uhrzeit war sie kaum befahren. Aber manche nutzten die Gelegenheit und rasten wie die Wahnsinnigen, im Rückspiegel sah er schon in zighundert Meter Entfernung die Lichthupe aufblitzen. Sobald er notgedrungen nach rechts fuhr, zog das Auto pfeilschnell an ihm vorbei, und der lärmende Motor zerriss die Nacht.

In diesem Tempo würde er wohl um drei zu Hause sein. Wieder tauchten im Rückspiegel Scheinwerfer auf und kamen näher. Der Wagen fuhr dicht auf, ließ sich wieder zurückfallen. Frank wechselte die Spur, doch der Fahrer überholte ihn nicht. Kaum beschleunigte er, beschleunigte auch der andere. Kilometerlang blieb er ihm auf den Fersen. Er versuchte, ruhig zu bleiben, aber es war mitten in der Nacht und fast niemand unterwegs. Am besten hielt er auf dem nächsten Rastplatz, dann musste der andere vorbeiziehen. Aber was, wenn er auch anhielt? Er ließ den Rastplatz rechts liegen. Vielleicht bildete er sich das alles auch nur ein.

Von den Scheinwerfern geblendet, sah er das Schild erst im letzten Moment, Ausfahrt Helmbrechts. Rausfahren oder nicht? Noch achthundert Meter, sechshundert, dreihundert, hundert. Er machte einen Schlenker und verließ die Autobahn. Der Wagen, der ihn seit fast einer Stunde bedrängte, fuhr weiter.

Er nahm den nächsten Parkplatz, den er sah, und stellte

den Motor ab. Es war stockfinster, in der vollkommenen Stille fühlte er sich wie neugeboren. Hatte er sich das alles nur eingebildet? War das eine Warnung? Oder einfach ein Typ, der ihm einen Schreck einjagen wollte? Oder lag es nur an Erich von Draminskys Fragen, dass er an jeder Ecke einen Auftragskiller sah?

Entschlossen verscheuchte er die Gedanken und entspannte sich. Bald würde er in Nürnberg sein, Mareike in die Arme schließen, leise die Kinderzimmertür öffnen und den Atemzügen von Johannes und Charlotte lauschen. Er stieg wieder ein, drehte den Zündschlüssel um, der Motor jaulte auf. »Alles klar, Herr Kommissar«, schrie Frank in die Nacht.

Camporeale, November 1998
FRAGMENT FÜNFUNDDREISSIG

Die beiden Vogelscheuchen standen einen halben Meter voneinander entfernt. Auf ausgehöhlten Kürbisköpfen saßen unförmige Strohhüte, Brust- und Armstöcke hielten zerrissene Kleidung. Die Landschaft glitzerte unter der strahlenden Sonne. Im Tal Olivenbäume, gerade abgeerntet, und kahle Rebstöcke, nur ab und zu verstellte ein Affenbrot- oder Eukalyptusbaum den Blick auf den Bach.

Zio Rocco arbeitete hier schon sein Leben lang, und seit dem Tod meines Vaters auch auf dessen Getreidefeldern und Weingärten. Ich kam nur selten her, jedes Mal wurde ich von unerklärlicher Traurigkeit erfasst. Befremdliche Erinnerungen und klare Bilder, an deren

Echtheit ich zweifelte, tauchten in mir auf. Ich hatte Mühe, sie mit der Realität in Verbindung zu bringen, sie ähnelten eher den Fantasiebildern in Halbschlaf oder Wachtraum, die so unglaublich real scheinen.

Das Haus meiner Großeltern stand noch, wenn auch halb verfallen. Im Krieg hatten die Deutschen dort Munition versteckt, doch als die Alliierten Sizilien eroberten, so mein Großvater, gaben sie es uns als Steinhaufen zurück.

Als Kind fand ich das verfallene Haus sehr aufregend. Dort gab es grüne und smaragdblaue Eidechsen, Nattern und Insekten, die ich noch nie gesehen hatte.

Das Feld in Grisì war für mich die Welt meiner Kindheit, in der blutige Knie und jauchzende Fröhlichkeit nie weit voneinander entfernt waren.

»Die hier ist für dich«, sagte Zio Rocco und drückte mir eine Pistole in die Hand. »Mach mir einfach alles nach.«

Langsam hob er den gestreckten Arm, bis zum Neunzig-Grad-Winkel zum Körper. Die Waffe fest im Griff, den Blick über den schmalen Lauf aufs Ziel gerichtet, drückte er ab und traf die Vogelscheuche an der Schulter.

»Ich bin ein wenig außer Form«, sagte er. »Aber gemach, gemach. Mit deinem Vater hab ich hier um die Wette geschossen, Enzuccio hat immer gewonnen. Er hatte einen scharfen Blick und Nerven aus Stahl. Ich hab einfach keine ruhige Hand.«

»Kein Wunder, bei dem Gewicht«, sagte ich. Ich hielt zum ersten Mal eine Waffe in der Hand, sie war schwerer als gedacht.

»Das war mal die Pistole deines Vaters«, sagte Zio

Rocco. »Sie wurde lang nicht mehr benutzt. Durch die Taccos war ein Waffenschein nie ein Problem, aber seit Enzuccio tot ist, liegen unsere Pistolen im Schrank. Vor einigen Monaten sind sie mir zufällig wieder in die Hände gefallen, und ich hab sie in Palermo in Ordnung bringen lassen. Jetzt sind sie wie neu. Versuchs mal. Zeig mir, dass du Enzuccios Sohn bist!«

Ich nahm den Kopf der Vogelscheuche ins Visier und erschrak, als der Schuss krachend einschlug. Ich hatte ins Schwarze getroffen.

»Und du willst behaupten, das war das erste Mal?« Zio Rocco blickte mich verblüfft an.

Ich weiß nicht, ob in meinem Gesicht Verwunderung oder Genugtuung vorherrschten.

»Ich schieß noch mal«, sagte ich.

Schwarze, ölige, mit Oregano gewürzte Oliven, hellgrüne, nach Sellerie und Knoblauch duftende *Olive schiacciate*, ein kräftiger, reifer *Caciocavallo* und frischer *Ricotta* standen vor mir. Das Bauernbrot roch unwiderstehlich. Zio Rocco goss uns leise pfeifend Rotwein ein.

»Früher halfen hier bei der Weinlese zehn Leute mit. Im Morgengrauen fingen wir an, gegen neun haben wir gefrühstückt, aber richtig gegessen erst *mezzujornu*. Käse, warmes Brot mit Öl, eingelegte Oliven, Tomaten mit Zwiebeln. Wir hatten Hunger.«

»Etwas Besseres gibt es einfach nicht.«

»Ach, wenn du uns damals gesehen hättest. Nach sechs Stunden harter Arbeit, verschwitzt und todmüde, saßen wir, an einen Stein gelehnt, am Boden. Das war das Paradies. Dieses Gefühl werde ich nie vergessen.«

»Ich bin froh, mal wieder hier zu sein.«

Eine einfache, perfekte Mahlzeit, ein Seelentröster. Die raffiniertesten Gerichte konnten es nicht mit diesen drei oder vier bescheidenen Nahrungsmitteln aufnehmen. Ich blickte Zio Rocco an.

»Warum hast du die Pistolen wieder hervorgeholt?«, fragte ich betont beiläufig.

Zio Rocco kaute auf einmal bedächtiger.

»Seit Pietruzzu tot ist, macht sich Francesca große Sorgen«, erklärte ich. »Irgendwann muss sie Carmelino die Wahrheit sagen. Der ermittelnde Staatsanwalt hat angerufen und ihr gesagt, der Fall würde bald zu den Akten gelegt, es fehle jede Spur. Noch ein ungeklärter Mord. Und wenn es stimmt, was du mir kurz vor Pietruzzus Tod erzählt hast, dann frage ich mich, an wen der Auftrag nun gegangen ist?«

»Du denkst zu viel nach, Nanà. Meinst du, mir ginge Pietruzzu aus dem Kopf? Vielleicht würde ich heute manches anders machen, aber dafür ist es zu spät. Die Welt ist mir fremd geworden, ich bin jetzt am liebsten allein. Jeden Morgen komme ich hierhin. In Grisì ist es noch wie vor hundert Jahren. Dieselben Bäume, Geräusche, Tiere … Ich weiß, wann der Nordwind aufkommt und ich mir besser eine Jacke überziehe, wann die Sonne mir die Haut verbrennt, wann ich eine Sturmmütze aufsetzen muss, um nicht krank zu werden. Ich weiß das, weil es schon immer so war. Und nichts ist so beruhigend wie diese Gewissheit. Aber lass uns gehen, Nanà. Nicht, dass du wegen mir zu spät in die Praxis kommst.«

Don Calogero erschien pünktlich.

»Ihr seid in Topform«, sagte ich, die Ergebnisse seiner Blutuntersuchung in der Hand. »Blutzucker und Cholesterin absolut im Normalbereich, besser als meine.«

»Lassen wir jetzt die Sektkorken knallen?«, fragte er lachend. Obwohl er über allerlei Zipperlein klagte, war er für sein Alter tatsächlich ziemlich fit.

»Klar! Heute Abend nach der Arbeit, alle Mann bei Antonio!«

»Entschuldigung, Dottore«, platzte Giovanna herein. »Ihre Schwester ...« Francesca stand völlig aufgelöst in der Tür.

»Du musst kommen, Nanà ... Zio Rocco ... vielleicht ein Herzinfarkt, die Nachbarin hat gerade angerufen.«

Ich ließ alles stehen und liegen, griff, schon im Laufen, den Arztkoffer und rannte meiner Schwester hinterher. Zio Rocco lag in der Küche, neben dem Sofa. Die Kaffeetasse stand unangerührt auf dem Tisch. Ich fühlte seinen Puls, vergeblich. Seine Augen weit aufgerissen, sah er aus, als hätte er den Tod freudig erwartet. Ich drückte sie zu. Ich war froh, dass ich seine letzten Stunden mit ihm verbracht hatte, mit seinen Erinnerungen und Zweifeln. Dass ich ihm nah gewesen war, auch wenn er seine Geheimnisse für sich behalten hatte und wir nicht nur einfache Zeiten hatten.

Die Nachricht von Zio Roccos Tod verbreitete sich rasch im Dorf, Neugierige und Bekannte betraten mit ängstlicher Zurückhaltung die Küche und bekreuzigten sich.

Ich stand schweigend da, formulierte lautlos eigene, persönliche Abschiedsworte und fragte mich nach dem

Sinn unserer kurzen irdischen Reise. Ich spürte keinerlei Bedürfnis, die schmerzliche Leere mit Trostfloskeln zu füllen.

Mit Zio Rocco ging auch ein Stück Familiengedächtnis verloren, mit den kleinen und großen Familienereignisse, die uns zu denen gemacht hatten, die wir waren.

Bei der Beerdigung hielt der Pfarrer eine eintönige Predigt, leierte tausendmal Gesagtes herunter, das nichts mit dem Verstorbenen persönlich zu tun hatte. Wir sprachen die üblichen Gebete, standen von den kalten, armseligen Kirchenbänken auf und setzten uns wieder, nahmen die Hostie entgegen. Nach der Messe wurde ich von allen umringt, schüttelte hundertfach Hände. Mir wurde bewusst, wie viele Menschen Zio Rocco gekannt und geschätzt hatten.

Der traurigste Moment war jener, als wir langsamen Schrittes hinter dem Fahrzeug hergingen, auf dem der Sarg zum Friedhof gefahren wurde. Erst da begriffen wir wirklich, dass ein Leben endgültig geendet hatte. Auf den Balkonen die Alten, schwarz gekleidet, mit ernsten Mienen blickten sie uns hinterher. Zu oft hatte ich diesem Ritual in den letzten Jahren beigewohnt.

Als wir die Familiengruft erreichten, drängten sich alle in dem Gässchen davor. Schon stand der Sarg meines Onkels in seiner Krypta, und ich dankte doch noch einmal allen, die Don Rocco Conigliaro auf seinem letzten Weg das Geleit gegeben hatten.

»Mein Beileid, Nanà«, sprach mich Ignazio Tacco an, den ich bereits in der Kirche gesehen hatte, als wir uns schon in der Dämmerung auf den Nachhauseweg machten. »Zio Roccos Tod ist für die Familie ein schmerzlicher Verlust. Es tut uns aufrichtig leid.«

Ich bedankte mich mit einem Kopfnicken.

»Zio Cicciu muss dich dringend sprechen«, fuhr er fort. »Am besten noch heute. Das wär für alle besser, auch für dich. Komm in die Bar. Gegen zehn. Vergiss es nicht.«

Als ich bei Francesca ankam, rannte Carmelino auf mich zu und krallte sich an meinem Bein fest. Ich beugte mich zu ihm hinunter, er schlang seine Ärmchen um meinen Hals.

»Zio Nanà«, sagte er, »Papa und Zio Rocco sind jetzt zusammen im Himmel. Da gibt es gute Restaurants, hat Mamma gesagt. Stimmt das wirklich?«

»Aber sicher! Und was meinst du, was sie von da oben für einen tollen Ausblick haben. Wenn sie auf die *Pasta al forno* warten, schauen sie von einer Wolke zu uns hinunter und sind glücklich.«

Francesca strich ihm über den Kopf.

»Sobald du schreiben kannst«, sagte sie, »schicken wir Papa eine Postkarte. Dann kannst du ihm erzählen, wie es in der Schule ist, wie artig du bist.«

Obwohl Francesca sehr erschöpft war, hatte sie gekocht, das beruhigte sie. »Ich darf einfach nicht dran denken«, murmelte sie, während sie das Essen verteilte, »wenn ich zur Ruhe komme, habe ich das Gefühl zusammenzubrechen.«

»Zio Rocco hatte ein schwaches Herz«, sagte ich, als Francesca sich setzte. »Ich hab ihm Medikamente verschrieben, aber er hat sie nicht genommen.«

Sie griff nach meiner Hand.

»Wenn Carmelino morgens im Kindergarten ist, könnte ich verrückt werden. Dürfte ich nicht in deiner Praxis mithelfen, Nanà?«

Ich nahm sie in den Arm.

»Natürlich. Aber jetzt iss, sonst wird es kalt.«

Der Weg zur Tacco-Bar dauerte nur wenige Minuten. Eigentlich hatte ich beschlossen, mir nicht unnötig den Kopf zu zerbrechen, doch plötzlich wurde ich von Unruhe erfasst. Was konnten sie von mir wollen? Hatte Zio Rocco mir eine Schuld vererbt? Oder würde ich endlich erfahren, welches Spiel er gespielt hatte?

Die Dorfstraße war wie leer gefegt, nach Sonnenuntergang eroberte sich die kühle Novemberluft ihren rechtmäßigen Platz auf der Jahreszeitenbühne zurück. Ein langes, tristes Wintervorspiel. Aus der Bar der Taccos kam das einzige Lebenszeichen im Dorf, ihr Schild beleuchtete den dunklen Bürgersteig. Drinnen wartete man schon auf mich. Ignazio, Zio Cicciu, nach Vannis Tod der Tacco-Boss, und ein Unbekannter.

»Guten Abend«, grüßte ich.

»*Salutamu*, Nanà«, sagte Ignazio, schüttelte mir die Hand und schloss die Tür von innen ab.

Don Cicciu umarmte mich zur Begrüßung.

»Mein Beileid«, sagte er. »Lange nicht gesehen, aber ich erinnere mich noch gut, wie du als *Picciriddu* mit Ignazio Ball gespielt hast, und natürlich an deinen Vater, Gott hab ihn selig. Und jetzt Zio Rocco. Wer hätte das gedacht.«

Ignazio hatte schon ein paar Stühle um einen Tisch gruppiert.

»Setzt euch«, sagte er. »Möchtest du einen Kaffee?«

»Ich hatte gerade einen, danke.«

Cicciu Tacco stellte mir den Unbekannten vor.

»Don Tano Leggio, er ist extra aus Corleone gekommen, er wollte dich unbedingt kennenlernen.«

Er nickte kaum wahrnehmbar, markierte den Boss.

»Was verschafft mir das Vergnügen?«, fragte ich, ich hatte keine Lust auf langes Geplänkel.

»Wie du weißt, gehörte dein Onkel seit seiner Jugend zur Familie. Mein Vater, Gott hab ihn selig, war damals sein Pate.« Auch Don Cicciu fackelte offenbar nicht lange. »War 'n guter Mensch, dein Onkel Rocco Conigliaro, wohlerzogen, immer respektvoll, immer für uns da. Und wir für ihn. Anders als dein Vater. Aber es gab nie Probleme mit ihm. Jeder hat sein Ding gemacht. Aber dann wurde deine Schwester Pietro Marinos Freundin. Ein fähiger, mutiger und loyaler Junge, Pietruzzu, und ein heller Kopf.«

»Leider«, schaltete sich Don Tano Leggio ein, »wollte dein Schwager Kasse machen und hat hinter unserem Rücken Drogen vertickt. Und noch ehe Don Vanni Tacco Pietruzzu zur Räson bringen konnte …« Don Tano nickte Don Cicciu zu.

»… da haben ihn schon die Bullen einkassiert, mit Heroin am Leib, und ins Ucciardone gesteckt«, fuhr Don Cicciu fort. »Dann noch die Mordanschuldigungen. Da kam dein Onkel zu uns.«

Ignazio ergriff das Wort. »Don Vanni redete also mit Don Totò Riina und Don Binnu Provenzano. Der ließ sich bequatschen, und drei Monate später war Pietruzzu draußen. Alles klar so weit?«

Ich saß reglos da. Nichts davon war mir neu.

»Als der alte Doktor Vaccaro in Pension ging, hat dein Zio Rocco sofort die Finger nach seiner Praxis ausgestreckt«, setzte Cicciu Tacco die Erzählung fort. »Nur leider hatte mein Vater die schon Don Trusca aus San Giuseppe Jato versprochen. Wir hatten also ein Problem. Hast du das gewusst?«

Ich versuchte, ein Pokerface aufzusetzen.

»Nein. Zio Rocco wollte nie was erzählen.«

»Die Truscas waren ziemlich sauer, kann ich dir sagen«, ergänzte Don Tano.

Ignazio erhob sich und stellte vier Gläser Amaro auf den Tisch.

»Aber Zio Rocco verlangte zu Recht, dass die Praxis an jemanden aus dem Dorf gehen sollte«, fiel Cicciu Tacco ein.

Wir kippten den Amaro herunter.

»Gefälligkeiten verlangen eine Gegenleistung, Nanà«, sagte Ignazio und schaute mich durchdringend an. »Das macht man bei uns so.«

Ich stellte das Glas ab.

»Was wollt ihr verdammt noch mal von mir?«

»Vor ungefähr einem Jahr«, sagte Ignazio, »haben wir einen Auftrag von Don Binnu Provenzano bekommen. Der war eindeutig Pietruzzus Job. Wir tun alles für ihn, und er tut nichts? Er hat sich sein eigenes Grab geschaufelt.«

Don Cicciu bedeutete Ignazio mit einem Nicken, fortzufahren.

»Damit ging der Auftrag an Zio Rocco«, sagte er. »Klar?«

Mein Herz verkrampfte sich wie noch nie.

»Weil Pietruzzu tot war, sollte mein Onkel den Mord begehen?«

»Die Schuld muss von einem Conigliaro beglichen werden. Egal, von welchem. Auftrag ist Auftrag, er muss erledigt werden, und zwar dalli, dalli. Wer konnte denn ahnen, dass dein Onkel ausgerechnet jetzt abkratzt?«

»Zio Rocco hat schon Schießen geübt«, fuhr Ignazio fort. »Aber jetzt stehen wir wieder bei null. Darum ist Don Tano heute gekommen. Die Sache muss endlich aus der Welt geschafft werden.«

»Wir haben einen Haufen Probleme«, übernahm der Mann aus Corleone. Er hatte lange geschwiegen, jetzt kam offenbar sein Part. »Alle müssen jetzt mithelfen. Die Kronzeugen bringen uns um Kopf und Kragen, und dabei haben wir noch Glück, dass Don Binnu Provenzana, sagen wir, kompromissbereit ist. Er hat kapiert, dass sich die Dinge erst mal beruhigen müssen. Die Familien investieren jetzt in Deutschland. Wir arbeiten mit denen aus Kalabrien zusammen, interessante Projekte, trotzdem, Ärger lässt sich nicht vermeiden. Ein Journalist hat einen Artikel veröffentlicht, ein deutscher Staatsanwalt klagt uns an. Die ruinieren uns und müssen deswegen verschwinden. Die Familien aus Kalabrien kümmern sich um den Staatsanwalt, der Journalist ist unsere Sache. Oder besser: Nanà Conigliaros Sache. Ganz allein deine! Pietruzzu wollte nicht, dein Zio ist mausetot. Jetzt ist es dein Job!«

Ich versuchte, die Nerven zu bewahren.

»Ich gehöre zu keiner Familie«, sagte ich.

Don Tano Leggio sprang vom Stuhl auf.

»Ach ja? Der tüchtige Nanà? Aber die Praxis hast du dir unter den Nagel gerissen, nicht wahr? Ich sag dir was, erinner dich an Don Cicciu und die alte Freundschaft. Und zwar dalli, dalli. Ist das klar? Die Details sind eure Sache.« Er griff nach seiner Jacke.

»*Salutamu*«, sagte er, ohne jemanden anzublicken.

Ignazio begleitete ihn zur Tür und schloss hinter ihm ab.

»Der Corleone-Clan versteht keinen Spaß, Nanà«, sagte er dann. »Ich weiß, das ist Neuland für dich. Aber du bringst einfach ein Opfer, und gut ists. Die kennen nämlich keine Skrupel. Die Zeiten, in denen es noch Regeln gab, sind vorbei. Du hast einen kleinen Neffen. Wie heißt er noch? Carmelino? Wie sein Großvater, nicht wahr?«

»Und was hat der damit zu tun?«, knurrte ich.

»Machst du Witze? Hast du nicht von dem Kind in Altofonte gehört? Sein Vater war Kronzeuge, es wurde entführt. Nach einem Jahr haben sie es umgebracht wie einen räudigen Hund.«

»Es geht ganz schnell, du wirst sehen«, schaltete sich Don Cicciu Tacco ein. »Du kennst den Typen ja nicht mal. Fliegst hin, tust, was zu tun ist, und fliegst wieder zurück. Jemand vor Ort besorgt die Waffe und hilft dir, wenns sein muss. Du steigst ins Flugzeug, und am nächsten Morgen sitzt du wieder in deiner Praxis in Maciddaru, hast aber deinen Neffen gerettet. Und dich. Und alle Schulden sind beglichen. Ein für alle Mal!«

Auf dem Rückweg schien mir die Dorfstraße mit den parkenden Kleinwagen, Staub, Kies, Beton, plötzlich wie ein ausgetrocknetes Flussbett. Ich fühlte mich wie in Trance, als wäre das eben gar nicht ich gewesen, sondern jemand anders, den ich nicht kannte. Dieses Treffen warf mein Leben über den Haufen. Oder zeigte es mir nur endlich, wer ich wirklich war?

Ich drehte das Licht im Badezimmer an, von beiden Seiten fielen Schatten auf mein Gesicht. Ein gespaltenes Gesicht. Mit nur scheinbar zwei gleichen Wangenknochen und Augen. Der linke Mundwinkel hängend, ausdruckslos wie nach einem Schlaganfall, das Nasenloch leicht geöffnet, mühsam atmend. Ich schlurfte in die Küche, hielt mich kaum auf den Beinen, lehnte mich mit ausgestreckten Armen gegen die Wand, verschnaufte mit gesenktem Kopf, versetzte der Wand unversehens einen Faustschlag, mit voller Wucht. Rechts, links, rechts. Schmerz verspürte ich nicht. Nur ein Kribbeln, von den Fingerspitzen bis in die Handfläche. Ein weiterer Schlag, Blutflecken an Wand und Boden, ein gepresster Schrei. Wütend, verzweifelt, schluchzend schrie ich: »Diese Hände werden niemanden töten«, immer wieder wie ein Mantra. »Nie, nie, nie.«

Nürnberg, März 1999
FRAGMENT SECHSUNDDREISSIG

»Hallo?«

Keine Antwort. Ratlos blickten sich Frank und sein Kollege Gerd Obermayer in der Excalibur-Buchhandlung um.

»Ist da jemand? Hartmut?«

»Oh, wartet ihr schon lange?«, fragte eine Stimme hinter ihnen. Sie drehten sich um. »Ich war nur kurz Döner holen«, erklärte Hartmut. »Ich stell das Essen grad warm, setzt euch doch.«

»Ich dachte mir fast, dass er das ist«, flüsterte Obermayer.

»Kennst du ihn?«

»Wer in Nürnberg kennt den nicht?«

»Ich kanns kaum glauben«, sagte Hartmut, als er zurückkam. »Sie können mir die *Parzival*-Ausgabe beschaffen? Damit würde ja ein Traum wahr. Der Besitzer will sie wirklich hergeben?«

Gerd zwinkerte Frank zu.

»Sieht so aus. Es hat lange gedauert, aber dann war ich auf der richtigen Spur.«

»Natürlich werden Sie nicht leer ausgehen«, unterbrach ihn Hartmut. »Das hat seinen Preis, das ist mir klar.«

»Der Baron von Wertheim will einen Teil der Familienbibliothek abstoßen. Wie viele Adelige muss er Opfer bringen, um seinen Lebensstil zu finanzieren. Aber das bleibt selbstverständlich unter uns!«

Barbarossa nickte.

»Der Baron hat mich mit den Verhandlungen beauftragt. Ich bin Ihr alleiniger Ansprechpartner.«

»Kein Problem«, antwortete Hartmut. »Ich vertraue Ihnen. Sie sind ein Freund von Frank Fischer.«

»Wie viel wären Sie denn bereit, zu zahlen?«, fragte Gerd.

»Der Baron hat Ihnen doch sicher eine Summe genannt?«

»Ja, darum frage ich. Sollten Ihre Vorstellungen zu weit auseinanderliegen, erübrigen sich weitere Verhandlungen wohl.«

»Sagen Sie schon, wie viel verlangt er?«

»Achtzigtausend. Der Echtheitsnachweis geht natürlich zu Ihren Lasten. Hinzu käme noch meine Provision, für Sie sieben Prozent.«

Hartmut stand auf, ging zu seinem Schreibtisch, öffnete eine Zigarrenkiste, entzündete mit theatralischer Geste eine Zigarre, setzte sich in seinen Armstuhl und taxierte Obermayer.

»Ich brauche ein paar Tage Bedenkzeit. Sagen Sie das bitte dem Baron.«

»Gern.« Gerd erhob sich und reichte Barbarossa die Hand.

»Kommst du mit, Frank?«, fragte er.

Frank schüttelte den Kopf.

»Dann sehen wir uns später.«

Hartmut ging in die Küche und kam mit zwei Tellern zurück. Einen reichte er Frank.

»Nur zu, das ist der beste Döner in ganz Nürnberg.«

Eine Weile kauten sie schweigend.

»Wusste gar nicht, dass du so reich bist, Barbarossa«, sagte Frank dann. »Endlich weiß ich, an wen ich mich bei Geldsorgen wenden kann …«

»Schön wärs. Das zahl nicht ich.«

»Was ist überhaupt so wertvoll an dieser *Parzival*-Ausgabe? Klar, sie ist selten, manche Sammler sind besessen. Aber so viel?«

Barbarossa säuberte sich mit einer Stoffserviette Mund und Bart.

»Du hast doch davon eh keine Ahnung. Du kümmerst dich um Kleinkram und bringst dich damit auch noch in Gefahr.«

»Kleinkram?«

Hartmut ging in die Küche und kehrte mit zwei Kaffeebechern zurück.

»Wen interessiert schon die Mafia? Sie ist ein Randproblem der kapitalistischen Gesellschaft. Warum sie überhaupt bekämpfen? Kaum hast du das Unkraut ausgerottet, sprießt es anderswo neu. Man muss den Organismus als Ganzes hegen und pflegen.«

»Ach ja? Und wie willst du das machen? Mit einer hübschen Militärdiktatur?«

»Das Militär mag ich nicht. Südamerika ist diesen Weg in den Siebzigern gegangen und war damit nur der bewaffnete Arm der USA.«

»Du willst mir also nicht sagen, warum die Ausgabe so wertvoll ist?«

»Du bist mein Freund, Frank. Und wenn das mit dem *Parzival* klappt, schulde ich dir etwas. Ich werde mich erkenntlich zeigen. Mit Informationen, die dich interessieren dürften.«

Als Frank ins Büro kam, saß Gerd noch am Schreibtisch.

»Was meinst du? Barbarossa scheint entschlossen, das Ding zu kaufen«, sagte Frank und setzte sich an seinen Platz gegenüber.

»Warten wir's ab. Aber dass ausgerechnet er die Ausgabe kaufen will, ein zwielichtiger Typ, mit Vorstrafen und seltsamen Freunden. Woher kennst du ihn überhaupt so gut?«

»Ich unterhalt mich eben gern. Er verschafft mir Einblicke in eine fremde Welt.«

»Du setzt dich wohl gern in die Nesseln, pass bloß auf!«

»Er fungiert offenbar nur als Mittelsmann.«

»Klar. Wo sollte er auch das Geld hernehmen? Er ist nur ein Handlanger. Er soll in seinem Antiquariat neue Leute ködern. Angeblich wird Excalibur von fragwürdigen Leuten finanziert.«

Frank machte sich an den Poststapel. Seit er den Drohbrief erhalten hatte, nahm er die Schreiben mit einer gewissen Anspannung hoch. Der dunkelrote Umschlag stach ihm sofort ins Auge. Poststempel Duisburg. Er zuckte zusammen, nahm das Schreiben heraus, faltete es auf.

ALLERLETZTE WARNUNG. GEH ZUM PROZESS UND SAG DENEN, DASS DU DIR DAS ALLES NUR AUSGEDACHT HAST, UM DICH WICHTIGZUMACHEN. ODER DU STIRBST.

Der Polizist streifte dünne schwarze Handschuhe über und drehte das Schreiben vorsichtig hin und her.

»Wann haben Sie das bekommen?«

»Heute Morgen.«

»Und das war nicht der erste Drohbrief?«

»Nein, aber der erste ist schon eine Weile her. Ich dachte, die hätten jetzt mit dem Prozess genug zu tun.«

»Die Richter haben ebenfalls Drohbriefe erhalten. Sie haben jetzt Personenschutz. Der steht Ihnen leider nicht zu.«

»Und was soll ich jetzt machen? Ich hab Familie, zwei kleine Kinder.«

Der Polizist kratzte sich den Bart, starrte auf den kurzen Text.

»Ihre Privatnummer überwachen wir schon. Beim Personenschutz sind uns leider die Hände gebunden. Wir können nicht einfach Polizisten abstellen, dafür brauchen wir ein Bundesgesetz.«

»Kommt die Polizei erst, wenn einer tot ist?«

Der Polizist schwieg.

»An Ihrer Stelle würde ich mal mit Ihrem Chef sprechen«, sagte er schließlich. »*Die Fakten* haben doch Beziehungen nach ganz oben, sie sollten alle Hebel in Bewegung setzen. Mit einer Medienkampagne könnte man die Politik unter Druck setzen.«

Es war schon dunkel, als Frank am Hauptmarkt ankam. Immer wieder blickte er sich um, jeder Passant schien gefährlich.

Rainer saß in seinem Imbisswagen und las Zeitung. Als er Frank sah, kam er heraus. »Wie guckst du denn drein?«, fragte er und stellte zwei Biere auf den Stehtisch.

»Ich werd wohl eine Weile von der Bildfläche verschwinden müssen, um meine Familie nicht in Gefahr zu bringen.«

Rainer trank in großen Zügen, schaute sich nach allen Seiten um.

»Frank, ich hab ein Haus in Cham, nahe der tschechischen Grenze«, flüsterte er. »Nichts als Wälder, Wälder und nochmals Wälder. Ein perfektes Versteck. Ich könnte dir morgen die Schlüssel bringen.«

Als Frank nach Hause kam, wusste er schon, wie er sich entscheiden würde.

»Papa, Papa!«, liefen ihm die Kinder entgegen. »Weißt du, wer da ist?«

Frank lächelte. Er hörte, wie Gaby und Mareike sich im Wohnzimmer unterhielten.

»Wenn du nicht nach Hannover kommst …«, sagte Gaby und stand auf. Sie umarmte Frank herzlich, Johannes und Charlotte hüpften vor Freude. »Ich hatte keine Lust mehr, dich nur im Fernsehen zu sehen.«

»Schön, dass du da bist, Gaby.«

Mareike hatte trotz leerem Kühlschrank eine leckere Mahlzeit gezaubert.

»Wie du das machst, Mareike! Fantastisch«, sagte Gaby. »Ich bin beim Kochen sehr unkreativ, tja, der eine kanns, der andere nicht.«

Frank war froh, dass sich die beiden so gut verstanden. So musste er nicht reden. Doch als Mareike die Kinder schließlich ins Bett brachte, blickte Gaby ihm forschend ins Gesicht.

»Du siehst nicht gut aus«, sagte sie. »Ist was passiert? Ist alles in Ordnung?«

»Ja, es ist nur …«

Frank zögerte.

»Gehen wir ins Wohnzimmer«, sagte er, fieberhaft nach einer plausiblen Erklärung suchend.

Er schaltete in der Ecke die Stehlampe ein, sie tauchte die zwei Sessel in ein angenehmes Licht.

»Setz dich.« Er goss zwei Schnäpse ein.

»Ich hab endlich Mamas Briefe gelesen. Irgendwie hab ich immer gespürt, dass sie etwas belastete«, sagte Frank.

»Und jetzt gibt es ja sogar eine Erklärung für meine Augen. Das grüne hab ich von Mama, das dunkle von meinem Vater. Außerdem war ich bei Volkswagen, im Archiv, aber es gibt zu wenige Anhaltspunkte. Das ›E.‹ in Elkes Briefen könnte den Vor- oder den Nachnamen meinen. Die Überweisungsunterlagen gibt es nicht mehr. Der einzige Mann, der infrage kam, war zu alt, nie verheiratet und ist längst tot.«

Gaby kamen die Tränen, sie beugte sich zu Frank und schloss ihn fest in die Arme.

Er würde wohl keine Erklärungen mehr finden, dachte Frank, er musste sich mit Andeutungen begnügen. Mit einem Zwiespalt, der sich fast höhnisch in seine Tage schlich. Die Suche nach seinem Vater war sinnlos geworden. Er musste damit abschließen, um neue Türen aufstoßen zu können. Aber manchmal lag im Schweigen, in dem, was ausgelassen, nicht gesagt wurde oder sich nicht zeigte, eine eigene tiefe Wahrheit. Frank blickte aus dem Fenster, es schneite, die Straße war von weißem Puder bedeckt. Große Flocken segelten träge zu Boden, das Licht der Laterne hielt ihr Schweben fest. Wann würde es endlich Frühling?

Palermo, Mai 1999
FRAGMENT SIEBENUNDDREISSIG

Jedes Mal, wenn ich in das Bahnhofsviertel kam, gab es mehr China- und Bangladesch-Läden mit Billigware im Schaufenster. Zwischen den traditionellen Trattorien, die

Panino con la milza, *Arancini* und andere Armengerichte anboten, tauchten winzige Restaurants mit indischer und maghrebinischer Küche auf. Unter die althergebrachten Rhythmen und Stimmungen der Stadt mischten sich neue bunte Farben und Düfte. Einmal mehr trat Palermos jahrtausendealte multiethnische Seele zutage, die in den Sprachen aller Völker fluchte.

Das Internetcafé befand sich an einer Querstraße der Via Oreto, schmutzige, schlichte Räume, vor den Bildschirmen meist junge Leute, ein Kauderwelsch aus Sprachen und Dialekten. Das Internet erschien mir noch immer wie Zauberei, obwohl es selbst in Sizilien zunehmend beliebter wurde. Ein Fern- oder Auslandsgespräch kostete nur noch so viel wie ein Ortsgespräch.

»Computer Nummer drei«, sagte der junge Angestellte in beinah akzentfreiem Italienisch. »Wenn Sie Kaffee möchten, dort drüben steht eine Maschine.«

Ich setzte mich, der abgewetzte Sessel roch seltsam, um mich krächzten die Modems, die nackten Wände warfen das Echo zurück.

»Deutsche Telefonbücher« gab ich mit zitternden Fingern ein. Dann »Wolfsburg«, »Babis Vasiliadis«. Auf dem Bildschirm erschien eine Nummer mit internationaler Vorwahl. Ich übertrug sie Ziffer für Ziffer auf ein Blatt Papier. Unglaublich, im Handumdrehen hatte ich die Anschrift des griechischen Arbeitskollegen meines Vaters, mit dem er bis zu seinem Tod Briefkontakt gehalten hatte. Wie viele Frank Fischer es wohl in Deutschland gab? Dafür brauchte der Computer etwas länger, schließlich zeigte er mir eine schier endlose Liste mit Frank Fischers, allein in Wolfsburg zwanzig, in Nürnberg noch mehr.

Offenbar verwies »Fischer« wie der italienische Name »Rossi« nicht auf eine bestimmte Region.

Die neue Schnellstraße von Palermo nach Sciacca führte direkt nach Camporeale, Altofonte und Piana degli Albanesi ließ sie links liegen. Ich musste nun nicht mehr nach Giacalone hinaufkriechen, sparte die Kehren von San Giuseppe Jato, durchquerte stattdessen das kahle, ausgedörrte Hinterland, schon kam die Ausfahrt nach Maciddaru. Ich traute meinen Augen kaum, als ich es schon nach knapp zwanzig Minuten vor mir auftauchen sah.

Seit einigen Monaten schon versuchte ich, mit meinem furchtbaren Auftrag zu leben. Ich hatte keine Angst, zu sterben. Aber die Angst um Carmelino beherrschte mich von Tag zu Tag mehr, peitschte mich vor sich her. Er durfte nicht das Schicksal des kleinen Giuseppe di Matteo, nicht seine Qualen, seinen Tod erleiden, durfte nicht vom Corleone-Clan entführt, bei Brot und Wasser eingesperrt, nicht nach einem Jahr in Säure aufgelöst werden. Ich war kein Mörder, aber was sollte ich tun?

Mein Ziel hieß also Frank Fischer. Genau wie der rätselhafte Frank Fischer, an den mein Vater Monat für Monat Geld überwiesen hatte. Als Ignazio Tacco mir den Namen nannte, war ich zusammengezuckt. Das konnte doch kein Zufall sein. Er sei Journalist, sagte Ignazio, und bringe die Cosa Nostra mit Reportagen über ihre Deutschlandgeschäfte in Schwierigkeiten. Allerdings lebte er nicht in Wolfsburg, sondern in Nürnberg, knapp fünfhundert Kilometer weiter südlich. Und wie mir das Internet gerade bewiesen hatte, gab es in Deutschland Zigtausende, die seinen Namen trugen.

Als ich in Camporeale ausstieg, ging ich schnurstracks in die Praxis. Schon vor Tagen hatte mich Giovanna um ein Gespräch gebeten. Vermutlich wollte sie eine Gehaltserhöhung, aber ich wollte das erst mit Francesca besprechen. Girolamo war nach vier Jahren als Assistenzarzt an ein Krankenhaus in Agrigento gewechselt, was keine Seite wirklich bedauert hatte, aber ich hatte noch keinen Nachfolger eingestellt. Das würde ich tun, wenn ich diese furchtbare Sache irgendwie hinter mich gebracht hatte.

»Entschuldige, ich bin spät dran«, sagte ich, die Klinke noch in der Hand, »ich musste in Palermo noch was erledigen.«

»Kein Problem. Ich habe einfach ein bisschen aufgeräumt.«

Wir setzten uns einander gegenüber.

»Du bist in letzter Zeit komisch, Nanà«, sagte Giovanna ohne Einleitung. »Man kann kaum noch mit dir reden.«

»Ich weiß.« Ich zwang mich zu einem Lächeln. »Der Tod von meinem Schwager, meiner Mutter und Zio Rocco lasten schwer auf mir. Sie hinterlassen uns ein schwieriges Erbe, und außer Francesca und mir gibt es niemanden mehr, der sich darum kümmern könnte.«

»Ich kann mir das gut vorstellen, Nanà. Wenn ich irgendetwas für dich tun kann, sag mir einfach Bescheid.«

»Mein Verhalten tut mir leid, Giovanna. Aber ich bin wirklich froh, dass du da bist.«

Giovanna schaute verlegen zu Boden.

»Genau darüber wollte ich mit dir reden«, sagte sie. »Ich gehe weg. In zwei Wochen ziehe ich nach Rom, ich habe einen Job am Ospedale Gemelli. Flavia hat endlich ihren Mann verlassen, wir haben schon eine Wohnung.«

Durch die offenen Fenster drang Vogelgezwitscher herein, übertönte das Brummen vorbeifahrender Autos.

»Meine Eltern waren überglücklich, als ich ihnen sagte, ich würde bei einer bekannten römischen Anwältin wohnen. Dann bist du wenigstens nicht allein in der großen Stadt, trösteten sie sich. Wenn sie wüssten … Aber ich kann es ihnen nicht sagen.«

Als ich nach Grisì fuhr, nahmen die Düfte, das strahlende Frühlingslicht und die farbenprächtige Palette der Natur beinah schon den Sommer vorweg. Eigentlich war es sogar gut, dass Giovanna ging, dachte ich in der letzten Kurve, dann musste ich ihr nicht erklären, warum ich die Praxis zwei Wochen lang zumachte. Wenn ich wieder da war, würde ich einfach zwei andere Leute einstellen und ein neues Leben beginnen.

Wenn das Spätnachmittagslicht die stille Landschaft noch einmal zum Leuchten brachte, kamen meine Gedanken zur Ruhe. Das letzte Aufbäumen des Tages lud zum Neuanfang ein. Ich öffnete die Kammer, wo Zio Rocco den Häcksler und zahllose Arbeitsgeräte aufbewahrte. Hinter einem der vielen Werkzeugkästen zog ich Papas Pistole hervor. Mit erstaunlicher Leichtigkeit schaffte ich es, sie zu laden. Ich zielte genau auf die Vogelscheuchen und drückte ohne Zögern ab. Einmal, zweimal, zehnmal. Ein kurzer, scharfer Knall. Kaum ein Nachhall, als fange das Laub der Eukalyptusbäume im Tal die Schallwellen auf. Ich richtete die Pistole auf einen Fels, mein Blick fiel auf die alten Feigenbäume, voll grünvioletter, noch unreifer Früchte, auf die schweren Äste voll scharlachroter Kirschen.

Ich erinnerte mich, wie wir am Maifeiertag alle zusammen aufs Feld gingen. Donna Maria machte *Pasta al forno* mit Erbsen und Hackfleisch. Francesca und ich spielten Verstecken, und wenn sie mich nicht fand, befürchtete sie, ich hätte mich verlaufen. Nur mein Vater arbeitete immer. Sobald wir auf dem Feld ankamen, packte ihn die Arbeitswut.

»Enzo, es reicht für heute. Es ist Feiertag!«, schimpfte meine Mutter.

Manchmal gesellte sich noch die Familie vom Nachbarfeld dazu. Meine Mutter bereitete Kaffee auf dem Gaskocher. Die Männer spielten Karten oder Boccia, die Kinder suchten nach Eidechsen und anderem Getier, die Frauen plauderten im Halbkreis auf Klappbänken.

Wie beruhigend solche Rituale waren, dachte ich, wie prägend und schön. Doch als Jugendliche wussten wir sie nicht mehr zu schätzen. Ich konnte fast noch die Langeweile spüren, die mich damals in Grisì überkam. Während ich die Regenrinnen sorgfältig von Blättern und Steinchen säuberte, dachte ich an meine Freunde in Palermo, die ausgingen und am Strand nach Mädchen Ausschau hielten.

Als ich nach Maciddaru zurückkehrte, lag das Dorf noch in sanftem Abendlicht. Ich konnte meinen Besuch in der Bar an der Piazza nicht länger vor mir herschieben. Als ich eintrat, unterhielten sich Don Calogero und Gaetano an einem Tisch, Antonio räumte schon auf.

»Da bist du ja!«, riefen meine Freunde im Chor. »Endlich!« Ich begrüßte einen nach dem anderen.

»Gerade wollte ich die Kaffeemaschine abschalten. Wie immer?«, fragte Antonio lächelnd.

Vor Freude traten mir Tränen in die Augen. Auf einmal fand meine vereinsamte, vergiftete Seele Frieden. Ich war wieder ich selbst. Obwohl sich der dunkle, verstörende Schatten, der sich meiner bemächtigt hatte, zweifellos bald wieder zu Wort melden würde.

»Tut mir leid, *Picciotti*. Ist grad schwierig für mich. Aber hoffentlich nicht mehr lang.«

Ich setzte mich, Don Calogero legte mir die Hand auf die Schulter.

»Keine Sorge, Nanà«, sagte er. »Ich dachte mir schon, dass die Trauer an dir nagt. Und für Francesca ist es sicher auch nicht leicht.«

Antonio stellte den Kaffee und ein Glas kühles Wasser auf den Tisch.

»Ich wollte euch Bescheid geben, dass ich eine Woche weg bin, auf einem Studienkongress im Ausland. Könnte ich dich um einen Gefallen bitten, Antonio?«

»Klar.«

»Ich glaube, es täte meiner Schwester gut, wenn sie mit Carmelino hier frühstücken könnte, ehe sie ihn zum Kindergarten bringt. Hier.« Ich reichte Antonio zehntausend Lire.

Er warf den anderen einen Blick zu und hob abwehrend die Hände.

»Meinst du, ich nehm Geld von dir?«, antwortete er. »Deine Schwester ist natürlich eingeladen. Sag ihr das. Ich reservier einen Tisch für sie und bring ihr, was sie möchte.«

Als ich die Stufen zu Francesca hinaufstieg, duftete es nach Salsiccia. Mir lief das Wasser im Mund zusammen.

»Zio Nanà!«, schrie Carmelino freudestrahlend, griff meine Hand, führte mich in sein Zimmer und zeigte mir das Spielzeug, das ihm Donna Santina geschenkt hatte.

Das Essen war köstlich, gegrillte Salsiccia mit Fenchel, Salat mit Tomaten, Zwiebeln, Oliven und Kapern. Meine Schwester kannte meine Lieblingsspeisen.

»Und was für ein Kongress ist das genau?«, fragte sie.

»Ein internationales Endokrinologen-Treffen. Da stellen die besten Forscher ihre allerneuesten Erkenntnisse vor.«

»Das hab ich kapiert. Aber wo? In Australien? In Amerika?«

»In Deutschland. Ich glaube, Nürnberg.«

»Du glaubst? Du fliegst und weißt nicht, wohin? Du sprichst kein Wort Deutsch oder Englisch, oder irre ich mich?«

»Ich nehm mein kleines Englischwörterbuch mit, und bestimmt gibt es Kopfhörer, für eine Simultanübersetzung. Da kommen Ärzte aus aller Welt.«

Ich war kein guter Lügner. Meine Schwester wusste, dass ich faselte. Sie spießte ein Stück Salsiccia auf, kaute genüsslich und versuchte, meine Gedanken zu erraten. Wahrscheinlich stellte sie sich eine Romanze vor, die noch in den Anfängen steckte. Eine Verbindung zur Mafia hätte sie bei mir niemals vermutet. Darum ließ sie ab und sagte nur: »Wenn du Hilfe brauchst, ruf einfach an, egal, was es ist.«

Um Punkt Mitternacht, wenn Maciddaru ausgestorben sein würde, sollte ich in der Tacco-Bar sein. Ich ging ein bisschen früher los, um nicht zu nervös anzukommen. Im Dorf war kein einziger Laut zu hören, nicht mal ein entfernter Eselschrei. Durch den Türspalt der Bar fiel schwaches Licht auf die Straße. Ich trat ein. Ignazio schloss zwei Mal hinter mir ab.

»Komm«, flüsterte er mir zu, ging hinter die Theke und zog einen Umschlag hervor.

»Hier, von Zio Cicciu.«

In dem Umschlag steckten zwei Flugtickets. Ein Hinflug von Palermo nach Hannover, drei Tage später der Rückflug ab München. Und die Bestätigung für eine Hotelbuchung, das Maritim in Nürnberg, in Bahnhofsnähe, außerdem deutsches Geld, tausend D-Mark.

»Das verdankst du nur Zio Rocco, Gott hab ihn selig. Normalerweise kümmert man sich selber um seinen Auftrag, klar?«

Ignazio überprüfte, ob die Tür wirklich verschlossen war.

»Die Wohnung des Journalisten liegt genau gegenüber von deinem Hotel«, erklärte er. »Vom Zimmerbalkon aus siehst du seinen Hauseingang. Mach dich mit seinen Gewohnheiten vertraut, dann weißt du, wo und wie du am besten zuschlägst. Wenn du im Hotel ankommst, kriegst du einen Anruf vom Piromalli-Clan aus Kalabrien. Einer bringt dir die Pistole. Kaliber 7,65, sehr präzise. Damit triffst du todsicher.« Er lachte. »Nach erledigter Arbeit bringt dich der Mann wieder zum Flughafen, und du fliegst nach Hause.«

»Wieso so viele Orte? Hannover, Nürnberg, München?«

»Man muss die Spuren verwischen ...«

Ich nickte bloß, denn mir fehlte die Kraft, noch ein Wort rauszubringen. Ignazio sah mich halb mitleidig, halb verächtlich an und schloss auf. Ich stand wieder auf der Straße.

Wie lange hatte ich Ignazio zugehört? Fünf Minuten? Eine halbe Stunde? Keine Ahnung. Ich fühlte mich wie ferngesteuert, starrte auf die Reiseunterlagen, als wüsste ich nicht, worum es ging. Als würde jemand anders, aber keinesfalls ich diesen Auftrag ausführen. Auf den fünfhundert Metern bis nach Hause spürte ich beinah körperlich, wie in mir zwei Stimmen miteinander kämpften.

Wenn ich zurück bin, ist der Albtraum vorbei, beruhigte ich mich. Ich kann Carmelino wieder ins Gesicht blicken, vor ihm liegt dann ein wunderbares Leben, ohne Schatten und Gespenster. Ein Leben, das nichts mehr mit Maciddaru zu tun haben wird, wo sich nie etwas ändert, alles immer bleibt, wie es ist, wo jeder Versuch, die ungeschriebenen Gesetze umzuschreiben, zum Scheitern verurteilt ist. Als wäre das Dorf ein regloser Fels, der auch nach jahrhundertelangem Zerren von Böen und Winterstürmen höchstens ein wenig glatt geschliffen ist.

Cham, Stuttgart, Nürnberg, Juli 1999
FRAGMENT ACHTUNDDREISSIG

»Griaß Se! Wie immer? Cappuccino und Krapfen mit Waldbeerfüllung?«

»Danke, gern!«

Das zweite Frühstück im Konditorei-Café am Stadtplatz von Furth im Wald war für Frank zum unverzichtbaren Ritual geworden, seit er vor drei Wochen in Rainers Haus gezogen war. Um Punkt zehn richtete er sich, mit zahlreichen Zeitungen, auf der Terrasse ein. Er trug jetzt einen Bart, die Haare kurz geschoren, außerdem meist eine große Sonnenbrille, obwohl die Maskerade im Ernstfall wohl kaum helfen würde. Doch da er mittlerweile bekannt war wie ein bunter Hund, erregte er so zumindest weniger Aufsehen.

»Sie san nei zuazong, ned wahr?« Die Bedienung, im Dirndl, brachte Cappuccino und Berliner. »I hob Sie da in da Gegnd no nia gseng.«

Er musste sich konzentrieren, um sie zu verstehen. Für ihn als Hannoveraner klang das Bayrische beinah wie eine Fremdsprache. Trotzdem lauschte er gern den Gesprächen der älteren Café-Besucher an den Nachbartischen.

»Ich hab nur Urlaub gemacht, heute fahr ich zurück«, antwortete er lächelnd.

Nürnberg zu verlassen hatte Frank gutgetan. Er war in letzter Zeit schreckhaft geworden und fürchtete jeden, der sich ihm zufällig näherte. Aber ihm fehlte seine Familie. Jeden Abend um dieselbe Zeit rief er Mareike an und wünschte Charlotte und Johannes gute Nacht. Auch mit Murat Demir telefonierte er fast täglich. Dieser hatte im Parlament schließlich doch eine Gesetzesvorlage zum Personenschutz von gefährdeten Journalisten eingebracht. Nach hitzigen Debatten hing die Entscheidung allerdings am seidenen Faden.

Die Fahrt verlief reibungslos, am Nachmittag erreichte er Stuttgart. Als er den Gerichtssaal betrat, wo er gleich aussagen sollte, war die Spannung mit Händen zu greifen. Auf den Bänken im Publikum drängten sich deutsche und ausländische Medienvertreter. Alle hofften auf neue Enthüllungen zur *German Spaghetti Connection* oder auf eine skandalöse Wendung. Es gab Gerüchte, er würde seine Aussage zurückziehen, weil er alles nur für eine gute Story erfunden habe. Gerüchte, die wohl von den Verfassern der Drohbriefe gezielt gestreut worden waren.

Das Gericht war vollständig versammelt und alle Angeklagten, die bei der Geldwäsche behilflich gewesen waren, anwesend. Frank steckte die Sonnenbrille in die Tasche und trat vor.

»Herr Fischer, Sie schwören, dass Sie nach bestem Wissen die reine Wahrheit gesagt und nichts verschwiegen haben?«, fragte der Staatsanwalt der Anklage.

»Ich schwöre es.«

»Sie bestätigen also, dass alles, was Sie gegenüber Generalstaatsanwalt Koch ausgesagt haben, der Wahrheit entspricht?«

Frank zögerte, blickte zur Anklagebank, zum Verteidiger. Es war, als hielte der Saal geschlossen die Luft an, offenbar hatte das Gerücht die Runde gemacht.

»Ja, ich bestätige meine Aussage, in allen Punkten«, sagte Frank.

Ein Raunen ging durch den Saal, schwoll zu allgemeinem Gemurmel an.

»Ruhe!«, rief der vorsitzende Richter. »Sonst muss ich den Saal räumen!« Und zu Frank gewandt: »Fahren Sie bitte fort, Herr Fischer.«

»Herr Vorsitzender, ich habe meiner Aussage nichts

hinzuzufügen. Meine Quellen sind die Staatsanwaltschaften Palermo und Caltanissetta in Sizilien sowie Reggio und Catanzaro in Kalabrien.«

Der Staatsanwalt bat um das Wort.

»Wie haben Sie entdeckt, dass in Deutschland Mafia-Gelder gewaschen werden?«

»Der Anstoß kam vom Chefredakteur der *Fakten*. Journalistischer Spürsinn«, sagte Frank. »Ich habe meine Quellen angezapft und bin auf die Cosa Nostra und 'Ndrangheta gestoßen. Und dann ist uns aufgefallen, dass in Deutschland nicht nur Mafia-Gelder landen, sondern hier auch die Handlanger sitzen, die die Geldwäsche in diesem Umfang erst ermöglichen.«

Nach weiteren Fragen des Staatsanwalts kam die Reihe an den Verteidiger.

»Was werfen Sie meinem Mandanten überhaupt vor? Welche Beweise haben Sie? Seit wann ist es in Deutschland verboten, ein Restaurant zu eröffnen?«

»Sie fragen hier den Falschen«, antwortete Frank mit Bedacht. »Mein Job ist es, über Tatsachen zu berichten. Die moderne Gesellschaft, durch die sich das Leben in allen Ländern immer mehr angleicht, bietet uns viele Vorteile, aber krankt auch an vielem. Ich schreibe über diese Widersprüche. Es ist jedoch Aufgabe der Staatsanwaltschaften, möglichen Gesetzesverstößen nachzugehen. Und genau das hat die Generalstaatsanwaltschaft Baden-Württemberg getan.«

Es war früher Abend, als Frank in Nürnberg ankam. Eilig lief er durch die Altstadt, steuerte auf den Hauptmarkt zu und sah schon von Weitem, dass Rainer gerade zumachte. Er lief auf den Imbisswagen zu und freute sich, dass Rainer ihn nicht erkannte.

»Ey, es funktioniert offenbar!«, rief Frank und lehnte sich an die Theke.

»Wie siehst du denn aus? Mareike wird dich gar nicht reinlassen«, flüsterte Rainer.

»Hier, die Schlüssel. Ein tolles Haus, an einem tollen Ort. Und die Leute sind nett, nur versteh ich kein Wort.«

»Warum bist du dann nicht dageblieben, Mann?«

»Wenn sie es wirklich auf mich abgesehen haben, finden sie mich überall. Und es sieht so aus, als kriegte ich bald Personenschutz.«

»Und bis dahin verkleidest du dich?«

»Ist doch nur der Bart!«

»Wie wärs noch mit einem Seidla im Bärleinhuter?«

Frank warf einen Blick auf die Uhr.

»Die Kleinen gehen gleich schlafen, ich würd sie gern noch sehen. Aber morgen gern.«

Charlotte und Johannes schauten sich an und lachten aus vollem Hals. Mareike blickte ihn skeptisch an.

»Habt ihr noch nie einen Mann mit Bart und Glatzkopf gesehen? Das ist jetzt modern!«

»Die Läuse gehen um, hat die Lehrerin gesagt. Mama hat extra einen Läusekamm gekauft. Hattest du auch Läuse?«, fragte Charlotte kichernd.

Als die Kinder im Bett waren, setzten sich Mareike und Frank in die Wohnzimmerecke, an den kleinen Tisch. Mareike sah müde aus, seit den Drohbriefen war die Stimmung angespannt. Frank schaltete die Tischlampe an und holte einen Weißwein aus dem Kühlschrank.

»Ich bin einfach erschöpft«, sagte Mareike. »Die Arbeit in der Agentur, die Kinder, drei Wochen ganz allein. Wenn nächste Woche die Sommerferien beginnen, fahr ich mit den beiden zu meinem Onkel nach Sylt. Ich weiß nicht, wie lange wir bleiben.«

Frank schwieg.

»Ich werf dir nichts vor. Du tust, was du tun musst. Aber ich halt das nicht aus. Ständig frag ich mich, ob ich dich wohl lebend wiedersehe. Und wenn die Kinder Freunde besuchen, habe ich Angst, dass ihnen etwas passiert. Das frisst mich auf.«

Frank nahm Mareike in den Arm.

»Vielleicht bekomme ich bald Personenschutz«, sagte er. »Die Abstimmung ist nächste Woche, die Abgeordneten kommen extra aus der Sommerpause. Die Chancen stehen nicht schlecht.«

Mareike befreite sich aus seiner Umarmung.

»Und selbst wenn? Was ist das für ein Leben? Wir können uns nicht mehr frei bewegen, nicht spontan ins Kino oder ins Restaurant, zu Freunden, einen Spaziergang machen. So hab ich mir die Zukunft nicht vorgestellt.«

Frank stand auf, ging zum Fenster. Das verbliebene Licht des Tages verwandelte sich in ein pastellfarbenes, sanftes Meer.

Mareike gesellte sich zu ihm, legte den Kopf an seine Schulter.

»Es tut mir leid, manchmal bricht das einfach so aus mir hervor. Dabei bin ich so stolz auf dich.«

Eng umschlungen sahen sie zu, wie der Tag in der Dämmerung verschwand. Frank strich Mareike über die Wange.

»Ich möchte dir noch etwas geben und dich um etwas bitten«, sagte er. »Warte einen Moment.«

Mit einem Geschenk in der Hand kam er zurück.

»Noch nie waren wir so lange getrennt«, sagte er. »In Rainers Haus wurde mir klar, wie viel du mir bedeutest, wie viel du mir gibst, an Ausgeglichenheit, Liebe, Erfüllung.« Er reichte Mareike das kleine Päckchen.

Sie betrachtete es von allen Seiten, wickelte es aus und öffnete die rote Schachtel, die sich darin befand. Gebettet auf tiefrotem Samt lagen zwei goldene Ringe. Sie blickte Frank verblüfft an, dann strahlte sie.

»Ich möchte, dass wir heiraten, Mareike«, sagte Frank. »Jetzt im Sommer, auf Sylt. Mit einem großen Fest, mit der Familie und Freunden.«

Tränen der Freude strömten über Mareikes müdes Gesicht.

Frank nahm ihre Hand. Stumm und in tiefer Dankbarkeit erinnerten sie sich an ihre Geschichte, wie sie sich unter Millionen zufällig gefunden und erkannt hatten. Lag hier das Geheimnis des Lebens? In dem Blitz, der jede Ungewissheit hinwegfegte? Mit dem man wie von Sinnen die alten Erinnerungen, Gerüche und Geräusche losließ und heiter, wehrlos und beseelt den schlichten Zug bestieg, in dem das Glück reiste?

Der Weg vom Flugzeug in die Halle schien mir endlos. Während ich über Laufbänder durch die langen Gänge ging, schaute ich mich verwirrt und unsicher um. Ich folgte einfach den Mitpassagieren und hoffte, sie würden mich zur Gepäckausgabe und zum Taxistand bringen.

Zum ersten Mal in meinem Leben reiste ich ins Ausland, zum zweiten Mal flog ich. Ich hatte mir ein englisches Taschenwörterbuch und ein Heft mit den wichtigsten deutschen Alltagssätzen besorgt. Ich hoffte, das würde reichen, im Notfall musste ich eben mit Händen und Füßen reden.

Der Taxifahrer schien kein Deutscher zu sein. Mit den schwarzen Haaren und der dunklen Haut sah er fast aus wie ein Italiener. Er sagte etwas, das ich nicht verstand, ich zeigte ihm einen Zettel mit der Adresse, wo ich hinwollte.

Er riss die Augen auf und schrieb auf einen Zettel: 200 D-Mark.

»Das ist okay«, sagte ich mehrmals.

Es regnete in Strömen. Der Himmel war bleigrau. Wir rollten über eine dicht befahrene Autobahn, durch eine platte Landschaft mit Kiefernwäldern, Feldern und Weiden, trostlosen Gewerbegebieten. Kein Wunder, dass mein Vater wieder zurückgekommen war.

Nach ungefähr einer Stunde zeigte ein Schild Wolfsburg an, schon ragten, unter tief liegenden Wolken, die vier sagenumwobenen Volkswagen-Schlote vor mir auf. Was hatte ich mir als Kind bei dem Wort Wolfsburg nicht alles ausgemalt.

Die Fahrt endete in einer ruhigen Straße. Zu beiden Seiten bescheidene Mehrfamilienhäuser. Gerade erst hatte ich Maciddaru verlassen, das noch im stillen Dunkel auf das Spatzenkonzert wartete, mit dem das Leben erwachte. Und jetzt befand ich mich schon dort, wo mein Vater das letzte Aufbäumen seiner Jugend erlebt hatte. Vor vierzig Jahren war er über diese Straßen gefahren, hatte unter diesem Himmel geraucht, in der ärmlichen Gaststube dort drüben ein Bier getrunken.

Ich hatte Mühe, mich auf den pragmatischen Aspekt, das unheilvolle Ziel meiner Reise, zu konzentrieren, durfte mich nicht ablenken lassen, hatte aber das Gefühl, als könnte ich mich hier mit mir selbst versöhnen, mir meine eigene Vergangenheit aneignen. Ich fand die Hausnummer, die ich suchte. Neben den Klingeln standen vier Namen, zwei italienische, ein slawischer und ein griechischer. Vasiliadis.

Vor einigen Tagen hatte ich, nach langem Zögern, den Arbeitskollegen und Freund meines Vaters angerufen und meinen Besuch angekündigt. Jetzt starrte ich auf das Klingelschild, doch dann drückte ich entschlossen den hellen Knopf. Der Türsummer ging, ich stieß die Tür auf, stieg die Treppen hinauf und stand vor einem kleinen Mann in den Siebzigern, mit dichtem grauem Haar, langem Bart und wässrigen Augen.

»Herr Vasiliadis?«, fragte ich.

Der Mann blickte mich einen Moment an.

»Leonardo!«, rief er, dann umarmte er mich fest und herzlich.

Wir setzten uns auf ein altes, ein wenig verschlissenes Sofa, tauschten die üblichen Höflichkeitsfloskeln aus, dann stand er auf und kam mit zwei Gläsern Ouzo zurück.

»Enzo und ich hatten eine Vereinbarung«, sagte er. »Er brachte mir Italienisch bei und ich ihm Griechisch. Aber dein Vater«, er lachte, »lernte nur *Kalimera* und *Kalispera*, Guten Tag und Guten Abend. Ich liebte Italienisch, nach einem Jahr konnte ich mich schon ganz gut verständigen. Hier in Wolfsburg lebten schon damals viele Sizilianer, Venezianer, Kalabresen, man fühlte sich fast wie in Italien.«

Ich nippte am Ouzo.

»Der ist aber stark«, sagte ich und verzog das Gesicht.

»Dein Vater hat mir erzählt, dass es in Sizilien einen ähnlichen Anisschnaps gibt.«

»Stimmt«, sagte ich. »*Zammù*. Aber man trinkt ihn nur im Sommer, mit viel Wasser und Eis.«

Babis war, wie ich ihn mir vorgestellt hatte, freundlich und offen.

»So einen Freund wie deinen Vater habe ich nie mehr wiedergefunden. Unsere Freundschaft war etwas Besonderes. Natürlich hatte ich auch andere Freunde, aber Enzuccio und ich waren uns einfach nah. Weißt du, wie wir uns kennengelernt haben? Als ich ihm erzählte, dass ich von der Insel Naxos komme, sagte er verblüfft, auf Sizilien gebe es das Dorf Naxos. Eigentlich Giardini-Naxos. Gleich und Gleich gesellt sich gern, rief ich. Und er lachte. Ab dem Moment war das unser Spruch. Ich erzählte ihm, dass die Griechen die Süditaliener als Brudervolk betrachten. In der Antike hieß Sizilien ja Großgriechenland, *Magna Graecia*. Wir riefen uns unseren Spruch zigmal am Tag zu. Die andern hielten uns für bekloppt. Wir brauchten nicht viel, um uns zu verstehen.«

Wenn Babis von meinem Vater erzählte, beschrieb er einen vollkommen anderen Mann als den, den ich kannte. Er strich sich über den Bart, er schien glücklich, über meinen Vater reden zu können, und ich konnte gar nicht genug bekommen.

»Wie war das damals in Wolfsburg? Wahrscheinlich gabs nur Schlafen und Arbeiten, was?«

»Ach was. Wolfsburg war natürlich nicht Hannover oder Berlin. Aber nach der Arbeit trafen wir uns in den Gastarbeitervereinen, italienischen, griechischen, türkischen und so weiter, es gab sogar Vereine für Friulianer, Venezianer oder Apulier. Dort fanden Feste statt, mit Gerichten aus der Heimat, oder Tanzabende. Wir Griechen sind gesellig. Ich erinnere mich, dass wir einmal mit den Italienern feierten, wir tanzten Tarantella und Sirtos, die Frauen kochten Lasagne und Moussaka. Eine echte Völkerverständigung.«

Er zündete sich eine filterlose Zigarette an.

»Dein Vater hat die Arbeit sehr ernst genommen, er war fleißig, zuverlässig. Genau wie ich. Wir hatten unser eigenes Grüppchen, mit ein paar Spaniern und Portugiesen.«

Babis hatte, nachdem mein Vater zurückgegangen war, eine Deutsche geheiratet, von der er sich zehn Jahre später scheiden ließ. Aber da seine beiden Söhne in Wolfsburg lebten und er inzwischen Enkelkinder hatte, war er auch nach der Rente in Deutschland geblieben.

»Zwei Mal im Jahr besuche ich Naxos«, erzählte er. »Im Frühjahr und im Herbst. Als Sizilianer wirst du das verstehen. Ich habe ein Häuschen und hundert Olivenbäume. Im Herbst ernte ich …«

Lächelnd stand er auf und kam mit einem dunkelgrünen Blechkanister zurück.

»Den schenke ich dir. Mein eigenes Öl. Ich hab höchstens hundert Liter im Jahr, aber es schmeckt sehr intensiv und sicher ähnlich wie das in Maciddaru.«

»Sagt Euch der Name Frank Fischer eigentlich etwas?«

Abrupt wie ein Fallbeil senkte sich eine unwirkliche Stille über den Raum. Trotz des dichten Barts konnte ich sehen, dass Babis tiefrot anlief. Er hüstelte, schwieg, hüstelte.

»Du weißt es also, Leonardo?«, murmelte er schließlich und wirkte fast froh, als hätte ich ihm eine Last von der Seele genommen.

Hätte ich jetzt Nein gesagt, hätte er mir ein Märchen aufgetischt. Das begriff ich sofort. Also schwieg ich, zog die Überweisungsbelege meines Vaters aus der Reisetasche und blätterte das Bündel auf den Tisch.

Er warf einen kurzen Blick darauf, stand auf und zündete sich eine neue Zigarette an. Draußen regnete es noch immer Bindfäden.

»Okay«, sagte er endlich und setzte sich wieder. »Ich bin froh, dass Enzuccio es doch erzählt hat. Das muss schwer für deine Mutter gewesen sein. Aber weißt du, die Einsamkeit, der harte Job … Ich habe deinem Vater versprochen, niemandem davon zu erzählen, und hab Wort gehalten. Aber wieso hat er mir bloß nicht geschrieben, dass ihr es wisst? Das hätte mich doch sehr erleichtert.«

Ich schwieg beharrlich und versuchte, meinen inneren Aufruhr zu verbergen.

»Als die Frau, mit der sich Enzo traf, schwanger wurde und das Kind behalten wollte, war er innerlich zerrissen.

Seine Familie in Sizilien bedeutete ihm alles. Es verging kein Tag, an dem ich nicht hörte: Maria hier, Maria da. Wie wunderbar sein Töchterchen sei. Und du warst auch unterwegs, er musste eine Entscheidung treffen. Also kündigte er, packte seine Koffer und kehrte nach Italien zurück. Aber da blieb ein lebenslanger Riss, ein schwarzer Fleck. Dein Vater besaß ein großes Herz. Es war auch sein Kind. Er rief mich regelmäßig an und erkundigte sich nach ihm. Ich sagte ihm, was ich wusste. Und Enzuccio hat regelmäßig Geld überwiesen. Alles andere weißt du ja wahrscheinlich schon.«

Ich hatte einen Bruder! Und Enzo Conigliaro zwei Söhne, die fast gleich alt waren. Auf einmal fiel es mir wie Schuppen von den Augen. Darum also war mein Vater so schwermütig gewesen, so mürrisch und wehmütig.

Plötzlich empfand ich Mitleid für ihn und hatte das Gefühl, diesen abweisenden Menschen endlich verstehen und vielleicht sogar akzeptieren zu können. Jetzt war ich neugierig.

»Ich bin hergekommen, weil ich meinen Bruder gern kennenlernen würde. Wisst Ihr vielleicht, wo er wohnt?«

Babis schaute mich verwundert an.

»Ihr habt euch noch nie getroffen?«

Ich schüttelte den Kopf.

»Frank wohnt schon lange nicht mehr in Wolfsburg. Seine Mutter ist längst tot, sie hatte Krebs. Soweit ich weiß, lebt er jetzt in Nordbayern«, sagte Babis, immer noch verwundert. »Dein Bruder ist ein bekannter Journalist. Jedes Mal, wenn ich ihn im Fernsehen sehe, frage ich mich, was dein Vater dazu wohl sagen würde. Du kannst stolz auf ihn sein, Leonardo.«

Kurze Zeit später saß ich in einem modernen, blitzblanken Zug nach Nürnberg. In dem klimatisierten Waggon musste ich einen Pulli überziehen. Die Fahrt würde fünf Stunden dauern, dreihundert Minuten, um der Gefühle Herr zu werden, die mich wie ein Tsunami überrollten.

Die Landschaft flog an mir vorbei. Felder und Wälder, dunkelgrünes Laub und braune Stämme, endlose Täler mit säuberlichen Spielzeugdörfern, roten Dächer, weißen Fassaden, Fenstern wie gemalt.

Ein Mann schob einen Wagen mit Snacks und Getränken durch den engen Gang.

»Please, un caffè, thank you.«

Nach zehn Stunden auf den Beinen musste ich mich wach halten, Hunger hatte ich keinen. Ich nahm Pappbecher, Zuckertütchen und Kaffeesahne entgegen. Wenn Don Calogero wüsste, dass ich diese durchsichtige Plörre trank, dachte ich. Und wie entsetzt er erst wäre, wenn er wüsste, dass ich als Auftragskiller nach Deutschland geflogen war.

Der Journalist Frank Fischer war jetzt kein Unbekannter mehr, sondern mein Bruder, Sohn von Don Vincenzo Conigliaro, geboren im September 1959, wenige Wochen vor mir. Und genau von dort, wo einst sein Vater aufgebrochen war, kam nun sein Mörder.

Das Maritim lag nur wenige hundert Meter vom Hauptbahnhof entfernt, an einer alten Stadtmauer, hinter der der Durchgangsverkehr rollte. Von meinem Balkon im obersten Stockwerk blickte ich auf die Altstadt, auf ihre Kirchturmspitzen unter tief hängenden Wolken, auf Fassaden aus großen, rechteckigen dunklen Steinen.

Auf Fußgängerzonen mit Restaurants und Geschäften, in denen sich an diesem Nachmittag die Menschen tummelten.

Ich hatte noch nicht ausgepackt, als das Telefon auf dem Nachttisch schon durchdringend klingelte. Ich verstand die Rezeptionistin nur mit Mühe, aber offenbar wollte mich jemand sprechen. Ich sollte herunterkommen.

Im Foyer, nahe der Drehtür, wartete ein kleiner Mann mit Dreitagebart. Als er mich aus dem Fahrstuhl kommen sah, bedeutete er mir mit einem Nicken, ihm zu folgen. Kaum auf dem Bürgersteig, brummte er mit neapolitanischem Akzent: »Gehen wir!«

Wir liefen ein kurzes Stück an der Durchfahrtsstraße entlang, ich folgte ihm in eine Tiefgarage. In einer einsamen Ecke parkte ein großer Wagen mit abgedunkelten Scheiben. Am Lenkrad saß offenbar jemand. Der Mann mit dem Dreitagebart stieg auf der Beifahrerseite ein, ich nahm hinten Platz.

Der Mann auf dem Fahrersitz, mit Sonnenbrille und zurückgegeltem Haar, sagte betont langsam und ohne sich umzudrehen: »Im Kofferraum liegt eine Sporttasche, mit der Pistole, wie gewünscht eine 7,65, schon geladen. Du hast Zeit, Fischers Gewohnheiten zu erkunden. Den Auftrag erledigst du direkt vor dem Rückflug.« Er warf mir im Rückspiegel einen scharfen Blick zu.

»Wenn der Auftrag erledigt ist, steht der hier«, er zeigte auf den Mann neben ihm, »mit einem Auto bereit. Die Pistole lasst ihr in der Pegnitz verschwinden, dann fährt er dich zum Münchner Flughafen. Bei Problemen rufst du ihn sofort an. Hier, die Handynummer.«

Er drehte sich um, nahm die Sonnenbrille ab und reichte mir, begleitet von einem stechenden Blick, einen Zettel mit einer sehr langen Nummer.

»Ehe es losgeht, meldest du dich. Verstanden? Noch Fragen?«

Ich schüttelte nur den Kopf.

»Gut so. Nimm jetzt die Tasche und verschwinde.«

Ich öffnete die Tür.

»Ey, warte!«, rief der Mafioso, der mich abgeholt hatte. »Vergiss das hier nicht!« Er reichte mir eine dünne Mappe.

»Adresse und Fotos von dem Journalisten. Offenbar verkleidet er sich gern. Als wärn wir blöd!« Er lachte.

Mein Hotelzimmer war schön und geräumig. Ich erinnerte mich nicht mal mehr, wann ich das letzte Mal im Hotel übernachtet hatte. Ich ließ mich mit Schuhen und Jacke aufs Bett fallen, blätterte durch die Fotos, suchte nach Ähnlichkeiten mit unserem Vater und mir. Aber anders als meine Mutter oder Schwester, die bei jedem Baby sofort sahen, von wem es Augen, Kinn, Mund oder das Lächeln hatte, hatte ich dafür keinen Blick.

Die Gasse, in der mein Bruder wohnte, querte eine Fußgängerzone, an der Ecke lag ein Café. Ich suchte mir einen Tisch, von dem ich seinen Hauseingang im Blick hatte, das würde ab sofort mein Beobachtungsposten sein. Ich bestellte einen Kaffee. Das Abendlicht verlieh der Stadt eine versöhnliche Atmosphäre, sogar die Sonne kämpfte sich einen Moment lang hervor. Wie hübsch Nürnberg war, dachte ich, und wie schön, dass die Altstadt nur den Fußgängern gehörte. Dass hier, anders als in den sizilianischen Städten, keine Autos fahren durften, brachte die Architektur zur Geltung. Während mein Blick über Passanten und Gebäude schweifte, vergaß ich beinah, was ich gerade erlebt hatte und was noch vor mir lag.

Als ich zerstreut in die Gasse blickte, in der Frank Fischer wohnte, bemerkte ich, wie seine Haustür aufging und ein Mann auf den Bürgersteig trat, an der Hand ein kleines Mädchen. Kein Zweifel, das war er. Ich warf das abgezählte Geld auf den Tisch, setzte Hut und Sonnenbrille auf und heftete mich an seine Fersen.

Ich folgte ihnen mit dreißig oder vierzig Metern Abstand, wir kamen an einer gotischen Kirche vorbei, an einem Fluss, der die Stadt offenbar teilte und in den ich die Pistole nach vollendeter Tat werfen würde. In dem Gewimmel musste ich aufpassen, die beiden nicht zu verlieren. Ab und zu verschwanden sie in der Menge, dann ging ich schneller und suchte die Gesichter nach ihnen ab. Vor einem Platz näherten sie sich einem Imbisswagen, ich lehnte mich an eine Hauswand. Ein Verkäufer in weißer Schürze schüttelte Frank die Hand und strich dem Mädchen über den Kopf. Dann wickelte er ihm, wobei er sich weiter unterhielt, wohl etwas zum Mitnehmen ein und reichte es über die Theke. Vater und Tochter kehrten auf demselben Weg nach Hause zurück, wie sie gekommen waren.

Es war spät, aber noch hell. Plötzlich verspürte ich doch Hunger. Eine Pizzeria war nirgends zu sehen, und der Imbisswagen zog mich magisch an. Er stand immer noch da, in der Vitrine Frikadellen, Frittiertes und Würste, ähnlich denen, die meine Schwester zubereitete.

Der Verkäufer fragte mich etwas auf Deutsch. Ich murmelte: »Sandwich, please, with …«

Mir fiel das Wort für »Salsiccia« nicht ein, ich zeigte darauf. Der Verkäufer knurrte etwas, in dem das Wort »Tourist« vorkam.

Die Gasse führte auf einen belebten mittelalterlichen Platz, in der Mitte ein großer Brunnen. Ich setzte mich auf die Stufen, biss herzhaft in mein Brötchen und schaute mich um.

Feierabendstimmung, die Menschen genossen die plötzlichen Sonnenstrahlen, die Restaurants hatten Tische und Stühle herausgestellt. Eine Musikgruppe spielte, die Vorbeigehenden applaudierten und warfen Münzen auf eine Untertasse. Als ich ins Hotel zurückging, wurde es endlich dunkel, aber noch immer schlenderten viele durch die Straßen. In Camporeale, dachte ich, war jetzt fast keiner mehr unterwegs. Antonio und Don Calogero ließen, müde nach einem harten Arbeitstag, vielleicht gerade das Rollgitter herunter.

Ich war seit dem Morgengrauen auf den Beinen. Vor Müdigkeit verschwamm mein Blick, manchmal schien mir das alles wie ein Traum. Oder wie einer dieser Albträume, die sich, wenn man schon halb wach ist, ins Bewusstsein schleichen und einem das Gefühl geben, in einem absurden Film zu sein.

Ich öffnete die Tür zu meinem Hotelzimmer. Es war kein Traum.

Nürnberg, Juli 1999
FRAGMENT VIERZIG

Der Frühstückssaal war morgens um sieben schon voller Menschen. Junge Kellnerinnen in Hoteluniform rannten hin und her und füllten das Buffet auf: Obst, Joghurt, Kuchen, Rührei, Wurst und sogar Fisch. Alles vom Feinsten. Abgesehen vom Kaffee.

Die meisten Gäste bedienten sich nach Herzenslust, ich fragte mich, wie man so früh am Morgen so viel essen oder wie man, gerade aus den Laken geschlüpft, seinem Magen so Schwerverdauliches wie Lachs zumuten konnte.

Zwei Tage lang hatte ich Frank verfolgt, ich kannte nun seine Gewohnheiten. Ich hatte versucht, ihm so nah wie möglich zu kommen, seine Absichten vorauszusehen. Ich wollte jeden seiner Gedanken nachvollziehen, in den letzten Zuckungen seines Lebens sein Innerstes verstehen.

Er pflegte feste Morgenrituale. In einer Gaststube, dem Bärleinhuter, las er zunächst die Tageszeitungen bei einem Kaffee und wechselte ein paar Worte mit den Tischnachbarn. Anschließend ging er zu Fuß zum Verlagshaus und durchquerte unterwegs einen Park mit kleinem Teich. Dort würde ich zuschlagen. Hinter einem Baum versteckt, würde ich ihn blitzschnell kaltmachen. Ich hatte die passende Gasse ausfindig gemacht, in der mein Komplize mit dem Auto warten würde. Heute war es so weit.

Nach dem Frühstück ging ich aufs Zimmer, duschte, aber es war noch zu früh. Frank würde sich erst in einer Stunde aufmachen.

Ich setzte mich auf den Balkon, die Morgensonne wärmte schon meine Haut. Plötzlich hatte ich Lust auf eine Zigarette. Die letzte hatte ich vor drei Tagen in Wolfsburg geraucht. Ich kramte in meiner Aktentasche nach der Packung, als mir die Überweisungsbelege in die Hände fielen. Und ein geöffneter, zerknitterter Briefumschlag mit alter Marke und altmodischer Handschrift, den ich noch nie gesehen hatte. Der Empfänger war Babis, der Absender mein Vater.

Bei meinem Besuch musste Babis ihn heimlich in meine Tasche gesteckt haben. Ich zog den Brief heraus, er war von 1959, kurz nach Franks Geburt. Und meiner.

Lieber Babis,

ich hoffe, es geht dir gut. Ich danke dir sehr, dass du mich über die Geburt meines Sohnes informiert hast. Auch Maria hat gerade einen gesunden Sohn, dreieinhalb Kilo, zur Welt gebracht, Leonardo. Er ähnelt mir sehr. Du kannst dir nicht vorstellen, wie ich mich fühle. Glücklich, aber auch am Boden zerstört. Mich quält das Gewissen, weil ich das eine Kind im Stich lasse, gleichzeitig freue ich mich schon, das andere aufwachsen zu sehen. Ich bereue meine Rückkehr nicht, aber der kleine Frank und Elke, die das Kind trotz allem behalten hat, müssen jetzt darunter leiden. Ich tue, was ich kann, auch wenn meine Mittel begrenzt sind. Es wäre mein Traum, dass sich Francesca, Leonardo und Frank eines Tages zufällig begegnen und sich als Geschwister lieben. Und ich Maria endlich um Verzeihung bitten könnte. Ich grüße dich ganz herzlich.

Dein Freund Enzo

Gleich und Gleich gesellt sich gern.

Aufgewühlt faltete ich den Brief zusammen und steckte ihn zurück in den Umschlag. Dann öffnete ich den Reißverschluss der Sporttasche. Die Pistole war mehrfach mit Stoff umwickelt. Ich nahm sie heraus, es war die gleiche wie die von Zio Rocco, Kaliber 7,65, legte sie wieder zurück, griff nach der Tasche und ging los.

Der Park mit Blick auf die Pegnitz lag in der Nähe des Hotels. Ich schlenderte am Wasser entlang, vorbei an hohen Bäumen und sorgfältig gepflegten Beeten. Familien spazierten über die Wege, auf den Bänken erinnerten sich ältere Paare wehmütig, aber zufrieden an die vergangene Zeit. Ich ging ziellos, schwankend, in einer Art Trance. Der asphaltierte Uferweg verwandelte sich in einen leicht erhöhten Kiesweg, Büsche und Sträucher versperrten immer wieder die Sicht auf den Fluss. Ich blickte mich nach allen Seiten um, niemand zu sehen, rasch zwängte ich mich zwischen den Dornenbüschen hindurch. Das kieselige Flussbett fiel flach und gemächlich zum spiegelglatten Wasser ab. Ich setzte mich, Wellen plätscherten über die Kiesel, ich verfolgte ihren Lauf. Weiter vorne lag die Stadt, ich malte mir aus, wie sich genau an diesem Ufer zum ersten Mal Menschen niedergelassen hatten. Ich zog Jacke und Pullover aus, mir wurde warm.

Als wachte ich aus einer langen Betäubung auf, sah ich auf einmal alles ganz klar. Ich wurde wieder ich selbst, Herr meiner Gedanken und Gefühle.

Hier saß ich, in einer fremden Stadt, am Scheideweg meines Lebens. Wieso war ich innerlich so abwesend gewesen? Wer hatte von meinem Bewusstsein Besitz ergriffen, es in die Ecke gedrängt? Warum hatte ich mich nicht gegen dreiste Gewalt und Erpressung zur Wehr gesetzt?

Warum war ich bloß Zuschauer im Theater meines eigenen Lebens gewesen?

Die Worte, die mein Vater vor vierzig Jahren an seinen Freund Babis geschrieben hatte, hallten in mir nach. »Francesca, Leonardo, Frank« hörte ich einmal, zweimal, zehn, zwanzig Mal, ich hatte das Gefühl, mein Kopf würde jeden Moment explodieren.

Ich starrte auf die Sporttasche, die mit Stofftüchern gepolstert war, damit die Pistole, die so harmlos aussah, ihr Todeswerk auch zuverlässig vollbringen konnte.

Ohne nachzudenken, umfasste ich die Henkel, stand auf, drehte mich wie ein Diskuswerfer, setzte einmal, zweimal, fünfmal zum Wurf an und schleuderte die Tasche mit voller Wucht ins Wasser.

Einen Moment lang trieb sie oben, hüpfte hilflos auf den Wellen, als wolle sie sich noch festklammern, doch plötzlich kippte sie und verschwand, wie von Ketten befreit, in der Tiefe. Ich blickte auf das strudelnde Wasser, die schwindenden Kreise, stieß einen befreienden Seufzer aus und erschrak im selben Moment. Die Mafiosi, Carmelino? Was sollte ich jetzt tun? Ich musste mir eine Strategie zurechtlegen.

In der Fußgängerzone wimmelte es trotz der frühen Stunde schon von Menschen, Einwohner und Touristen schlenderten von Geschäft zu Geschäft, schauten in die Auslagen, verließen die Kaufhäuser mit prall gefüllten Tüten. Tische und Stühle wurden herausgestellt, der Sommer war endgültig da, fröhlich und voll Vorfreude auf heitere, sorglose Tage wurde er begrüßt.

Im Bärleinhuter saß außer einer Mutter mit Kind und einem älteren Paar noch niemand.

»Sie wünschen?«, fragte die Kellnerin freundlich.

»Cappuccino, bitte.«

Wenigstens »bitte« konnte ich sagen, neben »Auf Wiedersehen« und »Guten Tag«.

Frank kam in schlenderndem Gang herein, mit Sonnenbrille und Sonnenhut, die üblichen Tageszeitungen in der Hand. Er setzte sich an seinen Stammplatz und gab der Kellnerin ein Zeichen. Ich musterte ihn. Auf einmal fiel mir ein, dass er wahrscheinlich gar nicht wusste, wer sein Vater war, sonst wäre er doch mal in Camporeale aufgetaucht.

Tausend Fragen schossen mir durch den Kopf. Ich konnte nicht mehr länger warten. Ich brauchte Blicke, Worte, Erklärungen. Unvermittelt stand ich auf, näherte mich zögernd, Zentimeter um Zentimeter, Atemzug um Atemzug. Mein Herz klopfte, ich hörte die Worte meines Vaters, sie trugen mich Frank entgegen.

Erschrocken blickte er von seiner Zeitung auf. Seine Augen konnte ich hinter der Sonnenbrille nicht erkennen. Ich zögerte nur den Bruchteil einer Sekunde.

»Sie sind Frank Fischer, oder?«, fragte ich.

»Was wollen Sie?«, fragte er in perfektem Italienisch.

»Ich habe etwas, was Sie interessieren könnte.«

Als ich in die Aktentasche griff, spürte ich seine Anspannung. Ich beeilte mich, die Mappe mit den Unterlagen herauszunehmen, hastig legte ich die Überweisungsbelege auf den Tisch.

Fassungslos starrte er darauf, zog einen hervor, las seinen Namen, blickte auf.

»Wer sind Sie?«, flüsterte er beinah.

Wie glücklich wäre unser Vater, wenn er uns jetzt

sehen könnte, dachte ich. Vor vierzig Jahren im Abstand von nur wenigen Wochen geboren, hatten wir, ohne vom anderen zu wissen, unser halbes Leben über zweitausend Kilometer voneinander entfernt verbracht, und plötzlich blickten wir uns ins Gesicht.

»Ich heiße Nanà«, sagte ich mit ruhiger Stimme. »Ich bin dein Bruder.«

Der Silbersee war wie die beiden anderen Seen von romantischer Landschaft umrahmt. Hier seien wir vor unangenehmen Begegnungen sicher, sagte Frank.

Wir spazierten am See entlang, redeten, schwiegen. Frank zeigte äußerlich keine Regung, verbarg seinen inneren Aufruhr.

Irgendwann nahm er die Sonnenbrille ab, seine Augen hatten unterschiedliche Farben. Es gibt in unserem Leben Dinge, die größer sind als wir, dachte ich. Gab es doch einen Gott? Ohne meinen Auftrag wäre das Geheimnis meines Vaters wohl für immer unentdeckt geblieben. Wir blickten uns an.

»Darf ich dich umarmen, Frank?«, fragte ich zögernd.

Offenbar war Frank genauso zurückhaltend und verschlossen wie ich. Ich hatte das von meinem Vater geerbt, aber stets für einen persönlichen Charakterzug gehalten. Als würden wir uns schon ewig kennen, fielen wir uns, von einer großen Last befreit, unter Tränen in die Arme.

Aufgewühlt und ungläubig erzählten wir, hörten zu, fragten und erfuhren neue Einzelheiten aus unserem eigenen Leben, ergänzten unsere Vergangenheit um die Puzzlestücke, die nur der andere kannte, fügten alles neu zusammen.

Wie hatten sich Elke Fischer und Vincenzo Conigliaro kennengelernt? Was waren sie für Menschen? Was hatte sie am anderen angezogen? Und meine Mutter, Maria Giambelluca? Hatte sie je von der anderen Frau und Frank erfahren?

Ich erzählte von Sizilien, der Mafia, ihrer absoluten Macht und warum die Demokratie ihr kein Ende setzen konnte. Aber das wusste Frank mindestens so gut wie ich und erklärte mir, warum der Corleone-Clan ihn tot sehen wollte. Doch die Zeit drängte. Später würden wir noch genug Muße haben, die verlorenen Jahre nachzuholen.

»Heute Morgen«, sagte Frank, »wurde ein Gesetz erlassen, das mir als Journalist das Recht auf Personenschutz gibt. Und es gibt Zeugenschutzprogramme. Die deutschen und italienischen Staatsanwaltschaften arbeiten eng zusammen. Du könntest zur Polizei gehen und aussagen.«

Am Mittag saß ich vor Generalstaatsanwalt Koch und einem Polizeibeamten.

»Mein Name ist Leonardo Conigliaro und bin Arzt auf Sizilien. Ich bin bereit, auszusagen, wenn meine Schwester und ihr Sohn Carmelino umgehend in ein Zeugenschutzprogramm aufgenommen werden.« »Wenn die Mafia von meiner Zusammenarbeit mit den deutschen Behörden erfährt, sind die beiden sonst so gut wie tot.«

Das wurde mir zugesichert.

»Ich gehöre nicht zur Cosa Nostra, habe aber von ihr den Auftrag bekommen, heute den Journalisten Frank Fischer zu ermorden. Weil mein Onkel Rocco zum Mafia-Clan in Camporeale gehörte, fühlte ich mich dazu verpflichtet. Hier ist die Nummer meines Komplizen.

Ich weiß nicht, wie er heißt, aber er gehört wohl zur 'Ndrangheta in Kalabrien.«

Ich war froh, endlich mein Gewissen erleichtern zu können, und redete stundenlang wie ein Wasserfall. Meine Aussage wurde von einem Dolmetscher übersetzt, handschriftlich protokolliert und von einer Kamera aufgezeichnet.

Anschließend begleitete mich ein Polizist ins Hotel, ich holte meine Sachen, man brachte mich in eine Kaserne. In einigen Tagen käme ich in eine andere Unterkunft, erklärte man mir.

Das Zimmer hatte winzige Fenster, eine hohe Decke, weiße Wände und Holzdielen, in der Ecke ein schmales Bett mit grauer Wolldecke. Es sei nicht gerade gemütlich, sagte der Beamte, aber hier sei ich sicher.

Später konnte ich mit Francesca telefonieren.

»Was ist los, Nanà?«, sagte sie vollkommen aufgelöst. »Die Zivilpolizei hat uns abgeholt. Wo bist du denn?«

»Mach dir keine Sorgen«, sagte ich. »Morgen, spätestens in ein paar Tagen bringt euch die Antimafia-Polizei nach Deutschland. Dann erzähl ich dir alles. Zum Glück ist jetzt alles vorbei.«

Als am Abend plötzlich die Zimmertür aufging, fuhr ich zusammen. Einen Moment lang glaubte ich, meine Mörder vor mir zu sehen. So wie der legendäre Gaspare Pisciotta, dem man im Gefängnis Strychnin in den Kaffee gab, oder der Bankier Sindona, der im Hochsicherheitsgefängnis an Zyanid starb. Oder all die anderen Gefängnisinsassen, die Opfer von Clan-Rivalitäten wurden.

Aber es war Frank, mit zwei Polizisten und einer Frau. Als die Polizisten gingen, schlossen sie von außen ab.

»Das ist Mareike, sie wollte dich gern kennenlernen«, sagte Frank.

Mareike blickte mich forschend an, als suche sie nach Ähnlichkeiten mit ihrem Mann. Sie schloss mich in die Arme. Frank und ich unterhielten uns auf Italienisch. Als ich merkte, dass Mareike sich unwohl fühlte, stotterte ich auf Englisch etwas zusammen.

Aber schon bald kehrten die Polizisten zurück und erklärten mir, dass Francesca und Carmelino in Sicherheit waren und bald nach Deutschland gebracht würden.

»Wir müssen wieder zu den Kindern. Sie freuen sich schon auf dich«, sagte Frank.

Beim Abschied weinten wir Tränen der Erlösung, die auch in den nächsten Stunden so manche Lücke in meinem tiefen Wunsch nach Frieden füllten.

Sylt, September 2001
FRAGMENT EINUNDVIERZIG

Eigentlich hatte ich den September immer gemocht. Der Sommer ging zu Ende, man spürte schon die kürzeren Tage und den Regen, doch dann lud ein lauer Scirocco plötzlich noch zum Ausflug ein. Von irgendwem konnte man sich immer ein Auto leihen.

Aber hier auf Sylt schienen sich die Wolken direkt über unseren Köpfen zusammenzuballen. Im Dachgeschoss konnte man quasi nach der Zuckerwatte greifen, die dem offenen Himmel über der Nordsee eilig entgegenflog. Jeden Moment konnte sich die Wolkenlandschaft ändern. Eben noch regnete es Bindfäden, schon wurde der Regen von einer schwachen, scheuen Sonne in die Flucht getrieben, doch man wusste nie, wie lange die Wärme hielt.

Morgens fuhr ich mit dem Fahrrad von Westerland zum Strand von Hörnum, wo Wellenbrecher die Wucht der Gezeiten milderten. Oder ich entschied mich für das kleine List mit seinem rot-weißen Leuchtturm im Norden, genoss den Wind vom offenen Meer, erschnupperte Dänemark und Skandinavien in der Ferne.

Meine Arbeit im Hotel Pacific war simpel, und nebenbei konnte ich meine Passion für Kaffee als Barista der Hotelbar ausleben. Mareikes Onkel Günter, ein freundlicher, umgänglicher Mann, gab mir Anfang der Woche eine Liste mit den An- und Abreisen im Hotel Pacific. Nur selten gab es Veränderungen, unsere Gäste waren mittleren Alters und planten ihre Reise sorgfältig, mit jedem Ausflug und jeder Schifffahrt. Ich richtete die Zimmer für den Bettenwechsel, putzte, verteilte neue Handtücher, Seife und Shampoo. Überprüfte, ob Fernseher und Fön funktionierten.

Francesca kochte mittags und abends. Sie hatte sich im Handumdrehen lokale Rezepte angeeignet, Fisch mit leichter Soße, zartes Gemüse oder Suppen. Eher fade im Geschmack, aber passend zur sanften, manchmal schwer greifbaren Landschaft.

Auf Sylt lebte man nah an der Natur. Die warmen Sommermonate steuerten unaufhaltsam auf den langen, stürmischen Winter zu. Ein schmaler Streifen Land, umgeben von Wasser, in der Ferne fuhren die großen

Schiffe zum Hamburger Hafen, auf der gegenüberliegenden Seite die nach Großbritannien und Norwegen. Was wollte ich mehr?

Verglichen mit Sylt war meine Heimatinsel ein Kontinent. Unsere Vorfahren hatten Tempel und imposante Bauwerke errichtet und im Zentrum verschiedenster Kulturen, ob ägyptische Pharaonen, griechische Polis, seefahrende Phönizier oder antikes Rom, Imperien gegründet.

Aber die Insel aus Lava und Steinsalz, Himmel und strahlender Sonne hatte darum vielleicht verloren, was Inseln eigen sein sollte: das Kontemplative, ihren Wesenskern, der sich gegen menschliche Anmaßung verwehrt.

Sollten Inseln nicht eigentlich Orte zum Nachdenken sein, über den Sinn von Ruhm und Staub? Kathedralen, in denen wir über unsere absurde irdische Reise nachsinnen?

Dass Sizilien im Mittelpunkt angeblicher Weltreiche stand, hatte zu Gewaltbereitschaft, Kriegen, bitterer Ungerechtigkeit und endlosen Machtkämpfen geführt.

Bei meiner Beschäftigung mit den Drüsen in der Endokrinologie war ich auf Tausende ungeklärte Fragen gestoßen. Trotz aller wissenschaftlichen Fortschritte war die Medizin meilenweit davon entfernt, die Drüsen wirklich zu verstehen. Und eigentlich war die Medizin auch nur ein Vorwand. In Wahrheit suchten wir keine neuen Behandlungsmethoden, sondern die Regelmechanismen der menschlichen Biologie. Doch jede Erkenntnis warf wieder neue Fragen auf. Seit über zwei Jahren arbeitete ich nicht mehr als Arzt, und mir fehlte vor allem der soziale Aspekt meiner Arbeit, der viel gegeben hatte.

Aber das war ein anderes Leben gewesen.

Heute kamen uns Frank und seine Familie für eine ganze Woche besuchen. Sie wohnten jetzt in Hamburg, bis nach Sylt war es ein Katzensprung. Die Kinder, Carmelino, Charlotte und Johannes, waren mittlerweile unzertrennlich.

Carmelino hatte schnell Deutsch gelernt, Francesca und ich stammelten noch. Zwei Abende in der Woche lernten wir Deutsch bei einer sympathischen Dame aus Berlin, die sich nach der Rente auf die Insel zurückgezogen hatte. Sie lobte uns bei jedem angeblichen Fortschritt über den Klee, bestimmt hatte sie nur Mitleid mit uns.

Meine Schwester wollte unbedingt Deutsch lernen. Zu Anfang der Saison hatte Günter einen Hilfskoch eingestellt, einen Polen mit dem unaussprechlichen Namen Wladislaw. Die beiden flirteten in jeder freien Minute, und da er kein Italienisch sprach, wollte Francesca sich anstrengen.

Francesca, Carmelino und ich hatten neue Identitäten erhalten. Niemand wusste, wie wir eigentlich hießen, in meinem Pass stand jetzt Fabio. Francesca hieß Laura und Carmelino Marco.

Frank, Mareike und die Kinder würden jeden Moment hier sein. Ich hatte einen Tisch für sieben Personen mit Blick auf den Strand gedeckt. Heute würde es voll werden. Das Hotel wurde von amerikanischen Touristen auf Europarundreise belagert.

Schon seit mindestens einer Stunde beobachtete Carmelino aufgeregt den Parkplatz. Als das Auto meines Bruders auf der Straße zum Pacific auftauchte, war er kaum noch zu halten.

»Immer mit der Ruhe«, versuchte Francesca, ihn zu stoppen, aber da war er schon rausgerannt.

Als Frank und Mareike mit den Koffern das Foyer betraten, stand auch Günter schon in der Tür.

»Wie läufts?«, fragte mein Bruder und lachte.

»Wir gewöhnen uns an diese Sommer, immerhin regnet es weniger als letztes Jahr«, sagte ich grinsend.

»Und dein Onkel ist ein Schatz, Mareike«, sagte Francesca, »er behandelt uns wie Verwandte.«

»Oder besser«, ergänzte ich.

»Drehen wir später noch eine Runde, Nanà?«, fragte Frank augenzwinkernd.

Nach dem Mittagessen liefen wir über das Watt, eine sanfte Brise im Rücken, die Sonne im Gesicht. Die Ebbe hatte Priele im Sand zurückgelassen.

»In Sizilien geht der Corleone-Clan der Polizei reihenweise ins Netz«, sagte Frank. »Die Cosa Nostra muss einstecken, sie haben also momentan andere Probleme, als uns aufzustöbern. Natürlich müssen wir trotzdem vorsichtig sein, aber die Bundespolizei meint, ihr könntet ruhig hierbleiben.«

Wir setzten uns auf ein Mäuerchen und schauten aufs Meer. Es war Wind aufgekommen, in der Ferne kreuzten Segelboote.

»Aber dich interessiert wahrscheinlich vor allem, wann ihr nach Camporeale zurück könnt«, fuhr Frank fort.

Ich schwieg.

»Der Tacco-Clan sitzt fast versammelt im Gefängnis. Auch die, die du genannt hast. Nächste Woche beginnt der Prozess. Du bist nicht der einzige Kronzeuge, aber aus demselben Dorf, Neffe eines Clan-Mitglieds. Du bist besonders gefährdet. Es tut mir leid, aber noch geht es nicht.«

Frank kramte beinah theatralisch in seiner Jackeninnentasche.

»Ich hab eine Überraschung für dich«, sagte er und reichte mir einen Umschlag.

Ich blickte ihn fragend an.

»Ich hab doch gemerkt, dass du Sehnsucht nach deinen Freunden hast. Staatsanwalt Koch hat mir einen Kontakt zur Antimafia-Staatsanwaltschaft in Italien verschafft, und die haben sich gekümmert.«

Ich starrte auf den Briefumschlag.

»Ich hab Lust auf einen Kaffee!«, sagte Frank und sprang vom Mäuerchen. »Gehen wir zurück?«

Nach dem Abendessen zog ich meine Jacke über und machte meinen Abendspaziergang.

Die Laternen leuchteten vor einem weiten, dunklen Horizont, die Straße verjüngte sich, am verlassenen Strand machte sie den Gezeiten Platz. In der Ferne blinkte der Leuchtturm im Takt, sein Lichtkegel zerschnitt Meer und Land, die Natur mit ihrer schöpferischen Kraft.

Manchmal wurde ich wehmütig oder fast untröstlich, aber die Zeit, in der mich die Sehnsucht nach der Heimat verzehrte, lag hinter mir. Eigentlich hatte ich wirklich Glück, sagte ich mir. Ich lebte weit weg von dem Wahnsinn, der die Welt gerade dem Abgrund zutrieb.

Ich setzte mich auf das Mäuerchen. Von hier aus konnte man fast zuschauen, wie sich das Meer langsam den Dünen näherte.

Ich dachte an meine Freunde in Palermo, die ich so lange nicht gesehen und die bestimmt Karriere gemacht hatten. An Gaspare, meinen Chef am Cervello, mit seiner Leidenschaft für die englische Rockmusik der Siebziger Jahre. An Pinuzzu, den Parkwächter an der Piazza Verdi, die Praxis in der Via Dante, an die tiefe Menschlichkeit von Professor Perricone, und unweigerlich tauchte Annamarias Gesicht vor mir auf, das kastanienbraune Haar, die schönen, dunklen Augen, das Stupsnäschen. Ich hörte ihre energische Stimme, mit der sie sich scheinbar furchtlos der Welt entgegenstellte. Was sie jetzt wohl machte? War sie noch mit ihrem Freund zusammen, glücklich? Hatte sie gefunden, was sie suchte? War sie verheiratet und hatte Kinder?

Schließlich zog ich Franks Umschlag aus der Jackentasche, öffnete ihn mit zittrigen Händen, entnahm ihm mehrere sorgfältig beschriebene Blätter und ein Farbfoto. Don Calogero, Gaetano, Antonio und Michele, alle eine Kaffeetasse in der Hand, lächelten mir aus der Bar an der Piazza entgegen.

Lieber Nanà,

ich hoffe, die Antimafia-Polizei leitet meinen Brief wie versprochen weiter. Hoffentlich geht es euch dreien gut. Hier ist einiges passiert. Nach der Verhaftung von Ignazio Tacco hat die Polizei sein Lokal beschlagnahmt, alle kommen jetzt zu uns. Antonio arbeitet Tag und Nacht, er musste sogar einen Kellner einstellen. Ich versuche, mich nützlich zu machen, wo es geht, aber spüre, dass es für mich Zeit ist, aufzuhören. Ich denke, mit meinen sechsundachtzig Jahren habe ich getan, was ich konnte. Wir sind alle sehr stolz auf dich, Nanà. Du hast mit deinem Mut ein Leben gerettet und vorgelebt, dass man sich gegen Unrecht auflehnen muss.

Die Ehrenwerte Gesellschaft existiert schon lange nicht mehr. Das sind nur noch Kriminelle, für die ein Leben nichts zählt. Das liebe Geld, Nanà. Das Geld hat uns blind gemacht, und wir haben vergessen, wo wir herkommen und mit welchen Werten wir aufgewachsen sind. Hoffen wir, dass die Welt bald aufwacht, aber daran glaube ich kaum noch.

Wir reden jeden Tag von dir, Nanà, erinnern uns an die unbekümmerten Spieleabende, an die Gespräche über unseren kleinen, unbedeutenden Alltag. Aber sind nicht gerade die kleinen Dinge das Schönste am Leben? Du warst für mich wie ein Sohn, Nanà, und ich möchte dir danken. Du und die anderen *Picciotti* habt mir das Gefühl gegeben, zu etwas nutze zu sein. Ihr habt einen Teil eurer Jugend in meiner Bar verbracht, dabei konnte ich euch eigentlich nichts bieten als meinen Kaffee. Ich weiß nicht, wie viel Zeit mir noch bleibt, aber ich hoffe, ich kann dich noch einmal in die Arme schließen. Eigentlich wünsche ich mir nur noch das vom Leben.

Alles, alles Liebe, fühle dich umarmt.

Dein Don Calogero.

War das die sentimentale Kurzbeschreibung meines mittelmäßigen Lebens? War ich, fern von diesen Gassen und Häusern, fern der wettergegerbten Alten überhaupt noch ich? Verlor ich in der Ferne nicht mein eigentliches Wesen, verschwand mit jedem Sonnenuntergang, der nicht der meiner Kindheit war, nicht ein wenig mehr von mir? Können wir nicht allein in unserer Vergangenheit, die uns zu dem gemacht hat, der wir sind, unser wahres Wesen erkennen? Ich blickte auf die Nordsee, und plötzlich leuchtete sie in den Farben der Felder, die ich bei Scirocco, den Geschmack von Mosttrauben im Mund, von meinem Fenster in Maciddaru aus, sah. Das Rauschen der Flut klang wie der Wind, der manchmal durch die steile Friedhofsgasse fegte.

Ich sah auf die Uhr, Punkt neun. In Camporeale waren die Straßen jetzt ausgestorben, das Glockengeläut hallte durchs Tal. Ich schloss die Augen und konnte es hören.

Von Herzen Dank an alle, die mich auf verschiedene Weisen dazu inspiriert haben, *Der Andere* zu schreiben. Danke an Enza Spadoni für das Korrigieren der Fahne und an Peter Harasim für die wertvollen Informationen zum Nürnberg der 1970er- und 1980er-Jahre. Danke an die Freunde vom Kein & Aber Verlag, die von Anfang an an dieses Buch geglaubt haben.